U0045480

古典詩歌研究彙刊

第二二輯

龔鵬程 主編

第 6 冊

《二十四詩品》之詩論研究（下）

李鴻玟 著

國家圖書館出版品預行編目資料

《二十四詩品》之詩論研究(下)／李鴻玟 著 ── 初版 ── 新北市：

花木蘭文化事業有限公司，2017〔民106〕

目 4+258 面；17×24 公分

（古典詩歌研究彙刊 第二二輯；第 6 冊）

ISBN 978-986-485-117-1（精裝）

1. 唐詩 2. 詩評

820.91   106013426

ISBN-978-986-485-117-1

9 789864 851171

古典詩歌研究彙刊

第 二 二 輯　第 六 冊　　　ISBN：978-986-485-117-1

《二十四詩品》之詩論研究（下）

作　　　者　李鴻玟

主　　　編　龔鵬程

總 編 輯　杜潔祥

副總編輯　楊嘉樂

編　　　輯　許郁翎、王筑　美術編輯　陳逸婷

出　　　版　花木蘭文化事業有限公司

社　　　長　高小娟

聯絡地址　235 新北市中和區中安街七二號十三樓

　　　　　　電話：02-2923-1455／傳眞：02-2923-1452

網　　　址　http://www.huamulan.tw 信箱 hml 810518@gmail.com

印　　　刷　普羅文化出版廣告事業

初　　　版　2017 年 9 月

全書字數　332552 字

定　　　價　第二二輯共 14 冊（精裝）新台幣 22,000 元

《二十四詩品》之詩論研究(下)

李鴻玟　著

目

次

第五章 《二十四詩品》之文體論（二）

第一節 精益求精，精粹純一──洗鍊的審美韻致

《二十四詩品·洗鍊》云：

> 如鑛出金，如鉛出銀。超心鍊冶，絕愛緇磷。空潭瀉春，
> 古鏡照神。體素儲潔，乘月返眞。載瞻星氣，載歌幽人。
> 流水今日，明月前身。〔註1〕

就章法而言，祖保泉認爲開頭四句是用鍊冶金銀爲例，說明創作中修鍊的必要性。中間四句則描繪經過洗鍊後所達到的純淨境界。末尾四句仍是洗鍊後純淨境界的描寫。〔註2〕另外，杜黎均則以爲前四句用「比喻性說理」的方式，來闡述作品達到洗鍊的方法。中間四句強調作品思想感情的洗鍊。末四句說明作家經過反覆提鍊材料後所創造出的境界。〔註3〕職是，前四句、末四句皆爲描繪「洗鍊」的形象語言。

〔註1〕見（唐）司空圖著，郭紹虞集解《詩品集解·續詩品注》（北京：人民文學出版社，2006），頁14。

〔註2〕參見祖保泉著《司空圖詩品解說》（修訂本）（合肥：安徽人民出版社，1982），頁46～47。

〔註3〕參見杜黎均著《二十四詩品譯注評析》（北京：北京出版社，1988），頁94～97。

至於中四句，祖保泉認為是境界的描繪，可視之為審美的形象語言；但杜黎均則以為在強調作品思想感情的洗鍊，因此為概念說明的邏輯語言。然而，「空潭瀉春，古鏡照神。體素儲潔，乘月返眞」明顯為形象語言，且杜黎均的今譯亦云：

> 深潭流瀉的春水何等明淨，古鏡映照的物象多麼傳神。體察樸素事理，保持品德高潔，迎著明鏡月光，求得心神純眞。〔註4〕

於此可見「空潭」、「古鏡」、「人物」等形象刻劃。職是，「洗鍊」一品皆為審美的形象語言，而「洗鍊」的審美形象可以分析為：「如礦出金，如鉛出銀。超心鍊冶，絕愛緇磷」、「空潭瀉春，古鏡照神」、「體素儲潔，乘月返眞。載瞻星氣，載歌幽人」、「流水今日，明月前身」。

就「洗鍊」的審美形象言，「如鑛出金，如鉛出銀。超心鍊冶，絕愛緇磷」，孫聯奎《詩品臆說》作「猶礦出金，如鉛出銀。超心煉冶，絕愛緇磷」，並云：

> 礦，如何出金？鉛，如何出銀？不求洗煉，難免夾雜。所以，以「超心」「絕愛」直接下去。精神全在「超心」「絕愛」四字。緇磷有何可愛？立心洗煉，是自立於堅、白之地矣。故不曰：「不畏緇磷」，而偏說：「絕愛緇磷」。〔註5〕

另外，楊廷芝《二十四詩品淺解》作「如礦出金，如鉛出銀。超心煉冶，絕愛緇磷」，而云：

> 金、銀出於礦、鉛，未洗煉者不足重也。冶，銷也，鑄也。超心煉冶，言其心之超而煉冶之無已時也。緇、磷，非美質也。洗磨功到，則不美者可使之美，不新者可使之新，雖緇、磷亦絕覺可愛。一作活字用：「緇」所以染之使新，「磷」所以磨之使新。洗伐之功，深入無際，則新而益求其新，有令人最足愛者。〔註6〕

〔註4〕見杜黎均著《二十四詩品譯注評析》（北京：北京出版社，1988），頁95。

〔註5〕見（清）孫聯奎、楊廷芝著，孫昌熙、劉淦校點《司空圖詩品解說二種》（濟南：齊魯書社，1980），頁20。

〔註6〕見（清）孫聯奎、楊廷芝著，孫昌熙、劉淦校點《司空圖詩品解說二

「如」與「猶」同義，又「鑛」與「礦」同，「鍊」與「煉」同。因此「鑛出金」是「金」從礦石中提煉出來的形象，「鉛出銀」則是「銀」自方鉛礦中提煉出來的形象，皆令人有純一、無雜的美感。〔註7〕「超心鍊冶，絕愛緇磷」是專心冶煉金屬的形象。其中「緇」、「磷」非美質，但「絕愛緇磷」卻有兩種解釋：其一以孫聯奎爲代表，否定「緇」、「磷」有任何珍愛可說。另一則以楊廷芝爲代表，認爲洗磨功到，則不美者可使之美，所以「緇」、「磷」亦有可愛處。喬力以爲兩說皆通，只是後者稍覺轉折。〔註8〕然而，「緇」、「磷」既非美質，如何能有成爲美質的可能？此非關「洗磨功到」與否，而是就「緇」、「磷」本身質的而言，便存在著內部矛盾的問題。此外，「緇」、「磷」倘具有成爲美質的可能，當初何必去之？若不去之，又如何說有「洗伐之功」？「如鑛出金，如鉛出銀。超心鍊冶，絕愛緇磷」，杜黎均曾云：

> 這四句是用比喻來闡述作品達到洗煉的方法，指出作家需要精心提煉思想內容和藝術形式，拋棄那些非必要的瑣屑材料，正像冶煉金銀需要去掉雜質一樣。〔註9〕

職是，若說「緇」、「磷」亦有可愛處，乃從創作論而非文體論的觀點來論述「絕愛緇磷」。但即便如此，以非美質的「緇」、「磷」爲喻，終究不是恰當的比喻。就文體論的觀點而言，「如鑛出金，如鉛出銀」與「超心鍊冶，絕愛緇磷」的意象並置，便清楚勾勒出專心冶煉金、銀的形象，令人直覺有千錘百鍊、精益求精的美感。此外，冶煉的對象主要是「金」與「銀」，因此所謂「緇」、「磷」指的便是「如鑛出金，如鉛出銀」中的「鑛」與「鉛」。是故，「緇」、「磷」終究非美質，而所謂「洗磨功到」、「洗伐之功」等，宜就「金」、「銀」說，而非對

種》（濟南：齊魯書社，1980），頁96～97。

〔註7〕祖保泉的注釋云：「礦，金礦石。鉛，即方鉛礦，含鉛質和銀質。煉銀，用方鉛礦，故曰：『如鉛出銀』。」見祖保泉著《司空圖詩品解說》（修訂本）（合肥：安徽人民出版社，1982），頁45。

〔註8〕參見喬力著《二十四詩品探微》（濟南：齊魯書社，1983），頁34。

〔註9〕見杜黎均著《二十四詩品譯注評析》（北京：北京出版社，1988），頁96。

「緇」、「磷」而言。〔註10〕

其次，「空潭瀉春，古鏡照神」，楊廷芝《二十四詩品淺解》云：

> 空潭，淨極。而晴光瀲灧，瀉得一片春意，一塵不染，益
> 見其淨。古鏡，百煉鏡也。照神，則精光照人，神魂畢見。
> 〔註11〕

又郭紹虞的注解亦云：

> 空潭言其明淨，古鏡言其精瑩，明淨則淘瀉春光，清徹到
> 底；精瑩則照映神態，纖屑畢現，均喻洗煉之功。〔註12〕

春天澄澈明淨的潭水，在晴光的朗照下，處處可見動、植物的生存活動。不僅在水面上、潭水邊呈現出蓬勃的生機，同時也暗示水面下有更豐富的動、植物在活動著。所以，「空潭瀉春」是春季時澄明靜淨的潭水形象，令人直覺有生機盎然、春意無限的美感。另外，「古鏡照神」是古鏡照人的形象。面對鏡中的自己，發現「古鏡」不僅能照出自己的形體，甚且能將自己內在的神情反映出來。因此，古鏡照人的形象，令人直覺鏡中的自己有元神畢露、栩栩如生的美感。倘將「空潭瀉春」與「古鏡照神」的意象並置，又可發現「空潭」即如「古鏡」一般，不僅能照映出萬物活脫的形體，甚且也能將當令的季節采照映出來。〔註13〕

〔註10〕 另外，一般注解「緇磷」往往認為「緇」者，黑也；「磷」者，薄也。然而，詹幼馨卻有清楚的釐清見解。詹幼馨云：「《論語・陽貨》：『不曰堅乎，磨而不磷；不曰白乎，涅而不緇』。解釋「緇磷」的人常常喜歡引用這幾句，認為是「緇磷」一詞的出處。其實，《論語》的原話是說『堅固的東西磨不薄，潔白的東西染不黑』，與用在這裡所包涵的意思不是一回事。」見詹幼馨著《司空圖詩品衍繹》（臺北：王記書坊，1985），頁102。

〔註11〕 見（清）孫聯奎、楊廷芝著，孫昌熙、劉淦校點《司空圖詩品解說二種》（濟南：齊魯書社，1980），頁96～97。

〔註12〕 見（唐）司空圖著，郭紹虞集解《詩品集解・續詩品注》（北京：人民文學出版社，2006），頁15。

〔註13〕 趙福壇即云：「空潭，言潭中無他物，潭水清澈明淨，春光在目。」見趙福壇箋釋，黃能升參證《詩品新釋》（廣州：花城出版社，1986），頁61。

　　復次，「體素儲潔，乘月返眞。載瞻星氣，載歌幽人」，郭紹虞的
注解云：

> 體素，即《易‧文言》「君子體仁足以長人」之體，謂以素
> 爲體也。因體之素以儲其潔，則淨而又淨，毫無垢穢矣。乘
> 月，即《晉書‧庾亮傳》「諸佐使殷浩等乘月登南樓」之乘，
> 謂趁月光之純潔也。返眞，有二解：《莊子‧大宗師篇》：「嗟
> 來桑戶乎？嗟來桑戶乎！而已反其眞，而我猶爲人猗。」此
> 反眞指還其本來，可看作仙人化形以登天，則還其本來者，
> 即體素儲潔之精也。二句一義，合講洗鍊。《莊子‧秋水篇》：
> 「北海若曰：無以人滅天，無以故滅命，無以得殉名，謹守
> 而勿失，是謂反其眞。」則反眞云者，又有道家鍊氣鍊性還
> 其本始之意。此又二句分講，以「體素儲潔」狀洗字，以「乘
> 月返眞」狀鍊字。星氣，皎潔之光，陰鏗〈經豐城劍池詩〉：
> 「無復連星氣，空餘似月池。」幽人，幽隱之人；孟浩然〈上
> 巳日詩〉：「浴蠶逢姹女，採艾值幽人。」星氣，有體素儲潔
> 意；幽人，有乘月返眞意。載，發語詞。載瞻載歌，謂瞻之
> 而可見，歌之而可思。〔註14〕

於此，郭紹虞引《周易‧文言》，將「體素儲潔」的「體」解釋爲「本
體」義，因此「體素」即「以素爲體」。然而，「素」的內容爲何？郭
紹虞並未有明確說明。「體素儲潔，乘月返眞」其中「素」、「體素」、
「返眞」等概念，皆可考證於《莊子》一書中，所以「體素」的概念
源於《莊子》的可能性，更甚於《周易》。如此，「體素」的「體」便
應當解釋爲「體悟」之義。〔註15〕《莊子‧刻意》云：

> 純素之道，唯神是守；守而勿失，與神爲一；一之精通，
> 合於天倫。野語有之曰：「眾人重利，廉士重名，賢士尚志，
> 聖人貴精。」故素也者，謂其無所與雜也；純也者，謂其

〔註14〕見（唐）司空圖著，郭紹虞集解《詩品集解‧續詩品注》（北京：人
　　　　民文學出版社，2006），頁15。

〔註15〕南朝宋‧王叔之義疏云：「體，悟解也。」見（清）郭慶藩集釋《莊
　　　　子集釋》（臺北：貫雅文化事業有限公司，1991），頁547。

不虧其神也。能體純素，謂之眞人。〔註16〕

「素」爲無所與雜者，「純」是不虧損精神者，但「素」與「純」的工夫皆在「唯神是守」，以臻「與神爲一」的境地。因此，能做到「素」，便能達到「純」的境地；反之，亦然。另外，能「體純素」即可謂之「眞人」，但「眞人」的具體形象爲何？《莊子・刻意》云：

> 若夫不刻意而高，無仁義而修，無功名而治，無江海而閒，不道引而壽，無不忘也，無不有也，澹然無極而眾美從之。〔註17〕

如此，「體素」不妨解作體悟「無不忘也」、「無所與雜也」的「純素之道」。「儲潔」隨「體素」而來，能「體素」便能「儲潔」，所以「儲潔」的概念亦可理解爲「澹然無極而眾美從之」。職是，能「體素儲潔」者，便可謂之「眞人」，也就是所謂「返眞」的概念。然而，一般對「返眞」的概念有兩種解釋：其一據《莊子・大宗師》云：

> 莫然有閒而子桑戶死，未葬。孔子聞之，使子貢往侍事焉。或編曲，或鼓琴，相和而歌曰：「嗟來桑戶乎！嗟來桑戶乎！而已反其眞，而我猶爲人猗！」〔註18〕

於此，「反其眞」是相對於一般還活著的「人」的概念。郭紹虞認爲可看作仙人化形以登天，而還其本來者。另一是據《莊子・秋水》云：

> 牛馬四足，是謂天；落馬首，穿牛鼻，是謂人。故曰，無以人滅天，無以故滅命，無以得殉名。謹守而勿失，是謂反其眞。〔註19〕

郭紹虞以爲此有道家鍊氣鍊性，以還其本始之意。《說文解字》曾云：

〔註16〕見（清）郭慶藩集釋《莊子集釋》（臺北：貫雅文化事業有限公司，1991），頁 546。

〔註17〕見（清）郭慶藩集釋《莊子集釋》（臺北：貫雅文化事業有限公司，1991），頁 537。

〔註18〕見（清）郭慶藩集釋《莊子集釋》（臺北：貫雅文化事業有限公司，1991），頁 266。

〔註19〕見（清）郭慶藩集釋《莊子集釋》（臺北：貫雅文化事業有限公司，1991），頁 590～591。

眞，僊人變形而登天也。〔註20〕

職是，倘將「返眞」與前文「乘月」合看，便明顯以前者的解釋爲佳。因爲，「乘月返眞」暗示出的是仙人乘月昇天的形象，較道家修行者因鍊氣、鍊性，最後乘月登天的解釋更爲直接、自然。除此之外，仙人乘月昇天的意象具有「回返」仙界的含意，與「返眞」的「返」正可相應。然而，《莊子‧大宗師》中「反其眞」的概念除了是相對一般還活著的人來說，實另有更深一層的含義。《莊子‧大宗師》云：

> 孔子曰：「彼，遊方之外者也；而丘，遊方之內者也。外內不相及，而丘使女往弔之，丘則陋矣。彼方且與造物者爲人，而遊乎天地之一氣。彼以生爲附贅縣疣，以死爲決疣潰癰，夫若然者，又惡知死生先後之所在！假於異物，託於同體；忘其肝膽，遺其耳目；反覆終始，不知端倪；芒然彷徨乎塵垢之外，逍遙乎無爲之業。彼又惡能憒憒然爲世俗之禮，以觀眾人之耳目哉！」〔註21〕

因此，所謂「反其眞」者，主要在於能「與造物者爲人，而遊乎天地之一氣」。易言之，「反其眞」者是眞能忘掉自我形軀而與大自然爲一體的人，而並非在於帶有化形以登天的仙人色彩。此外，《莊子‧秋水》中「反其眞」者與其從道家修行者鍊氣、鍊性的觀點來看，倒不如視爲即是《莊子‧刻意》中「能體純素，謂之眞人」的概念。因爲《莊子‧秋水》中「反其眞」者，意在摒除人爲、私欲，無違樸質自然的主張，與《莊子‧刻意》中「能體純素，謂之眞人」的思想是一致的。甚至可以說與《莊子‧大宗師》中不「爲世俗之禮，以觀眾人之耳目」的「子桑戶」也是相一致的。簡言之，《莊子‧秋水》的「反其眞」與《莊子‧大宗師》的「反其眞」概念相通，皆指《莊子‧刻意》中「能體純素，謂之眞人」的概念。職是，「體素儲潔，乘月返

〔註20〕見（漢）許愼撰，（清）段玉裁注《說文解字注》（臺北：黎明文化事業股份有限公司，1998），頁384。
〔註21〕見（清）郭慶藩集釋《莊子集釋》（臺北：貫雅文化事業有限公司，1991），頁267～268。

眞。載瞻星氣，載歌幽人」即描繪出一邊仰望星月，一邊快樂高歌，
如子桑戶一類的人物形象，因而令人直覺有質樸、純粹的美感。「乘
月」的形象，未必要解釋爲乘月昇天，但「星」、「月」的皎潔亮光卻
可作爲「幽人」「體素儲潔」的象徵。

「載瞻星氣，載歌幽人」，孫聯奎《詩品臆說》另作「載瞻星辰，
載歌幽人」，而云：

> 星辰無暗光。一本作「載瞻星氣」義同。幽人無穢行。《易》
> 曰「幽人貞吉。」曰「載瞻」，曰「載歌」，是仰慕其潔之
> 意。〔註22〕

又無名氏《詩品注釋》亦云：

> 星辰，光潔之象，幽人，洗淨塵俗之人。載，發語詞。載
> 瞻載歌，指示明切，謂瞻之而可見，歌之而可思。〔註23〕

職是，「星辰」與「星氣」同義，又其光潔之象可作爲「幽人」「貞吉」
的象徵。然而說瞻之則「星氣」可見，歌之則「幽人」可思，則「載
瞻星氣，載歌幽人」便成爲仰慕「幽人」的形象。《周易・履》云：

> 幽人貞吉，中不自亂也。〔註24〕

「幽人」既有守正、潔身的象徵，則「載瞻星氣，載歌幽人」不妨與
前文「體素儲潔，乘月返眞」合看。〔註25〕詹幼馨即云：

> 所謂「載歌幽人」，就是說幽人載歌。幽人一面「載歌」，
> 一面「載瞻星氣」，載歌載瞻，體現出幽人「體素儲潔，乘
> 月返眞」之樂。〔註26〕

又喬力亦云：

〔註22〕見（清）孫聯奎、楊廷芝著，孫昌熙、劉淦校點《司空圖詩品解說
二種》（濟南：齊魯書社，1980），頁20。

〔註23〕見曹冷泉注釋《詩品通釋》（西安：三秦出版社，1989），頁31。

〔註24〕見（清）阮元刊刻《十三經注疏・周易》（臺北：藝文印書館，2003），
頁41。

〔註25〕趙福壇亦云：「所以，幽人有自潔其身，一塵不染的含義。」見趙福
壇箋釋，黃能升參證《詩品新釋》（廣州：花城出版社，1986），頁
62。

〔註26〕見詹幼馨著《司空圖詩品衍繹》（臺北：王記書坊，1985），頁104。

　　　　或説，當夜闌人定，萬籟寂寂之際，在皎潔的星光下，幽
　　　　人歌吟徘徊，翹首瞻望，萬念胥澄，只覺得表裡清澈，一
　　　　塵不染，方真正體味到「洗鍊」爲何物。〔註27〕

職是，在「體素儲潔，乘月返真。載瞻星氣，載歌幽人」的意象中，
「幽人」即是《莊子》所謂「能體純素」的「真人」，也是能「反其
真」如子桑戶一類的人。潔淨的月光、明亮的星辰與「幽人」「體素」、
「儲潔」、「返真」、「潔身」等特質相互輝映。

　　最後，「流水今日，明月前身」，楊廷芝《二十四詩品淺解》云：
　　　　今日，猶當下也，就物初洗出之時説。前身，猶前生也。
　　　　明月前身，前身即明月也。刷洗之新，有如今日，磨煉之
　　　　明，自其前生。洗煉豈一日功哉！〔註28〕

又云：
　　　　末二句，流水當作「潔」字看，明月仍作「明」字看；言
　　　　其洗煉之潔形於今日，不知其終於何日也；洗煉之明起於
　　　　前身，亦不知其始於何時也。〔註29〕

「今日」猶「當下」，則「流水」可作現在式看；「前身」猶「前生」，
則「明月」不妨作過去式看。但「流水」與「明月」的形象如何展現
「洗鍊」的美感？現在的「流水」與過去的「明月」又有何「洗鍊」
的關係呢？就前者問題而言，郭紹虞的注解曾云：「以流水之清淨，
當下就有洗的功能」。〔註30〕乾淨的水可用來清洗，因此清淨流水的
形象自然使郭紹虞聯想到「洗」字，而楊廷芝則認爲當作「潔」字看。
但除此之外，倘從流水不捨晝夜的流動形象來看，則「流水」就不止
於只有一般「水」的「洗」、「潔」意象，更有一種「煉」的意象。易

〔註27〕見喬力著《二十四詩品探微》（濟南：齊魯書社，1983），頁37。
〔註28〕見（清）孫聯奎、楊廷芝著，孫昌熙、劉淦校點《司空圖詩品解説
　　　　二種》（濟南：齊魯書社，1980），頁97。
〔註29〕見（清）孫聯奎、楊廷芝著，孫昌熙、劉淦校點《司空圖詩品解説
　　　　二種》（濟南：齊魯書社，1980），頁97。
〔註30〕見（唐）司空圖著，郭紹虞集解《詩品集解・續詩品注》（北京：人
　　　　民文學出版社，2006），頁15。

言之，不捨晝夜的流水形象，令人直覺有新益求新、精益求精的美感。
再就現在「流水」與過去「明月」的關係來說，孫聯奎《詩品臆說》
曾云：

> 撫我今日，有如流水，仰看明月，是我前身；渣滓去，而
> 清光來，此時方見洗煉之效矣。〔註31〕

又無名氏《詩品注釋》亦云：

> 言流水是我今之日，而活潑無窮，明月，是我前之身，而
> 修因有素也。〔註32〕

流水就其永不間斷的沖刷形象而言，便足以反映「洗煉」的美感，然
而倘將「流水」的意象與下文「明月」的意象並置，又可以發現「流
水」的清澈與明月的潔淨正相呼應。易言之，現今「流水」的洗煉是
以達到過去如明月般的皎潔光亮為目標，故《詩品臆說》云「此時方
見洗煉之效」，而《詩品注釋》說「修因有素」。也因此，「明月」不
僅可以作過去的「前身」看，同時也可指涉於未來，並且「明月前身」
與「乘月返眞」的意象一般，都明顯具有反璞歸眞的意涵。

　　職是，「洗煉」的文體風格可以用「如礦出金，如鉛出銀。超心煉
冶，絕愛緇磷」、「空潭瀉春」、「古鏡照神」、「體素儲潔，乘月返眞。
載瞻星氣，載歌幽人」、「流水今日，明月前身」等審美形象作為象徵。
「洗煉」的文體風格可以說是一種幾經錘鍊後的美感表現。不僅「如
礦出金，如鉛出銀。超心煉冶，絕愛緇磷」的審美形象如此，「空潭」
由「景」而「意」，「古鏡」由「形」而「神」，「幽人」由「俗」返「眞」，
「流水」以「明月」為目標等，皆令人有不斷精進、精益求精的美感。
此外就幾經鍛鍊後的成果而言，礦中出「金」，鉛中出「銀」，「空潭」
洩「春」，「古鏡」照「神」，「幽人」返「眞」，「流水」如「月」等，
又令人有純淨無雜、反璞歸眞的美感。是故，在「洗煉」的文體風格

〔註31〕見（清）孫聯奎、楊廷芝著，孫昌膝、劉淦校點《司空圖詩品解説
　　　　二種》（濟南：齊魯書社，1980），頁21。
〔註32〕見（唐）司空圖著，郭紹虞集解《詩品集解・續詩品注》（北京：人
　　　　民文學出版社，2006），頁15。

中，一方面可以明顯感受到作品中「字」、「詞」、「句」等的精鍊使用，另一方面也可感受到語言文字對美感形象恰到好處的成功表現。因此，「精益求精，精粹純一」的美感表現即是「洗鍊」文體風格的表現。

南宋・許顗《彥周詩話》曾云：

> 六朝詩人之詩，不可不熟讀。如「芙蓉露下落，楊柳月中疏」。鍛鍊至此，自唐以來，無人能及也。〔註33〕

可見六朝人作詩即注重對文字的雕琢、錘鍊，因此「洗鍊」文體風格的形成可上溯至六朝。西晉・陸機〈文賦〉即云：

> 若夫豐約之裁，俯仰之形，因宜適變，曲有微情：或言拙而喻巧，或理樸而辭輕；或襲故而彌新，或沿濁而更清；或覽之而必察，或研之而後精。〔註34〕

「豐」指長篇幅的作品，「約」指短篇幅的作品。作品篇幅或長或短，陸機主張必須由能否傳達出曲折、微妙的情感來作決定。換言之，陸機即以微妙的「情感」傳達作為鍛鍊文學作品的標準，而「言拙而喻巧」、「理樸而辭輕」、「襲故而彌新」、「沿濁而更清」、「覽之而必察」、「研之而後精」等都可以是「因宜適變」的方法。南朝梁・劉勰更進一步標舉「精約」為獨立文體風格。《文心雕龍・體性》云：

> 若總其歸塗，則數窮八體：一曰典雅，二曰遠奧，三曰精約，四曰顯附，五曰繁縟，六曰壯麗，七曰新奇，八曰輕靡。典雅者，鎔式經誥，方軌儒門者也；遠奧者，複采曲文，經理玄宗者也；精約者，覈字省句，剖析毫釐者也；……。〔註35〕

劉勰所標舉的「精約」文體風格，即以作品中遣「字」用「句」，令人有精鍊的使用美感為對象。因此一方面使得作品由「篇幅」的鍛鍊進步到對「字」、「句」上作更細緻的要求，但同時也使得作品的鍛鍊

〔註33〕見（清）何文煥輯《歷代詩話》（北京：中華書局，2006），頁383。
〔註34〕楊牧著《陸機文賦校釋》（臺北：洪範書店有限公司，1985），頁89。
〔註35〕見（梁）劉勰著，王更生注譯《文心雕龍讀本》下篇（臺北：文史哲出版社，2004），頁21。

逐漸脫離微妙「情感」的傳達要求，而走上以「字」、「句」爲主要的鍛鍊。入唐以後，作詩講究鍛字鍊句逐漸在盛唐開啓風氣。杜甫〈江上値水如海勢聊短述〉即自云：

爲人性僻耽佳句，語不驚人死不休。〔註36〕

又〈戲爲六絕句六首‧五〉云：

不薄今人愛古人，清詞麗句必爲鄰。〔註37〕。

由此可見，即使是杜甫詩以反映社會現實、善陳時事的寫實創作，也猶不免於對「字」、「句」講求鍛鍊。中唐以後，講究「字」、「句」鍛鍊的情況更爲明顯、嚴重。中唐‧賈島〈題詩後〉即云：

二句三年得，一吟雙淚流。〔註38〕

又晚唐‧皮日休〈劉棗強碑〉亦云：

百歲有是業者，雕金篆玉，牢奇籠怪，百鍛爲字，千練成句，雖不在躅太白，亦後來之佳作也。〔註39〕

所謂「二句三年得」、「百鍛爲字」、「千練成句」等，皆反映出中晚唐詩人在鍛鍊詩的「字」、「句」上過度的偏重，因而造成「苦吟詩風」的產生。不同於唐代詩人的是宋代詩人已逐漸意識到在「字」、「句」的鍛鍊外，更要重視「意」的鍛鍊。北宋‧范溫《潛溪詩眼》云：

世俗所謂樂天《金針集》，殊鄙淺，然其中有可取者，「鍊句不如鍊意」，非老於文學不能道此。又云「鍊字不如鍊句」，則未安也。好句要須好字，如李太白詩「吳姬壓酒喚客嘗」，見新酒初熟，江南風物之美，工在「壓」字。老杜〈畫馬〉詩「戲拈禿筆掃驊騮」，初無意於畫，偶然天成，工在「拈」字。柳詩「汲井漱寒齒」，工在「汲」字。工部又有所喜用字，如「修竹不受暑」，「野航恰受兩三人」，「吹面受和風」，「輕燕受風斜」，「受」字皆入妙。老坡尤愛「輕

〔註36〕見楊倫編輯《杜詩鏡銓》（臺北：藝文印書館，1971），頁 556～557。
〔註37〕見楊倫編輯《杜詩鏡銓》（臺北：藝文印書館，1971），頁 621。
〔註38〕見李建崑校注《賈島詩集校注》（臺北：里仁書局，2002），頁 443。
〔註39〕見（唐）皮日休著，蕭滌非整理《皮子文藪》（北京：中華書局，1959），頁 42。

燕受風斜」，以謂燕迎風低飛，乍前乍卻，非「受」字不能

形容也。〔註40〕

又張表臣《珊瑚鈎詩話》亦云：

詩以意爲主，又須篇中鍊句，句中鍊字，乃得工耳，以氣

韻清高深眇者絕，以格力雅健雄豪者勝。元輕白俗，郊寒

島瘦，皆其病也。〔註41〕

《金針集》又名《金鍼詩格》，是否爲中唐・白居易所著仍有待商榷，

但即使如此張伯偉卻認爲成書年代應不會在晚唐以後。〔註42〕換言

之，早在晚唐以前便有人注意到「鍊意」的問題，但對「鍊句不如鍊

意」的肯定、「鍊字不如鍊句」的修正，則明顯要到北宋才普遍受到

重視。北宋對「鍊字不如鍊句」的修正，主要展現在「鍊字」、「鍊句」

求工的肯定，但「鍊字」、「鍊句」並非創作詩的最終目標。所謂「好

句要須好字」、「詩以意爲主，又須篇中鍊句，句中鍊字，乃得工耳」

即明白指出宋人對詩的鍛鍊，是要在「鍊字」、「鍊句」的基礎上達到

「鍊意」的最終目標。因此，即使是極爲講究「鍊字」、「鍊句」的孟

郊、賈島也一樣爲宋人所詬病。此外，「郊寒島瘦」語出蘇軾，又杜

甫「輕燕受風斜」爲蘇軾所尤愛，並謂「燕迎風低飛，乍前乍卻，非

『受』字不能形容」，因此蘇軾主張詩要鍛鍊，便極可能的也認同要

在「鍊字」、「鍊句」的基礎上，達到「鍊意」的最終目標。〔註43〕蘇

〔註40〕見吳文治主編《宋詩話全編》（南京：江蘇古籍出版社，1998），頁
　　　　1249。

〔註41〕見（清）何文煥輯《歷代詩話》（北京：中華書局，2006），頁455。

〔註42〕張伯偉云：「從當時科舉考試以《詩格》爲依據，而應舉士子又以白
　　　　居易等人爲典範來看，白氏曾著有《金鍼詩格》一書恐亦不能斷然
　　　　否定。即使此書不出於白氏之手，但從《二南密旨》、《風騷要式》
　　　　等書中對《金鍼詩格》理論的沿襲來看，其成書年代也不會在晚唐
　　　　以後。」見傅璇琮主編，張伯偉編撰《全唐五代詩格校考》（西安：
　　　　陝西人民教育出版社，1996），頁324。

〔註43〕蘇軾〈祭柳子玉文〉云：「元輕白俗，郊寒島瘦」見（宋）蘇軾著，
　　　　傅成穆儔標點《蘇軾全集》（上海：上海古籍出版社，2000），頁2017。
　　　　杜甫〈春歸〉云：「遠鷗浮水靜，輕燕受風斜」見楊倫編輯《杜詩鏡
　　　　銓》（臺北：藝文印書館，1971），頁761。

軾〈崔文學甲攜文見過蕭然有出塵之姿問之則孫介夫之甥也故復用前韻賦一篇示志舉〉曾云：

清詩要鍛煉，乃得鉛中銀。〔註44〕

其中「清」字即點出經過鍛鍊後的詩所令人有的純淨、無雜美感，並且這樣的詩就如同「得鉛中銀」一般，與《二十四詩品》以「如鉛出銀」作為「洗鍊」文體風格的比喻，十分近似。此外，「洗鍊」一品中「空潭瀉春」的審美意象，也明顯具有由「景」而「意」的「精益求精，精粹純一」美感。職是，北宋在「鍊字」、「鍊句」的基礎上，對「鍊意」的更加重視，便為《二十四詩品》的「洗鍊」文體風格提供了一個良好的發展環境。

第二節　弘大剛毅，強健不息——勁健的審美韻致

《二十四詩品‧勁健》云：

行神如空，行氣如虹。巫峽千尋，走雲連風。飲真茹強，
蓄素守中。喻彼行健，是謂存雄。天地與立，神化攸同。
期之以實，御之以終。〔註45〕

就章法而言，祖保泉認為前四句是對「勁健」作直接描寫。中四句說明形成「勁健」風格的根源問題。末四句說明具備雄健氣魄的人，才有雄健氣魄的詩。〔註46〕另外，杜黎均也主張前四句是一連串四個比喻，旨在描繪「勁健」風格的內涵。中四句是基本論點後，再加以注解的說明，其中「飲真茹強，蓄素守中」是本篇的中心文學理論判斷。末四句則提出對「勁健」的希望。〔註47〕因此，前四句為「勁健」審

〔註44〕見（宋）蘇軾著，傅成穆儔標點《蘇軾全集》（上海：上海古籍出版社，2000），頁557。

〔註45〕見（唐）司空圖著，郭紹虞集解《詩品集解‧續詩品注》（北京：人民文學出版社，2006），頁16。

〔註46〕參見祖保泉著《司空圖詩品解說》（修訂本）（合肥：安徽人民出版社，1982），頁49～50。

〔註47〕參見杜黎均著《二十四詩品譯注評析》（北京：北京出版社，1988），頁101～102。

美形象的描繪，屬形象語言。至於中四句與末四句，祖保泉、杜黎均固然皆作說明「勁健」概念的邏輯語言。但「喻彼行健，是謂存雄。天地與立，神化攸同」祖保泉的譯文卻說：

> 雄健的氣魄與天地並存，它像自然造化一樣永遠不息地運行。〔註48〕

又杜黎均的今譯亦云：

> 好像天體穩健不息地運行，你的詩就能達到渾厚勁雄。這樣的詩歌與天地共存，和大自然呼吸相通。〔註49〕

於此可見天體運行及與天地並存的形象，因此「喻彼行健，是謂存雄」、「天地與立，神化攸同」不妨皆視爲描繪「勁健」的形象語言。至於「飲眞茹強，蓄素守中」、「期之以實，御之以終」則仍作爲說明「勁健」的邏輯語言。職是，「勁健」一品的篇章結構可分析爲：「行神如空，行氣如虹」、「巫峽千尋，走雲連風」、「喻彼行健，是謂存雄」、「天地與立，神化攸同」等，爲勁健的審美形象；「飲眞茹強，蓄素守中」、「期之以實，御之以終」等，爲勁健的概念敘述。

就「勁健」的審美形象來說，「行神如空，行氣如虹」，楊廷芝《二十四詩品淺解》云：

> 如空，言神之行，勁氣直達，無阻隔也。如虹，極言其氣之長無盡處也。〔註50〕

又祖保泉的注釋云：

> 神：精神。氣：指眞人所吐的氣。上句說眞人精神飛翔於太空，下句說眞人吐氣如長虹橫空。兩句皆形容勁健的樣子。〔註51〕

〔註48〕見祖保泉著《司空圖詩品解說》（修訂本）（合肥：安徽人民出版社，1982），頁49。

〔註49〕見杜黎均著《二十四詩品譯注評析》（北京：北京出版社，1988），頁100～101。

〔註50〕見（清）孫聯奎、楊廷芝著，孫昌熙、劉淦校點《司空圖詩品解說二種》（濟南：齊魯書社，1980），頁98。

〔註51〕見祖保泉著《司空圖詩品解說》（修訂本）（合肥：安徽人民出版社，

職是，「行神如空」是修行眞人飛行於太空，暢行直達的形象，令人直覺有氣勢如虹、道貫一氣的美感。「行氣如虹」則是長虹橫空的形象，因此有綿長、橫亙的美感。將「行神如空」與「行氣如虹」的意象並置，則可以發現天空的長虹，即是修行眞人道貫一氣的展現。此外，「行神如空」的「空」字，點出這股勁氣如「空」直貫的巨大力量；「行氣如虹」的「虹」字，則指出這股勁氣的綿長、持續。因此「勁健」的美感令人感到的是有一股強勁且持續的力量在運行著。

其次，「巫峽千尋，走雲連風」，孫聯奎《詩品臆說》云：

> 巫峽而有千尋之高，是「健」。雲走其上，而風連其中，是「勁」。神、氣盛行，實有此象。〔註52〕

又詹幼馨亦云：

> 我們仔細尋繹這兩句詩，可以體會出既能分開來理解爲「巫峽千尋」說的是「健」，而「走雲連風」說的是「勁」；又可以合起來理解爲在驚險的環境中上下左右正在激盪著一種莫測高深、變化萬端的力量，這種力量是雄偉的、勁健的，是自然形成的、無可抗拒的。膽小的人，將因之震懾不安；膽大的人，將爲之歡呼贊賞。〔註53〕

於此「勁健」的風格似又可再細分爲「勁」與「健」，而「勁健」的風格即是「勁」與「健」的總合理解。然而，「巫峽千尋，走雲連風」既作爲「勁健」的審美形象，便意謂「巫峽千尋」、「走雲連風」皆同時包含有「勁」與「健」的美感，而非僅以「巫峽千尋」說「健」，「走雲連風」說「勁」。〔註54〕「巫峽千尋，走雲連風」如何表現出「勁健」的美感？郭紹虞的注解云：

> 杜甫〈秋興〉詩「巫山巫峽氣蕭森」，正以其千尋壁立，陰

1982），頁48。

〔註52〕見（清）孫聯奎、楊廷芝著，孫昌熙、劉淦校點《司空圖詩品解説二種》（濟南：齊魯書社，1980），頁21。

〔註53〕見詹幼馨著《司空圖詩品衍繹》（臺北：王記書坊，1985），頁22。

〔註54〕曹冷泉也認爲分解「勁」與「健」未免迂闊。參見曹冷泉注釋《詩品通釋》（西安：三秦出版社，1989），頁32。

　　　　森可怕。以巫峽千尋之險峻，而能走雲連風於其間，足見

　　　　大氣流行，正是勁健二字最形象化的描寫。〔註55〕

「巫峽千尋」是高聳、陡峭的峽谷形象，令人爲之震懾、驚恐，但也
令人有壯麗、險峻的美感。「走雲連風」是風起雲湧、大氣流行的形
象，一樣令人有山雨欲來的恐懼、害怕，但也具有雄壯、激盪的美感。
將「巫峽千尋」與「走雲連風」的意象並置，則可以發現「風」起、
「雲」湧的地方，即是巍峨險峻的巫山峽谷。換言之，視角鏡頭將隨
著走「雲」、連「風」不斷的上升、湧起而移動，而千尋巫峽的高度
與險度也將隨之而增加。走「雲」、連「風」的不斷湧起、上升，令
人直覺有雄勁的美感，而直逼巫峽頂峰的形象，則有強健的美感。同
樣的，巫峽的高度隨走「雲」、連「風」不斷的上升、湧起而增高，
便彷彿是每塊岩石層層堆疊所致，因此令人直覺有勁拔的美感，而終
入雲霄、與天並高的形象，也令人有剛健的美感。

　　另外，「巫峽千尋，走雲連風」楊廷芝《二十四詩品淺解》曾云：

　　　　巫峽千尋，懸崖峭壁，亙古長崎也。走雲連風，大氣流行，

　　　　片刻不停。〔註56〕

又喬力亦云：

　　　　第三、四兩句則用具體生動的形象來比喻神、氣的勁健。

　　　　巫峽絕壁，高崎千尋，其中雲走風連，浩浩蕩蕩，雖經千

　　　　古而不息，則此勁健之象直如大氣流行，可以通達天地

　　　　了。〔註57〕

職是，除了在千尋高度的空間擴展上表現「勁健」，「巫峽」從古至今
的長崎形象，也能令人直覺有弘毅、沉穩的美感。同樣的，「風」、「雲」
除了在不斷上升、湧起的空間上表現「勁健」外，巫峽上千古不息的

〔註55〕見（唐）司空圖著，郭紹虞集解《詩品集解・續詩品注》（北京：人
　　　　民文學出版社，2006），頁16。
〔註56〕見（清）孫聯奎、楊廷芝著，孫昌熙、劉淦校點《司空圖詩品解說
　　　　二種》（濟南：齊魯書社，1980），頁98。
〔註57〕見喬力著《二十四詩品探微》（濟南：齊魯書社，1983），頁40。

風起雲湧形象，也令人有剛強、永恆的美感。是故，「巫峽千尋，走雲連風」的「勁健」美感，既可以表現在空間的擴展上，也可以表現在時間的延展上。

復次，「喻彼行健，是謂存雄」，郭紹虞的注解云：

> 《易·乾卦》：「天行健，君子以自強不息。」勁健之風格似之。能如是，始可謂之存雄。《莊子·天下篇》：「天地其壯乎？施存雄而無術。」此說明惠施意在勝人，但知存雄不知守雌。此用《易》之「行健」與《莊》之「存雄」說明勁健之風格，同時亦總結以前所舉各例，謂可比以行健，也可稱爲存雄。〔註58〕

「喻彼行健」意謂「勁健」的風格如「行健」。「行健」語出《周易》，所以「行健」可理解爲天體運行不止的形象，而「是謂存雄」則指出「行健」審美形象的美感內容。但何謂「存雄」？天體周而復始、永不止息的運行形象，一方面令人直覺有力量實有、飽滿的美感，另一方面也令人有堅毅、強健的美感。因此所謂「存雄」的美感內容，指的便是弘大剛毅、強健不息的美感。除此之外，《周易》以「天行健」來作爲「君子自強不息」的效法對象，因此「行健」也可理解爲君子自強不息的形象。《周易·乾》云：

> 君子終日乾乾，夕惕若厲，無咎。〔註59〕

職是，君子從早到晚努力不懈、精進修德的形象，更明顯的令人直覺有意志弘大剛毅、強健不息的美感。「存雄」語出《莊子》。《莊子·天下》云：

> 然惠施之口談，自以爲最賢，曰天地其壯乎！施存雄而無術。〔註60〕

〔註58〕見（唐）司空圖著，郭紹虞集解《詩品集解·續詩品注》（北京：人民文學出版社，2006），頁17。

〔註59〕見（清）阮元刊刻《十三經注疏·周易》（臺北：藝文印書館，2003），頁9。

〔註60〕見（清）郭慶藩集釋《莊子集釋》（臺北：貫雅文化事業有限公司，1991），頁1112。

可見「存雄」乃意指惠施在口才論辯上的逞強、好勝。「喻比行健，是謂存雄」固然非指論辯上的逞強、好勝，然而「存雄」所具有的盛氣凌人、氣勢強勝，卻正是「喻彼行健」給人最直接的美感感受。

最後，「天地與立，神化攸同」，孫聯奎《詩品臆說》云：

> 「其為氣也，至大至剛，以直養而無害，則塞於天地之間」。是天地與立。氣本天地之氣，以天地之氣還天地，是神化攸同。〔註61〕

職是，「天地與立」是與天地並存的形象，可以是至大至剛、塞於天地的「浩然之氣」，而「神化攸同」即是審美「浩然之氣」所得的美感內容。然而，「浩然之氣」之所以令人有與天地「神化攸同」的感受，並非只因「氣本天地之氣，以天地之氣還天地」。楊廷芝《二十四詩品淺解》曾云：

> 天地終古，不敝其勁，可與之俱立。神化，流行不已，其健亦與之相同。〔註62〕

所以就審美經驗而言，「浩然之氣」至大至剛的形象，便令人直覺有頂天立地、參贊天地的美感；又塞於天地的形象，也令人有與天地終古、永恆不已的美感。職此「勁健」的美感內容即是「神化攸同」的美感內容，指的便是與天地並立的弘大、剛毅美感，及與天地並存的強健、不息美感。此外，「天地與立，神化攸同」倘與前文「巫峽千尋，走雲連風」的意象並置，又可發現與天地並存的形象，除了指「浩然之氣」以外，也可以指的是千尋之高的「巫峽」或奔騰翻湧其上的「風」、「雲」。

就勁健的概念敘述而論，「飲真茹強，蓄素守中」，郭紹虞的注解云：

> 真，真力也，亦真氣也；強，強力也，亦勁氣也。所飲者

〔註61〕見（清）孫聯奎、楊廷芝著，孫昌熙、劉淦校點《司空圖詩品解說二種》（濟南：齊魯書社，1980），頁22。

〔註62〕見（清）孫聯奎、楊廷芝著，孫昌熙、劉淦校點《司空圖詩品解說二種》（濟南：齊魯書社，1980），頁98～99。

> 真，所茹者強，則真力彌滿，勁氣充周矣。曰飲，曰茹，
> 正見得經過消化，化爲己有，所以再補一句「蓄素守中」，
> 才見得蓄之於平日，存之於心胸，是集義所生，非義襲而
> 取之矣。〔註63〕

「真」作「真力」、「真氣」解，「強」作「強力」、「勁氣」解，則「飲真茹強」便明白指出「勁健」風格是一力量飽滿、活力充沛的概念。此外，下文「蓄素守中」則又補充說明這樣的飽滿力量、充沛活力是蓄存在每一天的日常生活當中。質言之，「勁健」即指的是一充沛飽滿又恆久不息的力量風格。因此《周易》的「天行健」、《孟子》的「浩然之氣」等，都可說是「勁健」風格的典型審美形象。

另外，祖保泉曾云：

> 作者說，詩人要永遠不停地「飲真茹強，蓄素守中」，才有
> 可能形成自己的勁健風格。〔註64〕

又詹幼馨亦云：

> 「飲真茹強」是存雄的開始、基礎，「蓄素守中」是存雄的
> 持續、深入。只有「存雄」才能「勁健」。〔註65〕

將「飲真茹強，蓄素守中」視爲形成「勁健」風格的工夫，則明顯是從創作論的觀點來論述「飲真茹強，蓄素守中」。倘就文體論的觀點來看，則「飲真茹強，蓄素守中」正說明了「神」、「氣」所以能「如空」或「如虹」而行，「巫峽」、「風」、「雲」所以能矗立千尋或流行其間等原因。孫聯奎《詩品臆說》即云：

> 飲真茹強，蓄素守中，即神、氣之所以行處。〔註66〕

又祖保泉曾云：

〔註63〕見（唐）司空圖著，郭紹虞集解《詩品集解‧續詩品注》（北京：人民文學出版社，2006），頁 16～17。

〔註64〕見祖保泉著《司空圖詩品解說》（修訂本）（合肥：安徽人民出版社，1982），頁 49。

〔註65〕見詹幼馨著《司空圖詩品衍繹》（臺北：王記書坊，1985），頁 21。

〔註66〕見（清）孫聯奎、楊廷芝著，孫昌熙、劉淦校點《司空圖詩品解說二種》（濟南：齊魯書社，1980），頁 21。

「飲眞茹強，蓄素守中」，也就是「存雄」的具體說明。
〔註 67〕
於此可發現，「飲眞茹強，蓄素守中」不僅可作為「勁健」風格的概念說明，同時也可作為「勁健」審美形象的美感內容。其中「眞」、「強」的概念即與「是謂存雄」的「雄」相呼應。因此更可證明「行神如空」、「行氣如虹」、「巫峽千尋」、「走雲連風」、「喻彼行健」、「天地與立」等「勁健」的審美形象，是一力量豐沛、飽滿又直貫、不息的美感形象。

其次，「期之以實，御之以終」，楊廷芝《二十四詩品淺解》云：
期，猶要也。御，統馭也。二「之」字，一指心之理言，一指事物言。期之以實，則心無虛假，得其所以勁。御之以終，則功無間斷，得其所以健。〔註 68〕
又郭紹虞的注解亦云：
「期之以實」，則不同虛憍之氣，得其所以勁。「御之以終」，則並無間斷之時，得其所以健。兩「之」字分指勁健字。〔註 69〕
於此，「期之以實」的「之」乃就心之理而言，指「勁」；「御之以終」的「之」則就事物而言，指「健」。然而，「期之以實」、「御之以終」皆為「勁健」風格的概念說明，因此「期之以實」、「御之以終」便不適合分指「勁」與「健」。杜黎均亦指出：
「之」：仍指作品。或解兩「之」字分指「勁」、「健」二字，不妥，並不符合原著本意。〔註 70〕
就文體論而言，「期之以實，御之以終」的兩「之」字即應指作品的

〔註 67〕 見祖保泉著《司空圖詩品解說》（修訂本）（合肥：安徽人民出版社，1982），頁 48。
〔註 68〕 見（清）孫聯奎、楊廷芝著，孫昌膝、劉淦校點《司空圖詩品解說二種》（濟南：齊魯書社，1980），頁 99。
〔註 69〕 見（唐）司空圖著，郭紹虞集解《詩品集解‧續詩品注》（北京：人民文學出版社，2006），頁 17。
〔註 70〕 見杜黎均著《二十四詩品譯注評析》（北京：北京出版社，1988），頁 100。

風格而言，亦即兩「之」字皆指的是「勁健」的文體風格。由是，「勁健」的風格概念在於有「實」而不虛假，也在於有「終」而不間斷。但何謂「實」？何謂「終」呢？詹幼馨曾云：

> 「期之以實」的「實」指的是「真」、「強」；「期」，有「飲」、「茹」的意思，不要只作「期望」解釋。〔註71〕

又云：

> 「御之以終」的「終」指的是「素」、「中」；「御」，有「蓄」、「守」的意思，不要只作「用」、「馭」解釋。〔註72〕

「期之以實，御之以終」倘從前文「飲真茹強，蓄素守中」的概念來推敲，則可發現「期之以實」的「實」正與「飲真茹強」的「真」與「強」呼應。易言之，「期之以實」的「實」不僅指「真力」、「強力」的實有，同時也指的是「真力」、「強力」的飽滿。如此「御之以終」的概念也可能與「蓄素守中」的概念相呼應，如是「終」與其指「素」、「中」，倒不如更明確指的是「真力」、「強力」的終久、不息。

　　職是，「勁健」的文體風格可以用「行神如空，行氣如虹」、「巫峽千尋，走雲連風」、「喻彼行健」、「天地與立」等審美形象作為象徵。「勁健」文體風格的表現即是弘大剛毅、強健不息的美感表現。孫聯奎《詩品臆說》對「勁健」的題解曾云：

> 勁健，總言橫豎有力也。〔註73〕

「勁健」文體風格給人的第一印象確實是「有力」的美感，但倘僅以「有力」二字來總括「勁健」的文體風格，則似乎又太單薄。因為，就「勁健」的審美形象而言，「行神如空，行氣如虹」、「巫峽千尋，走雲連風」、「喻彼行健」、「天地與立」等皆不僅令人直覺有力量彌滿的美感，同時也具有橫亙空間與時間的美感。職是，「勁健」文體風格的「有力」美感，並非只是力量單純的巨大而已，更是具有空間開

〔註71〕見詹幼馨著《司空圖詩品衍繹》（臺北：王記書坊，1985），頁24。
〔註72〕見詹幼馨著《司空圖詩品衍繹》（臺北：王記書坊，1985），頁24。
〔註73〕見（唐）司空圖著，郭紹虞集解《詩品集解‧續詩品注》（北京：人民文學出版社，2006），頁21。

拓、經得起時間淘篩，足與天地共長存的力量美感。另外，「勁健」
與「雄渾」皆可以《周易》「天行健」、《孟子》「浩然之氣」等作爲審
美形象，又「勁健」與「雄渾」同時令人有豐沛、飽滿的力量美感，
於是造成「勁健」與「雄渾」之間頗有相通、類似之處。趙福壇即指
出：

> 相同之處，兩者都表現出雄偉剛健，強勁有力的藝術特點。
> 但「雄渾」側重於詩的意境之深厚渾成，體現一個「渾」
> 字；「勁健」側重於詩之氣勢之強勁有力，體現一個「勁」
> 字。「雄渾」中的「雄」是由「積健」而成，「勁健」中的
> 「雄」是由「行健」所得，一積一行。〔註74〕

又詹幼馨亦云：

> 「雄渾」側重於渾厚。渾沌、圓滿，有氣勢、有威力，不
> 露稜角而顯精神。「勁健」側重於剛強。剛毅、堅定，有威
> 勢、有氣力，著力處往往有稜角。「勁」，顯靈於外，近乎
> 「雄」；「健」，含蓄於內，近乎「渾」。「雄渾」中的「反虛
> 入渾」，可以用來說明「健」，而「積健爲雄」，又可以用來
> 說明「勁」。「雄渾」與「勁健」有共通之處，所以兩品中
> 的語句有些可以互訓。但「雄渾」可以概括「勁健」，而「勁
> 健」不能概括「雄渾」，這又是兩品並存的原因。〔註75〕

首先就共通的美感而言，「勁健」與「雄渾」雖然都有力量巨大的美
感，然而「雄渾」令人感受到的是作用的氣勢磅礴、渾化無跡，也可
以感受到內蘊的無窮與深厚。至於「勁健」則令人感到的是具有空間
開拓、經得起時間淘篩，足與天地共長存的力量美感。其次再細就共
通的審美形象來看，《周易·乾》云：

> 天行健，君子以自強不息。〔註76〕

〔註74〕見趙福壇箋釋，黃能升參證《詩品新釋》（廣州：花城出版社，1986），
頁75。

〔註75〕見詹幼馨著《司空圖詩品衍繹》（臺北：王記書坊，1985），頁20。

〔註76〕見（清）阮元刊刻《十三經注疏·周易》（臺北：藝文印書館，2003），
頁11。

又《孟子‧公孫丑上》云：

> 「敢問何謂浩然之氣？」曰：「難言也。其爲氣也，至大至
> 剛，以直養而無害，則塞於天地之間。其爲氣也，配義與
> 道；無是，餒也。是集義所生者，非義襲而取之也；行有
> 不慊於心，則餒矣。」〔註77〕

在「天行健」的審美形象中，因運行的「不息」，所以令人直覺有力
量實有、飽滿的美感，然而另一方面也令人有堅毅、強健的美感。側
重於前者的審美感觀點，便形成「雄渾」的風格；側重後者，則成爲
「勁健」。同樣的，在「浩然之氣」的審美形象中，側重於「大」的
審美觀點，則「至大至剛」、「塞於天地」、「集義所生」的形象，便令
人直覺有氣勢如虹、氣勢磅礡、豐盈醇厚的美感。然而，若將審美觀
點側重於與「天地」的相並比上，則「浩然之氣」便令人有與天地並
立的弘大、剛毅美感，及與天地並存的強健、不息美感。側重於前者
的審美經驗，即構成「雄渾」的風格，側重於後者，則形成「勁健」。
是故，即便《周易》「天行健」、《孟子》「浩然之氣」等皆可作爲「雄
渾」與「勁健」的審美形象，但「雄渾」與「勁健」畢竟是兩種不同
的文體風格。「雄渾」的文體風格是氣勢磅礡、內蘊渾厚的美感表現，
而「勁健」的文體風格則是弘大剛毅、強健不息。「雄渾」風格可說
側重於「深厚渾成」、「不露稜角而顯精神」；「勁健」風格則是側重於
「強勁有力」、「著力處往往有稜角」。「雄渾」與「勁健」爲獨立的文
體風格，因此兩品的論述語句各自完備，無須互訓，「勁健」不能概
括「雄渾」，「雄渾」也不能概括「勁健」，如此才是兩品並存的原因。

「行健」語出《周易》，又「存雄」語出《莊子》，因此「勁健」
文體風格形成的源流可上溯至先秦。《文心雕龍‧風骨》曾云：

> 昔潘勗錫魏，思摹經典，群才韜筆，乃其骨髓峻也；相如
> 賦仙，氣號凌雲，蔚爲辭宗，乃其骨力遒也。能鑒斯要，

〔註77〕見（清）阮元刊刻《十三經注疏‧孟子》（臺北：藝文印書館，2003），
頁54～55。

　　　　可以定文；茲術或違，無務繁采。〔註78〕

又杜甫〈戲爲六絕句六首·一〉亦云：

　　　　庾信文章老更成，凌雲健筆意縱橫。〔註79〕

於此可見，南朝梁·劉勰與盛唐·杜甫皆是以「凌雲」的「有力」概念來概括「勁健」的文體風格，而司馬相如、庾信，則分別爲西漢、南北朝「勁健」文體風格的創作代表。另外，杜黎均曾指出《文心雕龍》多次論證到「氣」對創作的重要作用，其中〈風骨〉篇「是以綴慮裁篇，務盈守氣，剛健既實，輝光乃新」四句，是從「氣」的角度對「勁健」風格的最早論述。〔註80〕《文心雕龍》固然是目前文學專著中最早對「勁健」風格有相關的論述記載，但文學理論中創作論與文體論畢竟不同，因此探討作品的風格問題，仍應從文體論的觀點來闡明。〈風骨〉篇中，劉勰對司馬相如賦的「氣號凌雲」、「骨力遒也」等評論，才是「勁健」文體風格最早的相關論述。中唐時，皎然標舉「力」爲獨立風格，並且使用到「勁健」一詞。《詩式》云：「體裁勁健曰力。」〔註81〕可見「勁健」的文體風格在中唐時還附屬在「力」之下，仍未成爲一獨立的文體風格。晚唐·司空圖〈題柳柳州集後序〉曾云：

　　　　愚常覽韓吏部歌詩數百首，其驅駕氣勢，若掀雷抉電，撐抉
　　　　於天地之間，物狀奇怪，不得不鼓舞而徇其呼吸也。〔註82〕

所謂「若掀雷抉電，撐抉於天地之間」一樣可見中唐·韓愈詩「力」的風格表現，然而卻不見司空圖以「勁健」一詞來論之。入宋以後，

〔註78〕　見（梁）劉勰著，王更生注譯《文心雕龍讀本》上篇（臺北：文史哲出版社，2004），頁36。

〔註79〕　見楊倫編輯《杜詩鏡銓》（臺北：藝文印書館，1971），頁691。

〔註80〕　參見杜黎均著《二十四詩品譯注評析》（北京：北京出版社，1988），頁102。

〔註81〕　見傅璇琮主編，張伯偉編撰《全唐五代詩格校考》（西安：陝西人民教育出版社，1996），頁220。

〔註82〕　（唐）司空圖著，祖保泉、陶禮天箋校《司空表聖詩文集箋校》（合肥：安徽大學出版社，2002），頁196。

詩作中對「力」的講求，仍爲詩家所重。北宋‧王直方的《王直方詩
話》即曾引同朝賀鑄的論詩云：

> 方回言學詩於前輩，得八句云：「平澹不流於淺俗，奇古不
> 鄰於怪癖；題詩不窘於物象；敘事不病於聲律；比興深者
> 通物理，用事工者如己出；格見於成篇，渾然不可鐫；氣
> 出於言外，浩然不可屈。」盡心於詩，守此。〔註83〕

又南宋‧許顗《彥周詩話》亦云：

> 詩有力量，猶如弓之鬥力：其未挽時，不知其難也；及其
> 挽之，力不及處，分寸不可強。〔註84〕

宋代詩家對詩作「有力」的表現重視，於此可見一斑。然而，南宋‧
嚴羽〈附答吳景仙書〉卻云：

> 又謂盛唐之詩「雄深雅健」，僕謂此四字但可評文，於詩則
> 用「健」字不得。不若〈詩辯〉「雄渾悲壯」之語爲得詩之
> 體也。毫釐之差，不可不辨。坡谷諸公之詩，如米元章之
> 字，雖筆力勁健，終有子路未事夫子時氣象。盛唐諸公之
> 詩，如顏魯公書，既筆力雄壯，又氣象渾厚，其不同如此。
> 只此一字，便見我叔腳根未點地處也。〔註85〕

嚴羽雖不贊同以「健」字來論詩，但其「終有子路未事夫子時氣象」
的理由，正點出「勁健」的「存雄」美感內容——令人有盛氣凌人、
氣勢強勝的美感。由此可見，南宋對「勁健」的文體風格已頗有明確
的認知，而《二十四詩品》的「勁健」產生背景，便極可能與宋人如
此注重詩作的「有力」表現有關。

第三節　富麗華豔，底蘊自足——綺麗的審美韻致

《二十四詩品‧綺麗》云：

〔註83〕見吳文治主編《宋詩話全編》（南京：江蘇古籍出版社，1998），頁
　　　　1190。

〔註84〕見（清）何文煥輯《歷代詩話》（北京：中華書局，2006），頁388。

〔註85〕見（清）何文煥輯《歷代詩話》（北京：中華書局，2006），頁 707
　　　　～708。

神存富貴，始輕黃金。濃盡必枯，淡者屢深。霧餘水畔，
紅杏在林。月明華屋，畫橋碧陰。金樽酒滿，伴客彈琴。
取之自足，良殫美襟。〔註86〕

就章法而言，祖保泉認為首四句是說明作者對「綺麗」的看法。中
四句全是「綺麗」境界的描繪。末四句中，「金樽酒滿，伴客彈琴」
寫高人雅士對「綺麗」景象淡然處之的態度，而「取之自足，良殫
美襟」則與開頭兩句所顯示的意思相一致。〔註87〕另外，杜黎均以
為「神存富貴，始輕黃金」是比喻性說理。「濃盡必枯，淡者屢深」
是用濃淡對比說理，來闡明「綺麗」貴在適度。「霧餘水畔，紅杏在
林。月明華屋，畫橋碧陰」是景物形象，「金樽酒滿，伴客彈琴。取
之自足，良殫美襟」則是人物形象，皆用來刻劃「綺麗」風格應當
達到的地步。〔註88〕職是，「神存富貴，始輕黃金。濃盡必枯，淡者
屢深」可直接視為說理性的邏輯語言。〔註89〕「霧餘水畔，紅杏在
林。月明華屋，畫橋碧陰。金樽酒滿，伴客彈琴」則為描繪「綺麗」
風格的形象語言。至於，「取之自足，良殫美襟」應與開頭兩句一樣，
視為邏輯語言，抑或與前文「金樽酒滿，伴客彈琴」一併作為補充
前文的形象語言呢？「霧餘水畔，紅杏在林。月明華屋，畫橋碧陰。
金樽酒滿，伴客彈琴。取之自足，良殫美襟」祖保泉作「露餘山青，

〔註86〕見（唐）司空圖著，郭紹虞集解《詩品集解·續詩品注》（北京：人
民文學出版社，2006），頁18。
〔註87〕參見祖保泉著《司空圖詩品解說》（修訂本）（合肥：安徽人民出版
社，1982），頁52～53。
〔註88〕參見杜黎均著《二十四詩品譯注評析》（北京：北京出版社，1988），
頁106。
〔註89〕雖然「神存富貴，始輕黃金」，祖保泉的譯文云：「只有那具有富貴
神情的人，才不那麼看重黃金──詩的綺麗在神不在形。」見祖保
泉著《司空圖詩品解說》（修訂本）（合肥：安徽人民出版社，1982），
頁51。又杜黎均以為是比喻性說理，而今譯云：「精神世界豐富，才
能輕視黃金。」見杜黎均著《二十四詩品譯注評析》（北京：北京出
版社，1988），頁105。但「神存富貴，始輕黃金」作為一人物形象
的概括性並不明顯，因此不適合視為形象語言，而宜視為邏輯語言。

紅杏在林。月明華屋，畫橋碧陰。金樽酒滿，伴客彈琴。取之自足，
良殫美襟」，並譯文云：

> 晨露滋潤的青山邊，滿林杏花紅得多麼動人；明月照映下
> 的華屋，明滅閃光；綠蔭中，又出現雕欄曲橋的身影。這
> 風光多麼綺麗！詩人啊，你最好斟上一杯美酒，再彈著琴，
> 陪伴著你的友人。你得充分領受這綺麗的美景，才好儘量
> 地傾訴你的衷情。〔註90〕

又杜黎均也認為「取之自足」的「之」字指「以上自然景象」。〔註91〕
由此可見，「取之自足，良殫美襟」乃直承「霧餘水畔，紅杏在林。
月明華屋，畫橋碧陰。金樽酒滿，伴客彈琴。取之自足，良殫美
襟」而來，因此「取之自足，良殫美襟」不妨與前文一併作為形象語言。
〔註92〕職是，「綺麗」一品的篇章結構可分析為：「霧餘水畔，紅杏在
林。月明華屋，畫橋碧陰。金樽酒滿，伴客彈琴。取之自足，良殫美
襟」為綺麗的審美形象。「神存富貴，始輕黃金」、「濃盡必枯，淡者
屢深」等，為綺麗的概念敘述。

　　就「綺麗」的審美形象而言，「霧餘水畔，紅杏在林。月明華屋，
畫橋碧陰。金樽酒滿，伴客彈琴。取之自足，良殫美襟」中的「之」
字既指的是「霧餘水畔，紅杏在林」、「月明華屋，畫橋碧陰」、「金樽
酒滿，伴客彈琴」等綺麗景象，則「取之自足，良殫美襟」便是「霧
餘水畔，紅杏在林」、「月明華屋，畫橋碧陰」、「金樽酒滿，伴客彈琴」
等綺麗審美形象的美感。〔註93〕「取之自足，良殫美襟」，無名氏《詩

〔註90〕　見祖保泉著《司空圖詩品解說》（修訂本）（合肥：安徽人民出版社，
　　　　　1982），頁51～52。

〔註91〕　見杜黎均著《二十四詩品譯注評析》（北京：北京出版社，1988），
　　　　　頁105。

〔註92〕　「霧餘水畔，紅杏在林」或作「露餘山青，紅杏在林」，「金樽酒滿，
　　　　　伴客彈琴」或作「金樽酒滿，共客彈琴」，然因諸多版本皆作「霧餘
　　　　　水畔，紅杏在林」、「金樽酒滿，伴客彈琴」，故本論文亦從之。

〔註93〕　曹冷泉曾以「之」字指美的事物，而云：「此二句大意謂凡美好的事
　　　　　物足以為我所領悟（取之），因而這種事物就足以使我心情怡悅，而
　　　　　覺得美滿自足；同時這種事物也正是足以抒發我的美感情操。反之，

品注釋》云：

> 足，滿足也；自足，不假外求也。取，取用也。殫，盡也。
> 襟，襟懷也。美，好也。言撫斯境也，取之於內，無不自
> 足而有餘，良足以殫一己之美襟而舒暢於懷抱也。〔註94〕

職是，「綺麗」是一不假外求、底蘊自足的美感風格。因為不假外求，
所以「綺麗」風格不必完全依賴於富麗堂皇、光彩華豔的外在形式；
又因底蘊自足，所以即使是在富麗堂皇、光彩華豔的形式上，「綺麗」
風格也能自有舒暢美好懷抱，神存富貴的滿足。如此在「霧餘水畔，
紅杏在林」、「月明華屋，畫橋碧陰」、「金樽酒滿，伴客彈琴」等綺
麗形象的審美經驗上，究竟能表現出什麼樣「自足」與「良殫美襟」
的美感內容呢？首先，「霧餘水畔，紅杏在林」，孫聯奎《詩品臆說》
云：

> 最麗者水，不麗者霧；霧開而水更麗矣。凡林皆麗，而有
> 紅杏出其中，得不更麗乎。二句串說亦可：水畔有林，林
> 有紅杏，而當霧餘看之，更覺綺麗。〔註95〕

孫聯奎以「水」與「林」皆麗，而不麗者為「霧」，因此「霧」開而
「麗」現，又「林」上有「紅杏」，則更是「麗」上加「麗」。然而，
「霧」豈真為不麗者？倘「霧」為不麗者，則「林有紅杏」如何能說
「當霧餘看之，更覺綺麗」呢？顯然，孫聯奎之說有其內在的矛盾。
楊廷芝《二十四詩品淺解》即云：

> 雖有美好的事物，不能為我所領悟，自然也不足以滿足美感的要求，
> 因而也就不能借之於抒發我的美感情操。其言外之意，謂在文學創
> 作過程中離開了事物所給我的美感，離開了我的美感情操，而去追
> 逐豔麗的詞藻，也就成為多餘的粉飾，不得稱之為綺麗了。」見曹
> 冷泉注釋《詩品通釋》（西安：三秦出版社，1989），頁 37。然而，「之」
> 字與其指美的事物，倒不如說指「綺麗」的審美形象來得更直接、
> 清楚。

〔註94〕見（唐）司空圖著，郭紹虞集解《詩品集解・續詩品注》（北京：人
民文學出版社，2006），頁 19。

〔註95〕見（清）孫聯奎、楊廷芝著，孫昌熙、劉淦校點《司空圖詩品解說
二種》（濟南：齊魯書社，1980），頁 23。

> 霧餘者，霧已收而未盡收。霧縠霏微，餘蔭晻靄於水畔，
> 則水氣與霧氣交映成文。枝頭紅杏，春色鮮明，而在林則
> 燦爛滿目。〔註96〕

不同於孫聯奎，楊廷芝乃將「霧」的存在視爲構成綺麗美感的一環。
空氣中將盡而未盡的薄霧與河面上水氣的氤氳，交織瀰漫成一片白色
朦朧的美感。隨著「紅杏」在「林」的畫面呈現，則彷彿鏡頭的視角
也被逐漸拉近，於是整個景致的形象愈漸清晰。由此，也暗示出交織
瀰漫的霧氣正逐漸的在游離散去，於是在似有若無、若隱若現的前奏
下，緊接著映入眼簾的是一片樹林而滿目紅杏的畫面，由此便點出綺
麗美感——令人直覺有鮮麗燦爛、數大爲美的驚豔。

其次，「月明華屋，畫橋碧陰」，楊廷芝《二十四詩品淺解》云：

> 月明有耀照，華屋而五采紛披，則麗益精進於綺。畫橋，
> 雕繪；碧陰，落影；而四面光明，則綺必深造於麗。〔註97〕

又無名氏《詩品注釋》亦云：

> 華屋，華麗之屋也；畫橋，繪畫之橋也。月照於華屋，則
> 屋之丹青刻鏤者愈有精神；陰碧於畫橋，則橋之采色鮮妍
> 者，愈形絢爛。碧陰，如楊柳之陰所覆皆碧也。〔註98〕

月光明亮的形象，令人直覺有皎潔無瑕的驚豔美感。又當明月照耀華
屋時，其如鎂光燈般的聚焦效果，則再次加深了綺麗的主題。因爲，
華屋的丹青與雕刻等藝術表現，將在明月的映照下，更顯得光彩奪
目、明媚含情。下文「畫橋碧陰」，無名氏《詩品注釋》以畫橋的采
色鮮妍「如楊柳之陰所覆皆碧也」爲「碧陰」，然而僅以畫橋的碧綠
來說綺麗的美感，則恐怕過於單調，無從凸顯畫橋的鮮妍采色。楊廷
芝即以「碧陰」爲落影即橋影，而云：「第麗之所以爲麗者，則是碧

〔註96〕見（清）孫聯奎、楊廷芝著，孫昌熙、劉淦校點《司空圖詩品解說
　　　　二種》（濟南：齊魯書社，1980），頁 100。

〔註97〕見（清）孫聯奎、楊廷芝著，孫昌熙、劉淦校點《司空圖詩品解說
　　　　二種》（濟南：齊魯書社，1980），頁 100。

〔註98〕見（唐）司空圖著，郭紹虞集解《詩品集解・續詩品注》（北京：人
　　　　民文學出版社，2006），頁 18。

陰橫映，而四面益覺光明」。〔註99〕「碧陰」爲畫橋的落影，其陰幽的黑暗乃在於襯托華屋的明亮，如此「月照華屋」的綺麗形象，將更具有高貴華麗、光彩耀眼的美感。除此之外，「碧陰」也可指綠樹陰之所在，在月光照耀下，可見色彩鮮妍的畫橋一直綿延到邊緣的樹陰那頭。如此，觀賞的視角已由「月明華屋」的焦點，轉向移動到華屋四周邊緣的環境，而一座落寬敞、含藏富麗氣息的庭園景象，便自然的被勾勒了出來。〔註100〕

　　另外，祖保泉曾指出：

　　　青山有餘露滋潤，杏林正開放著紅花（重在表現盎然的春意）；華屋有明月照映，畫橋在綠樹陰下（重在顯示富貴的氣象）。四句道出兩種「綺麗」境界，形與神，兼而有之。〔註101〕

「紅杏在林」固然帶有盎然的春意，但「霧餘水畔，紅杏在林」倘與「月明華屋」的意象並置，則可以發現「霧餘水畔，紅杏在林」即是庭園建築的延伸，爲華屋庭園的外圍景觀，一樣重在顯示富貴的氣象。「霧餘水畔」到「紅杏在林」是綺麗鏡頭的拉近，「紅杏在林」到「月明華屋」是綺麗鏡頭的更拉近。易言之，從「霧餘水畔」到「紅杏在林」再到「月明華屋」，是由戶外向室內看，鏡頭的層層拉近，也逐一呈現出庭園的高貴與華麗。另外，「月明華屋」與「畫橋碧陰」的意象並置，呈現出的是以華屋爲中心到華屋周遭所見的景觀視野。換言之，是華屋主人從室內向戶外看的審美觀點，將視野逼向庭園邊緣，而其中畫橋的延伸、橫互，正透顯出主人家富貴的氣象。

　　最後，「金樽酒滿，伴客彈琴」，楊廷芝《二十四詩品淺解》云：

〔註99〕見（清）孫聯奎、楊廷芝著，孫昌熙、劉淦校點《司空圖詩品解說二種》（濟南：齊魯書社，1980），頁101。
〔註100〕趙福壇即主張「碧陰，碧綠的林陰」。見趙福壇箋釋，黃能升參證《詩品新釋》（廣州：花城出版社，1986），頁83。
〔註101〕見祖保泉著《司空圖詩品解說》（修訂本）（合肥：安徽人民出版社，1982），頁52。

> 酒滿不必金樽,而金樽酒滿,精光輝映,不期其綺麗而自
> 綺麗。此極言綺麗之出於天然,初非以黃金爲重也。獨自
> 彈琴何綺麗之有?伴客則情文意美,雖不能名言其綺麗,
> 而弦外之音,味外之味,其綺麗煞有可想見焉者。〔註102〕

金製酒杯的形象,令人有金碧輝煌、光彩耀人的美感,又杯中斟滿酒,就視覺而言,則可想見酒的色澤與杯的顏色相映成趣,如此「金樽酒滿」的形象便令人直覺有高貴、精純的美感。「金樽」暗示下文的「伴客彈琴」者是一富貴人家的身分,而宴飲酒酣之餘的「伴客彈琴」,除了點出聽覺上的享受外,另一方面也指出富貴人家在這場宴會中所扮演的是一陪伴、助興的角色。富貴人家不以自我享樂爲滿足,便反映出綺麗的審美樂趣並不止於物質生活上的享受。職此,真正的「綺麗」美感樂趣,乃在於「霧餘水畔」、「紅杏在林」、「月明華屋」、「畫橋碧陰」、「金樽酒滿」等物質基礎上,還能有「獨樂,不若與眾」的快樂。更進一步說,能把握良辰美景與客盡情酣飲、彈唱的審美情趣,才稱得上是真正享有綺麗的美感,也將更勝於只是對紙醉金迷、酒池肉林的生活嚮往。

郭紹虞曾主張將「霧餘水畔,紅杏在林」、「月明華屋,畫橋碧陰」、「金樽酒滿,伴客彈琴」等六句可合看,以統說富貴人家景象,即爲綺麗景象。〔註103〕但曹冷泉不以爲然,而云:

> 作者以爲綺麗在有美的內容,而不在於有美的形式。故云:
> 「神存富貴,始輕黃金;濃者必枯,淡者屢深。」顯然不
> 以富貴人家景象爲綺麗也。至於金樽酒滿,固可謂富貴人
> 家景象矣。但作者之意,殊不在此也。司空圖在此二句中
> 顯然以美酒相酬,暢談幽情,爲美也。〔註104〕

又趙福壇亦云:

〔註102〕見（清）孫聯奎、楊廷芝著,孫昌熙、劉淦校點《司空圖詩品解説
　　　　二種》（濟南:齊魯書社,1980）,頁100～102。

〔註103〕參見（唐）司空圖著,郭紹虞集解《詩品集解・續詩品注》（北京:
　　　　人民文學出版社,2006）,頁19。

〔註104〕見曹冷泉注釋《詩品通釋》（西安:三秦出版社,1989）,頁36。

以富貴人家之景象喻綺麗景象，恐未切「神存富貴，始輕
黃金」之意。司空圖這裡說的綺麗似近清麗，富貴人家豈
有此景？輕黃金者，即輕富貴人家之濃豔也。〔註105〕

曹冷泉僅以「金樽酒滿」為富貴人家景象，但「華屋」與「畫橋」又
豈是一般人家所居住的環境？因此，既已將「金樽酒滿」視為富貴人
家景象，則不妨將「霧餘水畔，紅杏在林」、「月明華屋，畫橋碧陰」、
「金樽酒滿，伴客彈琴」等六句合看，以統說富貴人家景象。然而，
必須指出的是《二十四詩品》的「綺麗」美感，並非單純的引發自富
貴人家的景象。因為如此不僅未切「神存富貴，始輕黃金」之意，就
「金樽酒滿，伴客彈琴」而言，亦顯得扞格不入。因為「金樽酒滿，
伴客彈琴」實已指出綺麗的審美樂趣並不止於「金樽」的「酒滿」而
已，更在於金樽酒滿的同時，能有與客相酬，共暢衷曲的情意。另外，
趙福壇以「始輕黃金」為輕富貴人家的濃豔說法，亦恐未切綺麗之意。
因為倘「綺麗」的美感在於輕富貴人家的濃豔，那麼何以「綺麗」一
品的意象皆以富貴之景出之呢？可以有的合理解釋是：在富貴的景致
中，人倘能在精神上悠遊於富貴之景的樂趣中，才算是真正擁有了綺
麗美感的享受快樂。

　　就「綺麗」的概念敘述而論，「神存富貴，始輕黃金」，楊廷芝《二
十四詩品淺解》云：

言能得富貴神髓，則不以世俗之綺麗為綺麗，而輕乎黃金
也。〔註106〕

又無名氏《詩品注釋》亦云：

言神之所存者，必有其真富貴，乃能不以形跡之富貴為富
貴，而可輕彼黃金也。〔註107〕

〔註105〕見趙福壇箋釋，黃能升參證《詩品新釋》（廣州：花城出版社，1986），
　　　　頁83。
〔註106〕見（清）孫聯奎、楊廷芝著，孫昌膝、劉淦校點《司空圖詩品解說
　　　　二種》（濟南：齊魯書社，1980），頁100。
〔註107〕見（唐）司空圖著，郭紹虞集解《詩品集解・續詩品注》（北京：
　　　　人民文學出版社，2006），頁18。

因此，所謂「綺麗」的文體風格在於能表現「富貴」的神髓，而這也才是真正的富貴。不以世俗的富貴為富貴，故云：「始輕黃金」。但怎樣才算表現出「富貴」的神髓呢？趙福壇曾云：

> 人擁有黃金可謂富貴矣，然而卻為詩人所輕視，何故？這是因為黃金可以使人地位高貴，華麗堂皇，光彩耀人，但不是人精神世界的富有，而人的精神世界的富有才是真正的富貴。〔註108〕

易言之，富麗堂皇，光彩耀眼的形象仍不足以構成「綺麗」風格的充足條件。必須在黃金般富貴、耀眼的景致中，人的精神還能悠遊其間，不為侷限，這才算是真正擁有了「綺麗」美感的快樂享受。此外，「神存富貴，始輕黃金」若與「金樽酒滿，伴客彈琴」參看，便會發現金製酒杯的形象正與「始輕黃金」的「黃金」相呼應。因此，所謂「神存富貴」即指在「金樽酒滿」時，能有與客相酬的精神富足。「始輕黃金」則點出「綺麗」的美感不以世俗的黃金、富貴，來作為自己心靈的桎梏。

其次，「濃盡必枯，淡者屢深」，楊廷芝《二十四詩品淺解》云：

> 三句，言內無底蘊，而欲外為襲取，則不得為綺麗，反必至於枯槁。淡者屢深，木質無華、無文，而天下之至文出焉。有味之而愈覺其無窮者，是乃真綺麗也。〔註109〕

易言之，綺麗的文體風格要內有自己的底蘊，而非向外襲取。然而，楊廷芝以木質無華、無文的文章為綺麗的風格表現，則顯然與富麗華豔的綺麗形象格格不入。因此，論及文章的綺麗風格時，不妨將「濃盡必枯，淡者屢深」與上文「神存富貴，始輕黃金」參看、推敲，便會發現「神存富貴」、「淡者屢深」皆為綺麗風格所肯定者，而「始輕黃金」、「濃盡必枯」則同為綺麗風格所否定者。職是，「濃盡必枯」

〔註108〕 見趙福壇箋釋，黃能升參證《詩品新釋》（廣州：花城出版社，1986），頁82。

〔註109〕 見（清）孫聯奎、楊廷芝著，孫昌熙、劉淦校點《司空圖詩品解說二種》（濟南：齊魯書社，1980），頁100。

便意謂文章只著墨於華麗詞藻的形式書寫，而「淡者屢深」指的便是文章內容的精神層面能反映出「富貴」的神髓。文章只著墨於華麗詞藻的形式書寫，則該文章勢將落得索然無味。相反的，文章倘能以華麗詞藻反映出富麗的神髓，便能留給讀者無窮的深韻。

職是，「綺麗」的文體風格可以用「霧餘水畔，紅杏在林」、「月明華屋，畫橋碧陰」、「金樽酒滿，伴客彈琴」等審美形象作象徵。從這些審美形象中可以發現，「綺麗」的文體風格往往具有富麗堂皇、華豔耀人的美感特質。〔註110〕然而，其中真能體現「綺麗」的美感價值者，並非在於物質的享受上，而是在於人的精神能有悠遊於綺麗形象時的審美快樂。若只對物質生活一味的追求、享受，不僅無從體現審美綺麗形象時的快樂，也會因世俗富貴的無盡追求而感到索然無趣。職是，富麗華豔又底蘊自足的美感表現，即是「綺麗」文體風格的表現。另外，祖保泉指出：

> 在這一品裡，作者強調綺麗在「神」不在「形」，我覺得是有用意的。這用意即在於指出那些一味搬弄辭藻來掩飾內容空虛的毛病。〔註111〕

「綺麗」的文體風格強調的是「神」而不是「形」，意即是人精神層面的提升，而不是物質層面的享受。從這一層面來說，《二十四詩品》的「綺麗」風格也確實具有矯正搬弄辭藻弊病的作用意義。

《文心雕龍‧明詩》曾云：

> 若夫四言正體，則雅潤為本；五言流調，則清麗居宗，華實異用，惟才所安。〔註112〕

〔註110〕 祖保泉亦曾云：「司空圖在這裡所說的「綺麗」，是指詩的那種辭采美麗、華光煥發、頗有富麗氣象的風格特色說的。」見祖保泉著《司空圖詩品解說》（修訂本）（合肥：安徽人民出版社，1982），頁52。

〔註111〕 見祖保泉著《司空圖詩品解說》（修訂本）（合肥：安徽人民出版社，1982），頁52～53。

〔註112〕 見（梁）劉勰著，王更生注譯《文心雕龍讀本》上篇（臺北：文史哲出版社，2004），頁85～86。

所謂「清麗」杜黎均認為即是《二十四詩品》所論的「綺麗」。〔註113〕
然而，南朝梁·劉勰在「情采」篇中，便曾論及「綺麗」的概念。因
此，若「清麗」即「綺麗」，則劉勰何不直言「綺麗」呢？《文心雕
龍·情采》云：

> 老子疾偽，故稱：「美言不信」，而五千精妙，則非棄美矣。
> 莊周云：「辯雕萬物」，謂藻飾也。韓非云：「豔乎辯說」，
> 謂綺麗也。綺麗以豔說，藻飾以辯雕，文辭之變，於斯極
> 矣。〔註114〕

職是，《文心雕龍》指的「綺麗」是以華麗的語言來修飾自己論辯的
說辭，與所謂「藻飾」的概念一般，同屬對字詞用語的講究與雕飾。
於此，《文心雕龍》所論的「綺麗」與《二十四詩品》固然有別，但
「非棄美矣」卻是彼此的共通性。初唐時，李善注陸機〈文賦〉曾
云：

> 文之綺麗，若經緯相成。〔註115〕

可見以雕飾華麗的語言來表現「綺麗」的文體風格，在初唐時仍為文
人所重視。直到盛唐時才有很大的改變，李白〈古風五十九首·一〉
即云：

> 自從建安來，綺麗不足珍。〔註116〕

職是，六朝以來以堆砌詞藻而表現「綺麗」的文體風格，由於內容空
洞、無趣，逐漸淪為文字遊戲的形式主義，因此自盛唐以後，遂為文
人所鄙視。北宋時，對「綺麗」的概念與評價又有了另一波的轉變。
蘇軾〈評韓柳詩〉云：

> 所貴乎枯澹者，謂其外枯而中膏，似澹而實美，淵明、子

〔註113〕 參見杜黎均著《二十四詩品譯注評析》（北京：北京出版社，1988），
　　　　　頁107。
〔註114〕 見（梁）劉勰著，王更生注譯《文心雕龍讀本》下篇（臺北：文史
　　　　　哲出版社，2004），頁77～78。
〔註115〕 見（梁）蕭統編，（唐）李善注《文選》（臺北：華正書局有限公司，
　　　　　1984），頁242。
〔註116〕 見（清）汪琦注《李太白全集》（臺北：華正書局，1979），頁87。

厚之流是也。〔註117〕

又在蘇轍〈子瞻和陶淵明詩集引〉一文中，蘇軾亦云：

> 吾於詩人，無所甚好，獨好淵明之詩。淵明作詩不多，然
> 其詩質而實綺，癯而實腴。自曹、劉、鮑、謝、李、杜諸
> 人皆莫過也。〔註118〕

蘇軾讚譽陶淵明的詩「似澹而實美」又「質而實綺」。於此透露了兩個重要訊息：其一、北宋時，已反轉了盛唐以來對「綺麗」的負面評價。其二、「綺麗」的概念在宋代時，已不同於過去專務詞藻雕飾的濃麗氣息，而轉向以平淡中有深味者爲「綺麗」。與《二十四詩品》相較起來，可以發現蘇軾「所貴乎枯澹者」與《二十四詩品》的「淡者屢深」，皆同樣在肯定「淡」的表現形式。《二十四詩品》不僅明確提出「濃盡必枯」的警告，甚至對於表現「屢深」或「中膏」內涵者，也表示不一定非得要是「外枯」的形式。因爲只要「神存富貴」，就算是「月明華屋」、「畫橋碧陰」等富麗的意象，也無礙於「綺麗」美感價值的體現。南宋・蔡孟弼《杜工部草堂詩話》曾云：

> 《詩眼》曰：「世俗喜綺麗，知文者能輕之。後生好風花，
> 老大即厭之。然文章論當理不當理耳。苟當於理，則綺麗
> 風花，同入於妙；苟不當理，則一切皆爲長語。上自齊梁
> 諸公，下至劉夢得、溫飛卿輩，往往以綺麗風花累其正氣，
> 其過在於理不勝而詞有餘也。子美云：『綠垂風折筍，紅綻
> 雨肥梅。』『岸花飛送客，檣燕語留人。』亦極綺麗，其模
> 寫景物，意自親切，所以妙絕古今。」〔註119〕

其中，所謂「苟當於理，則綺麗風花，同入於妙」正與《二十四詩品》所肯定的「綺麗」詩學觀念相吻合。換言之，《二十四詩品》是在重視「淡而有味」的審美品味下，將「綺麗」標舉爲一獨立的文體風格，

〔註117〕 見（宋）蘇軾著，傅成穆儔標點《蘇軾全集》（上海：上海古籍出版社，2000），頁2124。
〔註118〕 見陳宏天、高秀芳校點《蘇轍集》（北京：中華書局，1990），頁1110。
〔註119〕 見丁福保輯《歷代詩話續編》（北京：中華書局，2006），頁201～202。

其形成的時代背景便極可能與宋人的「綺麗」觀念密切相關。

第四節　順理成章，自足自得──自然的審美韻致

《二十四詩品・自然》云：

> 俯拾即是，不取諸鄰。俱道適往，著手成春。如逢花開，
> 如瞻歲新。真與不奪，強得易貧。幽人空山，過雨采蘋。
> 薄言情悟，悠悠天鈞。〔註120〕

祖保泉認為開頭四句在解釋「自然」風格含意。中間四句則說花到開時便自然的開了，時光也自然一復一日的更新著，這一切都是自然而然，不可強求。末尾四句說空谷中的幽人本無意採蘋，只因過水而隨意採之，而他的行動所以能如此的自然而然，乃在於幽人能悟解運行不息的自然之道。〔註121〕另外，杜黎均以為首段四句已將本篇的中心論點說得很明白，亦即作品要合情合理、真切自然的描寫生活。中間四句先比喻說明作品要像花開花落、歲月更新那樣自然，繼之以「真與不奪，強得易貧」的「正反對比說理」作出「自然」的美學判斷。後四句則用幽人採蘋的形象渲染「自然」風格所應當具有的境界，而「情悟」指真情實感的領悟和體察，因此「薄言情悟，悠悠天鈞」意在說明：若能把握創作激動，堅持獨創自得，抓住真情實感，這樣順應自然法則來寫作的話，就會像天體運行那樣，達到藝術永恆。〔註122〕職是，「俯拾即是，不取諸鄰」、「俱道適往，著手成春」為說明「自然」的邏輯語言。「如逢花開，如瞻歲新」與「真與不奪，強得易貧」可分別視之，前者為描繪自然的形象語言，後者則為正反對比的說理語言。最後，「幽人空山，過雨采蘋」屬形

〔註120〕見（唐）司空圖著，郭紹虞集解《詩品集解・續詩品注》（北京：人民文學出版社，2006），頁 19～20。

〔註121〕參見祖保泉著《司空圖詩品解說》（修訂本）（合肥：安徽人民出版社，1982），頁 55。

〔註122〕參見杜黎均著《二十四詩品譯注評析》（北京：北京出版社，1988），頁 111～113。

象語言，而「薄言情悟，悠悠天鈞」杜黎均雖以創作論的角度來詮釋，但「薄言情悟，悠悠天鈞」若獨立當成邏輯語言看時，則顯然沒有說出一個「自然」的道理來。因此，杜黎均從創作論的角度出發，以天體的運行為藝術永恆的說法，總顯得有些牽強附會。就文體論而言，「薄言情悟，悠悠天鈞」不妨與「幽人空山，過雨采蘋」合看，如此不僅可以解決「薄言情悟，悠悠天鈞」意思含混的問題，同時也能使空山幽人的形象更為完整。由是，「自然」一品的篇章結構可以分析為：「如逢花開，如瞻歲新」、「幽人空山，過雨采蘋。薄言情悟，悠悠天鈞」等，為自然的審美形象；「俯拾即是，不取諸鄰」、「俱道適往，著手成春」、「真與不奪，強得易貧」等，為自然的概念敘述。

　　就「自然」的審美形象言，「如逢花開，如瞻歲新」，趙福壇云：

　　　　中間四句以花之於期，歲月之更替為喻，說明自然之境是
　　　　得之自然，不能強奪，也不可旁取，而是像大自然的百花
　　　　一樣，隨著季節的到來而開放。又像歲月的更新，隨著天
　　　　體的運行而往復。〔註123〕

又喬力云：

　　　　「逢」者，遇之無心；「瞻」者，萬目共賭；也無非都是出
　　　　於自然罷了。〔註124〕

隨著季節的到來，百花便跟著開放，固然可解釋何謂「自然」，但卻無從表現出「自然」的美感。因此「逢花開」的審美形象，倒不如視為：無心之中，忽逢花開景象，則當下花開形象的直覺，便令人有天生麗質、嬌妍欲滴的自然美感。同樣的，隨著天體往復的運行，歲月也跟著更新，一樣可解釋「自然」，但卻不能詮釋出「自然」的美感。「瞻」者，喬力以為「萬目共賭」，所以「瞻歲新」便有萬目共賭歲月更新的意思。然而，眾人如何目見歲月的更新呢？詹幼馨《司空圖詩品衍繹》曾云：

〔註123〕見趙福壇箋釋，黃能升參證《詩品新釋》（廣州：花城出版社，1986），頁95。
〔註124〕見喬力著《二十四詩品探微》（濟南：齊魯書社，1983），頁53。

> 這兒說「如逢花開」，用「如逢」兩字，既有以「花開」比
> 喻「自然」之意，還包含著提醒人們不要在「自然」的面
> 前失之交臂。按照這樣的思路去理解「如瞻歲新」，可以得
> 到同樣的感受。陰陽、晦明，轉換不已，天天如此，年年
> 如此。如果有一次你去守歲迎新，自夜至明，「爆竹一聲除
> 舊，桃符萬戶更新」，你會覺得喜氣洋洋，彷彿真的感知春
> 到人間。這種新鮮的感覺，得之於「瞻」。人們常常處於自
> 然之中而不覺其自然，直到「如逢」、「如瞻」，才知道「自
> 然」的可貴。〔註125〕

職是，天氣的晦明變化或辭歲迎新的爆竹聲響，是眾人得以目睹歲月
更新的方式，彷彿提醒了眾人又是新一天或新一年的開始。但倘若與
前文「如逢花開」合看，則得以「瞻歲新」的原因，便明顯指的是「逢
花開」的緣故。易言之，「花開」的景象也是眾人得以目睹歲月更新
的方式之一。此外，在什麼樣的季節裡，便會有什麼樣的花朵綻放；
綻放了什麼花朵，便屬於什麼季節的到來，這似乎也隱隱的反映著自
然美感中某種神秘規律的內容。

其次，「幽人空山，過雨采蘋。薄言情悟，悠悠天鈞」，郭紹虞的
注解云：

> 如幽人之居空山，不以人欲減其天機，則反於自然。如雨
> 後之採蘋草，偶爾相值，行所無事，則出諸自然。總之有
> 生趣活潑純任自然之意。薄言，語助詞，猶「薄言酌之」
> 之類，有隨意指點之意。天鈞，《莊子‧齊物論》：「是以聖
> 人和之以是非而休乎天鈞」，言任天而動，若泥在鈞，惟甄
> 者所為也。情悟，指一時之情適有所悟。所悟者何？即此
> 悠悠天鈞，不假一毫人力也。〔註126〕

又喬力亦云：

> 「幽人」乘運委化，返歸於自然，隱居在寂寂空山裡。其

〔註125〕見詹幼馨著《司空圖詩品衍繹》（臺北：王記書坊，1985），頁129。
〔註126〕見（唐）司空圖著，郭紹虞集解《詩品集解‧續詩品注》（北京：
人民文學出版社，2006），頁20。

間有溪水潺湲，清澄見底，彼岸蘋草繁滋。偶當興趣來時，
便欣然過水採擷，但見新綠盈握，生機流溢。頓時領悟到
這種自然活潑的意趣原與天鈞的轉運推移相一致；而為文
得如此，也可以隨意揮灑，即是佳句，悠悠然毫不著力。
〔註127〕

「幽人」為隱居之人，「空山」點出他隱居的所在。就隱士的身分來
說，含有遠離塵囂，返歸「自然」的意味，又隱居在寂寂的「空山」
環境中，就更加的貼近充滿天機情趣的「自然」。「過雨采蘋」的「自
然」韻味，郭紹虞與喬力乃分別以「偶爾相值」或「偶興趣來時」作
解釋，但皆不及曹冷泉的詮釋來得直接，也更合於「自然」。曹冷泉
云：

萍，潔淨之物，生於水中，更過雨而採之，以見適意而為，
一無拘束也。〔註128〕

「蘋草」適合生於水中，因此雨過天晴才去採擷，可說是「幽人」順
應「自然」的活動之一。下文「薄言情悟」，其中「情悟」，郭紹虞以
為是「一時之情適有所悟」，但「幽人」在什麼樣的情境下，能有「一
時情適」的所悟？郭紹虞則未再明說。喬力以為乃「幽人」在「欣然
過水採擷」時，「但見新綠盈握，生機流溢」而頓時對自然活潑的意
趣有所領悟。另外，喬力也引周來祥的看法，以「悟」字為「不期之
悟，隨意之悟，非刻意求得」，而認為「薄言情悟」是「看似不期而
遇，於無心處妙得天機」。〔註129〕然而，倘若「情悟」確實為「頓時」
的領悟，則「幽人」在面對「新綠盈握」時，便該有所領悟，而不是
在「悠悠天鈞」之後，才又回過頭來，間接的領悟到這種「生機流溢」
的自然活潑意趣原與天鈞的轉運推移是相一致。如此，喬力以「情悟」
為「頓時」領悟的認知與「但見新綠盈握」而對自然活潑意趣有所領
悟的說法恐有衝突。「情悟」當然指「頓時」無心的領悟，因為若是

〔註127〕見喬力著《二十四詩品探微》（濟南：齊魯書社，1983），頁54。
〔註128〕見曹冷泉注釋《詩品通釋》（西安：三秦出版社，1989），頁39。
〔註129〕參見喬力著《二十四詩品探微》（濟南：齊魯書社，1983），頁54。

透過間接類推的方式才逐漸有所領悟，便不符合自然規律中「直接」的性質。另一個值得推敲的問題是：「幽人」一時情適的所悟，是否能在「悠悠天鈞」的形象中，得到頓時的領悟？當「幽人空山，過雨采蘋」與「薄言情悟，悠悠天鈞」的意象並置時，可以發現幽人在採完蘋草後，緊接著的動作是仰頭看天。因此，與「過雨采蘋」相較起來，「幽人」一時情適的所悟，更直接的是來自「悠悠天鈞」的情境觸發。易言之，當「幽人」直覺於「悠悠天鈞」的形象時，才對「自然」的美感有一時情適的頓悟。至於所悟者何？除天體運行的不假一毫人力外，更包含領悟到天體規律運轉中順理成章的美感。

　　楊廷芝《二十四詩品淺解》曾云：

> 天鈞，本《淮南子》。天鈞者，言天體之運轉，亦如陶人轉
> 鈞然。〔註130〕

「鈞」為造陶的轉輪，因此「天鈞」普遍解釋為自然天體如轉輪般的運行。然而，也有將「天鈞」解釋為「天籟」者，如無名氏《詩品注釋》云：

> 天鈞，鈞天樂，悠悠，悠悠然不盡也。言一時之情，適有
> 所悟。悟者乃悠悠之天鈞，不假一毫人力也。所謂天籟也。
> 總之，是形容自然意。〔註131〕

職是，「悠悠天鈞」的形象又令人直覺有廣大不盡的天籟美感。曹冷泉以為這樣的解釋，更符合作者神秘主義的原意。曹冷泉云：

> 過雨採蘋，寫出他心靈深處與自然和諧，而奏出神秘的鈞
> 天廣樂。〔註132〕

於此，所謂「鈞天廣樂」或「天籟」之所以合於「神秘主義」，乃由於那是從心靈深處所奏出的和諧樂章。但其實不僅「過雨採蘋」可令人奏出「鈞天廣樂」，就是天體規律運轉的「悠悠天鈞」形象，也同

〔註130〕 見（清）孫聯奎、楊廷芝著，孫昌熙、劉淦校點《司空圖詩品解說
　　　　　二種》（濟南：齊魯書社，1980），頁102。
〔註131〕 見曹冷泉注釋《詩品通釋》（西安：三秦出版社，1989），頁39〜40。
〔註132〕 見曹冷泉注釋《詩品通釋》（西安：三秦出版社，1989），頁40。

樣能令人奏出自然和諧的樂章。因此，「天鈞」仍以解釋成自然天體如轉輪般的運行爲宜，只是伴隨著這形象直覺的同時，也另外表現出了欣賞者如奏出樂章般的審美快感。是故，進一步可以說明「鈞天廣樂」或「天籟」之所以合於「神秘主義」，並不是因爲那樂章是心靈深處所奏出，而是來自心靈契合了大自然中某種神秘規律的喜悅反映。

就「自然」的概念敘述而論，「俯拾即是，不取諸鄰」，孫聯奎《詩品臆說》云：

> 首句已將「自然」形盡，而以次句足之。〔註133〕

又楊廷芝《二十四詩品淺解》云：

> 首言：隨手拈來，頭頭是道。次言：己所本有，毫不費力也。〔註134〕

職是，「自然」的文體概念簡單的來說指的就是一種直接、順遂的美感。因爲「俯拾即是」，所以彷彿一切的動作和結果都是在毫不費力的情況下水到渠成；「不取諸鄰」則反面點出所以能「俯拾即是」的原因乃在於「己所本有」的飽滿，具有成竹在胸的自得與安於現狀的自足。〔註135〕另外，趙福壇曾云：

> 那自然之境彎下腰去隨手拾來即是，無須向旁人求取。這兩句意思說，表現出自然風格的詩，所描寫的景物，所抒發的情感，所表達的意趣，都要得之自然，無須雕琢、不事粉飾，隨手拈來即是。〔註136〕

〔註133〕見（清）孫聯奎、楊廷芝著，孫昌熙、劉淦校點《司空圖詩品解說二種》（濟南：齊魯書社，1980），頁25。

〔註134〕見（清）孫聯奎、楊廷芝著，孫昌熙、劉淦校點《司空圖詩品解說二種》（濟南：齊魯書社，1980），頁101。

〔註135〕「俯拾即是，不取諸鄰」若與下句「俱道適往，著手成春」合看，就可以更清楚的發現「俯拾即是」與「不取諸鄰」的關鍵，即誠如詹幼馨所指出，乃在於能不能做到「俱道適往」。參見詹幼馨著《司空圖詩品衍繹》（臺北：王記書坊，1985），頁129。

〔註136〕見趙福壇箋釋，黃能升參證《詩品新釋》（廣州：花城出版社，1986），頁93。

又詹幼馨亦云：

> 「俯拾即是」，是就取於外者而言，極言得之於自然的狀
> 態。「不取諸鄰」，是就發於內者而言，申明不能有絲毫勉
> 強。〔註137〕

因此，「自然」風格就題材的描寫而言，彷彿彎下腰去，隨手拾來即
是；就引發的情感而論，也能令人有毫不費力的順遂感與舒適感。喬
力曾以「諸鄰」爲胸外事物或指古人書語。〔註138〕但事實上只要符
合「即是」的自然美感，又何必在乎隨手拈來的是胸外事物或古人書
語呢？是故，「自然」的文體風格即使經過人工的雕琢、粉飾，但如
果不致令人感到有匠氣獨行的刻鑿痕跡，也就無傷於自然美感的表
現。也因此，所謂「取諸鄰」者指的是在作品上矯情爲文或勉強套用
的現象。

其次，「俱道適往，著手成春」，孫聯奎《詩品臆說》作「與道俱
往」而云：

> 道，即理也。若不論理，那得自然，故曰與道俱往。惟其
> 與道俱往，故能著手成春。春以著手而成，無少作爲，自
> 然極矣。〔註139〕

又楊廷芝《二十四詩品淺解》云：

> 適，猶安也。言人具乎道，自安然而往也。著手句，言如
> 畫工之肖物，隨手而出之。〔註140〕

「俱」、「與」二字雖不同，但都有「一起」、「共同」的意思，所以孫、
楊二說仍不妨參看。孫聯奎以「道」爲「理」，又「若不論理，那得
自然」，因此所謂「道」指的就是「自然之理」。是故，「自然」的文
體風格重在體現「自然之理」的精神，若能體現「自然之理」的精神，

〔註137〕見詹幼馨著《司空圖詩品衍繹》（臺北：王記書坊，1985），頁128。

〔註138〕參見喬力著《二十四詩品探微》（濟南：齊魯書社，1983），頁50。

〔註139〕見（清）孫聯奎、楊廷芝著，孫昌熙、劉淦校點《司空圖詩品解說
二種》（濟南：齊魯書社，1980），頁24。

〔註140〕見（清）孫聯奎、楊廷芝著，孫昌熙、劉淦校點《司空圖詩品解說
二種》（濟南：齊魯書社，1980），頁102。

則著手的創作就會像春臨大地一般，賦予藝術作品美麗的光彩和栩栩的生命。所以，曹冷泉云：

> 此二句大意謂文學創作，重要的關鍵在於精通自然之理，遵循自然之理（道），才能生動地表現事物之意態神理。與道適往，則無微弗肖矣；著手成春，則一切賦有生命矣。〔註141〕

所謂「遵循自然之理」非一五一十的呈現自然物體的原貌或無微不至的加以臨摹拷貝，而是要對自然物體的意態神理做到畫龍點睛的表現。如此，才能說是「俱道適往，著手成春」。

最後，「眞與不奪，強得易貧」，楊廷芝《二十四詩品淺解》云：

> 眞與不奪，自然與之，亦自然得之，非其所奪。強得而不自然者，亦終於失，亦安可不自然乎？〔註142〕

又郭紹虞的注解云：

> 與，同予。眞予我者不會被奪，強取得者仍歸喪失，一自然一不自然也。〔註143〕

「眞與」是自然與之，也是自然得之；而「強得」非自然得之，也非自然與之。職是，「眞與」和「強得」是一組相對的概念，分別代表著「自然」與「不自然」。然而，倘進一步探究「眞與」者何？「強得」者又是什麼？詹幼馨則另有一番獨到的見解，他說：

> 「眞與」，不是眞的說「自然」賦予，實質上是說作者是不是眞的掌握了「自然」，眞的掌握了「自然」，就好辦；要不然，你想勉強地寫出「自然」的作品，那是辦不到的。「強得」，等於說沒有能「俱道適往」而硬要去做作，等於說不能「俯拾即是」而硬要去「取諸鄰」，因爲強得者不與「道」合，拼湊成文，終非佳作，而距離「自然」的要求必然很

〔註141〕見曹冷泉注釋《詩品通釋》（西安：三秦出版社，1989），頁38。

〔註142〕見（清）孫聯奎、楊廷芝著，孫昌膝、劉淦校點《司空圖詩品解說二種》（濟南：齊魯書社，1980），頁102。

〔註143〕見（唐）司空圖著，郭紹虞集解《詩品集解·續詩品注》（北京：人民文學出版社，2006），頁20。

遠，所以說「強得易貧」。〔註144〕

「眞與」不是被動的等著「自然」來賦予，而是要主動的去表現「自然」的美感，也就是要做到「俱道適往」。當能順著「自然之理」來創作時，則任何勉強的思力將無從介入、干擾這「自然」美感表現；相反的，倘不能順著「自然之理」來創作，則任何勉強的思力或強「自然」以爲理的做法，其中所構成的強行阻力，將使「自然」的美感消耗殆盡。宋人楊萬里〈荊溪集自序〉曾就作詩的經驗云：

> 步後園，登古城，採擷杞菊，攀翻花竹，萬象畢來，獻於詩材。蓋揮之不去，前者爲應，而後者已迫，渙然未覺作詩之難也。〔註145〕

契合「自然之理」來創作，則創作的當下，便明顯可以感受到表現的題材內容是萬象畢來，俯拾即是。因此，所形成的「自然」風格作品，便能令人感到不帶有一絲一毫的勉強阻力，而具有一種順理成章的直接美感。

職是，「自然」的文體風格可用「如逢花開，如瞻歲新」、「幽人空山，過雨采蘋。薄言情悟，悠悠天鈞」等審美形象作象徵。孫聯奎對「自然」的題解曾云：「自然，對造作、武斷言。」〔註146〕杜黎均認爲這樣的論述僅是將「自然」當作「武斷」、「造作」的反義詞來解釋而已，如果能把「自然」理解爲天然、流暢而有情趣的話，將更接近司空圖原意。〔註147〕「不武斷」、「不造作」，的確只是「自然」風格消極的部分反映；「天然、流暢而有情趣」，才是「自然」韻致中所具有的審美內容。然而，杜黎均另外也指出〈自然〉篇主要在表達一基本的美學思想——「作品要合情合理、眞切自然地描寫生活」。杜

〔註144〕見詹幼馨著《司空圖詩品衍繹》（臺北：王記書坊，1985），頁130。
〔註145〕見于北山選著《楊萬里詩文選注》（臺北：建宏出版社，1996），頁264～265。
〔註146〕見（清）孫聯奎、楊廷芝著，孫昌熙、劉淦校點《司空圖詩品解說二種》（濟南：齊魯書社，1980），頁24。
〔註147〕參見杜黎均著《二十四詩品譯注評析》（北京：北京出版社，1988），頁113。

黎均認為〈自然〉篇這樣的美學思想表達，其價值遠超過對「自然」風格的論述，更何況「自然」風格的特徵不明顯，任何優秀作品都可說是在「自然」的反映生活，因此「自然」的風格存在著理解上的困難。〔註 148〕於此，杜黎均已明顯將「現實生活」的觀念與「自然」的觀念等同了起來。事實上，如上述所論及者，「自然」的風格並非在對現實的生活做一五一十的記錄，因此「作品要合情合理、真切自然地描寫生活」實非〈自然〉篇所要揭櫫的美學思想。另外，「自然」的文體風格固然不明顯，也有理解上的困難度，但並非意謂著不能理解。趙福壇即云：

> 總之，體現自然藝術風格的詩，其藝術特點是：著筆處不
> 經意，但語淺而情深，辭淡而意遠。〔註 149〕

由於「自然」的文體風格與自然的規律韻致相契合，因此信手拈來，俯拾即是，著筆處便顯得親切、平易，既令人感到不經意又語淺辭淡。然而，文字的語淺辭淡並非就是淡而寡味，它反而內涵了對自然生命的通透了悟，有種對事理本然的活脫意趣流蕩其間。換言之，「自然」風格的主要特徵便在於能體現大自然順遂發展的道理與精神。也因為這樣，自然的文體風格不帶有絲毫的阻力與勉強，而具有一種順理成章、水到渠成的美感，令人有安於現狀、順遂發展的自足與成竹在胸、了然於心的自得。

　　「自然」的概念固然源於先秦的道家思想，但將「自然」的概念引進文學批評領域，則一直要到南朝梁・劉勰。《文心雕龍・原道》云：

> 為五行之秀氣，實天地之新生，心生而言立，言立而文明，
> 自然之道也。旁及萬品，動植皆文：龍鳳以藻繪成瑞，虎
> 豹以炳蔚凝姿；雲霞雕色，有踰畫工之妙；草木賁華，無

〔註 148〕參見杜黎均著《二十四詩品譯注評析》（北京：北京出版社，1988），頁 111 與 113。

〔註 149〕見趙福壇箋釋，黃能升參證《詩品新釋》（廣州：花城出版社，1986），頁 95。

　　　待錦匠之奇；夫豈外飾，蓋自然耳。〔註150〕

龍、鳳、虎、豹、雲、霞等自有逾畫工之妙處，甚至一草一木的華采，
亦無待錦匠的彩飾以爲奇。因此，「夫豈外飾，蓋自然耳」，即點出文
學作品的文采修飾也應當契合著天生自然的情理。倘違背自然的情理
來從事文采的雕飾，那麼便是多餘、累贅的「外飾」。其後，皎然《詩
式》曾以「至麗而自然」爲「詩」的「七至」之一，可見中唐時已關
注到契合自然情理來創作的重要，即便該詩講究綺麗的華采，也當以
契合「自然之理」爲尚。〔註151〕《二十四詩品》的「自然」篇既以
體現「自然之理」的精神立論，則頗具承上起下的重要地位，因爲至
宋代，文學的創作和鑑賞皆以體現「自然之理」的精神爲風氣。北宋‧
蘇軾〈自評文〉即云：

　　　吾文如萬斛泉源，不擇地皆可出，在平地滔滔汩汩，雖一
　　　日千里無難。及其與山石曲折，隨物賦形，而不可知也。
　　　所可知者，常行於所當行，常止於不可不止，如是而已矣。
　　　〔註152〕

又南宋‧嚴羽《滄浪詩話》亦云：

　　　漢魏古詩，氣象混沌，難以句摘。晉以還方有佳句，如淵
　　　明「採菊東籬下，悠然見南山」，謝靈運「池塘生春草」之
　　　類。謝所以不及陶者，康樂之詩精工，淵明之詩質而自然
　　　耳。〔註153〕

在創作方面，蘇軾便認爲自己的文章寫作即如泉水湧出與流動般的自
然，因此「常行於所當行，常止於不可不止」。在鑑賞方面，嚴羽已
能在佳句中，更進一步的分辨出陶、謝詩的不同，並以詩的「質而自

〔註150〕見（梁）劉勰著，王更生注譯《文心雕龍讀本》上篇（臺北：文史
　　　　哲出版社，2004），頁2。
〔註151〕見傅璇琮主編，張伯偉編撰《全唐五代詩格校考‧詩式》（西安：
　　　　陝西人民教育出版社，1996），頁203。
〔註152〕見（宋）蘇軾著，傅成穆儔標點《蘇軾全集》（上海：上海古籍出
　　　　版社，2000），頁2100。
〔註153〕見（清）何文煥輯《歷代詩話》（北京：中華書局，2006），頁696。

然」更勝於詩的「精工」。

第五節　以少總多，深蘊無窮──含蓄的審美韻致

《二十四詩品・含蓄》云：

> 不著一字，盡得風流。語不涉己，若不堪憂。是有眞宰，
> 與之沉浮。如淥滿酒，花時返秋。悠悠空塵，忽忽海漚。
> 淺深聚散，萬取一收。〔註154〕

就章法而言，祖保泉認爲前四句在對詩的「含蓄」概念作詮解，中間四句寫「含蓄」的條件與要求，末尾四句談的是「含蓄」的技巧。〔註155〕杜黎均《二十四詩品譯注評析》則以爲「如淥滿酒，花時返秋」是用物象喻理，而「悠悠空塵，忽忽海漚」係雙關語，指生活和含蓄都像空中的沙塵和海裡的泡沫那樣，飄忽游動，不斷變化，都需要「萬取一收」，博採精練。因此「淺深聚散，萬取一收」二句實際是用物象作喻，闡明典型化方法。全篇可分爲三組句：前四句爲一組，論含蓄風格的要求；中間四句爲二組，談含蓄應達到的境界；末尾四句爲三組，說創造含蓄的途徑。〔註156〕職是，前四句可直接看作邏輯語言，爲「含蓄」的概念敘述。中間四句，「是有眞宰，與之沉浮」爲敘述概念的邏輯語言，「如淥滿酒，花時返秋」則可作爲含蓄意象的形象語言。末尾四句，依杜黎均的說法則皆可作形象語言看，但「淺深聚散，萬取一收」之所以看作是「用物象作喻」，實來自於前二句「悠悠空塵，忽忽海漚」的比喻，因爲很明顯的在「淺深聚散，萬取一收」二句中，看不出有任何的「物象」可以作喻。因此，「悠悠空塵，忽忽海漚」明顯爲意象的形象語言，「淺深聚散，萬取一收」則

〔註154〕見（唐）司空圖著，郭紹虞集解《詩品集解・續詩品注》（北京：人民文學出版社，2006），頁 21。

〔註155〕參見祖保泉著《司空圖詩品解說》（修訂本）（合肥：安徽人民出版社，1982），頁 58～59。

〔註156〕參見杜黎均著《二十四詩品譯注評析》（北京：北京出版社，1988），頁 117～118。

爲概念的邏輯語言。綜合言之,「含蓄」一品的篇章結構可分析爲:「如淥滿酒,花時返秋」、「悠悠空塵,忽忽海漚」等爲含蓄的審美形象;「不著一字,盡得風流」、「語不涉己,若不堪憂」、「是有眞宰,與之沉浮」、「淺深聚散,萬取一收」等爲含蓄的概念敘述。

　　就「含蓄」的審美形象言,「如淥滿酒,花時返秋」,郭紹虞的注解云:

> 淥,同漉,滲也。如淥酒然,淥滿酒則滲漉不盡,有淳蓄態。如花開然,花以暖而開,若還到秋氣,則將開復閉,有留住狀。描寫含蓄,都很具體。〔註157〕

「含蓄」的風格表現如「滿酒」的滲漉不盡,亦如「花時」的將開復閉。滿滿的酒缸一點一滴的滲漉,可想見將耗費多時,而有滲漉不盡之感。但是,「春」暖花開的時節,如何跳躍時序的說還到「秋」氣,而有將開復閉的留住狀態呢?郭紹虞未對「秋氣」一詞多作說明,於是花時的「返秋」仍令人費解。春天既是百花綻放的時節,則所謂「返秋」的「秋」者,便不應該解釋爲「秋季」。趙福壇的《詩品新釋》便有很獨到的見解,其云:

> 這裡引申爲涼氣解,意即春寒,這是春對秋言,非春花遇秋節。〔註158〕

職是,「花時返秋」指的是:花在當開的時節,卻遇上了寒氣,因而有欲開還閉的現象。理解了「如淥滿酒」、「花時返秋」的形象後,進一步便可以就其表現的美感作探討。郭紹虞以爲「如淥滿酒」有「淳蓄」態,而「花時返秋」有「留住」狀。因此,對滿滿的酒缸形象直覺有「淳蓄」感,對含苞待放的百花形象直覺有「留住」感等,皆可說是「含蓄」的美感內容,也是「含蓄」文體風格所得以呈現的韻致。

　　但除此之外,「含蓄」的美感韻致更可以從酒的滲漉與花的將開

〔註157〕見(唐)司空圖著,郭紹虞集解《詩品集解‧續詩品注》(北京:人民文學出版社,2006),頁 22。

〔註158〕見趙福壇箋釋,黃能升參證《詩品新釋》(廣州:花城出版社,1986),頁 105。

等動態形象中表現出來。祖保泉即云：

> 「如淥滿酒，花時返秋」，這是兩個比喻，意思是說：詩含
> 蓄得要像淥酒一樣，酒汁總只慢慢地滲出，滲漉不盡；要
> 像花苞遇到了寒氣似的，只微微地開放，自然深婉而不一
> 放無餘。〔註 159〕

酒汁一點一滴慢慢且不盡的滲漉意象，其實更能反襯出酒缸中所儲酒
汁的盈滿；相對的，花苞微微的開放意象，更是花團錦簇、百花爭豔
的前奏。職此，「含蓄」的文體風格總能在表露與不表露之間表現得
恰到好處。既不是不表露，更不是完全的表露無遺，而是在極輕微、
極細小的表露中，暗示出最大的可能。所以，詹幼馨亦云：

> 「如淥滿酒」，「淥」同「漉」，有浸潤、滲透的意思。從滲
> 透的形象看，給人以「緩」、「少」、「細」等感覺。乍看容
> 易忽視，不仔細觀察，幾乎看不見。酒滿而漉，則滲時必
> 久，所蓄不盡。「花時」，就一般言，指開花之時。「返秋」，
> 就一般言，指花不開。合而觀之，意為當開不開，似開非
> 開，實即含苞待放之意。「如淥滿酒」，得力於「蓄」，「花
> 時返秋」，得力於「含」。從這兩句中可以體會出「含蓄」
> 的情致與功力。〔註 160〕

其實，不論是滿酒的滲漉或花苞的待放，總令人有「緩」、「少」、「細」
等感覺。因此，「緩」、「少」、「細」不僅是「含蓄」美感的重要特質
之一，也是構成「含蓄」美感條件中極輕微、極細小的表露形式。但
成功的「含蓄」美感，並不會僅止於這極輕微、極細小的表露形式，
而會是在這極輕微、極細小的表露形式中，另外令人感到有極大可能
的暗示。換言之，完整的「含蓄」美感，在於能做到以「少」總「多」，
以「小」傳「大」。

　　其次，「悠悠空塵，忽忽海漚」，楊廷芝《二十四詩品淺解》云：

〔註 159〕見祖保泉著《司空圖詩品解說》（修訂本）（合肥：安徽人民出版社，
　　　　1982），頁 59。
〔註 160〕見詹幼馨著《司空圖詩品衍繹》（臺北：王記書坊，1985），頁 120。

> 塵飛於空，悉歸籠罩，無意於含而自含；海漚忽發，氣積
> 於中，不期其蓄而自蓄。〔註161〕

又郭紹虞的注解亦云：

> 塵，浮塵也；漚，水泡也。如浮塵之在空隙，悉歸籠罩；
> 如浮漚之處大海，氣積其中：是亦一含蓄現象也。然而空
> 塵悠悠，舒緩無窮，海漚忽忽，爲時無多，同一含蓄而有
> 久暫淺深之分。〔註162〕

沙塵懸浮於空中，彷彿大地悉爲籠罩，故爲一「含蓄」。水泡因氣積
於中，亦得爲另一「含蓄」。然而於此，「含蓄」一品爲什麼不指一般
的水泡，而非要說是漂浮在海上的水泡呢？詹幼馨曾云：

> 空中的微塵，平時是很不容易察覺的，只有在陽光照射之
> 下，才會看到一片塵粒，悠悠無盡，所以說「悠悠空塵」
> 是含而不露，也蓄而不盡。大海無邊，浮漚閃現。時生時
> 滅，無有盡時。因爲飄忽不定，所以說「忽忽海漚」是蓄
> 而不盡，但也有含而不露之時。〔註163〕

水泡多爲時不久，而海漚尤甚，往往隨著海潮的起起落落而有立即的
生成與破滅。但即便如此，一次海漚的破滅，也意謂著是另一片海漚
的新成。因此，在時間上時生時滅的連續與在空間上飄忽不定的開闊
等，皆在在的反映出漂浮海岸線上的海漚幾乎涵蓋了全地球的表面。
職此，僅就「氣積於中」的觀點說海漚的「含蓄」，將顯得有些狹隘；
相反的，倘能從海漚涵攝地球的形象來看，則將有助於掌握「含蓄」
風格的眞諦。因爲，「忽忽海漚」的「含蓄」意象與前文「悠悠空塵」
的「含蓄」意象頗有相通之處：塵埃沙粒雖細小不易察覺，但在風的
鼓吹下，任盪四面八方，因此於廣闊綿遠的空間中，無不爲細小的塵

〔註161〕見（清）孫聯奎、楊廷芝著，孫昌膝、劉淦校點《司空圖詩品解說
　　　　二種》（濟南：齊魯書社，1980），頁103。

〔註162〕見（唐）司空圖著，郭紹虞集解《詩品集解・續詩品注》（北京：
　　　　人民文學出版社，2006），頁22。

〔註163〕見詹幼馨著《司空圖詩品衍繹》（臺北：王記書坊，1985），頁120
　　　　～121。

埃沙粒所涵蓋。相同的，海漚雖漂浮在海上，卻一樣渺小得令人容易輕忽，但隨著潮起潮落，海漚也正在綿延不盡的海岸線上，即生即滅的涵攝著地球。因此，「悠悠空塵」與「忽忽海漚」不但可視為「互文」，同時一粒塵埃或一片海漚也都是無盡空塵或廣闊海水含蓄大地的象徵。

就「含蓄」的概念敘述而論，「不著一字，盡得風流」，楊廷芝《二十四詩品淺解》云：

> 不著一字，其意已含，猶掃一切也。盡得風流，則蓄之者深，猶包一切也。〔註164〕

又無名氏《詩品注釋》亦云：

> 著，粘著也。言不著一字於紙上，已盡得風流之致也。
> 〔註165〕

職此，「不著一字，盡得風流」意謂「文字」不粘著於紙上，而能包含深意，盡得風流之致。然而，何謂文字不粘著於紙上？喬力注釋「著」字時，也曾云：「此處謂粘著不化」〔註166〕，又云：

> 關於「不著一字，盡得風流」，可以從兩層含義上來理解。不涉題面，只用他事烘托、渲染、對照，正意卻躍然紙上，引人回思不盡，這是一種含蓄的表現方法。……另一層含義是「狀難寫之景，如在目前；含不盡之意，見於言外」（歐陽脩《六一詩話》引梅堯臣語），「言有盡而意無窮」（嚴羽《滄浪詩話》語），透過具體的、有限的形象曲曲傳達出悠遠的、無限的情意和內容，這是一種含蓄的藝術風格。〔註167〕

兩層含義中，先就後者而言，喬力所謂「透過具體的、有限的形象曲

〔註164〕見（清）孫聯奎、楊廷芝著，孫昌膝、劉淦校點《司空圖詩品解說二種》（濟南：齊魯書社，1980），頁103。

〔註165〕見（唐）司空圖著，郭紹虞集解《詩品集解・續詩品注》（北京：人民文學出版社，2006），頁21。

〔註166〕見喬力著《二十四詩品探微》（濟南：齊魯書社，1983），頁58。

〔註167〕見喬力著《二十四詩品探微》（濟南：齊魯書社，1983），頁59。

曲傳達出悠遠的、無限的情意和內容」，無非指的是在描寫的形象之
中，又另外「寄寓著重大含意」。〔註 168〕但所謂「重大含意」，畢竟
只是另一層次的含意而已。簡言之，整體所描寫的形象可以清楚的知
道就只是在傳達兩層次的意思罷了。如此，以「一」總「二」的表現
形式與上述含蓄審美形象以「一」而引發一連串「無盡」的擴大想像，
即以「少」總「多」、以「小」傳「大」的表現方式並不相符。另外，
所謂「寄寓」或「寄託」的內容與描寫的形象乃屬於間接的比附關係，
非同「含蓄」風格一般，屬於藉由描寫形象所能直接引發、串連者。
換句話說，有「寄寓」、「寄託」的詩，讀者若想從描寫的形象中讀出
寄寓、寄託的內容，就非得另外再具有時代歷史或作者傳記等常識，
並且以歷史或傳記爲圭臬來解讀所描寫的形象，如此才能「精確」的
呈顯出所寄寓、寄託的內容。職是，有「寄寓」、「寄託」的詩表面上
雖是以「一」總「二」的表現形式，但就所欲傳達的主旨而言，仍不
離以「一」總「一」的本質。詩可以寫得不輕易顯露主題，但卻很難
就此論定爲「含蓄」風格的表現，因爲所謂「隱晦」或「晦澀」的詩
也是不輕易顯露主題的。所以，詩不輕易顯露主題的表現手法，仍只
是「含蓄」風格中「小」或「少」的表現形式而已，其能否引起人更
「大」或更「多」的「無盡」想像，即《六一詩話》所謂「含不盡之
意」，《滄浪詩話》所謂「意無窮」等，才是構成「含蓄」風格的關鍵。
最後，可以再釐清的一個問題是：喬力所謂「寄寓著重大含意」，其
中「重大」能否指的就是「含蓄」風格中的「大」或「多」的「無盡」
想像呢？其實，倘若僅將「重大」的層面界定在與國家政治或社會制
度相關的內容上，而忽略了其中仍是以「人」眞實的性靈感受爲主體
的話，那麼這挾持「國家」或「社會」等頭銜的「重大含意」，就不
免顯得虛仗聲勢、虛有其表了。相反的，詩若能以反映人之所以爲人
的眞實性靈感受爲主體的話，那麼所謂「重大含義」又何必限於非得

〔註168〕參見喬力著《二十四詩品探微》（濟南：齊魯書社，1983），頁 60。

要與國家政治或社會制度等扯上關係呢？總之，詩在反映個人對政治或社會的單向熱情上，終究不及觸動整個全體人類性靈所能引發出的感受來得更加的深沉與無盡。因此，喬力所謂「重大」的含意實難與「含蓄」表現手法中的「大」或「多」的「無盡」想像劃上等號。

再就前者的含義而言，所謂「不涉題面，只用他事烘托、渲染、對照，正意卻躍然紙上，引人回思不盡」，喬力也曾說道這是用語清省凝煉，卻含蘊深厚的「以少總多」。〔註169〕的確，文字用他事烘托、渲染、對照，而正意卻能躍然紙上，不僅可說是「不著一字，盡得風流」，就其「引人回思不盡」的效果而言，也確實符合「含蓄」以「少」總「多」的表現風格。但必須指出的是，「烘托」、「渲染」、「對照」等畢竟屬於外在寫作技巧的運用，詩之所以能「引人回思不盡」，終究原因仍在於「烘托」、「渲染」或「對照」出的「意象」使然。因此，所謂「不著一字」並非指「烘托」、「渲染」、「對照」等外在的寫作技巧，而是指描寫形象所傳達的內在含意，不會只粘著於文字表面上的意思。更明白的說，所謂「不著一字」並不在訴求一邏輯的概念，而在於傳達某種可感的形象。相對的，也因為使用的文字是用來表現可感的意象，所以使用的文字並不會把該意象的可感含意給說死了，故云：「不著一字」。職此，所謂「盡得風流」便是在「不著一字」這樣涵容豐富情意的基礎上，所達成的韻致效果。

其次，「語不涉己，若不堪憂」一作「語不涉難，已不堪憂」也作「語不涉難，若不堪憂」。〔註170〕但《二十四詩品》的「含蓄」文本究竟應作何者？目前並無定論。只是三者之中，以作「語不涉己，若不堪憂」的版本最多，「語不涉難，已不堪憂」其次，「語不涉難，

〔註169〕參見喬力著《二十四詩品探微》（濟南：齊魯書社，1983），頁59。

〔註170〕喬力的校記曾云：「語不涉難，若不堪憂，《詩品臆說》本作「語不涉己，若不堪憂」，《津逮秘書》本作「語不涉難，已不堪憂」，坊間本作「語不涉己，已不堪憂」。今從清咸豐九年《詩書畫三品匯鈔》本。」見喬力著《二十四詩品探微》（濟南：齊魯書社，1983），頁67。

若不堪憂」最少。除了使用數量有多寡的不同外，另外值得探討的問題是：三者之中，哪一種論述較好？亦即哪一種論述最能闡明「含蓄」文體風格的韻致呢？

　　楊廷芝《二十四詩品淺解》作「語不涉己，若不堪憂」，云：

> 語不涉己，言其語意不露跡象，有與己不相涉者。若不堪憂，是本無可憂，而心中之蘊結，則常若不勝其憂然。
> 〔註171〕

而楊振綱《詩品解》作「語不涉難，已不堪憂」，云：

> 不必極言患難，而讀者已不勝憂愁，蓋由神氣之到，真宰存焉，不在鋪排說盡也。〔註172〕

另外，喬力《二十四詩品探微》作「語不涉難，若不堪憂」，云：

> 「語不涉難，若不堪憂」，詩中固無一語嗟嘆苦難，但悲傷憂慮的情緒卻是溢出於言表之外，讓人感到沉重得不堪承受。〔註173〕

職此，可以發現「語不涉難，若不堪憂」與「語不涉難，已不堪憂」的意思相近。「難」不論作「苦難」或「患難」解，總之都是在表示：詩不必涉「難」，而讀者卻已能感受到不堪負荷的沉重與憂傷。如此，「含蓄」文本作「語不涉難，若不堪憂」或「語不涉難，已不堪憂」，差異並不大，只是在文字上有所不同而已。與「語不涉己，若不堪憂」相較起來又如何呢？趙福壇《詩品新釋》作「語不涉己，若不堪憂」，且云：

> 有人把此二句當作「語不涉難，已不堪憂」解，說句中還沒有涉及苦難，就已使讀者不堪其憂。這樣講是有一定道理的，但細讀起來，似有失當之處。如把「難」解作為苦難，或患難，那上文所說的「盡得風流」所包含的內容就

〔註171〕見（清）孫聯奎、楊廷芝著，孫昌膝、劉淦校點《司空圖詩品解說二種》（濟南：齊魯書社，1980），頁103。

〔註172〕見（唐）司空圖著，郭紹虞集解《詩品集解・續詩品注》（北京：人民文學出版社，2006），頁21。

〔註173〕見喬力著《二十四詩品探微》（濟南：齊魯書社，1983），頁60。

只有苦難了。這恐怕不是司空圖的本意。「語不涉難」何來
使讀者分憂呢？邏輯上講不通。因此，這兩句應承「不著
一字，盡得風流」進一步說明含蓄所能達到的藝術效果，
其意思說，語言所涉及的似乎與己無關，但讀來已令人不
勝其憂。為什麼與己無關的事，卻令人分憂？這正好說明
含蓄有著強烈的藝術感染力。雖然不著一字，而作者所陳
之意已如風之流動，意在言語之外了。故此能感人，感人
就令人不勝其憂。〔註174〕

「盡得風流」是因為「不著一字」所致，與「語不涉難」之間並沒有
完全必然的關係。因為，「語不涉難，已不堪憂」只點出「盡得風流」
中「憂」的韻致表現。所以把「難」解作苦難或患難，未必就能說上
文「盡得風流」所包含的內容只有苦難而已。不過，也必須指出的是，
詩句若沒有涉及苦難或患難的意思，如何能使讀者有不堪其憂的感
受？這在邏輯上的確是講不通，也是「語不涉難，已不堪憂」容易令
人誤解的地方。職此，「語不涉難，已不堪憂」或「語不涉難，若不
堪憂」唯一合理的解釋應該是：「語不涉難」是文字不明白言及到
「難」，但在不明白言及到「難」的文字當中，卻已飽含「難」意，
足令人不堪其憂。如此，文字的書寫與讀者個人的生活並無直接的相
關，但讀者卻可以透過個人的經驗感受來感通文字上的書寫。因此，
「語不涉難，已不堪憂」或「語不涉難，若不堪憂」的合理解釋與「語
不涉己，若不堪憂」的論述其實也有相通之處。只是，「語不涉己，
若不堪憂」的論述，不僅不會有「語不涉難，已不堪憂」或「語不涉
難，若不堪憂」所容易造成的誤解外，「語不涉己」較「語不涉難」
的論述也更為開闊，因為不會只侷限於「難」處。更重要的是，「語
不涉己，若不堪憂」的論述更能闡明「含蓄」風格的表現手法——語
言文字的書寫雖不涉及個人生活，但個人的感受經驗卻隱隱約約的若
能與語言文字的書寫發出共鳴。

〔註174〕見趙福壇箋釋，黃能升參證《詩品新釋》（廣州：花城出版社，1986），
　　　　頁106～107。

再次，「是有眞宰，與之沉浮」，孫聯奎《詩品臆說》云：

> 「是」字指題目《含蓄》言，亦是總頂上文。「眞宰」，是
> 題之眞正主宰。與之沉浮，是與眞宰相爲離即。〔註175〕

孫聯奎以「是」指「含蓄」題目，「眞宰」爲「含蓄」題目中之眞正
主宰，如此「與之沉浮」便意味著讀者的心理變化會與「含蓄」題目
中的「眞宰」相離相即。然而，楊廷芝《二十四詩品淺解》卻說：

> 是有眞宰，主乎其內，與之沉浮，出淺入深，波瀾層疊，
> 包孕何限。是不但於眞宰見其含，於沉浮見其蓄，曰是有，
> 亦即言其含非無實；曰與之，亦即言其蓄由於內也。「之」
> 字指理說。〔註176〕

楊廷芝以「之」字指「理」說，而「眞宰」爲與「理」相沉浮者，於
包孕「理」中見其「含」，沉浮「理」中見其「蓄」。但「眞宰」「主
乎其內」究竟如孫聯奎一般指「含蓄」的題目言？抑或指人的精神言
呢？若指「含蓄」題目，則「含蓄」之外又有一「理」的存在，又「含
蓄」題目如何能有主體性來與「理」相沉浮呢？因此，倘說「含蓄」
的風格是具有與「理」相沉浮的特質，那麼「眞宰」一樣不應當如孫
聯奎所主張，指的是「含蓄」題目。如此，楊廷芝雖未明言「眞宰」
所指爲何？但指向人精神層面的可能性似乎是更大了。郭紹虞的注解
曾云：

> 爲什麼語不涉己而會若不堪憂呢？此其間有眞宰存焉。《莊
> 子・齊物論》：「若有眞宰而特不得其眹。」即爲此語所本。
> 有此眞正主宰，主乎其內，自然表現於文辭者，也就與之
> 或沉或浮而若現若不現了。這即說明含蓄之眞諦。〔註177〕

的確，順著上文「語不涉己，若不堪憂」的語言脈絡來看，「是有眞

〔註175〕見（清）孫聯奎、楊廷芝著，孫昌熙、劉淦校點《司空圖詩品解說
二種》（濟南：齊魯書社，1980），頁26～27。

〔註176〕見（清）孫聯奎、楊廷芝著，孫昌熙、劉淦校點《司空圖詩品解說
二種》（濟南：齊魯書社，1980），頁103。

〔註177〕見（唐）司空圖著，郭紹虞集解《詩品集解・續詩品注》（北京：
人民文學出版社，2006），頁22。

宰，與之沉浮」的「含蓄」論述將更加的明朗、浮現。「語不涉己」
卻能「若不堪憂」，關鍵因素便在於其中有「眞宰」的存在，「是有」
二字即加強了「眞宰」存在的眞實性。〔註178〕郭紹虞以「眞宰」爲
「主乎其內」又「表現於文辭」，由此可見其所謂「眞宰」是就創作
觀點來立論，認爲文辭爲作者「眞宰」的寄託所在，而當「眞宰」
隨行文或沉或浮、若隱若現時，便是「含蓄」風格的表現。〔註179〕
但除此之外，「眞宰」也可從讀者的觀點來談，且如此將更能點出「含
蓄」風格的眞諦。因爲，讀者的「眞宰」確實會隨著行文的意象而
有或沉或浮的情感變化，甚且其「若不堪憂」的情感觸動，乃是在
「意象」「語不涉己」的情況下所達成的效果。如此，「與之沉浮」
的「之」字指的便是上文的「語不涉己」，也就是文辭所描寫的形象，
而這樣以「少」總「多」的無窮深蘊表現，正是「含蓄」文體風格
的表現。

　　最後，「淺深聚散，萬取一收」，孫聯奎《詩品臆說》云：
　　　淺深，豎說；聚散，橫說。淺深、聚散，皆題外事也。四
　　字總括眾象，即下文「萬」字。萬取，取一於萬；即「不
　　著一字」。一收，收萬於一；即「盡得風流」。〔註180〕
「淺深聚散」四字固然可總括眾象，即爲下文「萬」字，但以「萬取」
爲「取一於萬」、「不著一字」及以「一收」爲「收萬於一」、「盡得風
流」等則未爲妥當。因爲「萬取一收」既是「取一於萬」也是「收萬
於一」，這只是一體兩面的說法。其次，「取一於萬」畢竟是「一」，

〔註178〕 杜黎均注釋「是有」二字時，便曾云：「是有：確實有。此處『是』
　　　　　乃表示肯定或加強肯定之詞。」見杜黎均著《二十四詩品譯注評析》
　　　　　（北京：北京出版社，1988），頁 115。
〔註179〕 詹幼馨《司空圖詩品衍繹》也是持創作的觀點來立論「眞宰」，並
　　　　　且直接、明白的說：「『眞宰』，就是主題、旨趣，眞正主宰作品的
　　　　　靈魂。」見詹幼馨著《司空圖詩品衍繹》（臺北：王記書坊，1985），
　　　　　頁 120。
〔註180〕 見（清）孫聯奎、楊廷芝著，孫昌騤、劉淦校點《司空圖詩品解說
　　　　　二種》（濟南：齊魯書社，1980），頁 27。

如何能解說「不著一字」？又「收萬於一」，雖然「一」可總「萬」，但「萬」既爲總括的眾象，則「盡得風流」的無窮深蘊又哪裡只是眾象的總括而已呢？因此，「淺深聚散，萬取一收」與其說和「不著一字，盡得風流」相呼應，倒不如說與其上文「悠悠空塵，忽忽海漚」相闡發來得適切。郭紹虞的注解便云：

> 塵與漚之淺深聚散，形形色色，博之雖有萬途，約之只是一理，要均歸含蓄而已。含蓄則寫難狀之景，仍含不盡之情，也正因以一馭萬，約觀博取，不必羅陳，自覺敦厚。〔註181〕

如同塵埃飄盪於空中或海漚漂浮於水面一般，或淺或深，時聚時散，因此「淺深聚散」可呼應的指涉是空塵或海漚各種形形色色的眾象總括。然而，無論塵埃是一粒或成千上萬，也不管海漚是一片或無窮無數，要之，一粒塵埃或一片海漚的存在，便足以令人聯結的想像到無盡空塵或廣闊海水對大地的含蓄。因此，「含蓄」的文體風格指的便是在以「一」馭「萬」這樣含藏不露的表現手法中，另外又有一層「言淺意深」的含藏。

　　職是，「含蓄」的文體風格可用「如淥滿酒」、「花時返秋」、「悠悠空塵，忽忽海漚」等審美形象作象徵。「含蓄」的文體風格往往藉由極隱微的表露形式，來暗示最大的可能。甚且，表露的形式與暗示的內容並非毫不相干，而是具有以「少」總「多」，以「小」傳「大」的直接關係。因此，極隱微的表露形式並非「含蓄」美感的究竟，而其引發的一連串無窮深意的想像，才是「含蓄」美感所要傳達的真正內容。一般看待「含蓄」的風格，總把討論的焦點放在含藏不露的表現手法上，進而點出其背後所另有的寄寓。然而，卻忽略了含藏不露的表現手法只是構成「含蓄」風格的必要條件之一，非充足條件，又其背後所隱藏的含意也不是「以一總一」的單一內容，而是「以少總

〔註181〕見（唐）司空圖著，郭紹虞集解《詩品集解‧續詩品注》（北京：人民文學出版社，2006），頁22。

多」的繁複與無窮，足令人一唱三歎、再三低徊者。

《文心雕龍‧隱秀》曾云：「隱也者，文外之重旨者也」〔註182〕，可見中國文學理論早在南朝梁‧劉勰時便已注意到文字除了是在表達字面上的意思外，也可以是在傳達文字以外的另一層意思。中唐時，對文字以外所傳達的含意更加重視，甚至有輕視文字直接表達意思的傾向。《詩式‧重意詩例》云：

> 兩重意已上，皆文外之旨。若遇高手如康樂公，覽而察之，
> 但見情性，不覩文字。蓋詩道之極也。〔註183〕

中唐‧皎然以「詩」最上乘的表現是「但見情性，不覩文字」，因此領受「性情」的內容完全是從「文外之旨」而來，而非表面文字所能表達者。其次，「文外之旨」是「兩重意已上」，這觀念已明顯較南朝梁‧劉勰所謂「重旨」來得更接近「含蓄」文體風格「以少總多」的表現形式。另外，皎然《詩式‧辯體有一十九字》云：「思。氣多含蓄曰思。」〔註184〕雖然皎然曾使用過「含蓄」一詞，但卻僅用來作爲「思」風格的內容說明，對「含蓄」本身並未加以解釋。由此可知，中唐時，「含蓄」只是附屬在某種風格之中，尚未獨立成一體。再者，至今仍無從明確得知中唐‧皎然的「含蓄」所指爲何？但後來「以少總多」的「含蓄」文體風格卻與其所謂「兩重意已上」的「文外之旨」有隱隱的暗合。

「含蓄」的風格概念一直到南宋才有較明確的說明，並且成爲當時創作詩的普遍指導原則。姜夔《白石道人詩說》即云：

> 語貴含蓄。東坡云：「言有盡而意無窮者，天下之至言也。」
> 山谷尤謹於此。清廟之瑟，一唱三嘆，遠矣哉！後之學詩

〔註182〕見（梁）劉勰著，王更生注譯《文心雕龍讀本》下篇（臺北：文史哲出版社，2004），頁202。

〔註183〕見傅璇琮主編，張伯偉撰《全唐五代詩格校考》（西安：陝西人民教育出版社，1996），頁210。

〔註184〕見傅璇琮主編，張伯偉撰《全唐五代詩格校考》（西安：陝西人民教育出版社，1996），頁220。

者，可不務乎？若句中無餘字，篇中無長句，非善之善者
也；句中有餘味，篇中有餘意，善之善者也。〔註185〕

又嚴羽《滄浪詩話》云：

詩者，吟詠情性也，盛唐諸人，惟在興趣；羚羊挂角，無
跡可求。故其妙處，透徹玲瓏，不可湊泊。如空中之音，
相中之色，水中之月，鏡中之象，言有盡而意無窮。〔註186〕

姜夔所謂「句中無餘字，篇中無長句，非善之善者也；句中有餘味，
篇中有餘意，善之善者也」即在肯定文字上「以少總多」的表現方式，
意即蘇軾所謂「言有盡而意無窮」。又嚴羽也認爲詩寫得如「空中之
音」、「相中之色」、「水中之月」、「鏡中之象」等便是「言有盡而意無
窮」的表現。故總言之，「言有盡而意無窮」的美感韻致即是「含蓄」
文體風格的表現。「含蓄」的文體概念雖然一直到南宋時才點明，但
從南宋・姜夔引北宋・蘇軾的話來看，可以發現「含蓄」文體概念的
發展自中唐・皎然以來並沒有中斷過，反而是更加的清楚、豐富。北
宋・歐陽脩《六一詩話》也曾引梅堯臣語云：

聖俞嘗語余曰：「詩家雖率意，而造語亦難。若意新語工，
得前人所未道者，斯爲善也。必能狀難寫之景，如在目前，
含不盡之意，見於言外，然後爲至矣。」〔註187〕

由此可見，詩被要求在有限的文字之中傳達「不盡之意」，在北宋文
壇早已是一普遍爲人所接受和崇尚的觀念。如此，《二十四詩品》正
式的把「含蓄」文體獨立成一格，就「含蓄」文體概念的成熟而言，
在晚唐到北宋之間應自有一番承上啓下的地位。

第六節　寄情壯闊，縱橫恣肆──豪放的審美韻致

《二十四詩品・豪放》云：

觀花匪禁，吞吐大荒。由道返氣，處得以狂。天風浪浪，

〔註185〕見（清）何文煥輯《歷代詩話》（北京：中華書局，2006），頁681。

〔註186〕見（清）何文煥輯《歷代詩話》（北京：中華書局，2006），頁688。

〔註187〕見（清）何文煥輯《歷代詩話》（北京：中華書局，2006），頁267。

　　海山蒼蒼。眞力彌滿，萬象在旁。前招三辰，後引鳳凰。
　　曉策六鼇，濯足扶桑。〔註188〕

就章法言，祖保泉以爲前四句是「豪放」風格形成的根源，餘者皆爲
「豪放」境界的描繪。〔註189〕另外，杜黎均認爲「觀花匪禁，呑吐
大荒。由道返氣，處得以狂」是將「豪放」所要求的氣勢和感情總括
出來。「天風浪浪，海山蒼蒼」的浩然形象則描繪了「豪放」的境界。
緊接著，「眞力彌滿，萬象在旁」提出了一個美學論斷。最後，「前招
三辰，後引鳳凰。曉策六鼇，濯足扶桑」旨在抓取物象用來表達豪放
風格的氣勢。〔註190〕職是，「天風浪浪，海山蒼蒼」、「前招三辰，後
引鳳凰」、「曉策六鼇，濯足扶桑」等明顯爲形象語言。至於，「眞力
彌滿，萬象在旁」當作形象語言？抑或邏輯語言呢？祖保泉以「天風
浪浪，海山蒼蒼。眞力彌滿，萬象在旁」是描繪「豪放」境界的形象
語言，但在進一步的解說上卻云：

　　「天風浪浪，海山蒼蒼」──你看，詩人把宇宙放在眼底，
　　這景象多麼豪放！……「眞力彌滿，萬象在旁」，就是說，
　　詩人的思想感情要處於飽和的、昂揚的狀態，他才能翹首
　　天外，而把天地萬象包羅於詩中。〔註191〕

「天風浪浪，海山蒼蒼」是詩人所看到的豪放景象，無疑屬描繪景物
的形象語言。但「眞力彌滿」指詩人必須具備的思想感情條件，而「萬
象在旁」則是詩人思想感情在處於昂揚、飽和狀態下，所能直覺到的
審美形象。易言之，「天風浪浪」、與「海山蒼蒼」便是詩人在「眞力
彌滿」下，於「萬象」之中所直覺到的審美內容。如此，「眞力彌滿，

〔註188〕　見（唐）司空圖著，郭紹虞集解《詩品集解・續詩品注》（北京：
　　　　　人民文學出版社，2006），頁 23。
〔註189〕　參見祖保泉著《司空圖詩品解說》（修訂本）（合肥：安徽人民出版
　　　　　社，1982），頁 61～62。
〔註190〕　參見杜黎均著《二十四詩品譯注評析》（北京：北京出版社，1988），
　　　　　頁 122～123。
〔註191〕　見祖保泉著《司空圖詩品解說》（修訂本）（合肥：安徽人民出版社，
　　　　　1982），頁 62。

萬象在旁」已明顯是一論斷的邏輯語言，而非描繪景物的形象語言。

至於前四句，祖保泉認為是「豪放」風格形成的根源，而進一步云：

> 「觀花匪禁，吞吐大荒」，這是就詩的感情激盪，有叱吒
> 風雲的氣概來說的。這種氣概從何而來呢？作者回答道：
> 「由道返氣，處得以狂。」這「道」和「氣」指的是什麼
> 呢？我們知道，司空圖筆下的「道」是絕對精神的別名。
> 那末，「氣」便是從超越時空的絕對精神中化生出來的豪
> 放之氣。他說詩人如能以道為創作的本源，便會有狂放的
> 豪情。〔註192〕

又杜黎均以為是將「豪放」所要求的氣勢和感情總括出來，而云：

> 其中「由道返氣」，指出「道」這種自然的生活事理，是培
> 育作品氣勢和感情的基礎。〔註193〕

由此可見，「觀花匪禁，吞吐大荒。由道返氣，處得以狂」不論是「豪放」風格所形成的根源或是總括出「豪放」的氣勢和感情等，總之，都是就其中的「道」而言。因此，祖保泉的譯文云：

> 放膽地在都城裡看花，放膽地吞吐山川。誰要是道的化身，
> 他的行動才能自在若狂。〔註194〕

又杜黎均也譯云：

> 盡情賞花無所拘束，遨遊宇宙任意遠翔。詩人從自然之道
> 培育豪氣，創作才能夠文思昂揚。〔註195〕

質言之，詩人能「由道返氣」才能「處得以狂」，進而有「觀花匪禁」或「吞吐大荒」等付諸行動的壯舉。因此，祖保泉以為「觀花匪禁，

〔註192〕見祖保泉著《司空圖詩品解說》（修訂本）（合肥：安徽人民出版社，
1982），頁61。

〔註193〕見杜黎均著《二十四詩品譯注評析》（北京：北京出版社，1988），
頁122。

〔註194〕見祖保泉著《司空圖詩品解說》（修訂本）（合肥：安徽人民出版社，
1982），頁61。

〔註195〕見杜黎均著《二十四詩品譯注評析》（北京：北京出版社，1988），
頁121～122。

吞吐大荒」是就詩的感情激盪來說的。如此很明顯的，「觀花匪禁，
吞吐大荒」並不能作為「豪放」風格形成的根源或總括出「豪放」的
氣勢和感情。但相反的，所謂「放膽地在都城裡看花，放膽地吞吐山
川」或「盡情賞花無所拘束，遨遊宇宙任意遠翔」等卻在在的指出「觀
花匪禁」與「吞吐大荒」實為一形象化的語言。職是，「豪放」一品
的篇章結構可分析為：「觀花匪禁，吞吐大荒」、「天風浪浪，海山蒼
蒼」、「前招三辰，後引鳳凰」、「曉策六鼇，濯足扶桑」等為「豪放」
的審美形象；「由道返氣，處得以狂」、「真力彌滿，萬象在旁」等為
「豪放」的概念敘述。

　　就「豪放」的審美形象言，「觀花匪禁，吞吐大荒」，楊廷芝《二
十四詩品淺解》云：

> 禁，天子所居。禁花，非人之所得觀。觀花而既匪禁，無
> 往而非興到之所，亦無往而非可觀之花，豪孰甚焉。大荒，
> 《文選》注，謂海外。今據《山海經》：蓋海外之外也。大
> 荒而吞且吐焉，放亦極矣。〔註196〕

以「天子所居」釋「禁」，說平時不能為人觀賞的宮廷花卉，而今得
觀賞，便是「無往而非興到之所，亦無往而非可觀之花」的「豪放」
行為。固然，天子所居的花卉都能觀賞了，那還有什麼地方的花卉不
能自由觀賞呢？但即便有「無往而非可觀之花」，卻不一定能盡「無
往而非興到」的觀花興致。換言之，以「禁」字釋「天子所居」或擴
大解釋為「都城」等，實際上都是將觀花的場域侷限在一定的範圍中。
倘若將「禁」字單純作「禁止」看，則「觀花匪禁」中的「匪禁」二
字，不但具有超越觀花場域的限制意義，同時也更能直指「豪放」風
格中，心靈「無往而非興到」的自由涵義。〔註197〕

〔註196〕見（清）孫聯奎、楊廷芝著，孫昌熙、劉淦校點《司空圖詩品解說
　　　　二種》（濟南：齊魯書社，1980），頁 104。
〔註197〕祖保泉曾將「禁」釋為「宮禁」、「都城」而云：「在都城看花，是
　　　　豪放的行動。」參見祖保泉著《司空圖詩品解說》（修訂本）（合肥：
　　　　安徽人民出版社，1982），頁 60。然而，杜黎均卻認為將「禁」解

　　「豪放」風格所展示的場域並不會侷限在一定的範圍，這從「吞吐大荒」的意象也可以得到驗證。「大荒」即為「海外」或「海外之外」。「海」的無盡廣闊與深邃，本身就令人難以想像；而「大海之外」，更是超越一般人所能想像的境地。由此可知，「豪放」風格所展示的空間是一無限寬廣的延伸，並不會侷限在某一個或多數個的範圍之中。因此，「豪放」中「吞吐大荒」的形象，便令人直覺有吸納無限廣闊之氣的美感。

　　其次，「天風浪浪，海山蒼蒼」，孫聯奎《詩品臆說》云：

> 有聲有色。聲，非尋常之聲，聲如天風之浪浪；色，非尋常之色，色如海山之蒼蒼。胸次磊落，眼界開闊，豪放到佳處，興會淋漓，實有此境，真樂事也。〔註198〕

「浪浪」為風聲，「蒼蒼」屬深青色，但何以說浪浪的天風非尋常之聲？深青色的山、海非尋常之色？又何以會令人「胸次磊落，眼界開闊」呢？趙福壇《詩品新釋》曾云：

> 那豪放之氣，浩浩蕩蕩，像天風之流動，像海山之蒼蒼。浪浪，流動的樣子，形容風力之浩大，有力。蒼蒼，深青色，形容海光山色的無涯無際。「天風浪浪」比喻豪放氣勢的浩大有力，「海山蒼蒼」比喻豪放境界的闊大無邊。兩者說明豪放之境，開闊雄深。〔註199〕

　　　為「禁宮」或「都城」皆不妥，因為此句是以盡情賞花，喻豪放無阻，所以「匪」為「非」之義，「禁」為「禁忌」、「禁止」之義。參見杜黎均著《二十四詩品譯注評析》（北京：北京出版社，1988），頁120。另外，孫聯奎曾將「觀花匪禁」作「觀化匪禁」，而云：「觀，洞觀也，洞若觀火。化，造化也。禁，滯窒也。能洞悉造化，而略無滯窒，是為觀化匪禁。」見（清）孫聯奎、楊廷芝著，孫昌熙、劉淦校點《司空圖詩品解說二種》（濟南：齊魯書社，1980），頁28。其實，「花」既是自然的「造化」之一，因此「觀花匪禁」的意象，一樣能作「觀化匪禁」的意象看。

〔註198〕　見（清）孫聯奎、楊廷芝著，孫昌熙、劉淦校點《司空圖詩品解說二種》（濟南：齊魯書社，1980），頁28。

〔註199〕　見趙福壇箋釋，黃能升參證《詩品新釋》（廣州：花城出版社，1986），頁115。

職是，「天風浪浪」之所以非尋常之聲，是因為浪浪的風聲足以令人感到浩大、有力；「海山蒼蒼」之所以非尋常之色，是由於深青的大海與高山會令人感到無涯無際。浪浪聲響的天風形象，令人直覺有渾厚有力、鼓蕩不息的美感。深青色的海洋意象則有橫無際涯與深不可測的美感。另外，遠方連綿橫亙的青山意象，既烘托出天地宇宙的遼闊，也反襯出人生的短暫與渺小。所以，當人直覺於「天風浪浪」與「海山蒼蒼」的形象時，不僅眼界得到開闊，就連心胸也跟著坦然、開朗了起來。

此外，還必須指出的是，「豪放」風格的浩大、有力美感並不囿於「天風浪浪」的形象，「海山蒼蒼」的意象一樣可以表現出浩大、有力的美感。同樣的，「豪放」風格中境界擴大無邊的美感，也不會只侷限在「海山蒼蒼」的形象，「天風浪浪」的意象，也同樣能表現出無涯無際的境界美感。就前者而言，青色遠山屹立不搖於天地的形象，令人直覺有股沉穩、厚重的美感；而深青色的海水，目不能見底又橫無際涯，則自有一番霸氣雄橫的美感。就後者來說，當浪浪的風聲在天空中鼓蕩、迴旋時，不但表現出的是「風」浩大、有力的美感，同時也間接的烘托出「蒼穹」遼闊空間的美感。

復次，「前招三辰，後引鳳凰」，孫聯奎《詩品臆說》云：

三辰，日、月、星也。三辰、鳳凰，萬象之顯且大者；前招、後引，便是在旁。〔註200〕

又楊廷芝《二十四詩品淺解》云：

三辰，日、月、星也。招，手呼也。前招三辰，玩一「招」字，則聲撼霄漢，手摘星辰。引，引而進之也。鳳凰，不與群鳥舞，而今且無不可引，則進退維我，不可方物矣。〔註201〕

〔註200〕 見（清）孫聯奎、楊廷芝著，孫昌熙、劉淦校點《司空圖詩品解說二種》（濟南：齊魯書社，1980），頁28～29。

〔註201〕 見（清）孫聯奎、楊廷芝著，孫昌熙、劉淦校點《司空圖詩品解說二種》（濟南：齊魯書社，1980），頁105。

「三辰」爲日、月、星。因此,「前招三辰」指的是對太陽、月亮、星辰等邀約的形象。不論是普照大地的太陽、一輪皎潔的明月、燦爛滿天的星空等,總之,都令人直覺有宏大開闊、空曠無際的美感。「後引鳳凰」則是引來鳳凰跟在於後的形象。楊廷芝以鳳凰「不與群鳥舞」,而今得「引而進之」,因此認爲「無不可引,則進退維我,不可方物矣」。此說與其「觀花匪禁」的解法,同屬一路。然而,鳳凰「不與群鳥舞」的特性,實已點出鳳凰爲引進者的象徵,而獨飛天際的意象,則表現出「豪放」風格中任性直行、孤高自賞的美感。

最後,「曉策六鰲,濯足扶桑」,孫聯奎《詩品臆說》云:

> 非六鰲不足鞭策,足徵有膽;非扶桑不屑濯足,足徵有識。妙在下一「曉」字:金烏乍躍,彩徹雲衢。總言豪放之作,磊落光明,無一語不驚人,無一字不奪目耳。相此二語,乃眞放乎四海矣。腰纏十萬,騎鶴揚州,想頭未免於俗,惟此曉策六鰲,濯足扶桑,足以乘萬里風破三千浪也。學者讀此,不惟洗去塵俗萬斛,且足長人無限志氣。〔註202〕

又楊廷芝《二十四詩品淺解》云:

> 策六鰲,豪之至;濯扶桑,放之至;亦其胸懷浩蕩不啻雲開日出,海闊天空;故曉策六鰲,濯足扶桑。〔註203〕

「鰲」爲傳說中的大海龜,所以「曉策六鰲」指的是清晨時鞭策六隻巨龜於海上的形象。傳說中的「鰲」龐然巨大,又有六隻之眾,因此鞭策六鰲的形象便令人直覺有力量宏大、氣魄雄偉的美感。孫聯奎即以「有膽」概括之,而楊廷芝以爲「豪之至」。另外,孫聯奎又認爲妙在下一「曉」字。然而,「曉」字與「金烏乍躍,彩徹雲衢」有何關聯呢?「曉策六鰲」倘與下句「濯足扶桑」的意象合看,便

〔註202〕 見(清)孫聯奎、楊廷芝著,孫昌熙、劉淦校點《司空圖詩品解說二種》(濟南:齊魯書社,1980),頁29。

〔註203〕 見(清)孫聯奎、楊廷芝著,孫昌熙、劉淦校點《司空圖詩品解說二種》(濟南:齊魯書社,1980),頁105。

會發現「曉」字與「扶桑」二字所暗示的「日之所出處」有連帶的關係。〔註 204〕易言之，「曉策六鼇」的「曉」字指的是太陽初升時的清晨，而此時鞭策六鼇於海上，其乘風破浪的形象便猶如旭日的東昇，也如金烏的乍躍一般。非「扶桑」之地，不屑濯足，固然是「有識」的表現，但更暗示出「濯足」是一休憩的狀態。楊廷芝以「濯扶桑」爲「放之至」，因爲「其胸懷浩蕩不啻雲開日出」。另外，杜黎均亦云：

> 「曉」字用作狀語，冠下二句，即（曉）策六鼇，（曉）濯
> 足扶桑。〔註205〕

但在譯文上，杜黎均卻說：

> 拂曉時，乘坐六龜飛馳而去，到晚上，洗足在太陽升起的
> 扶桑。〔註206〕

倘「扶桑」只作日出時候解，則不當有「晚上」的說法。職是，「扶桑」作爲太陽之所出處的神樹，不僅可以指的是「日」之所出處，當然也是「日」之所息的地方。因此，「濯足扶桑」是夕陽西下時，在太陽休息處清滌腳趾的形象。於太陽休息的地方做洗腳的休憩，則此番的休憩便有與天地自然同一作息的意味；又所洗滌者爲身體最卑下的足部，則此番的休憩可說是無拘無束、徹徹底底的放鬆。如此，「濯足扶桑」的形象，令人直覺有與天地自然同一的開闊、放縱美感，其中「放之至」的胸懷表現，將更甚於「雲開」、「日出」的比喻。

就「豪放」的概念敘述而論，「由道返氣，處得以狂」，楊廷芝《二十四詩品淺解》云：

〔註204〕杜黎均的注釋云：「《十洲記》：『扶桑在大海中，樹長數千丈，一千餘圍，兩幹同根，更相依倚，日所出處。』此處『扶桑』泛指太陽升起的地方。」見杜黎均著《二十四詩品譯注評析》（北京：北京出版社，1988），頁 121。

〔註205〕見杜黎均著《二十四詩品譯注評析》（北京：北京出版社，1988），頁 121。

〔註206〕見杜黎均著《二十四詩品譯注評析》（北京：北京出版社，1988），頁 122。

> 由道返氣，言氣集義而生，豪之所由來也。處得以狂，言
> 其實有所得，則自狂也。由道返氣，就內言；處得以狂，
> 就外言。〔註207〕

又郭紹虞的注解亦云：

> 言豪氣是集義所生，根於道，故不餒。處得以狂，言忘懷
> 得失，纔能自得，超於世，故無累。不餒無累，自近豪放。
>
> 〔註208〕

楊、郭二人皆以「集義」為「道」，而認為「豪氣」乃「集義」而生。
然而，「集義」的概念語出孟子。《孟子・公孫丑上》云：

> 不得於心，勿求於氣，可；不得於言，勿求於心，不可。
> 夫志，氣之帥也；氣，體之充也。夫志至焉，氣次焉，故
> 曰：「持其志，無暴其氣。」……我知言，我善養吾浩然之
> 氣。……其為氣也，至大至剛，以直養而無害，則塞於天
> 地之閒。其為氣也，配義與道；無是，餒也。是集義所生
> 者，非義襲而取之也；行有不慊於心，則餒矣。〔註209〕

「集義」所生者為「浩然之氣」，而「浩然之氣」是在「以志帥氣」
下存養人性本「善」的工夫。〔註210〕因此，「集義」並不在表現「豪
氣」，而培養「豪氣」的工夫也不在「集義」，如此表現「豪放」風格
的「道」就不能指的是「集義」。趙福壇曾云：

> 這兩句（由道返氣，處得以狂）寫豪放之氣的由來。一是
> 要使集義所生的道轉化為一種豪邁的氣概，二是要達到品

〔註207〕見（清）孫聯奎、楊廷芝著，孫昌騰、劉淦校點《司空圖詩品解說
　　　　二種》（濟南：齊魯書社，1980），頁104。

〔註208〕見（唐）司空圖著，郭紹虞集解《詩品集解・續詩品注》（北京：
　　　　人民文學出版社，2006），頁23。

〔註209〕見（清）阮元刊刻《十三經注疏・孟子》（臺北：藝文印書館，2003），
　　　　頁54～55。

〔註210〕勞思光曾明白的指出：「所謂『言』，指認知我而說，所謂『心』，
　　　　指德性我而說，所謂『氣』，指情意我或生命我而說。……以志帥
　　　　氣，其最後境界為生命情意之理性化；至此境界之工夫過程即孟子
　　　　所謂『養氣』。」見勞思光著《中國哲學史》第1卷（香港：香港
　　　　中文大學，1980），頁108。

性自由，擺脫羈絆，無拘無束，才能易為狂放。〔註211〕
可見，「集義」的「道」如何能表現出「豪放」，中間仍存在著轉化的
問題。趙福壇雖以孫聯奎「惟有豪放之氣，乃有豪放之詩」的觀點申
述，但對轉化的問題仍未詳加解釋，如此仍是將問題繞回原點：「集
義」的目的不在於培養「豪氣」，而「豪放」的風格如何能從「集義」
之「道」轉化而成呢？〔註212〕總之，「集義」是「道德」層面的問題，
而「風格」卻屬「美學」層面，兩者不宜混為一談。此外，「品性自
由」是道德層面自我抉擇的表現，並不能就此意謂能狂放的擺脫一切
羈絆而無拘無束。由是，以為得「集義」之「道」便能「不餒」，進
而「處得以狂」的說法實為不妥。「由道返氣，處得以狂」固然可看
作因果複句，但首要問題仍在於如何解釋「道」的內容，如此進而才
能解釋何以能「處得以狂」。〔註213〕「由道返氣」的「道」既不指「集
義」，又能指什麼呢？詹幼馨云：

> 「道」指孕育在作家頭腦中的思想情感，「氣」指作品反映
> 出來的足以表現作家氣質的精神。……「道」的涵義，因
> 人而異，但都不失為「豪放」之作。所謂「由道返氣」，就
> 含有由內到外的意思，說明「氣」是受「道」制約的，而
> 「道」又是積氣所成。……司空圖說的「由道返氣」，并不
> 局限於「豪放」一品，它可以讓我們用來解釋各種風格形
> 成的過程，但在這兒，它是隸屬於「豪放」這一品的，何
> 況下面還緊接著說出與「豪放」的關係極為密切的「處得
> 以狂」四個字，我們就應該只就「豪放」而言。……忘懷
> 得失的人卻往往「處得以狂」，能「處得以狂」，正是他的

〔註211〕 見趙福壇箋釋，黃能升參證《詩品新釋》（廣州：花城出版社，1986），
頁115。

〔註212〕 參見趙福壇箋釋，黃能升參證《詩品新釋》（廣州：花城出版社，
1986），頁117～118。

〔註213〕 杜黎均即明確主張將「由道返氣，處得以狂」視為因果聯綿句，「由
道返氣」是因，「處得以狂」是果。參見杜黎均著《二十四詩品譯
注評析》（北京：北京出版社，1988），頁120。

自得之「道」。〔註214〕

「道」指作家個人的思想情感，則「道」的內容自然因人而異，甚且能否有自得之「道」，也純屬個人心證的問題。又「由道返氣」不局限「豪放」一品，而可以用來解釋各種風格所形成的過程。如此，「豪放」風格最後的形成實決定於「處得以狂」，而非「由道返氣」。人能「處得以狂」便是自得有「豪放」之「道」，但「道」的內容因人而異，如此何能界定出「處得以狂」便是自得有「豪放」之「道」呢？職是，將「由道返氣」中的「道」指為「孕育在作家頭腦中的思想情感」，仍未妥當。

職是，「由道返氣」中「道」的內容指涉，仍應從「豪放」一品來尋找答案。詹幼馨曾云：

> 從這四句中（前招三辰，後引鳳凰。曉策六鼇，濯足扶桑），
> 我們可以看出那種招之使來，引之隨行，策之向前，止之
> 濯足的豪邁的、唯我獨適的、一切聽命於我的、無拘無束
> 的人的性格和作品風格。〔註215〕

由此可見，單純直覺於「豪放」的形象，便能深刻的讓人感受到「豪邁」、「唯我獨適」、「一切聽命於我」、「無拘無束」等「狂放」的美感內容。因此，舉凡「天風」、「大海」、「高山」等自然界壯闊的形象，才是培養「豪氣」的來源，是「豪放」風格形成的原因。易言之，所謂「由道返氣，處得以狂」是藉由自然界中壯闊的自然形象，直覺的表現出其中「狂放」的美感內容。所以，「由道返氣」中「道」的內容，指的就是自然界中壯闊的形象。〔註216〕

〔註214〕參見詹幼馨著《司空圖詩品衍繹》（臺北：王記書坊，1985），頁25～27。

〔註215〕見詹幼馨著《司空圖詩品衍繹》（臺北：王記書坊，1985），頁28。

〔註216〕「由道返氣」中的「道」，杜黎均曾以為是「自然之道」。他說：「從道回到氣，即從自然之道來培育豪氣，創作方能縱橫若狂。……全句極言豪放是以自然情理作思想基礎。」見杜黎均著《二十四詩品譯注評析》（北京：北京出版社，1988），頁120。可見，杜黎均所謂「自然之道」指的是「自然情理」，而非一般的自然界。

其次，「眞力彌滿，萬象在旁」，孫聯奎《詩品臆說》云：

> 有眞力以充之，上下四旁，任我所之；傍日月而摘星辰，
> 何所不可。若無眞力，比之飄蓬。凡所應有，無不俱有，
> 鬼斧神工，奔赴腕下，是之謂萬象在旁。〔註217〕

又楊廷芝《二十四詩品淺解》云：

> 眞力彌滿，則塞於天地之間。萬象在旁，舉凡天地間之所
> 有者，亦只視爲左右之陳列而已。〔註218〕

職是，就創作觀點而言，「眞力彌滿」是詩人在創作「豪放」風格作品時所必須具備的條件，而「萬象在旁」則是詩人在「眞力彌滿」時，所能直覺到的審美形象。如何「眞力彌滿」？前文「由道返氣，處得以狂」便是最佳的解答。但除了作者能具有「眞力彌滿」的風采外，「豪放」風格的作品也會令人有「眞力彌滿」的感覺。因爲誠如孫聯奎所云：「惟有豪放之氣，乃有豪放之詩」。〔註219〕另外，純就「觀花匪禁」、「吞吐大荒」、「天風浪浪」、「海山蒼蒼」、「前招三辰」、「後引鳳凰」、「曉策六鼇」、「濯足扶桑」等「豪放」形象而言，也可以直覺到它們「彌滿眞力」的共同特徵。「萬象在旁」與上文「眞力彌滿」可看作因果複句，其中「眞力彌滿」是因，「萬象在旁」爲果，「萬象在旁」也更反襯出這股「眞力」的豐沛飽滿與氣勢如虹。〔註220〕

職是，「豪放」的文體風格可以用「觀花匪禁」、「吞吐大荒」、「天風浪浪」、「海山蒼蒼」、「前招三辰」、「後引鳳凰」、「曉策六鼇」、「濯足扶桑」等審美形象作爲象徵。「豪放」的風格得自於自然界中壯闊

〔註217〕 見（清）孫聯奎、楊廷芝著，孫昌熙、劉淦校點《司空圖詩品解說二種》（濟南：齊魯書社，1980），頁 28。

〔註218〕 見（清）孫聯奎、楊廷芝著，孫昌熙、劉淦校點《司空圖詩品解說二種》（濟南：齊魯書社，1980），頁 105。

〔註219〕 見（清）孫聯奎、楊廷芝著，孫昌熙、劉淦校點《司空圖詩品解說二種》（濟南：齊魯書社，1980），頁 27。

〔註220〕 杜黎均也曾主張將「眞力彌滿，萬象在旁」二句當作「因果聯綿句」來看。參見杜黎均著《二十四詩品譯注評析》（北京：北京出版社，1988），頁 123。

的形象。因此，「豪放」的文體風格往往善於運用自然界中巨大、雄壯、開闊、遼遠等形象來作比興描寫。換言之，在巨大、雄壯、開闊、遼遠等形象中即分別寄託著作者巨大、雄壯、開闊、遼遠等思想情感。是故，「豪放」的文體風格不僅指的是壯闊的具象描寫，更指的是其中縱橫恣肆的思想情感。杜黎均曾云：

> 豪放作為文學風格術語，指的是作品所表現出來的宏偉的
> 氣魄和昂揚的感情。……豪放的作品往往包含驚人的想
> 像。這種異想天開的浪漫主義描繪，會使豪放風格達到獨
> 特的妙境。〔註221〕

又趙福壇亦云：

> 豪放是一種開闊雄深的詩風，其藝術特點是：豪邁縱橫，
> 氣勢磅礴，感情奔放。……那麼「豪放」則強調一個「放」
> 字。放是指感情的奔放，奔放則要擺脫一切絆羈，不受任
> 何約束；放又指詩的想像力，詩人要憑借其豐富的想像，
> 神奇的幻想，以致大膽的誇張，使之具有濃烈的浪漫主義
> 色彩。〔註222〕

職是，除了縱橫恣肆的思想情感外，「豪放」的文體風格另外還具有驚人、豐富的想像。但這「想像力」指的是什麼呢？「豪放」的風格既得自於自然界中壯闊的形象，則所謂驚人、豐富的「想像」也將與壯闊形象的直覺密切相關。換言之，驚人、豐富的想像離不開自然界中的壯闊意象，並且縱橫恣肆的思想情感與驚人、豐富的想像也不是獨立的兩回事，而是表現形式與內容的完全結合，即以驚人、豐富的想像來表現縱橫恣肆的思想情感。自然界中壯闊的形象其空間的巨大與歷時的長久，總超越了人生存在的認知與想像。所以，在壯闊的形象中寄託著壯闊的思想情感，除了會令人深刻的感受到有股思想情感

〔註221〕見杜黎均著《二十四詩品譯注評析》（北京：北京出版社，1988），頁122～123。

〔註222〕見趙福壇箋釋，黃能升參證《詩品新釋》（廣州：花城出版社，1986），頁116。

在縱橫開闊外，也會令人為它超越了人原有的認知與想像而感到盡情的開朗、舒暢。所以，「豪放」的文體風格總具有別開生面、耳目一新，令人不禁心生讚歎的美感特質。

《魏書‧張彝傳》曾述及「豪放」，其載：

> 彝性公強有風氣，歷覽經史，襲祖侯爵。與盧陽烏、李安人等結為親友，往來朝會，常相追隨。陽烏為主客令，安人與彝並散令。彝少而豪放，出入殿庭，步眄高上，無所顧忌。〔註223〕

又《新唐書‧李邕傳》亦云：

> 邕資豪放，不能治細行，所在賄謝，咬游自肆，終以敗云。
> 〔註224〕

由此可見，魏唐以來所謂「豪放」指的是人一任直行，不為世俗禮節所羈絆的表現。然而，「豪放」的概念在進入宋代以後，卻有了轉化。

北宋‧蘇軾〈與陳季常十六首‧十三〉云：

> 又惠新詞，句句警拔，詩人之雄，非小詞也。但豪放太過恐造物者不容人如此快活，一枕無礙睡，輒亦得之爾。
> 〔註225〕

又南宋‧許顗《彥周詩話》云：

> 明遠〈行路難〉，壯麗豪放，若決江河，詩中不可比擬，大似賈誼〈過秦論〉。〔註226〕

「豪放」的文體風格非「小」詞，而為「雄」，又與「造物者」的大自然形象相關聯。另外，「豪放」的風格不以「人」的言行作說明，而直接以「自然」的形象來比喻。如此，皆說明了人性中一任直行，

〔註223〕見（北齊）魏收撰，楊家駱主編《新校本魏書附西魏書》（臺北：鼎文書局，1975），頁1427～1428。

〔註224〕見（宋）歐陽脩、宋祁撰《新唐書》（北京：中華書局，1955），頁5757。

〔註225〕見（宋）蘇軾著，傅成穆傳標點《蘇軾全集》（上海：上海古籍出版社，2000）1761。

〔註226〕見（清）何文煥輯《歷代詩話》（北京：中華書局，2006），頁383。

不顧細行的內容,已不足以詮釋當時「豪放」的概念,而漸有推向自然界中壯闊形象的趨勢。在這樣的演化現象裡,《二十四詩品》「由道返氣,處得以狂」的觀念應有其重要的轉化地位。

第六章 《二十四詩品》之文體論（三）

第一節 生氣蓬勃，怳若有神——精神的審美韻致

《二十四詩品‧精神》云：

> 欲返不盡，相期與來。明漪絕底，奇花初胎。青春鸚鵡，
> 楊柳樓臺。碧山人來，清酒深杯。生氣遠出，不著死灰。
> 妙造自然，伊誰與裁。〔註1〕

就章法而言，祖保泉認爲開頭四句在寫精神活動的特點，要求詩文要有精神。中間四句，則描繪了一個清明、飽滿、有生氣的境界。末四句要求詩文要寫得「生氣遠出」，不能寫得如死火寒灰。〔註2〕另外，杜黎均以「生氣遠出，不著死灰」爲本篇的中心論點。「欲返不盡，相期與來」的語法結構是「欲返（精神）而不盡，相期（精神）而與來」，其中作爲賓語的「精神」，處於暗指狀態，未予明示，指作品所要反映的事物的精神。「明漪絕底，奇花初胎」指作品精神的清新澄

〔註1〕見（唐）司空圖著，郭紹虞集解《詩品集解‧續詩品注》（北京：人民文學出版社，2006），頁24。

〔註2〕參見祖保泉著《司空圖詩品解說》（修訂本）（合肥：安徽人民出版社，1982），頁64。

潔，生機盎然。「青春鸚鵡，楊柳樓臺」是以物取象，來表述精神的
形貌。「碧山人來，清酒深杯」是以人取象，來顯示精神的意態。這
一切形象性的語辭，都在深化本篇的基本看法：作品必須有活生生的
精神。創造出這樣的作品，就會到達「妙造自然」的境地。最後，「伊
誰與裁」則運用反詰的修辭格來提出肯定的論斷。〔註3〕職是，「青春
鸚鵡，楊柳樓臺」、「碧山人來，清酒深杯」等，為描繪「精神」形象
的形象語言；「欲返不盡，相期與來」、「生氣遠出，不著死灰」、「妙
造自然，伊誰與裁」等，為敘述「精神」概念的邏輯語言。至於「明
漪絕底，奇花初胎」，祖保泉雖未同中四句一般，視為有生氣的境界
描繪，但他在譯文上卻說：

> 充滿了生氣的詩，好似清水見底、好花初開；又好似春光
> 明媚時巧言的鸚鵡，柳絲垂拂下的池台，又好似隱居在深
> 山幽谷中的人飄然而來，與我同飲清酒，慰我心懷。〔註4〕

因此，「明漪絕底，奇花初胎」與中四句一樣，同屬形象語言。由是，
「精神」一品的篇章結構可以分析為：「明漪絕底，奇花初胎」、「青
春鸚鵡，楊柳樓臺」、「碧山人來，清酒深杯」等，為精神的審美形象；
「欲返不盡，相期與來」、「生氣遠出，不著死灰」、「妙造自然，伊誰
與裁」等，為精神的概念敘述。

就「精神」的審美形象言，「明漪絕底，奇花初胎」，孫聯奎《詩
品臆說》云：

> 神凝秋水。惟精故明，惟明故動；徹底澄清，又何待言。
> 精氣內蘊。「有人誰看未開時」，此詠牡丹句也。牡丹既開，
> 精神自富，然其精神已裕於初胎時矣。凡花皆然，不惟牡
> 丹。〔註5〕

〔註3〕見杜黎均著《二十四詩品譯注評析》(北京：北京出版社，1988)，頁
　　　 65。
〔註4〕見祖保泉著《司空圖詩品解說》(修訂本)(合肥：安徽人民出版社，
　　　 1982)，頁64。
〔註5〕見(清)孫聯奎、楊廷芝著，孫昌膝、劉塗校點《司空圖詩品解說二
　　　 種》(濟南：齊魯書社，1980)，頁30。

又郭紹虞的注解云：

> 絕底，極底也。水波如錦文曰漪。漪而極底鮮明，水之精
> 神可見。胎，爲花始發苞，如人之有胎也。曰初胎，則奇
> 花之精神更可見。一從空間言，一從時間言。〔註6〕

風吹水面，則水面波紋如錦，又加之澄澈可見底，如此「明漪絕底」
的形象，便令人直覺有風情盪漾、溫婉柔弱、澄明如鏡等美感。郭紹
虞以爲「水」之「精神」可見，又詹幼馨亦云：

> 「明漪絕底」，譬喻水的精神。水以清爲貴。清而有漪，則
> 美。説「明漪」，抓住了水面的特徵，似乎用「明」字修飾
> 「漪」，實際是用「明漪」修飾水。水紋如錦，而又透明至
> 底，水「清」到什麼程度，可想而知。一個「絕」字，突
> 出了「明」字，水面、水底都耐人觀玩。〔註7〕

「明漪」抓住了水面特徵，又「明」字不在修飾「漪」，而是「明」、
「漪」皆同時指向「水」本身，如此即以「明漪」的形象來表達「水」
的特徵，而「明漪絕底」的形象遂自然可譬喻爲「水」的「精神」表
現。然而，必須釐清的是，「精神」風格的美感韻致究竟指的是「水」
的「精神」表現，抑或是「明漪絕底」形象的審美內容？郭紹虞雖提
出「水之精神」又詹幼馨以爲「喻水的精神」，但很清楚的是，「明漪
絕底」既爲「精神」風格的審美形象，則對「明漪絕底」形象的直覺，
才是「精神」風格的美感韻致所在。甚且，郭紹虞所謂「水之精神可
見」乃就「明漪絕底」的形象而言，非直接就「水」本身來說；同樣
的，詹幼馨雖以「明漪」修飾「水」，但這「水」仍指的是「明漪絕
底」的形象，否則「水面、水底都耐人觀玩」的審美趣味便無從說起。
如此，郭紹虞「水之精神可見」與詹幼馨「譬喻水的精神」的說法是
否有誤呢？事實上，「明漪絕底」的形象，如孫聯奎所云：「惟精故明，
惟明故動」，因此澄明如鏡的「明漪絕底」形象，不僅能透明呈現水

〔註6〕 見（唐）司空圖著，郭紹虞集解《詩品集解・續詩品注》（北京：人
民文學出版社，2006），頁25。
〔註7〕 見詹幼馨著《司空圖詩品衍繹》（臺北：王記書坊，1985），頁133。

底世界的動態美感，同時也能令人感覺到有「水」的「精神」存在。質言之，「精神」風格的美感韻致指的是「明漪絕底」形象的審美內容，是在風情盪漾、溫婉柔弱、澄明如鏡等美感之外，又另有恍若有神的美感。郭紹虞、詹幼馨之所以將「明漪絕底」的形象視爲「水」的「精神」表現，乃在於「明漪絕底」的形象能成功的表現出「水」本身的美感。然而，我們不應當就此便將「明漪絕底」的審美形象直接視爲「水」的「精神」表現的概念說明。

　　釐清「精神」美感形象與事物「精神」概念的不同後，對於「奇花初胎」作爲「精神」風格的審美形象，就更能有正確的把握。郭紹虞所謂「奇花之精神」一樣是就「奇花初胎」的審美形象而言，但「奇花初胎」的形象，爲什麼能令人感受到有「奇花之精神」呢？郭紹虞以「人」之有「胎」比喻「奇花」之「初胎」，雖有其類似的地方，卻未能概括出其中的美感韻致。關於「奇花初胎」所涵蘊的美感，曹冷泉有很獨到的見解，他說：

> 初胎，謂花之含苞欲放也。鄭谷〈海棠詩〉云：「穠麗最宜新著雨，嬌嬈全在未開時。」花之初胎，貯嬌含英，雖未到美滿豔麗之際。卻是最足引起美感想像之時，因而令人益覺其嬌稚頑豔，而想像其美妙之將來。〔註8〕

「花」本身就令人驚豔，而「奇異」的花更令人眼睛爲之一亮。另外，「胎」，爲花始發苞，如此「奇花初胎」即爲奇花含苞待放的形象，對於它「美妙之將來」人們自然是充滿著高度的想像。所以，奇花雖未開放，但其含苞的形象卻已令人感受得到它日後生長的嬌嬈與豔麗，因此孫聯奎云：「其精神已裕於初胎時」，而郭紹虞認爲「奇花之精神」可見。

　　其次，「青春鸚鵡，楊柳樓臺」，孫聯奎《詩品臆說》云：

> 物得時而精神愈旺。「春入鳥能言」，凡鳥皆然，不惟鸚鵡。物相稱而精神益顯。「綠楊深處是揚州」，得此渲染，揚州

―――――――――

〔註8〕見曹冷泉注釋《詩品通釋》（西安：三秦出版社，1989），頁48。

分外精神。〔註9〕

又郭紹虞的注解云：

> 再譬之於物，如青春之鸚鵡，綠林掩映，而又恰當以鳥鳴
> 春之時，則精神更顯。如樓臺之於楊柳，相映相襯，偶露
> 一角，也覺奕奕清華，精神倍顯。此二句仍一從時間言，
> 一從空間言。〔註10〕

「青春鸚鵡」是「物得時而精神愈旺」，「楊柳樓臺」為「物相稱而精
神益顯」；前者就「時間」言，後者從「空間」說。然而，「鸚鵡」如
何說「得時」而「精神愈旺」？「楊柳」、「樓臺」又如何「相稱」而
說「精神益顯」呢？就前者問題而言，孫聯奎以「春入鳥能言」說之，
則「青春」二字指的便是春季。郭紹虞則除了直接點明「青春」二字
為「春之時」外，另外也將「青春」二字作定語，用來形容「鸚鵡」，
指的是正值青春時期的鸚鵡。職是，「青春」二字可以有以上兩種不
同的解釋，而最好的解釋是同時兼顧到這兩種解釋。青春鸚鵡，啼鳴
於春光的形象，何以能顯出「精神」的美感？首先，就鸚鵡本身的「青
春」形象而言，由於正值青春求偶的青壯時期，因此便能顯現出不同
其他時期的活力與朝氣。所以，「青春鸚鵡」的形象雖未道出鸚鵡的
聲音，但其精神十足的宏亮叫聲，卻彷彿得以聽見。其次，不僅鸚鵡
正值年輕力壯的青春時期，就連外在環境也是正值適合萬物生長、繁
衍的季節。春天的萬紫千紅、綠意盎然，彷彿是對青春鸚鵡的喝采；
而青春鸚鵡也因春天大地的蓬勃朝氣，更鳴叫不已。所以，「青春鸚
鵡」的審美形象，不論是在「形色」或「聲音」上都能令人感受到飽
滿的生命力。

　　另外，就「楊柳」、「樓臺」的相襯而精神益顯來說，孫聯奎引「綠
楊深處是揚州」語，而認為「揚州」的分外精神，乃得自於「楊柳」

〔註9〕見（清）孫聯奎、楊廷芝著，孫昌熙、劉淦校點《司空圖詩品解說二
　　　　種》（濟南：齊魯書社，1980），頁30。

〔註10〕見（清）孫聯奎、楊廷芝著，孫昌熙、劉淦校點《司空圖詩品解說
　　　　二種》（濟南：齊魯書社，1980），頁25。

深綠的渲染。然而，令人不解的是：「楊柳樓臺」的文本並未指出「樓臺」的所在地位於「揚州」，甚且「楊柳樓臺」的形象是指「楊柳」與「樓臺」二物，與「揚州」地方並無關係。因此，「楊柳樓臺」所呈現出的精神美感便不應指向是「揚州」分外精神的表現。郭紹虞即不將「樓臺」的所在侷限於「揚州」，而認爲「楊柳樓臺」的形象是「樓臺」於「楊柳」的掩映下，偶露一角，其直覺的美感是能令人感到「奕奕清華，精神倍顯」。「樓臺」在「楊柳」的掩映下，偶露一角，何以能有「奕奕清華，精神倍顯」的美感呢？「楊柳」掩映於前，而「樓臺」偶露一角於後，可見後者爲主，而前者爲輔，主體的美感含義有待客體來陪襯、烘托。易言之，「樓臺」「奕奕清華」的精神美感必須依賴具有生命象徵的青綠「楊柳」來烘托表現。在「楊柳」青翠、新綠的陪襯、烘托下，可能暗示著的是「樓臺」全新的落成，因此使人有煥然一新的精神氣象。除此之外，「楊柳」逢春的新生綠意，更可作爲樓臺主人恢弘志氣的象徵，因此「楊柳」掩映下的「樓臺」便散發著奕奕的清華，令人有「精神倍顯」的美感。

　　喬力《二十四詩品探微》曾將「青春鸚鵡」、「楊柳樓臺」兩意象合併解釋，而云：

> 鸚鵡當春光明麗時，婉囀啼情；周圍有楊柳扶疏，濃陰遮地，並與朱樓互爲映襯，丹碧交輝，恰似一幅絢麗精緻的重彩工筆畫，自有蓬勃生機透出其間，更覺聲色並茂，精神煥發。〔註11〕

將「青春鸚鵡」與「楊柳樓臺」打成一片，不僅擴大了春天景色的視野，並且青春「鸚鵡」與綠意「楊柳」皆具有層層交錯、強調深化眼前環境活潑與生動的作用。所以，「自有蓬勃生機透出其間」、「聲色並茂」、「精神煥發」等美感都是可以被理解、接受的。然而，「樓臺」的作用呢？喬力將「樓臺」解釋爲紅色的「朱樓」以與深綠的楊柳呈現「丹碧交輝」的景象。如此，「恰似一幅絢麗精緻的重彩工筆畫」

〔註11〕見喬力著《二十四詩品探微》（濟南：齊魯書社，1983），頁74。

意味著「精神」風格的美感將另外被附予上「絢麗」、「精致」、「重彩」等條件。然而，同上述「揚州」的問題一般，「楊柳樓臺」的文本並未說明「樓臺」外觀的顏色，所以用「丹碧交輝」的景象來說「精神」美感的表現，總顯得有些勉強。換言之，「絢麗」、「精致」、「重彩」等條件，並非「精神」美感表現的基礎。如此，「青春鸚鵡」、「楊柳樓臺」兩意象並置，「樓臺」將得以暗示出什麼美感呢？青春鸚鵡在明媚的春光中歡欣求偶啼情，又楊柳的綠意具有新生的象徵，如此與掩映下的「樓臺」並置時，則樓臺人家婚配、得子等，即將展開新人生的種種洋洋喜氣，便十分的引人遐想。

最後，「碧山人來，清酒深杯」，楊廷芝《二十四詩品淺解》云：

> 縹緲如仙，精神何限。深杯，或作「滿杯」。「深」與「清」字對，不言滿，而滿在其中。有清酒又酌深杯，如七賢八仙之輩，其精神飛越何如耶！「清」字、「深」字是從人一面用意，全爲精神二字出力。〔註12〕

酒杯中的酒因「滿」，故「深」；也因「深」，故「滿」。所以不論作「清酒深杯」或「清酒滿杯」，指的都是滿杯清酒的形象。「碧山人來」的「碧山人」，楊廷芝喻如縹緲仙人，但「仙人」終究是「人」虛構出來的理想人格，是故以「仙人」爲喻，不僅將使「精神」風格的美感脫離生活現實，也徒增「人」如何才能像「仙」一般的困惑。職是，「碧山人來」的審美形象，仍應回歸現實的生活面來作解釋才好。郭紹虞的注解即云：

> 碧山人來，精神相契，已覺愉快，但相對忘言，可能幽寂，若清酒深杯，則逸興遄飛，自覺精爽神發，精飛神越矣。〔註13〕

又喬力云：

〔註12〕見（清）孫聯奎、楊廷芝著，孫昌熙、劉淦校點《司空圖詩品解說二種》（濟南：齊魯書社，1980），頁106。

〔註13〕見（唐）司空圖著，郭紹虞集解《詩品集解・續詩品注》（北京：人民文學出版社，2006），頁25。

> 山中綠樹繁密，覆掩若碧，使人精爽神發，耳目一新。再值
> 友人過從，高談闊論，不拘形跡，本已是快事；更佐之滿杯
> 清酒，以助談興，自然要眉飛神舞，精神百倍了。〔註14〕

郭、喬二人皆不把「碧山人」比喻如「仙人」一般，而是作爲與己精神相契的友人。此外，「碧山」二字也點出青山林木扶疏、蓊鬱翠綠的形象，一樣可以作爲生機、朝氣的象徵，所以喬力云：「使人精爽神發，耳目一新」。友人既從「碧山」而來，又精神氣象與己相契，如此碧山人的到來，其實正是自我內在飽滿精神的反映。將「碧山人來」與「清酒深杯」兩意象並置，又暗示出碧山友人正與己共同暢飲著滿杯清酒。職是，「碧山人來」與「清酒深杯」雖未道出其中飲酒的情況，但與自己精神相契的朋友相聚，又有滿杯的清酒以助其興致，則當時兩人高談闊契、眉飛神舞的情態，實已不難想像，故孫聯奎直云：「知己相逢，精神百倍。」〔註15〕

另外，趙福壇《詩品新釋》作「碧山人來，清酒深杯」，並認爲「精神」的表現一要有「生氣」，二要「脫俗」。「生氣」則精神無限，「脫俗」則清新自然。〔註16〕其中，「清新自然」的「脫俗」是「生氣」論以外，對「精神」美感表現所獨發的見解。「精神」美感的表現，何以需要脫塵超俗呢？趙福壇進一步解釋說：

> 司空圖在詩品中不少地方都寫到幽人和深谷，也寫到酒和
> 琴這些清淡之物，作者這樣做，不外乎是用以說明詩要達
> 到「脫俗」二字而已。〔註17〕

這樣的解釋說明可疑者甚多：其一、《二十四詩品》的作者是否爲晚唐司空圖仍待商榷。其二、「酒」、「琴」等物爲普遍的日常用品，未

〔註14〕見喬力著《二十四詩品探微》（濟南：齊魯書社，1983），頁74。

〔註15〕見（清）孫聯奎、楊廷芝著，孫昌縢、劉淦校點《司空圖詩品解說二種》（濟南：齊魯書社，1980），頁30。

〔註16〕參見趙福壇箋釋，黃能升參證《詩品新釋》（廣州：花城出版社，1986），頁126。

〔註17〕見趙福壇箋釋，黃能升參證《詩品新釋》（廣州：花城出版社，1986），頁126。

必與「超塵」、「脫俗」有必然的關連。其三、「脫俗」並不能完全展現「精神」風格的美感，因爲還需要另一個必要條件——「生氣」。職是，趙福壇以爲「精神」的美感表現，需要「脫俗」的主張並不能成立。但值得反思的是：「精神」風格的美感能否令人有脫塵超俗的感受呢？事實上，「精神」的美感雖存在於現實世界的形象中，但獲得「精神」美感的表現則取決於內在心靈對直覺形象的意往神會。所以「精神」的美感不能藉由外在、表面的現實世界直接道出，因此「精神」風格的美感遂往往令人有超脫現實塵俗的感受。

就「精神」的概念敘述而論，「欲返不盡，相期與來」，孫聯奎《詩品臆說》云：

> 返，收攝意也。心氣乍一收攝，則精神爲之一振，故不必收攝盡極。而心所欲言，景所欲繪，情爲之往，自興爲之來。曰「相期」，實不相期而如相期者。〔註18〕

又楊廷芝《二十四詩品淺解》云：

> 精，由於聚，人欲返而求之，則有不盡之藏。神，得所養而心之相期者，遂與之以俱來。……首二句若合看，一言精神之體，一言精神之用。言欲返於內，則精聚神藏，自有不盡之蘊；而相期於心，則精酣神足，莫亭「與來」之機。次句，「相期」指心之理言。「與」字，跟上「相期」。來，所謂意到筆隨也。〔註19〕

職是，「欲返不盡」有欲求「精神」美感的意思，並且點出「精神」爲一不盡的聚藏。另外，「相期與來」言精神之用，則說明欲求取不盡之蘊的「精神」美感，只能透過「心」來與之相期，始能求得。但問題是：「心」要如何與「精神」美感「相期」，才不會錯過這「與來」之機呢？郭紹虞曾云：

〔註18〕見（清）孫聯奎、楊廷芝著，孫昌熙、劉淦校點《司空圖詩品解說二種》（濟南：齊魯書社，1980），頁29～30。

〔註19〕見（清）孫聯奎、楊廷芝著，孫昌熙、劉淦校點《司空圖詩品解說二種》（濟南：齊魯書社，1980），頁105～106。

> 以上六句（「明漪絕底，奇花初胎。青春鸚鵡，楊柳樓臺。
> 碧山人來，清酒深杯」）都說明精神之流露，有待於時地環
> 境之激發。牡丹雖好，也須綠葉扶持，此即上文「相期與
> 來」之意。〔註20〕

又曹冷泉就孫聯奎、楊廷芝二人的見解，亦云：

> 此二說意甚含混，且只注意到詩歌創作過程中之主觀的心
> 理活動，而忽視事物環境之激發，未盡合作者之意，按此
> 二句言作品之所以具有精神之故，在主觀與客觀的妙契。
> 精神者意態神理也，大意謂藝術創作。當返而求之於內容
> 而未造其極之際，而客觀事物之意態神理，乃猝然與我心
> 若相期約而俱來矣。〔註21〕

易言之，「精神」的流露、表現必須注意到「時」、「地」、「事」、「物」
等客觀環境間的激發、合作關係。然而，就「牡丹雖好，也須綠葉扶
持」的例子來說，「牡丹」的「好」，得藉由「綠葉」的陪襯、烘托來
表現；但「綠葉」的「好」，如何藉由「牡丹」的「更好」而呈現出
來呢？倘「牡丹」的「好」，得由「綠葉」來扶持，而綠葉的「好」，
卻無法藉由「牡丹」來呈現，那麼「精神」流露有待於環境激發、合
作的主張，將有失周延。因為，「綠葉」的「好」既然不能藉由「牡
丹」來呈現，則「綠葉」如何能扶持出「牡丹」的「好」？又「綠葉」
的「好」既然不能呈現出來，那麼「牡丹」的「好」，何需一定要「綠
葉」來相激發、合作呢？職是，「精神」美感的流露與否，仍應指向
於「精神」形象的審美直覺，並且「時」、「地」、「事」、「物」等客觀
環境間的激發、合作，也非是單向的「精神」扶持與流露，而應是雙
向的「精神」輝映表現。

　　客觀的環境形象如此，那主觀的審美心靈又如何呢？曹冷泉所謂
「客觀事物之意態神理，乃猝然與我心若相期約而俱來矣」，實已概

〔註20〕見（唐）司空圖著，郭紹虞集解《詩品集解・續詩品注》（北京：人
　　　民文學出版社，2006），頁25。
〔註21〕見曹冷泉注釋《詩品通釋》（西安：三秦出版社，1989），頁47。

括出「心」與「精神」美感「相期」的情況。質言之，「心」與「精神」美感的「相期」，即如孫聯奎所云：「曰『相期』，實不相期而如相期者。」是故，「欲返不盡，相期與來」不僅說明了不盡之蘊的「精神」美感，唯有透過審美心靈的形象直覺，始能獲得外，也說明了客觀形象在主觀心靈中所表現出的「精神」美感，是一「不相期而如相期」的主客統一，即德國美學家康德（Kant）所謂「無目的的合目的性」。〔註22〕

　　其次，「生氣遠出，不著死灰」，孫聯奎《詩品臆說》云：

　　　精神滿腹，自然生氣勃勃；生氣勃勃，何處著得死灰。果能聚精會神，文字豈有死木槁灰者。上文水、鳥、花、柳、樓臺等物，皆生氣遠出者。則此二句，另講固可，即頂上文說，亦可。〔註23〕

又郭紹虞的注解云：

　　　生氣，活氣也，活潑潑地，生氣充沛，則精神迸露，遠出紙上。死灰，喻死氣。《莊子・齊物論》：「形固可使如槁木，而心固可使如死灰乎？」有生氣而無死氣，則自然精神。〔註24〕

職是，「生氣遠出，不著死灰」不僅指出「明漪絕底」、「奇花初胎」、「青春鸚鵡，楊柳樓臺」、「碧山人來，清酒深杯」等「精神」審美形象的美感特質是能令人感到活氣充沛。另外，也直接說明了「精神」文體風格的概念在於文章要能表現出生命活脫的氣息，而非死氣沉沉的僵化、呆板。

　　最後，「妙造自然，伊誰與裁」，孫聯奎《詩品臆說》云：

〔註22〕「無目的的合目的性」為康德（Kant）所主張審美判斷的機要之一。參見牟宗三譯註《康德：判斷力之批判》上冊（臺北：臺灣學生書局，1992），頁162。

〔註23〕見（清）孫聯奎、楊廷芝著，孫昌膝、劉淦校點《司空圖詩品解說二種》（濟南：齊魯書社，1980），頁30。

〔註24〕見（唐）司空圖著，郭紹虞集解《詩品集解・續詩品注》（北京：人民文學出版社，2006），頁25。

> 文字不自然，精神不振故也，精神自能入妙。〔註25〕

又郭紹虞的注解亦云：

> 所以精神又不是矯揉造作得來的。妙造自然之境，又有誰
> 可以裁度之乎？〔註26〕

「精神」文體風格的文字是自然而不矯揉造作，且能妙造自然之境。
但「文字自然」的究竟為何？又所謂「自然之境」指的是什麼呢？先
就文字自然而言，楊振綱《詩品解》曾云：

> 按詩有做詩、描詩之別。描詩者，繩尺步趨，只隨人作生
> 活，那裡得有精神。譬則三館楷法，非不細膩妥貼，然欲
> 求一筆好處，底死莫有也。作者意到筆隨，操縱由我，……
> 方當得一個作字。〔註27〕

文字倘如「描詩」是繩尺步趨或隨人作生活，便會流於僵化、制式，
而缺乏生命、活力。因此，「精神」風格的文字之所以「自然」，在於
能有自我審美經驗的獨到表現，其「好」處是一種「意」到「筆」隨
的「自然」書寫。其次，這樣「意」到「筆」隨的文字，所能妙造的
「自然之境」指的是什麼呢？曹冷泉云：

> 造，至也。謂功夫新至之境界。伊，發語詞。與參與也。
> 裁，謂人為的造作。此承上句，謂一切事物皆有其本然之
> 精神，詩文之妙就在表現出這種精神，不須加以人為的造
> 作。〔註28〕

「妙造自然」倘承上句「生氣遠出，不著死灰」來看，則所妙造的「自
然之境」便很清楚了。因為「生氣遠出，不著死灰」的主旨既是在說
明「精神」風格的文章要能有生命活脫的氣息，如此所謂「自然之境」

〔註25〕見（清）孫聯奎、楊廷芝著，孫昌熙、劉淦校點《司空圖詩品解說
二種》（濟南：齊魯書社，1980），頁30。

〔註26〕見（唐）司空圖著，郭紹虞集解《詩品集解・續詩品注》（北京：人
民文學出版社，2006），頁25。

〔註27〕見（唐）司空圖著，郭紹虞集解《詩品集解・續詩品注》（北京：人
民文學出版社，2006），頁25～26。

〔註28〕見曹冷泉注釋《詩品通釋》（西安：三秦出版社，1989），頁50。

指的是要能表現出「自然靈動」的「精神」美感，非就一般的自然風景而言。然而，曹冷泉卻認爲「一切事物皆有其本然之精神，詩文之妙就在表現出這種精神」，但「一切事物的本然精神」當如何定義？又如何能藉由文學的形象文字說清楚呢？所以，與其說詩文之妙，在於表現出該事物的本然精神，倒不如說，「精神」文體的詩文之妙，在於表現出該事物形象所能有的「精神」美感。

　　職是，「精神」的文體風格可以用「明漪絕底」、「奇花初胎」、「青春鸚鵡，楊柳樓臺」、「碧山人來，清酒深杯」等審美形象作爲象徵。「精神」的文體風格往往能令人感受到有一股內在、新生的生命氣息，正蓬勃生長或精明靈動著。此外，也因「精神」的審美意象所引發的想像是內在的，所以往往不易從形象的表面直接看見「精神」美感的所在。祖保泉即云：

> 「精神」能不能作爲一種風格來看待呢？我想是不能的。凡是稱得上眞正的「藝術」作品，都要有「生氣」；「雄渾」也罷，「纖穠」也罷，都要有生氣。因此，我們認爲，把司空圖所說的「精神」，看成是寫作的原則要求之一，較爲妥當。〔註29〕

又杜黎均也主張：

> 《精神》篇在風格論上價值不大。……《精神》篇所論到的美學基本問題：作品需要有生氣、有活力。……它的理論意義主要在於美學基本原則的闡述，而不是文學風格論。〔註30〕

祖、杜二人皆從創作論的觀點來看待「生氣」，而認爲「精神」一品，不宜作爲一種文體風格。從創作觀點來說，凡稱得上「藝術」的作品，當然都會充滿著生氣、活力；但有生氣、活力的作品，卻未必

〔註29〕見祖保泉著《司空圖詩品解說》（修訂本）（合肥：安徽人民出版社，1982），頁65。

〔註30〕見杜黎均著《二十四詩品譯注評析》（北京：北京出版社，1988），頁128～129。

稱得上是「藝術」作品。質言之,一件藝術的作品本身即是一項成功的審美經驗表現,該藝術作品自然寄寓著現實世界所具有的生氣與活力。然而,只強調「生氣」、「活力」而未能有成功的審美形象表現,則僅有生氣、活力的作品,當然稱不上是「藝術」。所以,從創作論的觀點來看「精神」一品,很容易會將「有生氣、有活力」的論點直接誤視爲創作的基本原則。如此,從文體論的觀點來看又如何呢?趙福壇云:

> 「精神」是詩的優美的風格之一。這一品司空圖所描繪的精神風格特點是:精神飽滿,生氣勃發,神采奕奕。它是對毫無生氣,死氣沉沉的萎靡詩風而言的。〔註31〕

於此,趙福壇雖然將「精神」視爲文體風格之一,但卻認爲其特點——「精神飽滿,生氣勃發,神采奕奕」是針對毫無生氣,死氣沉沉的萎靡詩風而言。職此,舉凡非毫無生氣,死氣沉沉的萎靡詩風,豈非皆可視爲「精神飽滿,生氣勃發,神采奕奕」的「精神」風格?由此可見,「精神飽滿,生氣勃發,神采奕奕」的「精神」風格特點,並不是針對毫無生氣,死氣沉沉的萎靡詩風而言。如此,文體論的「精神」風格內容是針對什麼而言呢?喬力曾云:

> 詩中必須有精神透出,才能生機逬發,流溢於紙上,使塑造的藝術形象充滿著生命力,如聞其聲,如臨其境,令人悠然神往。此品中司空圖正寫出了這樣一個境界,設色絢麗,生意活潑,以景傳情,渾然交融,故精神倍顯,即所謂的「精含於內,神見於外」(楊廷芝《詩品淺解》語)。〔註32〕

易言之,所謂「精含於內,神見於外」,乃指詩所描寫的形象必須令人直覺彷彿若有「精神」的透出、「生機」的逬發等美感,並且這樣的「精神」文體風格,始能具有「精神飽滿」、「生氣勃發」、「神采奕奕」等特點。

〔註31〕見趙福壇箋釋,黃能升參證《詩品新釋》(廣州:花城出版社,1986),頁 125。
〔註32〕見喬力著《二十四詩品探微》(濟南:齊魯書社,1983),頁 76。

「精神」一詞，語出西漢・劉安。《淮南子・精神訓》云：

> 是故精神天之有也，而骨骸者地之有也；精神入其門，而
> 骨骸反其根，我尚何存？是故聖人法天順情，不拘於俗，
> 不誘於人。以天爲父，以地爲母，陰陽爲綱，四時爲紀。
> 天靜以清，地定以寧，萬物失之者死，法之者生。夫靜漠
> 者神明之定也，虛無者道之所居也。是故或求之於外者，
> 失之於內；有守之於內者，失之於外。譬猶本與末也，從
> 本引之，千枝萬葉莫不隨也。夫精神者，所受於天也，而
> 形體者，所禀於地也。〔註33〕

職是，「精神」者，乃受於「天」，爲「人」之得以生成爲「人」的解
釋。此外，又與禀於「地」的「形體」相對，所以「精神」的概念自
然指的是「人」精明、靈動的性靈部分。〔註34〕中唐・皎然以能表現
出「精神」爲「詩」的德行之一。〔註35〕晚明詩論家陸時雍《詩鏡總
論》更直指：

> 精神聚而色澤生，此非雕琢之所能爲也。精神道寶，閃閃
> 著地，文之至也。晉詩如叢彩爲花，絕少生韻。〔註36〕

「詩」只要寫得有「精神」，自然能引人入勝，勝過一切文藻的雕飾。
晚明文藝對「精神」的重視，由此可見一斑。然而，「詩」如何能表
現出「精神」呢？清代劉熙載《藝概・詩概》曾云：

> 山之精神寫不出，以煙霞寫之；春之精神寫不出，以草樹
> 寫之。故詩無氣象，則精神亦無所寓矣。〔註37〕

〔註33〕見何寧撰《淮南子集釋》（北京：中華書局，1998），頁504～505。

〔註34〕高誘注「精神」一詞時，便云：「精者，神之氣；神者，人之守也。
本其源，說其意，故曰『精神』」。可見「精」爲「神」的一部份，
而「氣」則點出「精神」精明、靈動的特質。

〔註35〕皎然《詩式・詩有七德》云：「一識理；二高古；三典麗；四風流；
五精神；六質幹；七體裁。」見傅璇琮主編，張伯偉編撰《全唐五
代詩格校考》（西安：陝西人民教育出版社，1996），頁204。

〔註36〕見周維德集校《全明詩話》（濟南：齊魯書社，2005），頁5109。

〔註37〕見（清）劉熙載撰《藝概》（臺北：漢京文化事業有限公司，1985），
頁82。

「山」、「春」皆不同「人」一般，具有「精神」的生命特質，因此欲直接道出「山」、「春」的精神，便無從寫出。然而，「山」周遭的煙、霞與「春」季中的草、樹，卻分別能將「山」景、「春」景等形象點染得彷彿具有「精神」一般的「氣象」。職是，生氣蓬勃、恍若有神的形象描寫，便是「精神」文體風格的表現。由此也可看出，《二十四詩品》中「精神」一品所謂「生氣遠出」、「妙造自然」等觀念，對明、清以來「精神」在「詩」的表現與重視上，自有其一番先建之功。

第二節　細針密縷，引伸細行──縝密的審美韻致

《二十四詩品·縝密》云：

> 是有真跡，如不可知。意象欲出，造化已奇。水流花開，
> 清露未晞。要路愈遠，幽行爲遲。語不欲犯，思不欲癡。
> 猶春於綠，明月雪時。〔註38〕

先就章法來看，祖保泉主張前四句爲一節，說的是縝密的特點。中四句是對縝密境界的描繪。末四句則是對縝密風格所提出的寫作要求，其中「猶春於綠，明月雪時」是對縝密的形象化描寫。〔註39〕另外，杜黎均也認爲首段四句把縝密的要領作了簡潔的概括。中四句則集中描述縝密之境。末四句部分，「語不欲犯，思不欲癡」乃以駁論的形式，提出縝密不能「密」到文辭繁瑣、思路板滯的程度。「猶春於綠，明月雪時」則主張縝密要渾然一體，正像春天和綠色，明月和白雪那樣，互爲生輝，融合映襯。〔註40〕職是，首段四句與「語不欲犯，思不欲癡」二句，皆明顯爲說明概念的邏輯語言。中四句與「猶春於綠，明月雪時」二句，則可視爲「縝密」文體風格的形象語言。如此，「縝

〔註38〕見（唐）司空圖著，郭紹虞集解《詩品集解·續詩品注》（北京：人民文學出版社，2006），頁26。

〔註39〕參見祖保泉著《司空圖詩品解說》（修訂本）（合肥：安徽人民出版社，1982），頁67～68。

〔註40〕參見杜黎均著《二十四詩品譯注評析》（北京：北京出版社，1988），頁132～133。

密」一品的篇章結構可以分析爲：「水流花開，清露未晞」、「要路愈遠，幽行爲遲」、「猶春於綠，明月雪時」等，爲縝密的審美形象；「是有眞跡，如不可知」、「意象欲出，造化已奇」、「語不欲犯，思不欲癡」等，爲縝密的概念敍述。

　　就「縝密」的審美形象言，「水流花開，清露未晞」，孫聯奎《詩品臆說》云：

　　　　水流，縠紋細密。花開，萼瓣紛敷，斯縝密象也。此句「水」
　　　　與「花」各開說爲妥。一本作「水流花閒」。露無偏墜之
　　　　處，當未晞時何如縝密！以上二句，只言詞義相生，略無
　　　　罅漏。〔註41〕

又喬力《二十四詩品探微》亦云：

　　　　水流，紆曲回轉，略無間斷處；花開，生機充溢在枝幹中，
　　　　香味透出於萼瓣間，全係渾然天成，非假手人工可得；清
　　　　露，灑落滾走於花草的葉端，當未晞時，若隱若現，又於
　　　　何處覓其行跡？在兩句裡連寫了三個形象，借以喻明詩中
　　　　辭意相生，應似這樣的周密無間，一片天然，實係「縝密」
　　　　之要理。〔註42〕

孫、喬二人皆以創作觀點來談「水流花開，清露未晞」的含義，但「辭義相生，略無罅漏」的邏輯概念，如何能藉由形象語言的多義性來譬喻清楚呢？即便詹幼馨曾詳細的解釋云：

　　　　「水流」，用來譬喻情隨意轉，構思週到。從這一形象可
　　　　以看出綿遠不盡之態。「花開」，用來譬喻層次分明，井然
　　　　有序。從這一形象可以看出細膩緻密之姿。就「水流」而
　　　　言，必須源深，才能流遠；必源清，才能流暢。所謂「問
　　　　渠哪得清如許？爲有源頭活水來！」其所以能寫得縝密有
　　　　致，就因爲思路暢通而又縱橫交錯。黃庭堅在《答洪駒父
　　　　書》中說：「凡作一文，必須有宗有趣，終始關鍵，有開

〔註41〕見（清）孫聯奎、楊廷芝著，孫昌熙、劉淦校點《司空圖詩品解說二種》（濟南：齊魯書社，1980），頁31。
〔註42〕見喬力著《二十四詩品探微》（濟南：齊魯書社，1983），頁78～79。

有閭；如四瀆雖納百川，或匯而爲廣澤，汪洋千里，要自發源注海耳。」就「花開」而言，全賴根枝莖葉一體協助，我們只看到花美而加以欣賞，又怎能忘掉灌漑之功是落實到根枝莖葉之上呢？「牡丹雖好，全靠枝葉扶持」，這還只是就表象而言，要抓實質，還得從根枝著眼。就這一意義說，「水流花開」又集中地告訴我們：「縝密」絕非以局部爲工。要看整體，要看過程。假如這樣的理解是可以說明問題的，那麼，下面的「清露未晞」就可以按照這樣的思路去看待它和上一句的關係了。「水流」、「花開」作爲並列的關係說明「縝密」的意思，已如上述。這兒爲了適應「清露未晞」的句型，得把「水流花開」作一整體看待。那就是「水流於花側」，滋潤不已；「露凝於花上」，色澤更鮮。兩句合起來，就是有質有文。特別是文以質顯，質欲出，文已奇。〔註43〕

所謂「從這一形象可以看出綿遠不盡之態」與「從這一形象可以看出細膩緻密之姿」等皆是把「水流」、「花開」視爲形象語言，而分別有的審美內容。然而，認爲「水流」是「譬喻情隨意轉，構思週到」，「花開」是「譬喻層次分明，井然有序」等，則又是將「水流」、「花開」視爲解說概念的邏輯語言。於此可見，詹幼馨在對「水流」、「花開」的解說上，明顯的混淆了形象語言與邏輯語言。倘純作形象語言看，則「水流」、「花開」的美感內容並不會僅止於「綿遠不盡之態」、「細膩緻密之姿」。若純作邏輯語言看，則必然如詹幼馨所認爲：爲了適應「清露未晞」的句型，還得把原本並列關係的「水流」、「花開」調整一下，作一整體的「水流花開」來看待。如此，「清露未晞」的意象不僅不能獨立代表「縝密」的審美形象，在「水流花開」的整體意象中，也將只作爲「滋潤不已」、「色澤更鮮」的補充說明。但值得反思的是：其一、「清露未晞」能否與「水流」、「花開」一樣是並列關係呢？其二、若「清露未晞」也可以作爲「縝密」的審美形象，意義

〔註43〕見詹幼馨著《司空圖詩品衍繹》（臺北：王記書坊，1985），頁98。

會不會更大？其三、「清露未晞」若在於說明「縝密」文體風格中「滋潤不已」、「色澤更鮮」的特點，那麼便意味著「水流」、「花開」將不足以代表「縝密」風格的審美形象。職是，「水流花開，清露未晞」仍應從文體論的觀點來解讀，並且可看成是對「水流」、「花開」、「清露未晞」等三形象的審美直覺。「水流」形象可以直覺到有「縠紋細密」、「紆曲回轉，略無間斷處」、「綿遠不盡」等美感。「花開」形象有「萼瓣紛敷」、「生機充溢枝幹」、「香味透出萼瓣」、「細膩緻密」等美感。「清露未晞」的美感則令人感到有「露無偏隊」、「若隱若現，何處覓其行跡」、「滋潤不已」、「色澤更鮮」等。另外，郭紹虞的注解曾云：

> 如水之流，一片渾成，無罅隙之可窺；如花之開，一團生氣，無痕跡之可見；如清露之未晞，山河大地，無處非露。凡斯種種，豈非縝密象乎？此看作三個意思，都是描寫縝密。又或看作一個意思。「花開」作「花間」，水流花間，已覺縝密，又加清露未晞，更覺一片生機，正可作上文「意象欲出，造化已奇」之說明。〔註44〕

職是，「水流花開，清露未晞」的審美形象，不僅可分作「水流」、「花開」、「清露未晞」等三個意象，另外也可將此三意象並置成一個意象看。「水流」的「一片渾成」、「花開」的「一團生氣」、「清露未晞」的「無處非露」等美感，皆一一指出了「縝密」風格中「無罅隙」、「無痕跡」、「無處非是」等特點。然而，郭紹虞以「又加清露未晞」而說「更覺一片生機」，但「一片生機」何需等待「清露未晞」來點明呢？水的不間斷流動、花團的錦簇濃郁等，何嘗不是「一片生機」的表現？所以，「水流」、「花開」、「清露未晞」等形象，不論分作三意象，或並置成一意象，皆暗示出在「無罅隙」、「無痕跡」、「無處非是」等情境氛圍中，潛藏有「一片生機」的美感。此外，「花開」倘作「花間」，

〔註44〕見（唐）司空圖著，郭紹虞集解《詩品集解·續詩品注》（北京：人民文學出版社，2006），頁27。

則固然可將「水流花間」視爲「水」流於「花間」的形象。如此,「花間」將只作爲一地方副詞,用來補充說明「水流」之處,而失去「花開」所能表現「縝密」審美形象的更大作用。〔註45〕

　　「花開」不作「花間」,則「水流」、「花開」、「清露未晞」等三意象,如何看作一個意思呢?其實,在「水」的不停流動、「花」的持續生長開放、「清露」的晞而未晞等形象直覺中,正暗示著「時間」的改變。易言之,在看似不變的外表下,「水」、「花」、「露」三者隨著時間的流逝,也正處在移動、改變的狀態當中。「水流」、「花開」、「清露未晞」等三意象並置,並看作一個意思,便是再三的強調這共通的主題。趙福壇即云:

> 縝密絕非僅指細密,而是要自然天成,無雕琢痕跡。如水之流動,紆曲回轉,略無間斷;如花之開放,自然芬芳;如清露之晞之際。這些物象雖然有象可睹,但無時不在變化之中,而這種變化又不爲人所覺察到。〔註46〕

職是,「水流」、「花開」、「清露未晞」等「縝密」風格的美感表現並非「靜態」,而是「動態」,是在不易爲人察覺有變的形象中,令人直覺有無時無刻無不在變化的想像美感。更詳細的說,「水流」的審美意象是在不間斷的水流中,寄寓著流動不停的生機。「花開」的審美意象是在花團錦簇或花香瀰漫中,寄寓著逐漸綻放的生機。「清露未晞」的審美形象是在將晞未晞的露水中,寄寓著隨太陽漸漸蒸發的生機變化。〔註47〕

〔註45〕楊廷芝《二十四詩品淺解》另將「水流花開」作「水流花閑」,而云:「水流於花閑,有花以閑之,跡象亦自顯然。」見(清)孫聯奎、楊廷芝著,孫昌熙、劉淦校點《司空圖詩品解說二種》(濟南:齊魯書社,1980),頁107。職是,「花閑」乃在表示一種「閑」的情境,一樣是在爲水流之處做說明。

〔註46〕見趙福壇箋釋,黃能升參證《詩品新釋》(廣州:花城出版社,1986),頁133。

〔註47〕曹冷泉云:「『水流花開,清露未晞。』一方面表現著造化之功,縝密無間;同時也表現著自然生機,欣暢無礙。」見曹冷泉注釋《詩品通釋》(西安:三秦出版社,1989),頁52。所謂「縝密無間」、「自

其次，「要路愈遠，幽行爲遲」，孫聯奎《詩品臆說》云：

> 「要」讀平聲，約也。約行之路甚遠，是引而伸之。所行
> 之步貴遲，是無欲速。幽行，細行，緩行也。語云：「急行
> 無好步。」急行則不免有疏虞矣。紆徐爲妍，欲妍者其紆
> 徐乎。〔註48〕

又楊廷芝《二十四詩品淺解》云：

> 要路，猶正路，必經之路也。幽行，深入於密。要路之所以
> 愈遠者，等無可躐；幽行之所以爲遲者，境匪易臻。〔註49〕

職是，「要路愈遠」是一遙遠、漫長的道路形象，「幽行爲遲」則是人
緩步行走的形象。「要路愈遠」與「幽行爲遲」兩意象並置，便帶出
了一個他鄉遊子飄泊天涯的畫面。「路」的愈走愈「遠」，反映出距離
目的地的遙遠漫長與目不可及，因此在「境匪易臻」的情況下，途中
人遂只能在漫長無盡的道路上一步步的緩緩行進。從遠望的角度來
說，「要路愈遠，幽行爲遲」是一看似一成不變的畫面，但當鏡頭拉
近到行人的腳步時，就會發現行人其實無時無刻都在跨步行走。如
此，也將連帶引起人們對目的地與一路景物的所見充滿著好奇、期待
與想像。所以，「要路愈遠，幽行爲遲」作爲「縝密」的審美形象，
便同「水流」、「花開」、「清露未晞」一般，是在不易察覺有變的形象
中，令人直覺有無時無刻無不在變化的想像美感。

另外，無名氏《詩品注釋》云：

> 又如要路然，路爲緊要之路，則愈遠而愈不敢疏，如古之
> 防敵關塞，不以遠而或忽也。又如幽行然，行爲幽邃之行，

然生機，欣暢無礙」等皆可就「水流」、「花開」、「清露未晞」等意
象來說。但倘欲將「縝密無間」無限上綱爲「造化之功」，則恐將淡
化了「水流」、「花開」、「清露未晞」等才是「縝密」審美形象的焦
點。

〔註48〕見（清）孫聯奎、楊廷芝著，孫昌熙、劉淦校點《司空圖詩品解說
　　　　二種》（濟南：齊魯書社，1980），頁 31。

〔註49〕見（清）孫聯奎、楊廷芝著，孫昌熙、劉淦校點《司空圖詩品解說
　　　　二種》（濟南：齊魯書社，1980），頁 107。

則爲景甚多，由之者必爲之遲行，而仔細賞玩。〔註50〕

將「要路」視爲防敵關塞的緊要道路固無不可，但因此說路愈遠而愈
不敢疏忽，則顯然未能一併考慮到下文「幽行爲遲」令人疲憊的意象
表現。同樣的，認爲景色甚多，必須仔細賞玩，所以「幽行爲遲」，
一樣是沒有呼應到上文「要路愈遠」給人路途遙遠、單調的形象感受。
因此，《詩品注釋》的說法並不妥當。

最後，「猶春於綠，明月雪時」，孫聯奎《詩品臆說》云：

> 春至，草木盡綠矣。春豈有不綠草木之處，爲詩細針密縷，
> 一線穿成，直如「蓬蓬遠春」，無有不到矣。月無不照之處，
> 雪無不蓋之區。上句「猶」字，貫至此句。又，雪月皆白，
> 兩相映合，其光更覺周到。軒豁呈露，縝密分光矣。〔註51〕

又喬力《二十四詩品探微》亦云：

> 春風駘蕩，遍綠大地，於何處去辨覓其行跡？卻又無處不
> 是其踪跡；明月流光，共白雪上下交映，第見一片皎潔，
> 渾然莫分何爲月光，何爲雪光了。並由此呼應到開頭的「是
> 有眞跡，如不可知」兩句上去，一線貫穿，脈絡細致回環，
> 文意復搖曳多姿，沒有板滯痴澀的毛病，可謂甚得「縝密」
> 之妙。〔註52〕

「猶春於綠」的「猶」字可貫至下文「明月雪時」，因此「猶春於綠，
明月雪時」的審美形象一般分作「春於綠」與「明月雪時」來看。「春
於綠」是一片草木碧綠的形象，而「明月雪時」則是「月」、「雪」交
映的形象。但明明眼睛所見是春天中一片碧綠草木的形象，《二十四
詩品》何不直云「綠於春」，卻要反過來說「春於綠」呢？質言之，「春
意」才是「春於綠」意象中所要表現的美感內容。「春於綠」的意象
表現即認爲「春」意含藏於草木之「綠」中。職是，碧綠的草木形象

〔註50〕見（唐）司空圖著，郭紹虞集解《詩品集解・續詩品注》（北京：人
民文學出版社，2006），頁 27。

〔註51〕見（清）孫聯奎、楊廷芝著，孫昌熙、劉淦校點《司空圖詩品解說
二種》（濟南：齊魯書社，1980），頁 31。

〔註52〕見喬力著《二十四詩品探微》（濟南：齊魯書社，1983），頁 81。

不僅能引起春意美感，又因「春」意的美感含藏於碧「綠」的草木形象中，所以隨著碧綠草木「無有不到」的視野延伸，也意味著春意的美感將會是無盡的蔓延。同樣的，「明月雪時」是「月」與「雪」交映下的形象直覺，是「第見一片皎潔，渾然莫分何爲月光，何爲雪光」。因此，一輪明月的形象並不會是止於一靜態的月色呈現，而是更具有動態的表現美感——如「雪光」般晶瑩、透亮的照耀。相同的，雪的形象也不會只是一片雪地的靜靜存在，而一樣是具有動態的表現美感——如「明月」般，款款散發著嫻靜、浪漫而含情動人。「猶春於綠，明月雪時」誠如喬力所指出可與開頭的「是有眞跡，如不可知」作呼應。然而，怎麼呼應呢？很清楚的，「猶春於綠」與「明月雪時」作爲「縝密」風格的審美形象，都分別能表現出「是有眞跡」的滿滿春意與上下一片皎潔的美感，並且在這樣的美感中又深蘊著「如不可知」的動態變化。是故，「縝密」的文體風格即如孫聯奎「細針密縷」的比喻，並且在「一線穿成」後，將更可見出這細密的寫作形式所表達出的綿密、細緻情意。

　　就「縝密」的概念敘述而論，「是有眞跡，如不可知」，無名氏《詩品注釋》云：

> 是，指縝密，言是縝密者明明有眞跡之可尋，而其意象卻
> 如不可知，又未易以粗心測也。〔註53〕

又楊廷芝《二十四詩品淺解》亦云：

> 是有眞跡，不得形似。如不可知，理可微會。〔註54〕

職是，所謂「眞跡」指的是「意象」的存在，「意象」來自主觀的形象直覺與「形象」客觀存在的意義迥然不同。所以，「眞跡」的「意象」無法單從客觀的外在形貌獲得，故云「不得形似」、「如不可知」。然而弔詭的是「意象」的「如不可知」，並非意謂著「意象」全然的

〔註53〕見（唐）司空圖著，郭紹虞集解《詩品集解·續詩品注》（北京：人民文學出版社，2006），頁26。

〔註54〕見（清）孫聯奎、楊廷芝著，孫昌熙、劉淦校點《司空圖詩品解說二種》（濟南：齊魯書社，1980），頁107。

不可理解，因為藉由「真跡之可尋」的「形象」，便可直覺的感受到「意象」所表現出的最真實美感，故云「是有真跡」、「理可微會」。「是」字既直指「縝密」來說，則「是有真跡，如不可知」的「縝密」概念便很清楚的說明：「縝密」的文體風格特點乃在於一開始便能被「意象」的美感所吸引，而非在於客觀所見到的外表「形象」上。

其次，「意象欲出，造化已奇」，孫聯奎《詩品臆說》云：

> 有意斯有象，意不可知，象則可知。當意象欲出未出之際，筆端已有造化；如下文水之流、花之開、露之未晞，皆造化之所為也。造化何奇，然已不奇而奇矣。〔註55〕

所謂「有意斯有象」即簡單的說明了「意象」基本上是「意」與「象」的結合觀念。外在環境的「象」既可用來寄託心中內在的「意」，便意謂著心中內在的「意」可藉由外在環境的「象」來傳達。「意象」的表現來自「形象」的直覺，所以主觀直覺到的「形象」內容與「形象」客觀存在的內容並非完全相同。客觀存在的「形象」得以如實見知，但直覺的「形象」只存在個人主觀的心中，因此便無從實見，就這一立場而言，當然可說「意不可知」。然而，必須釐清的是：「意象」雖然不能透過科學的方法來瞭解，但這並非意謂著「意象」是完全不可被認知的。對「意象」的認知必須訴諸「形象直覺」的審美經驗，而非在於純粹的感官知覺或理性的判斷。因此，「水之流」、「花之開」、「露之未晞」等是客觀存在的形象，但直覺到「水流之奇」、「花開之奇」、「露未晞之奇」等，則是主觀的審美形象。職是，所謂「造化已奇」的時候，便是「意象欲出」的時候。更貼近「縝密」的風格觀點來看「意象欲出，造化已奇」，楊廷芝《二十四詩品淺解》曾云：

> 意象欲出，則不顯而顯。造化無毫髮之疏；天固無在不露其緘，人終何自而窺其蘊？則奇莫奇於此矣。而外此，尚何密之可言？〔註56〕

〔註55〕見（清）孫聯奎、楊廷芝著，孫昌熙、劉淦校點《司空圖詩品解說二種》（濟南：齊魯書社，1980），頁31。

〔註56〕見（清）孫聯奎、楊廷芝著，孫昌熙、劉淦校點《司空圖詩品解說

自然造化「無毫髮之疏」、「無在不露其緘」，而人卻得窺其蘊，則自然造化之「密」由此可見。然而，楊廷芝這樣的解釋說法是就觀察自然的道理來說，非就文體的風格來論。就文體的風格來論，杜黎均云：

> 作品能夠對意象進行深入的提煉和周到的安排，將意象形成過程和真實生活的體驗相融合，使意象似乎有真跡可見，但又細不可察。這就是「是有真跡，如不可知。意象欲出，造化已奇」的基本內容。中國古典美學術語「意象」，具有獨特的含義：它指的既不是「意」，也不是「象」，既不是作品思想主題，也不是形象刻劃。意象是作家從實際生活體驗中孕育出來並納入作品構思的反映思想意趣的境界，它接近「意境」，但又不能等同。可以說意象是形象化了的意境。〔註57〕

「意象」為「形象化了的意境」，但何謂「意境」？杜黎均並未多作解釋。因此，杜黎均所謂「意象」更明確的說明便是「作家從實際生活體驗中孕育出來並納入作品構思的反映思想意趣的境界」。「意象」來自生活形象的直覺，因此「意象」可以說是「從實際生活體驗中孕育出來」，也是一「形象化」的產物。然而，以為「反映思想意趣的境界」，則明顯擴大了「意象」的解釋，因為「意象」既是一「形象化」的產物，便無從明確的定義「邏輯性」的「思想」內容。所以，對「意象」一詞應以普遍的美學原理來理解，而不宜只作為中國古典美學獨特、專用的術語來看待。「意象」觀念的釐清，將有助於「意象似乎有真跡可見」中「真跡」的再釐清。「意象」既是形象的直覺，因此「意象」的表現不會是「現實生活」的完全反映，而應是「真實生活」的「美感」反映。所以「意象」的似有「真跡」，非究指現實生活中客觀存在的「形象」，而是指主觀存在的審美「意象」。〔註58〕

二種》（濟南：齊魯書社，1980），頁107。

〔註57〕見杜黎均著《二十四詩品譯注評析》（北京：北京出版社，1988），頁132。

〔註58〕郭紹虞曾云：「何以雖有真跡而如不可知呢？因為意思形象之生發，即在將然未然之際，無處不是造化。」見（唐）司空圖著，郭紹虞

職是,「意象欲出,造化已奇」倘順從上文「是有眞跡,如不可知」的脈絡來看,便會發現:所謂「意象」即是「眞跡」的內容指涉,而「造化已奇」與「如不可知」彼此可互爲因果相呼應。綜合言之,「縝密」的文體風格便在於強調作品「意象」一開始的美感立即表現,並且其方式是奇顯卻不輕露。

最後,「語不欲犯,思不欲癡」,孫聯奎《詩品臆說》云:

> 雖欲引伸細行,然語不欲犯,思不欲癡。犯,犯複也。癡,
> 呆滯也。詞複意滯,豈爲縝密。〔註59〕

職是,「縝密」的文體風格在於達到「引伸細行」的效果,而欲有「引伸細行」的效果,就不能有「詞複意滯」的弊病。如何避免「詞複意滯」的弊病?楊廷芝《二十四詩品淺解》曾云:

> 犯,觸也;與「複」相似。縝而有緒則易犯。不欲犯,
> 欲其條理不紊,語意之不相複也,則縝中有密。癡,猶
> 癡肥之癡。密而難分則近癡。不欲癡,是一出於精緻,
> 而不涉於癡,則密中有縝,然是遂足爲縝密乎?春於綠,
> 萬物一色,種種有跡,縝固由密而得。明月雪時,「月」
> 「雪」兩物,上下交融,密亦由縝而來。無縝非密,亦
> 無密非縝,是又不第不犯不癡而已。縝密之義,其謂是
> 歟?〔註60〕

如同「春於綠」的美感形象,「春意」隨眼前「綠色」視野的延伸而蔓延,其中「綠色」視野不斷的延展、開闊便是一種條理的表現,而隨之「春意」的更加濃厚、瀰漫即是思路擴展的地方。又如「明月雪時」的美感形象,是上下交映、一片皎潔的亮光,其中「月」、「雪」

集解《詩品集解·續詩品注》(北京:人民文學出版社,2006),頁
26。將客觀存在的自然造化視爲「眞跡」,固然可作爲「眞跡」客觀、
眞實存在的方便說法,但不能忽略的是,「眞跡」之所以爲「眞」的
另一層更大意義是來自於主觀生活中對意象的「眞實」感動。
〔註59〕見(清)孫聯奎、楊廷芝著,孫昌熙、劉淦校點《司空圖詩品解說
二種》(濟南:齊魯書社,1980),頁31。
〔註60〕見(清)孫聯奎、楊廷芝著,孫昌熙、劉淦校點《司空圖詩品解說
二種》(濟南:齊魯書社,1980),頁107～108。

各自明亮的照耀便是條理所在，而亮光分別令人感到嫻靜、浪漫、晶瑩、透亮等美感，即是思路的拓展。職是，語言的有條不紊便是「語不欲犯」，思路有精緻的安排即所謂「思不欲癡」。「縝中有密」指有條理的語言形式，才能表達出精緻的思路內容；相對的，「密中有縝」指精緻的思路內容，正是語言有條理表達的反映。因此，《皋蘭課業本原解》曾云：

> 此見世人動以詞語湊泊爲縝密，大非。蓋由消息密微，是以語致密栗。故窈渺而不犯，妥貼而不癡。若填綴襞積，犯矣癡矣。〔註61〕

又郭紹虞的注解云：

> 案《昭昧詹言》謂「思無近癡」，癡即曹洞禪所譏十成死句之意。〔註62〕

職是，「縝密」文體風格是有條理的語言書寫，與一般湊泊、填綴、襞積的語言書寫不同。最大的差異在於前者能傳達出作品一連串窈渺、密微的想像美感，即「引伸細行」的內容，而後者僅是思路停滯的「死句」堆砌。

　　職是，「縝密」的文體風格可以用「水流」、「花開」、「清露未晞」、「要路愈遠，幽行爲遲」、「春於綠」、「明月雪時」等審美形象作爲象徵。「縝密」文體風格有條不紊的語言所構成的精緻思路安排，猶如「細針密縷」般，皆在表現一共通的美感主題。乍看之下，「縝密」形象所表現出的意象美感，似是一靜態的呈顯，但與其它意象並置時，便會發現其美感的動態變化——思路將隨著「細針密縷」的意象安排而有「引伸細行」的想像。因此，對於「縝密」的文體風格表現，喬力曾有很獨到的見解，他說：

> 愈識「縝密」之要領眞髓則愈覺其悠遠紆徐之妙，而欲賞

〔註61〕見（唐）司空圖著，郭紹虞集解《詩品集解・續詩品注》（北京：人民文學出版社，2006），頁 26～27。

〔註62〕見（唐）司空圖著，郭紹虞集解《詩品集解・續詩品注》（北京：人民文學出版社，2006），頁 27。

> 其佳境則更須遲遲吾行，徘徊流連於其間，潛心吟詠，始
> 可得之。〔註63〕

易言之，「縝密」的文體風格往往不能令人立即看出作品的「要領眞髓」，但對於構成佳境的蛛絲馬跡，卻可以在「潛心吟詠」中一路的被逐一發現。一旦領悟了作品的「要領眞髓」，便會對作品精心細密的構思發出「悠遠紆徐」的美妙讚嘆。

「縝密」最早的概念可上溯至《禮記》。《禮記・聘義》載：

> 孔子曰：非爲瑉之多故賤之也，玉之寡故貴之也。夫昔者
> 君子比德於玉焉：溫潤而澤，仁也；縝密以栗，知也；……
> 故君子貴之也。〔註64〕

職是，「縝密」一詞的概念源於「玉」紋理的細密與質感的堅實。此後，在文學批評上南朝梁・劉勰《文心雕龍・鎔裁》云：

> 句有可削，足見其疏；字不得減，乃知其密。〔註65〕

又鍾嶸《詩品・卷中》評南朝宋・顏延之的詩云：

> 其原出於陸機，尚巧似。體裁綺密，情喻淵深；動無虛散，
> 一句一字，皆致意焉。又喜用古事，彌見拘束；雖乖秀逸，
> 是經綸文雅才。雅才減若人，則蹈於困躓矣。〔註66〕

職是，「密」的文體風格是在「字不得減」、「一字一句，皆致意焉」的條理書寫上，寄寓淵深的情意。然而，顏延之喜用典故與華麗詞藻，往往致使淵深的情意不易被表現出來，而讀者關注的焦點也早已被眼前的典故、詞藻所取代，故時人南朝宋・湯惠休云：「顏如錯采鏤金」。〔註67〕但即便如此，不可否認的是顏延之「錯彩金縷」的語言目的，

〔註63〕見喬力著《二十四詩品探微》（濟南：齊魯書社，1983），頁79。
〔註64〕見（清）阮元刊刻《十三經注疏・禮記》（臺北：藝文印書館，2003），
　　　　頁1031。
〔註65〕見（梁）劉勰著，王更生注譯《文心雕龍讀本》下篇（臺北：文史
　　　　哲出版社，2004），頁93。
〔註66〕見（南朝梁）鍾嶸撰，陳延傑注釋《詩品注》（臺北：臺灣開明書店，
　　　　1995），頁25～26。
〔註67〕見（南朝梁）鍾嶸撰，陳延傑注釋《詩品注》（臺北：臺灣開明書店，
　　　　1995），頁26。

並不在「尚巧似」的形象摹寫，而在於「情喻深淵」的內容表達。「縝密」文體風格大抵至北宋・周邦彥時，才獲得較成功的表現。宋代劉肅《詳註周美成片玉集・序》曾云：

> 周美成以旁搜遠紹之才，寄情長短句，縝密典麗，流風可仰。其徵詞引類，推誇古今，或藉字用意，言言皆有來歷，真足冠冕詞林。〔註68〕

所謂「旁搜遠紹」、「徵詞引類，推誇古今」、「藉字用意，言言皆有來歷」等皆可說是「縝密」有條理書寫的高度發揮，而令人有「流風」的「寄情」美感即是「縝密」思路「引伸細行」的表現。職是，《二十四詩品》將「縝密」文體風格獨立標幟為一品，當與北宋・周邦彥創作實踐的前後時代背景有關。

第三節　任性所適，真趣弗羈——疏野的審美韻致

《二十四詩品・疏野》云：

> 惟性所宅，真取弗羈。控物自富，與率為期。築室松下，脫帽看詩。但知旦暮，不辨何時。倘然適意，豈必有為。
> 若其天放，如是得之。〔註69〕

就章法結構來說，祖保泉認為前四句說的是「疏野」的根本條件，中四句描繪「疏野」的意境，末四句是對上文提出的「率真」作進一步說明。〔註70〕另外，杜黎均則主張前四句提出了兩個重要的文學觀點：一是切實描繪作家性情，乃產生疏野之本，一是真切反映生活萬象，是創造疏野之路。中四句描繪了一位遁跡山林的雅士風貌，是以雅士作比喻，用來說明創造「疏野」。末四句總論作家需要縱情自抒

〔註68〕見（清）阮元輯《宛委別藏・詳註周美成片玉集》（上海：江蘇古籍出版社，1988），頁1。

〔註69〕見（唐）司空圖著，郭紹虞集解《詩品集解・續詩品注》（北京：人民文學出版社，2006），頁28。

〔註70〕參見祖保泉著《司空圖詩品解說》（修訂本）（合肥：安徽人民出版社，1982），頁70。

心意，不必故作雕飾。順應作家天性，就可識得疏野之品。〔註71〕職是，中四句明顯爲描繪「疏野」意象的形象語言，前四句與末四句則皆爲說明「疏野」概念的邏輯語言。「疏野」一品的篇章結構可以分析爲：「築室松下，脫帽看詩。但知旦暮，不辨何時」爲疏野的審美形象；「惟性所宅，眞取弗羈」、「控物自富，與率爲期」、「倘然適意，豈必有爲」、「若其天放，如是得之」等，爲疏野的概念敘述。

就「疏野」的審美形象言，「築室松下，脫帽看詩。但知旦暮，不辨何時」，楊廷芝《二十四詩品淺解》云：

> 松下，山林之地也。築室於茲，獨出乎塵世。眞莫眞於詩，看則率眞以求其眞。脫帽，正任其性之自然，流露於不知不覺處。故但知旦暮之蚤晚，而外此舉非所知，即時有寒暑而亦不辨矣，則亦焉往而不疏哉。〔註72〕

又郭紹虞的注解云：

> 「築室松下，脫帽看詩」，力寫「野」字。野由於疏，曰「脫帽」，則疏放可知。「但知旦暮，不辨何時」，力寫「疏」字。疏則必野，所以桃花源中人會「不知有漢，無論魏晉」。
> 〔註73〕

「松下」作山林之地來理解，則「松下」可以爲「野」的象徵。「脫帽」的動作暗示疏放任性、不拘禮法。〔註74〕職是，「築室松下，脫帽看詩。但知旦暮，不辨何時」的形象便令人直覺有專心致志、情縱意愜的美感。「但知旦暮，不辨何時」除再次力寫「疏放任性」外，

〔註71〕參見杜黎均著《二十四詩品譯注評析》（北京：北京出版社，1988），頁 137。

〔註72〕見（清）孫聯奎、楊廷芝著，孫昌膝、劉淦校點《司空圖詩品解說二種》（濟南：齊魯書社，1980），頁 109。

〔註73〕見（唐）司空圖著，郭紹虞集解《詩品集解・續詩品注》（北京：人民文學出版社，2006），頁 29。

〔註74〕喬力注釋云：「脫帽，古人蓄長髮，以戴帽爲嚴肅有禮貌，脫帽即表示疏放隨便、不拘於俗世禮法之意，與『沉著』中『脫巾獨步』之『脫巾』者相似。」見喬力著《二十四詩品探微》（濟南：齊魯書社，1983），頁 85。

也點出沉浸在「脫帽看詩」美感中的情況，是幾乎忘了時間的存在。

「築室松下」一作「築屋松下」，如趙福壇《詩品新釋》即云：

> 「築屋松下」表明詩人築屋是遠離塵氛而又不擇地的，意
> 即「偶來松樹下，高枕石頭眠」；「脫帽看詩」表明詩人不
> 拘禮俗。這兩句著筆於「野」字。「但知旦暮，不辨何時」
> 表明詩人無拘無束，疏落世俗，一心以詩書自娛，這兩句
> 著筆於「疏」字。此四句作者描繪一個疏野之境，其特點
> 是任其性之所適，自然流露於疏，兩者相輔相成，其重要
> 一點就是率真。〔註75〕

由此可發現，趙福壇就「築屋松下，脫帽看詩。但知旦暮，不辨何時」
的論述與郭紹虞的見解頗為類似，因此文字作「築屋松下」或「築室
松下」，在意義上並無太大差別。不過，誠如趙福壇所指出，在「疏
野」的意象中，的確也能令人感到有「任其性之所適」或「率真」的
美感。

就「疏野」的概念敘述而論，「惟性所宅，真取弗羈」，無名氏《詩
品注釋》云：

> 宅，居也，安也。惟，隨也。隨其性之安，言自在也。
> 真，天真也。取，取材也。言隨其天真以取，如馬之弗
> 羈束也。〔註76〕

易言之，「疏野」風格的美感展現在能安於所「性」，取其「天真」而
不羈。然而，所謂「性」的內容為何？又為什麼做到「惟性所宅」就
能「真取弗羈」呢？詹幼馨認為「惟性所宅」中的「性」可概括為兩
類：一是「人性」，一是「物性」。「真取弗羈」中的「真」即是「性」。
「性」宅於內，「真」發於外，即以「性」為本，取其「真情」。因此，
詹幼馨進一步指出：

〔註75〕見趙福壇箋釋，黃能升參證《詩品新釋》（廣州：花城出版社，1986），
頁141。

〔註76〕見（唐）司空圖著，郭紹虞集解《詩品集解・續詩品注》（北京：人
民文學出版社，2006），頁28。

要「率性」，才能體現「惟性所宅」；不要有心繫於性，才
能做到「真取弗羈」。所以把這兩句合起來看，它們的精神
實質就是順應自然，而又自然成趣。這個自然，包括人性
與物性。〔註77〕

是故，「惟性所宅」即「率性」的表現，又「真」即是「性」，所以「真
取弗羈」便是「心」不繫於「性」的表現。然而，「惟性所宅」既已
將「性」作爲最高的主體看待，則「心」如何能有不繫於「性」的表
現呢？此外，詹幼馨認爲「疏野」的精神實質在順應自然又自然成趣，
這「自然」包括「人性」與「物性」，意即「疏野」風格的作品同時
兼具「人性」與「物性」。〔註78〕然而，「惟性所宅」中的「性」，如
何能同時兼具「人性」與「物性」呢？因爲「人」之性不含有「物」
之性，「物」之性也不能具有「人」之性。如此，詹幼馨雖將「惟性
所宅」中的「性」概括爲「人性」與「物性」兩類，但「惟性所宅」
中的「性」究竟指的是「人性」？還是「物性」呢？詹幼馨云：

這裡所談的人性，主要是指作家的個性，而「疏野」的作
品首先是來自疏野的個性。司空圖之所以在「疏野」中首
先提出「惟性所宅」四字，並非否定別的品格也要具備這
個條件，而是出於他對性字的認識範疇是有局限的，是有
特殊的傾向的。我們只要從「真取弗羈」四個字上面就可
以看出他的性之所近。〔註79〕

職是，詹幼馨所謂「人性」指的是作家「疏野的個性」，並且認爲「疏
野」的風格作品「首先是來自疏野的個性」，如此即明白指出「惟性
所宅」中的「性」是傾向於指「人性」。安於人的「疏野之性」，如何

〔註77〕見詹幼馨著《司空圖詩品衍繹》（臺北：王記書坊，1985），頁55。
〔註78〕李白〈山中答問〉云：「問余何事棲碧山，笑而不答心自閒。桃花流
水窅然去，別有天地非人間。」詹幼馨認爲是從「人性」寫到「物
性」，是以「物性」代「人性」作答，因此可算是一「疏野」的詩作。
參見詹幼馨著《司空圖詩品衍繹》（臺北：王記書坊，1985），頁55
～56。
〔註79〕見詹幼馨著《司空圖詩品衍繹》（臺北：王記書坊，1985），頁56。

就能「眞取弗羈」？詹幼馨並沒有說明，反倒以「眞取弗羈」的結果，來追溯解釋「惟性所宅」中最高主體「性」的特殊傾向。然而，如此的推斷論述，恐有倒果爲因之弊。不僅無從確立「惟性所宅」中「性」的最高主體性，也不能清楚說明何以安於「惟性所宅」中的「性」，就能「眞取」而「弗羈」。「惟性所宅」中「性」的究竟內容爲何？仍應回到《二十四詩品》中「疏野」一品的文字來尋求解答。

　　「若其天放，如是得之」，孫聯奎《詩品臆說》云：

　　　如是，總頂上文。如是得之，謂如是爲詩，則得疏野之品矣。〔註80〕

又楊廷芝《二十四詩品淺解》亦云：

　　　天放，天然放浪也。如是得之，言是乃得乎疏野之宜然。

　　〔註81〕

職是，「天放」才是表現「疏野」風格的重要關鍵。何謂「天放」？楊廷芝以「天然放浪」釋之，但「天放」語出《莊子》，故仍宜從《莊子》尋求解答。《莊子·馬蹄》云：

　　　彼民有常性，織而衣，耕而食，是謂同德；一而不黨，命曰天放。故至德之世，其行塡塡，其視顚顚。當是時也，山無蹊隧，澤無舟梁；萬物群生，連屬其鄉；禽獸成群，草木遂長。是故禽獸可係羈而遊，鳥鵲之巢可攀援而闚。夫至德之世，同與禽獸居，族與萬物並，惡乎知君子小人哉！同乎無知，其德不離；同乎無欲，是謂素樸；素樸而民性得矣。〔註82〕

由是，「天放」是人得與「禽獸居」、「萬物並」的「常性」，即人「無知」、「無欲」的「素樸」之性。因此，「惟性所宅」中的「性」指的

〔註80〕見（清）孫聯奎、楊廷芝著，孫昌熙、劉淦校點《司空圖詩品解說二種》（濟南：齊魯書社，1980），頁33。

〔註81〕見（清）孫聯奎、楊廷芝著，孫昌熙、劉淦校點《司空圖詩品解說二種》（濟南：齊魯書社，1980），頁110。

〔註82〕見（清）郭慶藩集釋《莊子集釋》（臺北：貫雅文化事業有限公司，1991），頁334。

是人共通擁有的「素樸」常性。另外，因為「素樸」常性的「其行填填」、「其視顛顛」，所以「禽獸可係羈而遊，鳥鵲之巢可攀援而闚」。易言之，安於「惟性所宅」中的「素樸」之性，便能「眞取弗羈」，因為「禽獸可係羈而遊」或「鳥鵲之巢可攀援而闚」等，便是一種得與「禽獸居」、「萬物竝」的「眞」趣表現。〔註83〕「惟性所宅」的「眞」趣表現，反映在文學藝術上又是什麼樣的情況呢？楊廷芝云：「眞莫眞於詩，看則率眞以求其眞。」〔註84〕「詩」作為「眞」的象徵，因此「脫帽看詩」便是「率眞以求其眞」。職是，文藝作品中自然、純樸的眞趣美感，即是「疏野」文體風格的表現。

另外，「控物自富，與率為期」，孫聯奎《詩品臆說》云：

> 敝帚不值一文，而偏欲千金享之。是即控物自富之說矣。
> 得句自愛，不問褒譏，其率眞為何如乎。時時率眞，處處
> 率眞。與率為期，猶言與率為伍。非期許之「期」也。期
> 許，則偏矣。〔註85〕

於此，孫聯奎以「率眞」釋「率」且認為「與率為期」猶言「與率為伍」，因此「疏野」的風格即在於有「時時率眞」、「處處率眞」的行為表現。另外，一文不值的敝帚，倘能以千金享之，便是做到了所謂「控物自富」。同樣的，文藝詩句倘能自得自愛，也不必在乎他人如何的評價，如此不僅是「率眞」的表現，也是一種「控物自富」的表現。職此，只要「時時率眞」、「處處率眞」的「與率為伍」，便能有「控物自富」的表現。然而，值得推敲的是：倘不能確立「自富」價值的客觀存在，則所謂「控物自富」將流於率眞者純粹的主觀認定，甚且這樣「率眞」而有的「自富」，也將會是一種偏欲、勉強的所得。

〔註83〕是故，孫聯奎《詩品臆說》曾就「但知旦暮」一句云：「與造化者游。」見（清）孫聯奎、楊廷芝著，孫昌膝、劉淦校點《司空圖詩品解說二種》（濟南：齊魯書社，1980），頁33。

〔註84〕見（清）孫聯奎、楊廷芝著，孫昌膝、劉淦校點《司空圖詩品解說二種》（濟南：齊魯書社，1980），頁109。

〔註85〕見（清）孫聯奎、楊廷芝著，孫昌膝、劉淦校點《司空圖詩品解說二種》（濟南：齊魯書社，1980），頁33。

所以，「與率爲期」固然可言「與率爲伍」，是「時時率眞」、「處處率眞」的行爲表現，但「與率爲期」中的「率」字卻不適宜直接解釋爲「率眞」。關於「控物自富，與率爲期」，詹幼馨《司空圖詩品衍繹》有更好的論述說明，他說：

> 「控物」，就能「眞取」，就能引物而至，就能情與境偕。「自富」，指自然不竭，富爲己有。「控物自富」，就是「眞取弗羈」。一切出自本性、眞情。我爲物想，物爲我用，自然覺得富足、適意。所以疏野之人往往以率性、適意爲主，「富貴不能淫，貧賤不能移，威武不能屈」，往往也由此而來。
> 「與率爲期」，等於說「期之於率」。這個「率」，就是「眞」，就是「性」，所以「與率爲期」就是「惟性所宅」。「控物自富」的原則、標準，及其源頭活水，都在「與率爲期」四個字上。〔註86〕

易言之，所謂「自富」的內容仍必須聯繫到上文的「眞取弗羈」來作解釋。「控物自富」就是「眞取弗羈」，因此「控物」就是「眞取」，而「富」的內容就是「眞」。另外，「與率爲期」等於是說「期之於率」，也就是「惟性所宅」，因此其中「率」字應指向「惟性所宅」中的「性」，而不宜直接解釋爲「率眞」。詹幼馨以「率」爲「眞」爲「性」，所言甚是，只是所謂「性」的內容應指的是最高主體的「素樸」常性。也因此，與其說「控物自富」的源頭活水在「與率爲期」四個字上，倒不如更直接的說是在「惟性所宅」上。

「控物自富」一作「拾物自富」，無名氏《詩品注釋》即云：

> 拾得之物本不足言富，而彼則自成其富，隨意所取，總與其眞率之天爲期，而初不事拘束也。自字有不知不覺意。蓋拾者隨手拾之，如道旁之物非關有心，所謂眞取弗羈也。非疏野乎？〔註87〕

〔註86〕見詹幼馨著《司空圖詩品衍繹》（臺北：王記書坊，1985），頁56。
〔註87〕見（唐）司空圖著，郭紹虞集解《詩品集解‧續詩品注》（北京：人民文學出版社，2006），頁29。

又曹冷泉亦云：

> 按「拾物」與詩意較合。拾物，謂隨意檢取也，非有意以
> 求之也。〔註88〕

是故，「控物」一作「拾物」，乃意在凸顯「不知不覺」的含義。但所謂「自富」既來自「與率爲期」，「與率爲期」又源於「惟性所宅」，如此所擁有的「自富」之感便不應當只是片面的強調「隨意所取」的「不知不覺」含義。因爲，即便文字作「拾物自富」主要也是在說明：在「與率爲期」或「惟性所宅」的實踐中，便能取「眞」而不羈，亦即能擁有與天地萬物並存、同遊、共樂的富足美感。職是，「與率爲期」已暗示出物我之間「不知不覺」、「冥然合一」的含義，所以文字或作「拾物」或作「控物」並無甚差別，因爲皆未增減其中該有的「不知不覺」含義。

此外，趙福壇曾將「自然」與「疏野」作比較，而云：

> 這裡「控物自富，與率爲期」與〈自然〉品中的「俯拾即
> 是，不取諸鄰」是相似的，都是強調感情要眞率自然。可
> 見〈疏野〉與〈自然〉是極爲相似的，所不同的是，〈自然〉
> 強調客觀事物的規律性，要求詩人自然而然地不加雕飾地
> 表現客觀事物；〈疏野〉則是強調詩人的主觀情意的個性，
> 要求詩人控物以自足，抒寫詩人主觀的眞實感情。但兩者
> 都以率眞自然爲旨的。〔註89〕

「自然」一品談「俱道適往，著手成春」，因此的確是在強調客觀事物的規律與表現；「疏野」一品言「惟性所宅，眞取弗羈」，所以是在強調詩人主觀的情意表現。但倘若綜合「率眞」與「自然」二詞，而認爲「率眞自然」爲「自然」與「疏野」的共同主旨，則不免是把「自然」、「疏野」兩風格合而爲一，如此「自然」、「疏野」二品將喪失文體風格的地位，而只作爲「率眞自然」一風格的兩種不同表現方式。

〔註88〕見曹冷泉注釋《詩品通釋》（西安：三秦出版社，1989），頁55。
〔註89〕見趙福壇箋釋，黃能升參證《詩品新釋》（廣州：花城出版社，1986），頁142。

因此，「自然」與「疏野」的文體風格除了有主、客觀上的強調不同外，其所表現的美感韻致也各自不同。前者在於體現「自然之理」的精神，並表現出心靈契合自然規律的喜悅；後者則在「素樸」之性中，發覺生活上源源不絕的純樸眞趣。

最後，「倘然適意，豈必有爲」，孫聯奎《詩品臆說》云：

> 優游自得，胸無芥蒂，行無罣礙。「倘」字，當作「徜徉」之「徜」讀。無爲，所以自適也。若必有爲，則門庭藩溷，皆著紙筆，豈不勞甚。〔註90〕

又無名氏《詩品注釋》亦云：

> 言倘然間有順適己意之處，則亦惟順適己意而已。豈必有所作爲果見之於實事乎？總是一疏略不精心的樣子。〔註91〕

「倘然適意」明白點出前文「眞取」所能帶給人的眞實感受。職是，「倘」字作「徜徉」之「徜」讀，更能反映出「疏野」文體風格中徜徉、自得於其中的美感。「豈必有爲」則不僅反面指出「疏野」美感的「惟順適己意而已」，即「倘然適意」外，也呼應了前文「控物自富」中「富」的確實滿足感。

此外，杜黎均對「有爲」二字另有不同的看法，他說：

> 有爲：有所爲而爲，意指故作雕飾。或解成「有所作爲」，誤。《二十四詩品淺解》：「豈必有爲，言其不就羈束，不事修飾也。」此二句說明「疏野」要求作品眞切表達作者思想，不必勉強雕飾，弄虛作假。〔註92〕

「有爲」不作「有所作爲」解，而指「故作雕飾」，則顯然的杜黎均是從創作論的立場來解讀「有爲」二字。然而，從創作論的觀點來認識「疏野」的文體風格，並不能完全、清楚的認識到「疏野」的文體

〔註90〕見（清）孫聯奎、楊廷芝著，孫昌熙、劉淦校點《司空圖詩品解說二種》（濟南：齊魯書社，1980），頁33。

〔註91〕見（唐）司空圖著，郭紹虞集解《詩品集解·續詩品注》（北京：人民文學出版社，2006），頁29。

〔註92〕見杜黎均著《二十四詩品譯注評析》（北京：北京出版社，1988），頁136。

風格。因為，我們的目的既在弄清楚什麼是「疏野」文體風格，則文體論的觀點便是直接的告訴我們是什麼；但創作論的觀點並不在告訴我們是什麼，而重在告訴我們如何才可以表現出「疏野」文體風格。職是，楊廷芝《二十四詩品淺解》對「豈必有為」的見解，若能從文體論的觀點來看，則其中「不就羈束」、「不事修飾」正點出了「疏野」文體美感中「率真」的特質。

　　職是，「疏野」的文體風格可用「築室松下，脫帽看詩。但知旦暮，不辨何時」的審美形象作為象徵。「疏野」的文體風格，前賢大多就「率真」或「真率」說之。〔註93〕然而，僅用「率真」或「真率」二詞並不能完全概括「疏野」的文體風格。因為除了「率真」或「真率」以外，「疏野」的文體風格還可以令人有「專心致志」、「疏放任性」、「情縱意愜」、「徜徉自得」、「自然純真」、「冥然合一」等美感。甚且，「率真」或「真率」亦非表現「疏野」文體風格的源頭。倘若直接將「惟性所宅」中的「性」當成「率真」個性來看，便是把「惟性所宅，真取弗羈」的問題簡單化了。如此，將嚴重忽略「疏野」文體風格講求「素樸」常性，以發覺生活中純真樂趣的宗旨。祖保泉曾云：

　　　總觀全品，我們可以看出，司空圖認為「率真」──超塵拔俗的思想感情是構成疏野風格的主要因素。〔註94〕

〔註93〕如孫聯奎《詩品臆說》對「疏野」的題解云：「疏野謂率真也。」見（清）孫聯奎、楊廷芝著，孫昌熙、劉淦校點《司空圖詩品解說二種》（濟南：齊魯書社，1980），頁32。又楊廷芝《二十四詩品淺解》云：「脫略謂之疏，真率謂之野。疏以內言，野以外言。」見（清）孫聯奎、楊廷芝著，孫昌熙、劉淦校點《司空圖詩品解說二種》（濟南：齊魯書社，1980），頁109。另外，《皋蘭課業本原解》亦云：「此乃真率一種。任性自然，絕去雕飾，與「香奩」、「臺閣」不同，然滌除肥膩，獨露天機，此種字不可少。」見（唐）司空圖著，郭紹虞集解《詩品集解‧續詩品注》（北京：人民文學出版社，2006），頁28。

〔註94〕見祖保泉著《司空圖詩品解說》（修訂本）（合肥：安徽人民出版社，1982），頁70。

又詹幼馨認為：

> 「疏野」與「曠達」有近似處。如果說「曠達」是由於有
> 所失而忘懷得失，那麼，「疏野」就是無意於得失而終於有
> 所得。〔註95〕

祖保泉以「超塵拔俗的思想感情」來定義「率真」，詹幼馨以「無意
於得失而終於有所得」來談「疏野」。職此，更明白說明了「疏野」
的文體風格倘不能有最高主體的「素樸」常性反映，則如何能有超塵
拔俗的思想感情？另外，因為能回歸無知無欲的「素樸」常性，便能
泯滅物我，而與天地萬物共享自然純樸的真趣。因此「疏野」的文體
風格也確實總能表現出，在無意於所得的素樸心靈下，反而有滿滿更
多的獲得。

「疏野」一詞被用來詮釋文體風格大約始於中唐。皎然《詩式·
辯體有一十九字》云：「閒，性情疏野曰閒。」〔註96〕職是，中唐時
的「疏野」概念是附屬在「閒」的文體風格中，尚未取得獨立地位。
然而，由此亦可發現後來「疏野」文體風格的發展與性情的閒適實有
著密切的關係。如《二十四詩品》的「疏野」一品，其中「控物自富」、
「與率為期」、「倘然適意」等概念都與性情的閒適有關。「疏野」的
文體風格在宋代，有獲得高度重視的趨勢。北宋·呂本中《童蒙詩訓》
即云：

> 初學作詩寧失之野，不可失之靡麗；失之野不害氣質，失
> 之靡麗不可復整頓。〔註97〕

又南宋·陳知柔《休齋詩話》亦云：

> 人之為詩要有野意。蓋詩非文不腴，非質不枯，能始腴而
> 終枯，無中邊之殊，意味自長，風人以來得野意者，惟淵

〔註95〕 見詹幼馨著《司空圖詩品衍繹》（臺北：王記書坊，1985），頁54。
〔註96〕 見傅璇琮主編，張伯偉編撰《全唐五代詩格校考》（西安：陝西人民
　　　　教育出版社，1996），頁220。
〔註97〕 見吳文治主編《宋詩話全編》（南京：江蘇古籍出版社，1998），頁
　　　　2898。

明耳。〔註98〕

初學作詩寧失之「野」，也不可失之「靡麗」，箇中原因乃在於不能有害「氣質」。職是，人性情上的氣質表現確實與「野」的風格有關。

詩人之中陶淵明爲得「野」意者，又孫聯奎《詩品臆說》亦云：

> 疏野謂率眞也。陶元亮一生率眞，至以葛巾漉酒，已復著之。故其詩亦無一字不眞。篇中「性」字、「眞」字、「天」字及「率」字、「若」字，無非是「率眞」二字。率眞者，不彫不琢，專寫性靈者也。〔註99〕

因此，能「專寫性靈」即「不害氣質」，又「率眞」即爲性情閒適的反映。所以，呂本中、陳知柔二人雖未直言「疏野」，但其所謂「野」指就是「疏野」的文體風格。

第四節　清新恬淡，奇緻異古──清奇的審美韻致

《二十四詩品・清奇》云：

> 娟娟群松，下有漪流。晴雪滿汀，隔溪漁舟。可人如玉，步屧尋幽。載瞻載止，空碧悠悠。神出古異，澹不可收。如月之曙，如氣之秋。〔註100〕

就章法來看，祖保泉認爲這一品完全採用形象化的描繪方式來說明問題。其中，開頭四句通過「景物」描繪來表現「清奇」，後八句則通過對「可人」的描繪來表現。〔註101〕杜黎均也同樣主張本篇全用實寫的形象托出：首四句，物之清奇；中四句，人之清奇；末四句，詩之清奇。然而，所謂「詩之清奇」乃意謂詩歌的創作必須含蘊著古樸

〔註98〕見吳文治主編《宋詩話全編》（南京：江蘇古籍出版社，1998），頁4362。

〔註99〕見（清）孫聯奎、楊廷芝著，孫昌熙、劉淦校點《司空圖詩品解說二種》（濟南：齊魯書社，1980），頁32。

〔註100〕見（唐）司空圖著，郭紹虞集解《詩品集解・續詩品注》（北京：人民文學出版社，2006），頁30。

〔註101〕參見祖保泉著《司空圖詩品解說》（修訂本）（合肥：安徽人民出版社，1982），頁73。

恬淡的神態，才算創造出「清奇」。明顯的，「神出古異，澹不可收。
如月之曙，如氣之秋」杜黎均乃就詩歌的創作觀點來說，非就詩歌的
風格而論。因此，杜黎均雖主張本品全用形象語言托出，卻誤將「神
出古異，澹不可收。如月之曙，如氣之秋」作一論斷的邏輯語言來看。
杜黎均以「人之清奇」和「詩之清奇」切割了後八句，但在他的譯文
中卻說：

> 俊逸的人好像白玉般高潔，邁開腳步尋訪幽靜的美景，他
> 在又行又止，仰望藍天悠悠。神采顯得多麼高雅奇特，風
> 度恬淡使人難以描繪。像黎明前的月色那樣明淨，像初秋
> 時的天氣那樣清秀。〔註102〕

其中，「神采」、「風度」不繫聯前文指「俊逸的人」，又能指誰呢？倘
欲強以「神采」、「風度」指向「詩」，則所謂「詩之清奇」的末四句，
便不當就創作論的觀點來說，而應就文體論的風格立場來談。職是，
後八句不妨逕作一審美形象看。「清奇」一品的篇章結構，皆為審美
的形象語言，且可分析為：「娟娟群松，下有漪流」、「晴雪滿汀，隔
溪漁舟」、「可人如玉，步屧尋幽。載瞻載止，空碧悠悠。神出古異，
澹不可收。如月之曙，如氣之秋」。

　　首先，就「娟娟群松，下有漪流」的審美形象言，孫聯奎《詩品
臆說》云：

> 娟娟，明秀意也。有松無水，奇而不清；有水無松，清而
> 不奇；有水有松，清奇何如。〔註103〕

於此，孫聯奎乃分別以「娟娟群松」解釋「奇」，以「下有漪流」解
釋「清」。但何以有「松」為「奇」，有「水」為「清」？孫聯奎未再
多做解釋，而詹幼馨《司空圖詩品衍繹》卻有進一步的申說，其云：

> 「歲寒，然後知松柏之後凋」，使人想到松樹的風格，「閒

〔註102〕見杜黎均著《二十四詩品譯注評析》（北京：北京出版社，1988），
頁 142。

〔註103〕見（清）孫聯奎、楊廷芝著，孫昌騤、劉淦校點《司空圖詩品解說
二種》（濟南：齊魯書社，1980），頁 34。

戶著書多歲月，種松皆作老龍鱗」(《王維・春日與裴迪過
新昌里訪呂逸人不遇》)，使人想到松樹的形象。從這兩例
有關「松」的詩文中，決不會興起「娟娟」的感受。「娟娟」
有美好的意思，固然也適用於上舉兩例，但是，形象與感
情總不貼切。為什麼司空圖要用「娟娟」來形容「群松」
呢？有人說：「傷心人別有懷抱」，恐怕司空圖也是處亂世
別有所歡吧！「娟娟群松」一出手就使人感到「奇」。「下
有漪流」，是在「群松」這一主體之下出現的、襯托「群松」
的景致，使人感到「清」。這兩句構成的畫面，相對而言，
「松」靜、「流」動，但是，從「清奇」著眼，恰恰相反：
「漪流」動而不動，「群松」靜而不靜，傳神之筆就在「娟
娟」二字，「娟娟」既狀群松之貌，更狀群松之神。群松娟
娟，神志飛揚。即使你心隨流水去，恐怕也不會忘卻群松
姿。所以說這是「清奇」一例。〔註104〕

是故，「松」之為「奇」的原因有二：其一，以「娟娟」來形容「松」，
會令人有形象與感情總不貼切的感受，故以「娟娟」形容「松」，為
「奇」之所在。其二，「娟娟」不僅狀群松之貌，更狀群松之神，因
此，看似靜態樹立的群松，卻散發著令人難以忘懷的飛揚神志。「群
松」這般「靜」而「不靜」的表現，便再次構成「奇」之所在。然而，
相對「群松」的「靜」而「不靜」，「漪流」的「動」而「不動」，何
以不能使「下有漪流」的形象構成「奇」的風格，而只是「清」呢？
換言之，「下有漪流」當與「娟娟群松」一般，也可作為「奇」的審
美形象，又「下有漪流」既可作為「清」與「奇」的審美形象，則「娟
娟群松」也同樣可以作為「清」與「奇」的審美形象。楊廷芝《二十
四詩品淺解》即云：

深澗之中，有娟娟然幽深且遠者，非群松乎？其氣清，其
神亦清。「流」不必定為松下所宜，何況於「漪」？而茲乃

〔註104〕見詹幼馨著《司空圖詩品衍繹》(臺北：王記書坊，1985)，頁63
～64。

風來松下，水面成文，若有獨見其異者。〔註105〕

「娟娟群松」可以是深澗中一片松林的形象，令人直覺有靜謐、幽深的奇緻美感，也令人有一股神清、氣爽的清新氣息。「漪流」是風吹水面所形成的波紋，所以水面波紋的千變萬化，便爲「奇」的美感。另外，「水」本身明淨、清涼的本質形象，也令人直覺有「清」的美感。「娟娟群松」下固然不必定是「下有漪流」，但倘若將「娟娟群松」與「下有漪流」兩意象並置，則更能凸顯出「群松」之所以有「娟娟」的形象，乃因立身於深澗之中；而「漪流」之所以澄澈、清淨，也因位處於森林的幽谷中。如此，不僅可直接以「娟娟」的觀點來審美「群松」形象，避免落入「歲寒後凋」或「老龍鱗」等窠臼，也不至於用「形象與感情總不貼切」的說法，來爲「娟娟群松」之所以爲「奇」作牽強的解釋。

其次，「晴雪滿汀，隔溪漁舟」，楊廷芝《二十四詩品淺解》作「晴雪滿竹，隔溪漁舟」，而云：

> 竹清雪滿，竹則益清；而晴雪之滿乎竹，則清而尤清。「竹」一作「汀」、一作「林」。平土有叢木曰「林」，水際平地爲「汀」，皆不必從。靠溪見舟，何奇之有？遠隔乎溪，而見夫舟之匪去匪來、或行或止，若見若不見，飄搖欲仙矣。〔註106〕

楊廷芝主張「晴雪滿竹」的理由在於「竹」能增加「清」的美感，而「汀」、「林」二說皆不必從，則與下句「隔溪漁舟」有關。因爲，「汀」、「林」二說皆點出土地岸邊，與溪水距離較近，無法烘托出下句遠隔於溪，而見漁舟「匪去匪來、或行或止，若見若不見，飄搖欲仙矣」的「奇」的美感表現。「竹」的青蔥翠綠形象，的確有助「清」的美感表現，但倘依楊廷芝的說法，則「晴雪滿竹」與「隔溪漁舟」兩意

〔註105〕見（清）孫聯奎、楊廷芝著，孫昌熙、劉淦校點《司空圖詩品解說二種》（濟南：齊魯書社，1980），頁110。

〔註106〕見（清）孫聯奎、楊廷芝著，孫昌熙、劉淦校點《司空圖詩品解說二種》（濟南：齊魯書社，1980），頁110～111。

象，乃分別在表現「清」與「奇」的美感。換言之，「晴雪滿竹」僅在於表現「清」的美感，何「奇」之有？孫聯奎《詩品臆說》曾云：

> 雪爲晴雪，又滿綴竹上；竹清奇，滿竹晴雪又清奇。漁舟，
> 非估客船也，而又隔溪見之，眞可入畫。〔註107〕

縱使以「竹」爲「清奇」景象，但「晴雪滿竹」是滿竹皆爲晴雪所覆蓋的景象，如此「竹」的「清奇」美感形象，如何能被直覺得到呢？因此，當孫聯奎說「滿竹晴雪又清奇」時，構成「清奇」的美感形象已不在於「竹」，而是在於滿被晴雪所覆蓋的一片皚皚景色。是故，「晴雪滿竹」之說並未能完整的表現出「清奇」的美感。

「晴雪滿竹」與「晴雪滿汀」相較起來，前者是近距離的觀察發現，後者則是遠距離的忽然驚見。趙福壇云：

> 「晴雪滿汀，隔溪漁舟」寫的也是春景，晴雪滿汀，一
> 派清新氣象。因爲下雪時，天氣必陰晦，晴雪時，天氣
> 晴朗，水上洲渚鋪滿積雪，一片清奇明潔，給人以清奇
> 的感覺。〔註108〕

又詹幼馨亦指出：

> 「晴雪滿汀」，寫雪後初晴。於茫然一片雪白之中，透露出
> 清新的生意。一個「滿」字，既寫出汀上雪景之美，更寫
> 出乍見此景之時的人的心情的充實。〔註109〕

職是，「晴雪滿汀」勾勒出的是一幅晴朗天氣與一片白雪交相映的畫面，令人直覺有清新、透亮的美感。另外，「滿」字不僅點出雪量之多，也反映了觀者當下爲眼前雪景所感到的驚喜、奇特心理。因此，遠距離一片雪白、明淨的視覺角度與不期而遇的驚奇心理狀態，皆說明了「晴雪滿汀」的形象，更能表現出「清奇」的美感。此外，「晴雪滿汀」的遠距離視覺角度與「隔溪漁舟」的遠距離視覺角度也正相

〔註107〕 見（清）孫聯奎、楊廷芝著，孫昌膝、劉淦校點《司空圖詩品解說
二種》（濟南：齊魯書社，1980），頁34。

〔註108〕 見趙福壇箋釋，黃能升參證《詩品新釋》（廣州：花城出版社，1986），
頁147。

〔註109〕 見詹幼馨著《司空圖詩品衍繹》（臺北：王記書坊，1985），頁64。

呼應。所謂「靠溪見舟，何奇之有？」是故，「隔溪漁舟」同樣屬於一遠距離的視覺角度。所見漁舟之「奇」，除了有「飄搖欲仙」的美感外，詹幼馨有更獨到的見解，他說：

> 晴雪滿汀，不可能有漁舟出現而偏偏有漁舟出現，豈不可奇！滿汀晴雪依然寧靜未變，漁舟的出現是來自「隔溪」。這樣寫，既符合實際，又曲折多姿，而且使人想到漁舟的被發現，既可能來自視覺的反應，更可能因聽覺而形成。面對滿汀晴雪，耳聞隔溪漁舟，「欸乃一聲山水綠」，儘管為時尚早，可是，此景此情，怎不令人為之神往。〔註110〕

不應當是漁舟出現的時候，卻意外的有漁舟的出現，便自然的構成了一幅奇景。更進一步，還可以說這「清奇」的美感內涵，不僅在於漁舟的發現是來自視覺或聽覺，也在於難得有同樣興致者的存在。易言之，發現「隔溪漁舟」者的詩中人已屬難得的存在，而今又意外的發現有與己同樣雅致者的存在，如此，怎不令人對眼前的景致感到既清寂又驚訝呢？

最後，「可人如玉，步屧尋幽。載瞻載止，空碧悠悠。神出古異，澹不可收。如月之曙，如氣之秋」，郭紹虞的注解云：

> 可人，可意之人，言其最愜人意也。如玉，如玉之美，《詩·小雅·白駒》「其人如玉」。晉時裴楷風神高邁，時謂之玉人。此言清奇之人。屧，登山屧。尋幽探勝，又是清奇之事。以清奇之人為清奇之事，也就更能寫出清奇之境。〔註111〕

「可人如玉」指愜中人意過生活而又風神高邁的人。「可人」之所以為「清奇之人」，乃在於他能表現出如「玉」一般「清奇」的行儀風采。因此，「玉」本身清新、別緻的形象，即為「清奇」美感的象徵。如「玉」般「清奇」風采的具體內容為何？底下「步屧尋幽。載瞻載

〔註110〕見詹幼馨著《司空圖詩品衍繹》（臺北：王記書坊，1985），頁64。
〔註111〕見（唐）司空圖著，郭紹虞集解《詩品集解·續詩品注》（北京：人民文學出版社，2006），頁30。

止，空碧悠悠。神出古異，澹不可收。如月之曙，如氣之秋」便是「可
人」「清奇」風采的實踐。詹幼馨曾指出：

> ……從「娟娟群松」到「隔溪漁舟」，是「可人」一路尋來
> 的所見所聞，都曾「載瞻載止」過，到「空碧悠悠」，突然
> 由地下到天上，由近景到遠景，由具體的事物到抽象的思
> 念，使得幽境更幽，清奇之感更濃，人物的形象也就更突
> 出。這時的「可人」，正在佇足、翹首、遐觀、騁思。悠悠
> 空碧，心領神會，濁世煩囂，一洗而空。這樣的畫面，豈
> 非「神出古異」？〔註112〕

倘將「娟娟群松」、「下有漪流」、「晴雪滿汀」、「隔溪漁舟」等意象與
末八句「可人」尋幽的意象並置，則從「娟娟群松」到「隔溪漁舟」，
的確都可說是「可人」一路尋來的所見所聞。但到了「空碧悠悠」時，
卻不宜就此理解為所見所思突然由地下到天上、由近景到遠景、由具
體到抽象，因而幽境更幽，「清奇」之感更濃，是故「可人」有「神
出古異」的表現。楊廷芝《二十四詩品淺解》云：

> 載瞻而或遠望其氣，載止而或近觀其色；天浮空碧，其清
> 虛杳然而莫知其極，清亦奇矣。〔註113〕

又郭紹虞的注解云：

> 謂所觸者只是清奇之境。〔註114〕

因此，「空碧悠悠」與「娟娟群松」等形象一般，同屬「清奇」的審
美形象之一。審美「空碧悠悠」所引起的「神出古異，澹不可收」也
當與審美「娟娟群松」等形象所獲得的「清奇」美感一致，而與所見
所思是否突然由地下到天上、由近景到遠景、由具體到抽象等無關。
再之，末八句既可視為一完整、獨立的「可人」意象表現，則「可人」
的「神出古異，澹不可收」便直接來自「空碧悠悠」的形象直覺反應，

〔註112〕見詹幼馨著《司空圖詩品衍繹》（臺北：王記書坊，1985），頁65。
〔註113〕見（清）孫聯奎、楊廷芝著，孫昌膝、劉淦校點《司空圖詩品解說
　　　　二種》（濟南：齊魯書社，1980），頁111。
〔註114〕見（唐）司空圖著，郭紹虞集解《詩品集解・續詩品注》（北京：
　　　　人民文學出版社，2006），頁30。

與前文所構成的視角上下、遠近，所思具體、抽象等，並不相干。蔚藍的天空形象，令人直覺有清澈、明亮的美感，又所佔空間的寬闊長遠、無窮無盡，也不免令人稱奇、讚嘆。因此，「神出古異，澹不可收」，可以想見的是：「可人」心領神會於「清奇」美感表現時的出神畫面。

歷來學者對「神出古異」存有些不同的看法。如郭紹虞主張「神」出於「古異」，而云：

> 謂所存者只是清奇之想。心神出於高古奇異，自覺蕭然淡遠。〔註115〕

另外，詹幼馨認爲是「神出」而顯得「古異」，故云：

> 古異的神情出自「可人」，「可人」的神情之所以顯得「古異」，關鍵在於他不同流俗。這種遺世獨立的神情一出，就顯得古樸而異於常人。這種「古異」的姿態、神情表現得很自然、很隨便，所以給人以「澹不可收」的感覺。「澹不可收」，既與「空碧悠悠」呼應，說明大自然的幽景綿綿不斷；又把「神出古異」的一往深情曲曲傳達出來，表明了司空圖念茲在茲、企而望之的特定時代的特定心情。所以「神出古異，澹不可收」是這一品的關鍵，是分析司空圖對「清奇」這一概念所作的界說的依據。其所以要說它有特定的內容，原因也正在此。〔註116〕

「神出古異」倘謂「所存者只是清奇之想」，則「神出古異」的內容，便應指向「清奇」的美感反應，而不在於「神」是否出自於「古異」。因此，「神出」不妨作「出神」看，指形象直覺時的美感反應；「古異」不妨作「異古」看，指異於先前所有過的經驗之感。另外，「神出」而顯得「古異」之說，乃因詹幼馨認爲「神出古異」具有司空圖特定的深情內容，爲「清奇」一品重要的概念界說依據。司空圖特定的深

〔註115〕見（唐）司空圖著，郭紹虞集解《詩品集解・續詩品注》（北京：人民文學出版社，2006），頁30。
〔註116〕見詹幼馨著《司空圖詩品衍繹》（臺北：王記書坊，1985），頁65。

情內容爲何？詹幼馨云：

> 這個「可人」應該是司空圖所中意的人，是他的志同道合
> 者。「如玉」，就是他的處世哲學。「尋幽」，就是他的生活
> 實踐。「幽」，從字面看，指的是「娟娟群松⋯⋯隔溪漁舟」；
> 從實質看，就是遁世、避俗。一個「尋」字說明了他的志
> 向、他的追求、他的理想。〔註117〕

職是，司空圖念茲在茲、企而望之的特定時代的特定心情就是遁世、
避俗。如此不僅《二十四詩品》的「清奇」風格，儼然成爲司空圖才
獨有的特殊風格，甚且這樣的「清奇」內容也將直接指向遁世、避俗，
而不再是審美形象的美感內容。《二十四詩品》是否爲晚唐司空圖所
著，已有待商榷。再就文本來說，「載瞻載止，空碧悠悠」下接「神
出古異，澹不可收」，說明了「神出古異，澹不可收」是因審美了「空
碧悠悠」的形象後，才有的美感反應，而非是先有了「神出古異」的
特定深情，才將「娟娟群松」到「空碧悠悠」等形象作爲興發深情的
媒介。

　　「澹不可收」可與前文「空碧悠悠」相呼應，以再次強調眼前的
蔚藍天空是一晴空萬里、廣闊無邊的「清奇」形象。然而，以爲「澹
不可收」曲曲傳達出司空圖特定的一往深情，則不免倒果爲因，且抹
煞了「空碧悠悠」等作爲「清奇」美感形象的重要性。事實上，「神
出古異」下接「澹不可收」，無非說明了「澹不可收」與「神出古異」
一般，同屬審美「空碧悠悠」後的美感反應。因此，「澹不可收」意
謂著「空碧悠悠」的美感形象，令人感到清新、淡遠又驚奇不已。其
中，「澹」就清新、淡遠的美感說，而「不可收」就驚奇不已的美感
說。

　　此外，「神出古異，澹不可收」楊廷芝《二十四詩品淺解》作「神
出古心，淡不可收」，而云：

> 神，謂神奇。古心者，自然之天眞也。淡，謂平淡；不可

〔註117〕見詹幼馨著《司空圖詩品衍繹》（臺北：王記書坊，1985），頁65。

收，猶言不得遽欲收效也。神奇出于自然之天眞，則奇非
可以有意求矣。〔註118〕

曹冷泉以此說非也，而云：

按此二句語意雙關。就承上句來說，描述詩人的心理活動
或狀態；就詩境來說，謂清奇之詩品，具有如此二句所述
之古異的風格。〔註119〕

「神」出「古心」之說與「神」出「古異」之說一般，皆曲解了「神
出古異」作爲「清奇」美感反應的內容。「神出古異，澹不可收」可
謂「描述詩人的心理活動或狀態」，即就上句「空碧悠悠」的審美心
理反應而來。然而，說「清奇」的詩境具有「古異」的風格，則不免
又落入「神」出於「古異」的窠臼。

最後，「如月之曙，如氣之秋」，楊廷芝《二十四詩品淺解》云：

曙，東方明也。明則清，而月出于曙則奇。秋高氣爽，氣，
則時未秋而氣已秋。結言：「如月之曙，如氣之秋」，玩兩
「如」字，是緊接上文「空碧悠悠」「淡不可收」語意說。
惟清故奇，惟奇益清。清奇之象，有非言語所能傳，故借
月之曙、氣之秋以形之；然則曙、秋之清其奇也，不矯然
特異哉！其清奇不渾然脗化哉！〔註120〕

其中，杜黎均以「如月之曙，如氣之秋」是緊接上文語意爲不妥，而
認爲：

兩個「如」字引出兩句作結，實指全篇所云「清奇」之境
界。〔註121〕

事實上，「如月之曙」、「如氣之秋」雖分別爲兩個「清奇」的審美形
象，但因末八句「可人如玉，步屧尋幽。載瞻載止，空碧悠悠。神出

〔註118〕見（清）孫聯奎、楊廷芝著，孫昌熙、劉淦校點《司空圖詩品解說
二種》（濟南：齊魯書社，1980），頁111。

〔註119〕見曹冷泉注釋《詩品通釋》（西安：三秦出版社，1989），頁59。

〔註120〕見（清）孫聯奎、楊廷芝著，孫昌熙、劉淦校點《司空圖詩品解說
二種》（濟南：齊魯書社，1980），頁111～112。

〔註121〕見杜黎均著《二十四詩品譯注評析》（北京：北京出版社，1988），
頁141。

古異，淡不可收。如月之曙，如氣之秋」為一完整的意象表現，因此「如月之曙」、「如氣之秋」仍須緊接上文「空碧悠悠」、「淡不可收」等語意來說。甚且，「如月之曙」、「如氣之秋」也不適宜獨立出來作「清奇」風格的總結，因為它們只是一形象語言，代表「清奇」的審美形象，並不提供任何邏輯的明確論斷。職是，「神出古異，淡不可收」是來自審美「空碧悠悠」形象而有的「清奇」美感反應，「如月之曙，如氣之秋」又緊接「神出古異，淡不可收」來說，因此「如月之曙，如氣之秋」實可作為審美「空碧悠悠」形象的美感補充說明。然而，很特別的是《二十四詩品》於此並不用邏輯語言來做明確的論斷說明，而是代之以兩個「清奇」的審美形象。易言之，「清奇」的美感，實有「非言語所能傳，故借月之曙、氣之秋以形之」。比起邏輯語言的論斷解釋，用「清奇」意象的美感來解釋「清奇」意象的美感，或許將更為周延、精確。郭紹虞的注解云：

> 總結以上所言，再狀清奇之神。日月初離海之光曰曙。如
> 月之曙，言月光清明；如氣之秋，言秋氣高爽。合而觀之，
> 則「空碧悠悠」「澹不可收」之境，更覺形象化矣。〔註122〕

就「清奇」的美感反應而言，「如月之曙」、「如氣之秋」補充說明了「神出古異」何以「澹不可收」的原因。「澹不可收」後接「如月之曙，如氣之秋」，職是「如月之曙」的一片微明、清秀與「如氣之秋」的遍地清曠、爽朗，皆成為「清奇」美感反應——「澹」而「不可收」的最佳形象注解。此外，天將曙曉的月色令人直覺有清明、奇緻的美感，初秋的氣候也令人感到秋高氣爽而有一片清曠的別緻。因此，審美「空碧悠悠」的形象，便同「如月之曙」、「如氣之秋」的形象直覺一般，令人有「清」與「奇」的美感感受。同樣的，「如月之曙」、「如氣之秋」的形象直覺，也與審美「空碧悠悠」的形象一般，令人有「神出古異，澹不可收」的美感反應，其中「澹」就「清」的美感來說，

〔註122〕見（唐）司空圖著，郭紹虞集解《詩品集解・續詩品注》（北京：人民文學出版社，2006），頁30。

「不可收」則就「奇」的美感說。

職是，「清奇」的文體風格可以用「娟娟群松」、「下有漪流」、「晴雪滿汀」、「隔溪漁舟」、「可人如玉，步屧尋幽」、「載瞻載止，空碧悠悠」、「如月之曙」、「如氣之秋」等審美形象作爲象徵。「清奇」的文體風格兼具「清」與「奇」的美感，同樣令人有「神出古異，澹不可收」的美感反應。祖保泉曾云：

> 作者對「可人」的描繪，值得注意的是，他著重表現「可人」的淡泊神情。這也就是說，作者認爲，清奇的詩，它所表達的情趣和所使用的語言，都應該具有淡泊的特色。
> 〔註123〕

「澹不可收」除表現出「可人」的「淡泊」神情外，更實質的是指向審美「清奇」形象的美感反應。因此，《二十四詩品》對「可人」的描繪並非著重在「淡泊」的神情刻劃，而是在「可人」尋幽的「清奇」美感形象上。所以，探討「清奇」文體風格的特色，仍應回到「清奇」的美感內容上來找答案。「清奇」的詩所以說要具有「淡泊」的特色，其實也來自「澹不可收」的美感反應。楊廷芝《二十四詩品淺解》云：

> 凡物之有跡者可收，境之有盡者可收。淡則不著色相，不落邊際，神奇之極歸於平淡，平淡之至便是神奇，愈出愈奇，則不得而知其何以奇，又烏得而知其何以神耶？奇亦惟見其清光之常存耳，其可收乎？〔註124〕

「清奇」兼具「清」與「奇」的美感，其中「清」的美感往往令人感到「平淡」得「不著色相」、「不落邊際」。職是，「清奇」的文體風格便令人以爲要具有「淡泊」的特色。然而，與其說「淡泊」，倒不如名之爲「恬淡」，因爲「淡泊」是就「可人」的神情來說，而「恬淡」則是就「清奇」的形象而言。「奇亦惟見其清光之常存耳」可說是一

〔註123〕 見祖保泉著《司空圖詩品解說》（修訂本）（合肥：安徽人民出版社，1982），頁73。

〔註124〕 見（清）孫聯奎、楊廷芝著，孫昌熙、劉淦校點《司空圖詩品解說二種》（濟南：齊魯書社，1980），頁111。

典型的「清奇」美感形象。因爲，於「不著色相」、「不落邊際」的平
淡形象中，卻令人有耳目一新的清新感受，如此怎不令人又心生新奇
呢？職是，「清奇」的文體風格也在於要能表現出「神出古異，澹不
可收」的美感韻致，亦即令人有清新、恬淡，又不同於以往經驗的新
奇感受。

「清奇」文體風格的表現，可上溯至南朝齊代的謝朓。李白〈宣
州謝朓樓餞別校書叔雲〉曾云：

> 蓬萊文章建安骨，中間小謝又清發。俱懷逸興壯思飛，欲
> 上青天覽明月。〔註125〕

其中，「小謝」指謝朓，而他的詩李白即以「清」的美感視之。謝朓
「清」發的內容爲何？南朝梁‧鍾嶸《詩品》曾云：

> 齊吏部謝朓。其原出於謝混。微傷細密，頗在不倫。一章
> 之中，自有玉石。然奇章秀句，往往警道。足使叔源失步，
> 明遠變色。善自發詩端，而末篇多躓，此意銳而才弱也；
> 至爲後進士子之所嗟慕。朓極與余論詩，感激頓挫過其
> 文。〔註126〕

又明‧王世貞《藝苑卮言》亦云：

> 玄暉不唯工發端，撰造精麗，風華映人，一時之傑。青蓮
> 目無往古，獨三四稱服，形之詞詠。〈登九華山〉云：「恨
> 不攜謝朓驚人詩來。」特不如靈運者，匪直材力小弱，靈
> 運語徘而氣古，玄暉調徘而氣今。〔註127〕

職是，謝朓詩「清」發的美感內容，在於奇章秀句中有「自發詩端」
又「無往古」的「意銳」表現。因此，與謝靈運的詩相較起來，謝朓
詩令人有一新耳目的「氣今」感受。入唐後，鍾鍊語言以展現個人「意
銳」的寫詩風氣頗爲盛行。盛唐‧杜甫〈戲爲六絕句〉評自己作詩云：

〔註125〕見（清）王琦注《李太白全集》（臺北：華正書局，1979），頁861。
〔註126〕見（南朝梁）鍾嶸撰，陳延傑注釋《詩品注》（臺北：臺灣開明書
　　　　店，1995），頁28。
〔註127〕見丁福保輯《歷代詩話續編》（北京：中華書局，2006），頁996。

「不薄今人愛古人，清詞麗句必爲鄰」又〈江上值水如海勢聊短述〉
云：「爲人性僻耽佳句，語不驚人死不休」。〔註128〕晚唐‧李商隱〈韓
冬郎即席爲詩相送一座盡驚他日余于方追吟連宵侍坐徘徊久之句有
老成之風因成二絕寄酬兼呈畏之員外〉一詩，則讚美同時的韓偓云：
「雛鳳清於老鳳聲」。〔註129〕此外，五代‧韋莊〈題許渾詩卷〉也稱
許晚唐‧許渾詩云：「字字清新句句奇。」〔註130〕「自發詩端」又「無
往古」的「清」發風格在唐代的發展可見一斑。

　　北宋時，陳世修〈陽春集序〉曾稱讚南唐‧馮延巳的詞云：「觀
其思深辭麗，均律調新，眞清奇飄逸之才也」〔註131〕。於此，「清」、
「奇」合爲一詞以用來作爲文學批評。雖然與「飄逸」的風格連用，
但其中令人「思深」、「調新」等美感，仍可見「清奇」風格上承唐代
「清」發風格而來的發展痕跡。「清奇」文體風格的確立，可下推到
北宋‧黃庭堅。南宋‧陳巖肖《庚溪詩話》曾云：

> 本朝詩人與唐世相亢，其所得各不同，而俱自有妙處，不必
> 相蹈襲也。至山谷之詩，清新奇峭，頗造前人未嘗道處，自
> 爲一家，此其妙也。至古體詩，不拘聲律，間有歇後語，亦
> 清新奇峭之極也。然近時學其詩者，或未得其奇妙處，每有
> 所作，必使聲韻拗捩，詞語艱澀，曰「江西格」也。〔註132〕

黃庭堅「清新奇峭」的詩風特色在「造前人未嘗道處」又自有「奇妙」。
其中，「不拘聲律」、「間有歇後語」等表現形式，皆擴大、超越了唐
代以來的創作經驗。因此，黃庭堅的詩更令人有不同於以往經驗的清
新、奇緻感受。清‧張之洞〈過蕪湖吊袁漚簃四首‧四〉曾云：「江

〔註128〕分見楊倫編輯《杜詩鏡銓》（臺北：藝文印書館，1971），頁621與
　　　　557。
〔註129〕見（唐）李商隱著，（清）馮浩箋注《玉谿生詩集箋注》（臺北：里
　　　　仁書局，1981），頁486。
〔註130〕見齊濤箋注《韋莊詩詞箋注》（濟南：山東教育出版社，2002），頁
　　　　185。
〔註131〕見黃畬著《陽春集校著》（天津：天津古籍出版社，1993），頁140。
〔註132〕見丁福保輯《歷代詩話續編》（北京：中華書局，2006），頁182。

西崑派不堪吟,北宋清奇是雅音。」〔註133〕職是,與「聲韻拗捩」、「詞語艱澀」又未得「奇妙」的南宋江西詩社相較起來,北宋詩「清奇」文體風格的確立,當與黃庭堅「清新奇峭」的詩風有很密切的關係。

第五節　圓方不定,紆餘縈迴──委曲的審美韻致

《二十四詩品・委曲》云:

> 登彼太行,翠遶羊腸。杳靄流玉,悠悠花香。力之於時,
> 聲之於羌。似往已迴,如幽匪藏。水理漩洑,鵬風翱翔。
> 道不自器,與之圓方。〔註134〕

就章法言,孫聯奎主張前十句極力形容「委曲」之致,至「道不自器,與之圓方」才說到詩上,仍是正喻夾寫,以示「委曲」之方。〔註135〕又杜黎均也認為前四句用實象作比喻,引出篇章立意。中四句以虛象明理,深化題旨內涵。末四句仍以實象為喻,得出本篇結論,其中「道不自器,與之圓方」指出創造「委曲」的途徑和方法,是本篇一個很有分量的文學理論判斷。〔註136〕職是,本篇全是以比喻的方式來說明「委曲」的文體風格。然而,前十句用具體形象來表現「委曲」的美感風格,末二句「道不自器,與之圓方」則藉《周易》中「道」與「器」的觀念,來說明「委曲」的概念。由是,前十句為審美的形象語言,末二句屬概念的邏輯語言。「委曲」一品的篇章結構可以分析為:「登彼太行,翠遶羊腸」、「杳靄流玉,悠悠花香」、「力之於時,

---

〔註133〕見苑書義等主編《張之洞全集》(石家莊:河北人民出版社,1997),頁10579。

〔註134〕見(唐)司空圖著,郭紹虞集解《詩品集解・續詩品注》(北京:人民文學出版社,2006),頁31。

〔註135〕參見(清)孫聯奎、楊廷芝著,孫昌膝、劉淦校點《司空圖詩品解說二種》(濟南:齊魯書社,1980),頁36。

〔註136〕參見杜黎均著《二十四詩品譯注評析》(北京:北京出版社,1988),頁148～149。

聲之於羌。似往已迴，如幽匪藏」、「水理漩洑，鵬風翺翔」等，為「委曲」的審美形象；「道不自器，與之圓方」，為「委曲」的概念敘述。

就「委曲」的審美形象言，「登彼太行，翠遶羊腸」，郭紹虞的注解云：

> 羊腸，太行山阪通名。言其山路細微曲折如羊之腸。詩境之委曲似之，故以取喻。〔註137〕

職是，「太行」指太行山，「羊腸」則為太行山坡上，一段如羊腸的曲折小路。「登彼太行，翠繞羊腸」呈現的美感形象為何？詹幼馨云：

> 登太行山，曲曲而上。沿路佳木蔥蘢，青翠不斷。又是羊腸小道，路愈曲，境愈幽，而青翠之色連綿起伏，幾乎不見路徑。所以畫面上的動態是人在羊腸小道上繞翠而行。我們可以想像「山窮水複疑無路，柳暗花明又一村」，那種引人入勝的情境。但是，司空圖沒有說「繞翠」，而是說「翠繞」，意境又自不同。說「繞翠」，是以人為主；說「翠繞」，是以「翠」為主。那麼「翠繞羊腸」給人的印象，就是蔥蘢的翠色，跟隨著曲曲的羊腸小道而向前延伸，洋溢著一片生機。〔註138〕

「翠遶羊腸」給人的印象是，彷彿蔥蘢的翠色跟隨著曲曲的羊腸小道不斷的向前延伸。然而，何以有這樣的美感？其實是因有「人」的存在。上文「登彼太行」中的「登」字不僅暗示所處山勢的高，〔註139〕也點出「人」的存在。因此，「翠遶羊腸」可以是人站在山上高處，向下俯瞰一路走來的山路美感畫面；也可以是人行走在曲曲而上的羊腸小道中，望著前方不斷出現的蔥蘢佳木形象。蔥蘢佳木沿著山路生

〔註137〕見（唐）司空圖著，郭紹虞集解《詩品集解·續詩品注》（北京：人民文學出版社，2006），頁31。

〔註138〕見詹幼馨著《司空圖詩品衍繹》（臺北：王記書坊，1985），頁122。

〔註139〕趙福壇曾云：「前人解釋此二句，多半忽略了高字，只取彎曲義，似不切。『登彼太行』言山路又高又遠，『翠繞羊腸』指路之詰屈不直，且景致幽美。」見趙福壇箋釋，黃能升參證《詩品新釋》（廣州：花城出版社，1986），頁154。

長，一路青翠不斷，固然可說是洋溢著一片生機，然而「登彼太行，
翠遶羊腸」的美感表現，仍在於蔥蘢翠色隨著山路逶迤的形象中，令
人直覺有曲折蜿蜒又起伏連綿的美感。

其次，「杳靄流玉，悠悠花香」，郭紹虞的注解云：

> 杳靄，猶言其氣之杳冥也。流玉，猶云流水。顏延年〈贈
> 王太常〉詩：「玉水記方流，璇源載圓折。」李善〈文選注〉
> 引〈尸子〉：「凡水，其方折者有玉，其圓折者有珠。」此
> 品前二句言山路之曲折，此句言水流之曲折。不過取喻詩
> 境，不能專重曲折，故於山路則云翠遶，於水流則稱流玉，
> 並再以杳靄狀之。又以流水落花常相關連，因再由水而及
> 花。悠悠花香，言花氣襲人悠悠然無遠不到，無微不入，
> 亦委曲之至也。〔註140〕

《二十四詩品》以山路、雲氣、流水、花香等形象來取喻「委曲」詩
境，目的不專重在「曲折」而已，故於山路云「翠遶」、於水流稱「流
玉」等，還有什麼重要的內涵要表現呢？喬力進一步說：

> 由此則知，詩文固然重委曲，忌淺露質直；但是在曲折委
> 婉之中必須有生氣流動，形象鮮明，構成優美的意境，才
> 覺含蘊豐厚，勝境宜人。否則，猶如暗夜中行走於羊腸小
> 路上，但覺迷晦艱難，急於擺脫，又有何趣味？所以此處
> 寫山勢曲折則冠之於「翠繞」。翠繞者，綠樹四合，生機盈
> 溢，為此羊腸增添十分顏色，但覺曲徑通幽，不知折屈難
> 行。所以言水流則狀之以「流玉」。流玉者，在茫茫杳靄，
> 曲曲流水中，更顯得無波不折，麗質難泯。〔註141〕

職是，稱「翠遶」、「流玉」的原因，在點明「委曲」風格的詩必須在
曲折委婉外，另有「生氣流動」、「形象鮮明」、「優美意境」等內涵，
如此才能令人覺得「含蘊豐厚，勝境宜人」。然而，只要是成功的意
象表現，該形象本身就足以令人感到「生氣流動」、「形象鮮明」、「優

〔註140〕見（唐）司空圖著，郭紹虞集解《詩品集解‧續詩品注》（北京：
　　　　人民文學出版社，2006），頁31～32。
〔註141〕見喬力著《二十四詩品探微》（濟南：齊魯書社，1983），頁93～94。

美意境」，何需再稱之以「翠遶」、「流玉」來補足呢？易言之，「流玉」
依顏延年、李善的詩文注解來說既指「流水」，則「流玉」一詞實只
作爲「流水」的借代修辭。「流水」本身便具有「無波不折」、「麗質
難泯」等特質，並不會因爲是否稱之以「流玉」，而改變了它原有的
特質。再者，「流玉」作爲「委曲」的審美形象，主要是在表現曲折、
流變的美感，而不在強調如「流玉」般「無波不折」、「麗質難泯」等
特質。另外，「翠遶」與羊腸山路一般，同屬「委曲」的美感形象，
都在表現曲折蜿蜒、起伏連綿的美感，而不在訴諸生機的盈溢；否則
毫無生機的羊腸小道，便不能被視爲「委曲」風格的審美形象。因此，
冠之以「翠遶」並沒有就此增加了「羊腸」的「委曲」美感，當然也
就不另外具有「生氣流動」、「形象鮮明」、「優美意境」等作用。

　　職此，「委曲」風格除「曲折」外，還具有什麼樣的美感內容？
就「杳靄」、「流玉」、「悠悠花香」等「委曲」意象而言，幽暗深遠的
雲氣形象，令人直覺有縹緲不定的美感；蜿蜒曲折的流水，令人有綿
延不盡的美感；陣陣撲鼻的花香，則令人有沉靜淡遠的美感。又詹幼
馨曾云：

> 如果把「杳靄流玉」合起來看，既可理解爲水流之上霧氣
> 瀰滿，水流氣移，「共盡」委曲之狀；又可理解爲山光水色，
> 「各顯」其委曲之致。〔註142〕

將「杳靄」意象與「流玉」意象並置，則一方面「杳靄」的雲氣形象
可視爲如水流一般，一樣令人有悠遠綿長的美感。另一方面，「杳靄」
也可以視爲水面上所泛起的霧氣。河水浩浩湯湯的流動，將牽動水面
上霧氣的緩緩移動。因此，分看是水流與霧氣各自展現其綿遠修長的
委曲之致，合看則是霧氣隨著河水流動而變幻的委曲之狀。同樣的審
美角度，「悠悠花香」所表現出陣陣撲鼻的意象，也可看作是香氣隨
著空氣飄蕩而有的委曲之姿。「翠繞羊腸」是蔥蘢翠色隨著羊腸小道
不斷延伸的意象，因此也可看作是「翠遶」與「羊腸」在共譜「委曲」

〔註142〕見詹幼馨著《司空圖詩品衍繹》（臺北：王記書坊，1985），頁123。

之姿。是故,楊廷芝《二十四詩品淺解》對「委曲」的題解曾云:「委則任人,曲則由己。」〔註143〕然而,不論是「任人」或「由己」,皆相輔相成的在共同成就「委曲」的美感風格。

「杳靄流玉」,孫聯奎《詩品臆說》作「杳靄深玉」,而云:「細玩玉理,殊覺幽深」。〔註144〕不同「流玉」作「流水」解,「深玉」乃直接就「玉」本身的紋理形象說。於是,郭紹虞的注解云:

> 一說,流玉猶言藍田之玉,日暖生煙,其氣杳冥,如流
> 動然,故與悠悠花香對舉,並是無遠不到,無微不入之
> 意。〔註145〕

又喬力更直接說:

> 按,此亦即司空圖〈與極浦談詩書〉中「詩家之景,如藍
> 田日暖,良玉生烟,可望而不可置于眉睫前也」的意思,
> 強調隱與顯、虛與實的有機統一,更好地體現下面所說「似
> 往已回,如幽匪藏」的美學境界。〔註146〕

但弔詭的是,喬力《二十四詩品探微》的版本卻作「流玉」,而不作「深玉」。「深玉」倘要直指為「藍田之玉」,還必須與上文的「杳靄」並看,才能構成「藍田日暖,良玉生烟」的合理解釋。此外,縱使說「藍田之玉,日暖生煙,其氣杳冥,如流動然」也與前述「杳靄」、「流玉」所表現的意象美感並無二致,一樣都是在表現悠遠綿長的「委曲」美感,而不在強調隱與顯、虛與實的有機統一。

復次,「力之於時,聲之於羌。似往已迴,如幽匪藏」,詹幼馨主張「羌」是「羌笛」的省稱,「時」是「時力」的省稱,並且「力之於時」要與「似往已回」合起來看,「聲之於羌」要與「如幽匪藏」

〔註143〕 見(清)孫聯奎、楊廷芝著,孫昌熙、劉淦校點《司空圖詩品解說二種》(濟南:齊魯書社,1980),頁112。

〔註144〕 見(清)孫聯奎、楊廷芝著,孫昌熙、劉淦校點《司空圖詩品解說二種》(濟南:齊魯書社,1980),頁35。

〔註145〕 見(唐)司空圖著,郭紹虞集解《詩品集解‧續詩品注》(北京:人民文學出版社,2006),頁32。

〔註146〕 見喬力著《二十四詩品探微》(濟南:齊魯書社,1983),頁94。

合起來看。詹幼馨云：

> 古代有一種良弓名叫「時力」，據說「作之得時，力倍於
> 常」，所以叫「時力」。那麼，「力之於時」似乎可以理解
> 爲「著力於弓」。越是良弓硬弩，越要著大力。拉弓是爲
> 了射箭，弓拉得越滿，箭射出去越有力。一副弓箭在手，
> 作勢要射之時，首先給人感到的是「似往」，箭就要射出
> 去了；但是，實際動作不是這樣，而是握箭之手「已
> 回」。……弓拉得越「回」，箭「往」得越疾，這就是相反
> 相成。這個「似往已回」的過程，就充分地體現出了「委
> 曲」的作用和功力。……「藏」則盡。盡，就是無聲。「幽」
> 則微。微，就是細弱。「如幽」，形容笛聲細弱，細弱到幾
> 乎聽不見了；可是，「匪藏」，笛聲並沒有消失。是不是笛
> 聲持續不斷呢？其實不然。吹笛人有時是要停止吹奏的。
> 氣流中斷了，而笛聲還在縈迴，這就需要功力。這種功力
> 的表現，就屬於「委曲」。〔註147〕

用「錯綜」的修辭、「時力」的典故，頗能合理說明「力之於時，聲
之於羌」何以下接「似往已迴，如幽匪藏」。〔註148〕然而，詹幼馨以
弓拉得越「回」，箭「往」得越疾的「相反相成」過程說「委曲」，則
與前述「登彼太行，翠繞羊腸」、「杳靄流玉」、「悠悠花香」等「相輔
相成」所共盡的「委曲」不同。弓拉得越「回」，箭固然「往」得越
疾，但弓拉得越「回」時，只是在形成一種相反的「張力」，而不是
「委曲」。弓拉得越「回」，既不能作「委曲」看，則箭「往」得越疾、
越「直」，更不能解釋成「委曲」。此外，以餘音繞梁的笛聲說「委曲」，
固無不可，但「委曲」的韻致不應被當成是一種表演的技巧，而應作

〔註147〕見詹幼馨著《司空圖詩品衍繹》（臺北：王記書坊，1985），頁124
　　　　～125。

〔註148〕《史記・蘇秦列傳》載蘇秦說韓宣王曰：「……天下之彊弓勁弩皆
　　　　從韓出。谿子、少府時力、距來者，皆射六百里之外。」又裴駰《集
　　　　解》云：「時力者，謂作之得時，力倍於常，故名時力也。」見楊
　　　　家駱主編《新校本史記三家注并附編二種》（臺北：鼎文書局，
　　　　1997），頁2250～2251。

為一種審美的形象來看待。

「力之於時，聲之於羌。似往已迴，如幽匪藏」，楊廷芝《二十四詩品淺解》曾云：

> 凡我之所得舉，皆曰力。時，用之之時也。言力之於其用時，輕重低昂，無不因乎時之宜然。羌，楚人語詞。此作實字用，言其隨意用之，而無不婉轉如意也。如「羌無故實」，若直云「無故實」，則索然少味，惟用一「羌」字便覺曲曲傳神。一說「羌」即羌笛之「羌」，言羌笛之聲曲折盡致也。亦通。七、八句極力摹擬，言往反於回，乃似往而已迴者委耳；幽近於藏，乃如幽而匪藏者曲也。〔註149〕

職是，「時」字除了作「時力」的弓弩解外，還可解作「時機」。「力之於時」即是用力合乎時宜的意象表現。另外，「羌」字作「羌笛」解，則「聲之於羌」為羌笛聲音的意象表現，比起作「楚人詞語」來得更具有形象性。就「力之於時」、「聲之於羌」兩意象的完整表現而言，「力之於時，聲之於羌。似往已迴，如幽匪藏」不妨依詹幼馨獨到的見解作錯綜的文句看。由是，「力之於時」即使是作拉「時力」弓的形象看，一樣無礙於「委曲」的美感表現。因為，「力之於時」的「委曲」韻致並不在弓拉得越「回」，箭「往」得越疾的「相反相成」過程，而在於所謂「作之得時，力倍於常」。易言之，力量的大小必須隨當時所使用的弓弩作調整，才能得到事半功倍的效果。此外，「似往已迴」點出力量即使已使出了，但因「作之得時」，所以感覺到自己的力量還是充滿的。如此，方顯出「力」與「時」所共盡的「委曲」韻致表現——「力量」隨「時機」的改變而改變。另外，「聲之於羌」是餘音繞梁，三日不絕的形象直覺。「如幽匪藏」點出羌笛聲停止了，卻隱隱約約彷彿還可以聽見羌笛的聲音。如此，便是想像的聲音形象隨羌笛旋律的起伏而變幻。

〔註149〕見（清）孫聯奎、楊廷芝著，孫昌膝、劉淦校點《司空圖詩品解說二種》（濟南：齊魯書社，1980），頁112～113。

孫聯奎《詩品臆說》就「力之於時」一句，曾云：

此句就耕耘收穫說，自春而夏，自夏而秋，費多少力，經
多少委曲，然後得以粒食也。本文何不曰「農之於時」？
然劣矣。〔註150〕

又郭紹虞的注解云：

《列子·力命篇》「命曰，朕直而推之，曲而任之，自壽自
夭，自窮自達，自貴自賤，自富自貧，朕豈能識之哉！」
以「命」解「時」似亦可通。《臆說》解力為「農力」，稍
牽強。〔註151〕

「力之於時」既是用力合乎時宜的意象表現，則「力之於時」也可看
成是用力於農時的形象。只是「力之於時」不宜就耕耘收穫說，而應
就「農力」配合「農時」所共盡的「委曲」韻致說。曹冷泉即指出：

此處「時」字有時機之意。力之於時者，謂文學創作必須
精神貫注，到事物在每一時機之所宜然，而與之偕行，如
此始能盡委曲婉轉之致。〔註152〕

職是，「力之於時」也可作創作精神與寫作題材相偕行的形象看，其
所共盡的「委曲」韻致，便在於「力」能配合「時」的變化而改變。
「力」能「作之得時」，則「力之得時」的「時」字便指「用之之時」，
有「時機」的含義。因此，郭紹虞引《列子·力命篇》中的「力」「命」
之辯，而有以「命」解「時」的主張，曹冷泉便認為似為牽強。

最後，「水理漩洑，鵬風翱翔」，郭紹虞的注解云：

漩洑，回旋起伏也。水之理漩洑無定，隨乎勢也。《莊子·
逍遙遊》：「窮髮之北，有冥海者，天池也。有鳥焉，其名
為鵬，背若泰山，翼若垂天之雲，摶扶搖羊角而上者九萬
里。」羊角，謂其風曲折上行若羊角。此以旋風旋渦狀委

〔註150〕見（清）孫聯奎、楊廷芝著，孫昌熙、劉淦校點《司空圖詩品解說
二種》（濟南：齊魯書社，1980），頁36。
〔註151〕見（唐）司空圖著，郭紹虞集解《詩品集解·續詩品注》（北京：
人民文學出版社，2006），頁32。
〔註152〕見曹冷泉注釋《詩品通釋》（西安：三秦出版社，1989），頁62。

曲，亦説明出於自然之旨。〔註153〕

「水理漩洑」是海中暗流回旋起伏所形成的旋渦形象，令人直覺有綿長、深邃的美感。「鵬風翺翔」是曲折上行若羊角的旋風意象，令人有迴旋不斷、高不可測的美感。此外，「鵬風翺翔」也可以是鵬鳥乘著旋風偕行的形象，一樣是一種「力」與「時」所共盡的「委曲」韻致。「旋風」、「旋渦」皆屬大自然的現象之一，然而其所構成的「委曲」美感韻致並不適當就此説是出於「自然」，因爲並非自然現象，就得以作爲「委曲」的審美形象。

就「委曲」的概念敘述而論，「道不自器，與之圓方」，無名氏《詩品注釋》云：

> 器，拘也。如道之通融，酬應萬事，不以一器之形體自拘，惟因天下之或圓或方而與之圓方。〔註154〕

又楊廷芝《二十四詩品淺解》云：

> 不自器，不自拘於物也。道不自器，委心以任之，彼爲政；與之圓方，曲折以赴之，我爲政。〔註155〕

職是，「委曲」的風格如「道」之於「器」般，並不限定於一形一物，而能有融通、酬應萬事萬物的變化。〔註156〕由於不拘於一形一物，所以「委曲」的風格是曲折、不定的；又因要融通、酬應萬事萬物而變化，所以「委曲」的風格也具有「委心以任之」又「曲折以赴之」所共盡的美感，是修長綿遠、紆餘縈迴的。楊振綱《詩品解》即云：

> 案此即所云文章之妙全在轉者。轉則不板，轉則不窮，如

〔註153〕見（唐）司空圖著，郭紹虞集解《詩品集解‧續詩品注》（北京：人民文學出版社，2006），頁32。

〔註154〕見（唐）司空圖著，郭紹虞集解《詩品集解‧續詩品注》（北京：人民文學出版社，2006），頁32～33。

〔註155〕見（清）孫聯奎、楊廷芝著，孫昌膍、劉淦校點《司空圖詩品解説二種》（濟南：齊魯書社，1980），頁113。

〔註156〕《周易‧繫辭上》云：「是故形而上者謂之道，形而下者謂之器，化而裁之謂之變，推而行之謂之通，舉而錯之天下之民謂之事業。」見（清）阮元刊刻《十三經注疏‧周易》（臺北：藝文印書館，2003），頁158。

游名山，到山窮水盡處，忽又峰迴路轉，另有一種洞天，
使人應接不暇，則耳目大快。然曲有二種，有以折轉爲曲
者，有以不肯直下爲曲者，如抽繭絲，愈抽愈有，如剝蕉
心，愈剝愈出。又如繩伎飛空，看似隨手牽來，卻又被風
颺去，皆曲也。然此行文之曲耳。至於心思之曲，則如「遙
知楊柳是門處，似隔芙蓉無路通」，又曰「祇言花似雪，不
悟有香來」。或始信而忽疑，或始疑而忽信，總以不肯直遂，
所以爲佳。〔註157〕

不論是「如抽繭絲」、「如剝蕉心」、「如繩伎飛空」等行文之曲，還是
「始信忽疑」、「始疑忽信」的心思之曲。總之，這樣「不肯直遂」的
紆曲轉折便是「委曲」文體風格的韻致表現，也令人感到文章的妙處
全在「轉」者。

　　「道不自器」的「道」祖保泉認爲指作品的具體內容，而詩文的
「委曲」也是由作品的具體內容所決定。〔註158〕「委曲」的文體風
格可說是由作品的具體內容所決定，乃因「委曲」文體風格的表現，
來自文章內容所構成的形象。然而，「道」是否仍指作品的具體內容，
則有待商榷。一樣從寫作的內容觀點出發，詹幼馨以爲：

　　「道」，指寫作之道。「不自器」，就是不拘於一格，不定於
　　一式。「之」，指主題，指寫作的需要。「圓方」，指委曲多
　　姿，也指曲與直的配合。〔註159〕

「道」，指寫作之道，則明顯是從創作論的觀點來談「委曲」。因此，
「委曲」的文體風格內容遂指向「不拘於一格」、「不定於一式」的寫
作方式。然而，「道不自器，與之圓方」既是以比喻的方式來說明「委
曲」風格的概念，則意謂「委曲」即如「道」一般「不自器」。易言
之，「道不自器」中「道」的內容應就「委曲」的文體風格來說。此

〔註157〕見（唐）司空圖著，郭紹虞集解《詩品集解・續詩品注》（北京：
　　　　人民文學出版社，2006），頁33。
〔註158〕參見祖保泉著《司空圖詩品解說》（修訂本）（合肥：安徽人民出版
　　　　社，1982），頁76。
〔註159〕見詹幼馨著《司空圖詩品衍繹》（臺北：王記書坊，1985），頁126。

外，再從「不自器」、「與之圓方」的角度來談，「道」不拘限於一種
形器，而能隨各種形器或圓或方，也與「委曲」風格的「曲折不定」、
「委心以任之」、「曲折以赴之」等特質相符。因此，「道不自器」的
「道」指的就是「委曲」的文體風格。至於「與之圓方」的「之」字
所指爲何？孫聯奎《詩品臆說》曾云：

> 《國策》觸龔說趙太后，本是欲長安君質齊，乃手揮目送，
> 旁敲遠擊，絕不使直筆，絕不犯正位，委委曲曲，而未言
> 之隱，自能令人首肯。此所謂登彼太行，翠繞羊腸者也。
> 〔註160〕

職是，文章內容之所以要構成或「圓」或「方」的「委曲」風格，目
的無非是要達成文章主旨的完整、有效傳達。因此，「道不自器，與
之圓方」意指「委曲」的文體風格表現即文章內容所構成的「委曲」
形象，必須隨文章主旨的完整、有效傳達而有所變化，而其中「之」
字指的便是文章的主旨。〔註161〕

杜黎均曾主張「之」字爲「器」，而「器」爲具體事物形狀。於
是「道不自器，與之圓方」杜黎均即注釋云：

> 法則不要拘泥於實際物象，應該與實際物象相符合，方圓
> 適當。〔註162〕

然而，既要「與實際物象相符合」又「不要拘泥於實際物象」，兩者
明顯矛盾，如何能做得到呢？又杜黎均的今譯云：

> 章法變化不要有固定程式，應隨著內容需要或圓或方。
> 〔註163〕

〔註160〕見（清）孫聯奎、楊廷芝著，孫昌熙、劉淦校點《司空圖詩品解說
二種》（濟南：齊魯書社，1980），頁35。

〔註161〕「與之圓方」的「之」字，《四品匯鈔》本作「時」字。雖然與上
文「力之於時」相應，但「與時圓方」所表現出的「委曲」風格內
容，也將涵攝在「力」與「時」所共盡的美感中。

〔註162〕見杜黎均著《二十四詩品譯注評析》（北京：北京出版社，1988），
頁147。

〔註163〕見杜黎均著《二十四詩品譯注評析》（北京：北京出版社，1988），
頁148。

換言之，創造「委曲」境界的方法必須是隨著「內容需要」而方圓適當。於此，「之」字明顯又指為「內容需要」。然而，應被隨著的「內容」，倘不指向文章主旨，又能指什麼呢？

職是，「委曲」的文體風格可用「登彼太行，翠繞羊腸」、「杳靄」、「流玉」、「悠悠花香」、「力之於時，聲之於羌。似往已迴，如幽匪藏」、「水理漩洑」、「鵬風翱翔」等審美形象作為象徵。詹幼馨曾云：

> 「委曲」，有委婉、曲折的意思。與「直抒胸臆」相對而言。
> 分開來說：「委」，可以從發展的眼光看其持續性，有由源及流、原原本本、含而不盡之意。盡，則淺；「曲」，可以從發展的眼光看其變易性，有守經從權、因勢變化、動而不定之意。定，則直。〔註164〕

詹幼馨的「委曲分說」擴大、充實了楊廷芝「委則任人，曲則由己」的說法。然而，「委曲」固然可以分說，但「委曲」的文體風格卻不應當分開來看。因為，不論是「委」或「曲」的說法，其所謂「持續性」、「不盡之意」、「守經從權」、「因勢變化」、「不定之意」等特質，其實都是「委曲」美感內容的表現。易言之，「委曲」的文體風格固然令人感到有「任人」與「由己」所共盡的美感韻致，但不論是分看或合看，其實都是「委曲」的美感表現。此外，《文心雕龍·定勢》云：

> 夫情致異區，文變殊術，莫不因情立體，即體成勢也。勢者，乘利而為制也。如機發矢直，澗曲湍回，自然之趣也。圓者規體，其勢也自轉；方者矩體，其勢也自安；文章體勢，如斯而已。〔註165〕

於此，《文心雕龍》以「圓體自轉」、「方體自安」等喻文章風格，但不同的是《二十四詩品》的「道不自器，與之圓方」便意謂著不把「委曲」的文體風格只限定在「圓」而已，而是包含了「圓」與「方」所

〔註164〕見詹幼馨著《司空圖詩品衍繹》（臺北：王記書坊，1985），頁122。
〔註165〕見（梁）劉勰著，王更生注譯《文心雕龍讀本》下篇（臺北：文史哲出版社，2004），頁62。

構成的「委曲」。換言之,《二十四詩品》的「委曲」文體風格雖然委婉、曲折,但不應當就此以「圓體自轉」的內容來界定《二十四詩品》的「委曲」文體風格。黃能升就「道不自器,與之圓方」二句曾云:

> 此言道之爲物,本無定形,而能曲應萬物,遇方則方,遇圓則圓。詩文之委曲者亦如是。〔註166〕

又曹冷泉亦云:

> 所謂委曲,即在反映自然中的事物在每一時機中之所宜然也。〔註167〕

職是,《二十四詩品》的「委曲」文體風格,除了在審美形象上令人有曲折不定、紆餘縈迴的美感外,「委曲」形象隨文章主旨完整、有效的傳達而轉折變化,也構成了另一種「遇方則方,遇圓則圓」的「委曲」美感。孫聯奎《詩品臆說》曾云:「一語耐人十日思,委曲故也。」〔註168〕是故,「委曲」的文體風格所以圓方不定、紆餘縈迴,正可說是這耐人尋思與深遠含義的形象化表現。

從「道不自器,與之圓方」中,可以清楚辨識到《二十四詩品》對《文心雕龍》「圓」體風格的繼承與發展。《二十四詩品》的「委曲」已不再只是「其勢自轉」的「圓」體內容,而是包含了「圓」體、「方」體所共構出的文體風格。「委曲」一詞作爲詩學上的批評用語,直到宋代才較爲普遍。北宋‧呂本中《童蒙詩訓》云:

> 文章紆餘委曲,說盡事理,惟歐陽公得之。〔註169〕

又南宋‧姜夔《白石道人詩說》云:

> 詩之不工,只是不精思耳。不思而作,雖多亦奚爲?雕刻傷氣,敷衍露骨。若鄙而不精巧,是不雕刻之過;拙而無

〔註166〕 見趙福壇箋釋,黃能升參證《詩品新釋》(廣州:花城出版社,1986),頁162。

〔註167〕 見曹冷泉注釋《詩品通釋》(西安:三秦出版社,1989),頁63。

〔註168〕 見(清)孫聯奎、楊廷芝著,孫昌熙、劉淦校點《司空圖詩品解說二種》(濟南:齊魯書社,1980),頁35~36。

〔註169〕 見吳文治主編《宋詩話全編》(南京:江蘇古籍出版社,1998),頁2901。

委曲，是不敷衍之過。〔註170〕

其中「紆餘委曲」而能「說盡事理」，便具有《二十四詩品》「道不自器，與之圓方」的影子，亦即文章內容所構成的「委曲」形象，能隨文章主旨的完整、有效傳達而表現，展現一種「任人」與「由己」所共譜的美感韻致。另外，《白石道人詩說》中「敷衍」而不「露骨」的「委曲」內容，也與《二十四詩品》中「不肯直遂」而「紆曲轉折」的「委曲」文體風格相呼應。

第六節　直截通透，當下即是——實境的審美韻致

《二十四詩品·實境》云：

> 取語甚直，計思匪深。忽逢幽人，如見道心。清澗之曲，
> 碧松之陰。一客荷樵，一客聽琴。情性所至，妙不自尋。
> 遇之自天，泠然希音。〔註171〕

就章法而言，祖保泉認為首四句可看作是「實境」的直接解說，中四句借描繪幽人形象來顯示質實的境界，末四句則提出「實境」的寫作要求。〔註172〕另外，杜黎均則認為首二句是「實境」的理論總綱，是從「語」（形式）和「思」（內容）兩個因素，來概括「實境」風格的要求。清澗以下四句，用景和人的形象來象徵「實境」之態。最後，「遇之自天，泠然希音」不僅申明「情性所至，妙不自尋」，也兼括全篇。〔註173〕職是，中四句明顯為形象語言，為「實境」風格的美

〔註170〕見（清）何文煥輯《歷代詩話》（北京：中華書局，2006），頁680。

〔註171〕見（唐）司空圖著，郭紹虞集解《詩品集解·續詩品注》（北京：人民文學出版社，2006），頁33～34。

〔註172〕參見祖保泉著《司空圖詩品解說》（修訂本）（合肥：安徽人民出版社，1982），頁78。

〔註173〕參見杜黎均著《二十四詩品譯注評析》（北京：北京出版社，1988），頁151～154。「遇之自天，泠然希音」孫聯奎《詩品臆說》亦曾云：「此復申明上二句，而以餘音收之。」見（清）孫聯奎、楊廷芝著，孫昌膝、劉淦校點《司空圖詩品解說二種》（濟南：齊魯書社，1980），頁37～38。又楊廷芝《二十四詩品淺解》云：「應上詠嘆結。」見（清）孫聯奎、楊廷芝著，孫昌膝、劉淦校點《司空圖詩品解說二

感表現；「遇之自天，泠然希音」則屬邏輯語言，爲「實境」風格的
概念說明。「情性所至，妙不自尋」何以能作爲「遇之自天，泠然希
音」的申明對象？曹冷泉有很獨到的見解，他說：

> 以上四句（「清澗之曲，碧松之陰。一客荷樵，一客聽琴」）
> 所展示的圖畫，以明實境中自具美趣。不過，所謂實境必
> 須通過作者審美觀點，進行藝術概括，始能轉化爲藝術的
> 美。作者或未能認識到這一問題，但在下文指出：情性所
> 至，妙不自尋。是已意識到主觀的美感（情性）與藝術形
> 象的陶鑄的關係了。〔註174〕

是故，「清澗之曲，碧松之陰。一客荷樵，一客聽琴」的「實境」美
趣，即爲下句「情性所至，妙不自尋」所點化開來。因此，「情性所
至，妙不自尋」不妨作形象語言看，以與「清澗之曲，碧松之陰。一
客荷樵，一客聽琴」併作一獨立的「實境」意象表現。至於首四句，
要歸屬概念說明的邏輯語言，還是美感表現的形象語言呢？「忽逢幽
人，如見道心」明顯是一形象語言，又杜黎均的今譯亦云：

> 選取用語極其質樸，作品構思也不艱深。正像忽然遇見一
> 位高雅的人，一下就領悟了他那道的精神。〔註175〕

職是，「忽逢幽人，如見道心」是「取語甚直，計思匪深」的形象化
表現，則首四句可一併作「實境」的形象語言看。由此，「實境」一
品的篇章結構可以分析爲：「取語甚直，計思匪深。忽逢幽人，如見
道心」、「清澗之曲，碧松之陰。一客荷樵，一客聽琴。情性所致，妙
不自尋」等，爲實境的審美形象；「遇之自天，泠然希音」，爲實境的
概念敘述。

　　就「實境」的審美形象言，「取語甚直，計思匪深。忽逢幽人，
如見道心」，郭紹虞的注解云：

　　　種》（濟南：齊魯書社，1980），頁114。
〔註174〕見曹冷泉注釋《詩品通釋》（西安：三秦出版社，1989），頁65。
〔註175〕見杜黎均著《二十四詩品譯注評析》（北京：北京出版社，1988），
　　　頁152。

　　　　　幽人，幽隱之人，本不易逢。道心，大道之心，亦不易見。

　　　　　曰「逢」曰「見」，說得著實，亦見得切實。曰「忽逢」曰

　　　　　「如見」，又說得空靈，正見實境是從天機來也。〔註176〕

「幽人」是不易遇到的對象，「道」是不易悟得的哲理，但「忽逢」

二字點出一次偶然的機會，得與「幽人」相遇，而所得的美感便是「如

見道心」。何以「忽逢幽人」能有「如見道心」的美感感受？孫聯奎

《詩品臆說》即指出：

　　　　　荷樵、聽琴，高甚、雅甚，逢此幽人，道在是矣。道心不

　　　　　如見乎？〔註177〕

因此，「幽人」雖是荷樵、聽琴等幽隱之人，但與不易悟得的「道」

卻有必然的關聯。「幽人」與「道」密切的關係表現，便在於「逢此

幽人」則「道在是矣」。所以說「忽逢幽人」的意象表現，能令人有

「如見道心」的美感。再進一步說，「道」是人們極力想理解卻又不

易參透的哲理，而一次「忽逢幽人」的經驗，卻能令人有悟「道」的

難得經驗，於是對現實的世界有了另一番完全不同的眞實體驗。職

是，「實境」的美感，不僅在於有「忽逢幽人」的實際經驗，更在於

有「如見道心」的「眞實」體驗。〔註178〕

　　另外，「忽逢幽人，如見道心」既是「取語甚直，計思匪深」的

形象化表現，則「實境」文體風格的語言特色便可說是「取語甚直，

計思匪深」。無名氏《詩品注釋》曾云：

　　　　　取語甚直，言所採取之語甚覺直實，無紆曲也。計思匪深，

　　　　　言較論其所運之思亦覺淺露，非深微也。〔註179〕

〔註176〕見（唐）司空圖著，郭紹虞集解《詩品集解・續詩品注》（北京：
　　　　　人民文學出版社，2006），頁34。

〔註177〕見（清）孫聯奎、楊廷芝著，孫昌熙、劉淦校點《司空圖詩品解說
　　　　　二種》（濟南：齊魯書社，1980），頁37。

〔註178〕曹冷泉也曾指出：「道心在此以喻詩境中所顯示的神理意趣。」見
　　　　　曹冷泉注釋《詩品通釋》（西安：三秦出版社，1989），頁64。是故，
　　　　　「實境」文體的美感內容便在「道心」上，即以「道心」爲喻的神
　　　　　理意趣。

〔註179〕見（唐）司空圖著，郭紹虞集解《詩品集解・續詩品注》（北京：

如果「取語甚直」僅就字面意思解作直實、無紆曲的語言，「計思匪深」解作淺露、無深微的運思。那麼，「實境」的文體風格便會如趙福壇所云：

> 這四句寫實境的表現，說明實境藝術特點是，詩語非常直實，無紆曲，不塗飾，直截了當地把實情、實事表達出來，使人一目了然。〔註180〕

僅將實情、實事用非常直實，無紆曲，不塗飾的語言表達出來，終究將只是一客觀的「實情」、「實事」的紀錄陳述而已。人們在閱讀文字後的所得，只是該「實情」、「實事」的客觀知識，而非眞情至性的感知。易言之，「取語甚直，計思匪深」倘只是直截了當的把實情、實事表達出來，而不具有對現實世界的「眞實」情感反映，那麼這樣的文字作品將只有「文獻」價值，而不具有「藝術」價值。從另一個角度來說，「取語甚直，計思匪深」下接「忽逢幽人，如見道心」，其實也暗示出「取語甚直，計思匪深」並不只有表面字義的含義。詹幼馨即云：

> 「如見道心」，則「計思匪深」而自深；「忽逢幽人」，則「取語甚直」而不直。其所以能夠「直」而不露、「淺」而不淡，就因爲作者善於抓住實境中的最本質的東西，最能反映思想感情的東西。〔註181〕

一次「忽逢幽人」的經驗，便能有「如見道心」的立即、深刻感受。因此，所謂「取語甚直」、「計思匪深」者，從文字的表達來說，便點出其「立即性」；就反映的內容來看，則暗示有其「深刻性」。所謂深刻的內容，便在於「取語甚直，計思匪深」能抓得住文學藝術最本質的東西。是故，「實境」文體風格的語言特色兼具文字表達的「立即性」與反映內容的「深刻性」。「立即性」的文字表達，何以能有「深

人民文學出版社，2006），頁34。

〔註180〕見趙福壇箋釋，黃能升參證《詩品新釋》（廣州：花城出版社，1986），頁164～165。

〔註181〕見詹幼馨著《司空圖詩品衍繹》（臺北：王記書坊，1985），頁108。

刻性」的內容反映？楊廷芝《二十四詩品淺解》云：

> 首言：語之取其甚直者，皆出於實，計其意境不爲深遠，
> 當前即是。〔註182〕

於此，「取語甚直」者，是因「皆出於實」；「計思匪深」者，乃因「當前即是」。然而，「取語甚直，計思匪深」所以能有內容深刻的反映，是因爲抓得住文學藝術最本質的東西，因此對現實世界有「當下即是」的「眞實」情感反應，便是所謂「當前即是」，也同時是「皆出於實」的「實」者內容。

　　此外，再將「取語甚直，計思匪深。忽逢幽人，如見道心」作一審美的意象表現來觀察，更會發現「忽逢幽人」的形象直覺，不僅令人有「如見道心」的美感，也令人有「取語甚直」、「計思匪深」的直接、通透美感。「幽人」的存在即「道心」的存在，因此「忽逢幽人」便是「如見道心」。曰「忽逢」、曰「如見」，說得並不空靈，反而訴諸的是一種立即、貼切的實在感受。因爲，「如見道心」是人對深奧哲理的「道」所擁有的頓悟經驗。如此直接的領悟，難以用語言作完整的形容、表達。因此「取語甚直」暗指「忽逢幽人」的「實境」美感難以用多餘的語言來形容，故「如見道心」即是對「忽逢幽人」毫無紆曲而直接的美感表達。另外，「計思匪深」也暗示人對「道」的領悟，即「實境」風格的美感內容，並不是精密、嚴整的思考，而是「當下即是」的心領神會。〔註183〕

　　其次，「清澗之曲，碧松之陰。一客荷樵，一客聽琴。情性所致，妙不自尋」，楊廷芝《二十四詩品淺解》云：

〔註182〕見（清）孫聯奎、楊廷芝著，孫昌熙、劉淦校點《司空圖詩品解說二種》（濟南：齊魯書社，1980），頁114。

〔註183〕詹幼馨亦曾云：「『取語』盡管『甚直』，『計思』盡管『匪深』，但是，它體現了『勝境』，引人入勝；它形成了『意境』，耐人尋味，這就比隱晦曲折，玄奧莫測的作品高明多了。」見詹幼馨著《司空圖詩品衍繹》（臺北：王記書坊，1985），頁107。職是，「實境」的文體風格絕不是指「直截了當地把實情、實事表達出來」，也不是指隱晦曲折、玄奧莫測的作品。

> 清澗之曲，境之深；碧松之陰，境之幽；荷樵時，行則行，
> 境之動；聽琴時，止則止，境之靜。清澗二句，就境寫境；
> 一客二句，就人寫境。情性所至，無非是實。妙不自尋，
> 蓋言妙境獨造，非己所自尋者也。〔註184〕

「情性所致，妙不自尋」是「清澗之曲，碧松之陰。一客荷樵，一客
聽琴」的美感內容。何以能有這樣的美感內容？楊廷芝以爲「無非是
實」又「妙境獨造」。職是，構成「實境」文體風格的「實」與「妙
境」，便值得一探究竟。

「清澗之曲，碧松之陰。一客荷樵，一客聽琴」所展現的美感形
象，喬力曾云：

> 清澗淙淙流去，純然是一曲天籟；碧松亭亭如蓋，濃陰遮
> 地；一客荷樵而來，一客聽琴不去。這些皆是實見之境，
> 實聞之聲，實有之情，無絲毫虛矯處，故自含一片天機。
> 或說，碧松枝落，可供客採樵；而清澗幽曲，更與琴音無
> 異；宜使客留連不去，當共幽人之道心相爲映發。〔註185〕

「清澗之曲」、「碧松之陰」、「一客荷樵」、「一客聽琴」等皆是「實見
之境」、「實聞之聲」，但「實有之情」則來自「清澗之曲，碧松之陰。
一客荷樵，一客聽琴」的意象美感，即「情性所至，妙不自尋」的感
發內容。「情性所至，妙不自尋」的感發內容爲何？曹冷泉曾云：

> 情性所至者，謂我之情性對某些事物有所領悟，而激發起
> 審美的活動。妙不自尋者，謂其妙在於情與景相遇也。此
> 二句大意謂詩之妙境在我之情性與事物之精神，猝然湊
> 合，不待勞神疲精以求之。〔註186〕

於此，曹冷泉以「情性所至」爲對事物「領悟」後，所激起的「審美
活動」。換言之，「清澗之曲，碧松之陰。一客荷樵，一客聽琴」的形
象，必須先經過一番「領悟」後，才能有「審美」的內容。然而，領

〔註184〕見（清）孫聯奎、楊廷芝著，孫昌熙、劉淦校點《司空圖詩品解說
二種》（濟南：齊魯書社，1980），頁 114。

〔註185〕見喬力著《二十四詩品探微》（濟南：齊魯書社，1983），頁 102。

〔註186〕見曹冷泉注釋《詩品通釋》（西安：三秦出版社，1989），頁 65。

悟的內容倘與審美的內容不一致，則領悟的內容又能指什麼？又如果
審美內容與領悟內容相一致的話，那麼「無概念性」的「審美活動」
前，如何能有「概念性」的「領悟活動」？〔註187〕因此，「清澗之曲，
碧松之陰。一客荷樵，一客聽琴」的形象直覺，即是審美的活動，而
「情性所至，妙不自尋」則爲審美活動後，所得的美感。所謂「實有
之情」、「自含一片天機」、「妙境」等，皆指「情性所至，妙不自尋」
的感發內容而言，即令人有「我之情性與事物之精神，猝然湊合」的
美感。職是，構成「實境」文體風格的「實」與「妙境」，不僅在於
有「實見之境」、「實聞之聲」，更在於有「實有之情」，而「實有之情」
的感發經驗，即「妙境」所以爲「妙」的關鍵所在。〔註188〕

　　「實境」的文體風格，如何表現出「我之情性與事物之精神，猝
然湊合」的美感？就「清澗之曲，碧松之陰。一客荷樵，一客聽琴」
所展現的審美形象而言，可以是「清澗之曲，碧松之陰」的環境下，
有一客荷樵而來，一客聽琴不去的畫面。也可以是「清澗之曲」與「一
客聽琴」，「碧松之陰」與「一客荷樵」等意象並置的畫面。先就後者
來說，「清澗之曲」是山間水流的聲響，當與「琴聲」並置時，則清
脆的水流聲響便宛如鏗鏘的琴聲，被悅耳的演奏著；而當下聽得的琴

〔註187〕 「審美活動」與「領悟」明顯的不同在於前者是「無概念性」，而
　　　　後者是有「概念性」。德國美學家康德（Kant）即指出：「審美判斷
　　　　之質相是說審美判斷之無任何利害關心或利害興趣者；其量相是說
　　　　其『無待於概念』的普遍性；其關係相是說其『無目的』的合目的
　　　　性；其程態相是說其『無待於概念』的主觀必然性。」見牟宗三譯
　　　　註《康德：判斷力之批判》上冊（臺北：臺灣學生書局，1993），
　　　　頁162。

〔註188〕 孫聯奎《詩品臆說》即曾云：「詩道性情，不性情，尋煞未必能妙」
　　　　見（清）孫聯奎、楊廷芝著，孫昌熙、劉淦校點《司空圖詩品解
　　　　說二種》（濟南：齊魯書社，1980），頁37。又詹幼馨亦云：「所謂
　　　　『妙不自尋』，意爲不自尋其妙而得妙，也就是不刻意求工而自
　　　　工。也就是雖然『取語甚直，計思匪深』，而實際上仍然起到感人
　　　　至深的作用，那麼原因何在呢？原因就在『情性所至』四個字上。」
　　　　見詹幼馨著《司空圖詩品衍繹》（臺北：王記書坊，1985），頁109
　　　　～110。

聲，也宛如天籟般，源源不斷的流動出來。〔註189〕「碧松之陰」與
其說可供客採樵，倒不如視爲可供休憩的地方。因爲採樵是勞動工
作，是認知情境的活動；休息則是停止工作，是欣賞情境的活動。「一
客荷樵」是一樵夫荷擔柴木而來的意象，稱其爲「客」，則點出樵夫
只是大自然間的一個「過客」身分。因此，「碧松之陰」與「一客荷
樵」意象並置時，則綠樹成蔭的松林立刻與樵夫一路荷擔柴木而來的
辛苦形成強烈對比。「碧松之陰」儼然成爲樵夫身體與心靈最佳的放
鬆場域。因爲在碧松濃蔭下，不僅一路走來的辛苦、疲憊，可以得到
立即的紓解，甚且一路投注於工作情境的焦急心靈，也可以在此地獲
得舒適的解放。此外，樵夫手邊一擔的柴木與頭頂一片的樹蔭也相映
成趣。松林的柴木不僅提供了樵夫實質上的經濟來源，一片濃蔭的碧
松意象更成爲庇蔭樵夫生活的最佳象徵。再就「清澗之曲，碧松之陰」
環境下，有一客荷樵而來，一客聽琴不去的審美形象說，則不僅「清
澗之曲」的清幽美感，助長了「碧松之陰」成爲樵夫的最佳清靜休息
空間；「碧松之陰」下樹蔭成風的風流美感，也將增進聽琴者聆聽音
樂的想像。「一客荷樵，一客聽琴」的「客」字點出樵夫與聽琴者都
只是偶過此境的「過客」，然而「清澗之曲，碧松之陰」的環境對他
們來說，卻得以是「隨遇而安」又「各安其份」的與大自然相交流。
職是，這時候的「清澗之曲」、「碧松之陰」等對「一客荷樵」者或「一
客聽琴」者來說，都不再只是現實環境的客觀存在而已，而是帶有眞
情實意的主觀感知。〔註190〕

〔註189〕《列子・湯問》即曾載：「伯牙善鼓琴，鍾子期善聽。伯牙鼓琴，
志在登高山。鍾子期曰：『善哉！峩峩兮若泰山！』志在流水。鍾
子期曰：『善哉！洋洋兮若江河！』伯牙所念，鍾子期必得之。」
見楊伯峻撰《列子集釋》（臺北：華正書局有限公司，1987），頁178。

〔註190〕「清澗之曲，碧松之陰。一客荷樵，一客聽琴」趙福壇曾云：「作
者通過這些實況實境的描繪，說明實境的詩，不僅只是目擊可圖，
而且意境幽雅。」見趙福壇箋釋，黃能升參證《詩品新釋》（廣州：
花城出版社，1986），頁166。但顯然的，「清澗之曲，碧松之陰。
一客荷樵，一客聽琴」的描繪目的不在表現「意境幽雅」，而在於

就「實境」的概念敘述而論，「遇之自天，泠然希音」，孫聯奎《詩品臆說》云：

> 此復申明上二句，而以餘音收之。詩無強作之理，強作何能入妙？遇之自天，天者，情性，所至遇之，妙在不是自尋。「希」如「鼓瑟希」之希。泠然希音，即餘音「鏗爾」意也。〔註191〕

又楊廷芝《二十四詩品淺解》亦云：

> 自天，得之於天也。希音者，上天之載，寂然無聲，實固盡出於虛耳。末句「之」字指境說。〔註192〕

職是，「遇之自天，泠然希音」既重申「情性所至，妙不自尋」的含義，又總結說明「實境」的風格概念。就總結「實境」的風格概念而言，「遇之自天」的「之」字，即指前文「取語甚直，計思匪深。忽逢幽人，如見道心」、「清澗之曲，碧松之陰。一客荷樵，一客聽琴。情性所致，妙不自尋」等「實境」的美感表現。易言之，「之」字指「境」說，即指「實境」的風格美感說。由是，「遇之自天」便涉及到「實境」風格美感所產生的問題。「實境」的風格美感如何產生呢？就「遇之自天」重申「情性所至，妙不自尋」的含義來看，「妙不自尋」謂妙境獨造，非己所能尋得，所以「實境」的風格美感也意指不是人為刻意的營造所能獲得。職是，「實境」風格美感中「遇」與「自天」等問題，便如「忽逢幽人」一般，皆指向是一偶然機會的遇合。〔註193〕「遇之自天」說明了「實境」的文體風格是一種偶然契合、

有真情實意的主觀感知。因此「意境幽雅」不能構成「實境」的文體風格。

〔註191〕見（清）孫聯奎、楊廷芝著，孫昌熙、劉淦校點《司空圖詩品解說二種》（濟南：齊魯書社，1980），頁37～38。

〔註192〕見（清）孫聯奎、楊廷芝著，孫昌熙、劉淦校點《司空圖詩品解說二種》（濟南：齊魯書社，1980），頁114。

〔註193〕曹冷泉曾云：「『之』字指詩境而言。自天，謂本乎性情。作者是崇向佇興之說的，以為詩境是可遇而不可求的；天籟人籟，自然遇合，乃詩境之所由生也。」見曹冷泉注釋《詩品通釋》（西安：三秦出版社，1989），頁65。於此，「自天」即使作「本乎性情」解，但「實

當下即是的美感表現。至於「泠然希音」又說明了「實境」文體風格中什麼概念呢？詹幼馨曾云：

> 所謂「泠然希音」，有話不在多而涵義深厚之意。〔註194〕

換言之，「遇之自天」所契合或認同的內容是什麼？「泠然希音」便是最好的答案。如飄浮在空中的希微聲音一般，「實境」的文體風格令人有直截的感同身受、心領神會，但卻又無法用多餘的語言來表達、形容。

職是，「實境」的文體風格可以用「忽逢幽人」、「清澗之曲，碧松之陰。一客荷樵，一客聽琴」等審美形象作爲象徵。「實境」的文體風格明顯不在訴諸語言的傳達作用，因此「取語甚直」、「計思匪深」，雖點出「實境」文體風格「立即性」與「深刻性」的語言特色，但也兼有貶低語言功用的意思。更進一步說，這樣情況的發生，其實也來自「實境」文體風格給人的就是「立即性」與「深刻性」的美感感受所致，而其美感的內容便指向是人的性情與自然精神的相會通。祖保泉曾指出：

> 這一品題爲「實境」，談的是題紀之作的寫作要求問題，而所
> 謂「題紀之作」即記錄作者所見所聞的紀實性的作品。〔註195〕

然而，顯然「實境」的文體風格並非「題紀之作」。因爲「實境」文體風格在貶低語言的傳達作用上，就明顯與記錄作者所見所聞的「紀實性」語言截然不同。甚且，人的性情與自然精神相會通的深刻內容，也不是紀實性作品所能完全概括。喬力即指出：

> 總括言之，所謂「實境」者，不應單純理解爲客觀自然中
> 所存在的真實；更應解釋爲經過典型化的過程，爲之提煉、
> 充實、提高了的藝術上的真實。因爲它滌除了自然之「實」

境」的文體風格，仍不能背離是一種「可遇而不可求」、「自然遇合」的美感表現。

〔註194〕見詹幼馨著《司空圖詩品衍繹》（臺北：王記書坊，1985），頁111。
〔註195〕參見祖保泉著《司空圖詩品解說》（修訂本）（合肥：安徽人民出版社，1982），頁78。

中那些粗糙浮淺，凡庸俗瑣的東西，使之更爲凝煉集中，
更爲突出地體現了眞實的美。〔註196〕

因此，「實境」文體風格的表現，必須懂得將客觀自然中的「現實」
題材，藝術化爲主觀情意的「眞實」。曹冷泉曾斷然的說：「於此可見，
所謂實境，非呆實地摹寫形貌之謂也。」〔註197〕因爲，客觀自然中
所存在的眞實，其實是「現實」，是「歷史」，是「文獻」；而藝術化
了的主觀情意，才是「眞實」，是「永恆」，是「美」。

「實境」的文體風格源於何時，不易考察，但與佛教思想的發展
卻有著密切的關係。蕭馳在〈玄、禪觀念之交接與《二十四詩品》〉
一文中，便指出：

> 在佛教中，「境」乃由識變現爲相分而成。其在中國詩學中
> 出現，始於託名王昌齡的《詩格》和皎然的《詩式》，以及
> 中唐以還詩人與佛教僧侶往還的詩作中。〔註198〕

由此可見，「實境」一詞的「境」字使用與「實境」概念的形成，都
明顯與佛教所討論的「境」義有關，並且以「境」論「詩」的風氣，
在中唐以後已逐漸普遍。中唐時，王昌齡《詩格》有「三境」說，皎
然《詩式》有「取境」說。〔註199〕晚唐時，司空圖不但對「詩」與
「境」的關係做過討論，並且在創作上也努力實踐。司空圖〈與王駕

〔註196〕見喬力著《二十四詩品探微》（濟南：齊魯詩社，1983），頁103。
〔註197〕見曹冷泉注釋《詩品通釋》（西安：三秦出版社，1989），頁66。
〔註198〕見蕭馳著〈玄、禪觀念之交接與《二十四詩品》〉，《中國文哲研究
集刊》第24期（臺北：中央研究院中國文哲研究所，2004），頁25。
〔註199〕《詩格》云：「詩有三境：一曰物境。二曰情境。三曰意境。」又
《詩式》云：「取境之時，須至難至險，始見奇句。」分別見傅璇
琮主編，張伯偉編撰《全唐五代詩格校考》（西安：陝西人民教育
出版社，1996），頁149與210。《詩格》原疑託名王昌齡所作，但
近代學者羅根澤、王夢鷗、興膳宏、李珍華、傅璇琮等，皆確認王
昌齡撰有《詩格》。參見傅璇琮主編，張伯偉編撰《全唐五代詩格
校考》（西安：陝西人民教育出版社，1996），頁123～125。同樣的，
《詩式》原疑託名皎然所作，但近代學者陳曉蔷、許清雲等亦確認
《詩式》爲皎然所撰。參見許清雲著《皎然詩式研究》（臺北：文
史哲出版社，1988），頁53～55。

評詩書〉云：

> 河、汾蟠郁之氣，宜繼有人。今王生者，寓居其間，沉漬
> 益久，五言所得，長於思與境偕，乃詩家之所尚者，則前
> 所謂必推於其類，豈止神躍色揚哉？〔註200〕

於此，司空圖認為值得推崇的詩乃在於有「思與境偕」的表現。但怎
樣的詩才算是「思與境偕」呢？就司空圖本身的創作經驗來看，他在
〈與極浦書〉云：

> 戴容州云：「詩家之景，如藍田日暖，良玉生烟，可望而不
> 可置於眉睫之前也。」象外之象，景外之景，豈容易可譚
> 哉？然題紀之作，目擊可圖，體勢自別，不可廢也。愚近
> 作〈虞鄉縣樓〉及〈柏梯〉二篇，誠非平生所得者。然「官
> 路好禽聲，軒車駐晚程」，即虞鄉入境可見也。又「南樓山
> 最秀，北路邑偏清」，假令作者復生，亦當以著題見許。其
> 〈柏梯〉之作大抵亦然。浦公試為我一過縣城，少留寺閣，
> 足知其不怍也，豈徒雪月之間哉！〔註201〕

司空圖〈虞鄉縣樓〉、〈柏梯〉等一類的「題紀之作」，皆非所謂「象
外之象」、「景外之景」的作品，其「紀實性」的語言亦與《二十四詩
品》所論的「實境」文體風格有很大的不同。然而，〈與李生論詩書〉
云：

> 噫，近而不浮，遠而不盡，然後可以言韻外之致耳。愚幼
> 常自負，既久而逾覺缺然。然得於早春，則有「草嫩侵沙
> 短，冰輕著雨銷。」……得於道宮，則有：「棋聲花院閉，
> 幡影石幢幽。」……。〔註202〕

其中，「棋聲花院閉，幡影石幢幽」蘇軾〈書司空圖詩〉雖作「棋聲
花院靜，幡影石壇高」，卻也透露出何謂「韻外之致」。蘇軾云：

〔註200〕見祖保泉、陶禮天箋校《司空表聖文集箋校》（合肥：安徽大學出
　　　　版社，2002），頁190。

〔註201〕見祖保泉、陶禮天箋校《司空表聖文集箋校》（合肥：安徽大學出
　　　　版社，2002），頁215。

〔註202〕見祖保泉、陶禮天箋校《司空表聖文集箋校》（合肥：安徽大學出
　　　　版社，2002），頁193～194。

司空表聖自論其詩，以爲得味於味外。「綠柳連村暗，黃花
入麥稀。」此句最善。又云：「棋聲花院靜，幡影石壇高。」
吾嘗游五老峰，入白鶴院，松陰滿庭，不見一人，惟聞棋
聲，然後知此句之工也，但恨其寒儉有僧態。〔註203〕

「棋聲」無從道出「幽靜」，但在松陰滿庭的院落中，倘只能聽見下
棋聲，則整座院落的幽靜便不言可喻。如此，「思」與「境」偕的詩，
便與《二十四詩品》所論的「實境」文體風格極爲相似，同樣具有直
截通透，當下即是的美感。此外，「韻外之致」既指「近而不浮，遠
而不盡」的詩作表現，則「惟聞棋聲」便可視爲「近而不浮」，而棋
聲中所烘托出的幽深靜謐，則可以是「遠而不盡」。只是，晚唐·司
空圖所主張的「思與境偕」、「韻外之致」、「味外之旨」等詩作的表現，
何以至北宋·蘇軾時，仍顯得有些概念生疏呢？〈書黃子思詩集後〉
更云：

唐末司空圖，崎嶇兵亂之間，而詩文高雅，猶有承平之遺
風。其論詩曰：「梅止于酸，鹽止于鹹。」飲食不可以無鹽
梅，而其美常在鹹酸之外。蓋自列其詩之有得于文字之表
者二十四韻，恨當時不識其妙。予三復其言而悲之。〔註204〕

從「然後知此句之工也，但恨其寒儉有僧態」到「恨當時不識其妙」
的觀念轉變，可以推知，《二十四詩品》「直截通透，當下即是」的「實
境」文體風格，其概念的成熟與普及，恐怕是在晚唐以後到北宋之間。

〔註203〕見（宋）蘇軾著，傅成穆儔標點《蘇軾全集》（上海：上海古籍出
　　　　版社，2000），頁2130。

〔註204〕見（宋）蘇軾著，傅成穆儔標點《蘇軾全集》（上海：上海古籍出
　　　　版社，2000），頁2133。

第七章　《二十四詩品》之文體論（四）

第一節　沉重深隱，大哀無言——悲慨的審美韻致

《二十四詩品·悲慨》云：

> 大風捲水，林木爲摧。適苦欲死，招憩不來。百歲如流，
> 富貴冷灰。大道日喪，若爲雄才。壯士拂劍，浩然彌哀。
> 蕭蕭落葉，漏雨蒼苔。〔註1〕

就章法言，祖保泉認爲作者著力描繪了「悲慨」的意境，但對「悲慨」的風格特色，卻未作明確的說明。〔註2〕另外，杜黎均更明確指出本品純用藝術形象描繪，未作邏輯語言概括，通篇全是以物取象、以人取象，而沒有提出文學理論判斷。〔註3〕職是，本品全爲描繪「悲慨」的形象語言，皆是表現「悲慨」美感的審美形象，可分析爲：「大風捲水，林木爲摧」、「適苦若死，招憩不來。百歲如流，富貴冷灰」、「大

〔註1〕見（唐）司空圖著，郭紹虞集解《詩品集解·續詩品注》（北京：人民文學出版社，2006），頁35。

〔註2〕參見祖保泉著《司空圖詩品解說》（修訂本）（合肥：安徽人民出版社，1982），頁81。

〔註3〕參見杜黎均著《二十四詩品譯注評析》（北京：北京出版社，1988），頁158。

道日喪，若爲雄才。壯士拂劍，浩然彌哀」、「蕭蕭落葉，漏雨蒼苔」。

首先，「大風捲水，林木爲摧」，孫聯奎《詩品臆說》云：

> 大風卷水，其瀾必狂；林木爲摧，其巢必覆；此大道所以
> 日喪，而壯士所以彌哀也。一起，突然而來，拉雜傾圮，
> 光景不堪；不必盡讀下文，已令人悲慨不勝也。〔註4〕

「大風捲水」是大風捲起狂瀾的意象，當與「林木爲摧」的意象並置時，則「大風捲水」便意謂著是一擁有巨大破壞力量的形象。繼之，「林木爲摧」的形象便可以想見的是一拉雜傾圮、光景不堪的畫面。然而，這樣的形象直覺，何以令人有「悲慨」的美感呢？乃因「大風捲水」所摧折的「林木」，是令人生「悲」的所在。「林木」的生長象徵著生命的存在，而生命無辜的受到意外摧殘，便足以令人對生命的驟逝與無常心生悲憫與感慨。〔註5〕「大風捲水，林木爲摧」未必是下文「大道日喪」、「壯士彌哀」的原因。而事實上，「大風捲水，林木爲摧」作爲一般突如其來的形象看，更能與生命的無常、不定相呼應。換言之，生活中的不確定感與不可把握，即生命中最內在、沉重的本質反映。

其次，「適苦欲死，招憩不來。百歲如流，富貴冷灰」，楊廷芝《二十四詩品淺解》云：

> 三句言正當極苦之時，若欲死然，招憩以遣憂也。招憩而

〔註4〕 見（清）孫聯奎、楊廷芝著，孫昌熙、劉淦校點《司空圖詩品解說二種》（濟南：齊魯書社，1980），頁38。

〔註5〕 「美」（Aesthetic）伴隨著「快感」，然而這樣令人愉悅的「快感」感受，其實是離開「美」之後所會有的反應，意即是在形象審美後才會有的反應。因此，當令人感傷的「悲慨」也得以作爲一種令人愉悅的「美感」表現時，並沒有衝突、矛盾，更不是幸災樂禍。易言之，令人感傷的「悲慨」也同樣可以作爲一種「美」的表現，而人們之所以對「悲慨」感到有「美」的「快感」，便來自「悲慨」的形象，令人直覺有成功的美感表現。參見牟宗三譯註《康德：判斷力之批判》上冊（臺北：臺灣學生書局，1993），頁163～174。（義大利）克羅齊（Croce）著，正中書局編審委員會重譯《美學原理》（臺北：正中書局，1975），頁81～82。

不來可若何？百歲，非一日也。流而不反，荏苒以至於今。
感嘆之情何極。富貴熱場，忽若冷灰，心滋戚矣。〔註6〕

又郭紹虞的注解亦云：

一作「意苦若死」，謂思之至苦，若欲死然，而所招憩之人
乃終不肯來，中心鬱結，遂成悲慨。百歲如流，一往不回，
感人生之無常，不免引起悲慨。滿堂富貴，轉眼成空，熱
鬧場中，結果乃若已冷之灰，感盛況之難再，又不免引起
感慨。〔註7〕

「適苦欲死」或作「意苦若死」等，皆有人生困苦、痛不欲生的意思，
因而「招憩」的目的，多數學者皆主張是在排遣「適苦欲死」而來的
痛苦。〔註8〕然而，招憩之人終不肯來，於是中心鬱結，遂成「悲慨」。
職是，構成「悲慨」的原因是「招憩不來」的失落感，更勝於先前原
有的「適苦欲死」。易言之，「招憩不來」才是構成「悲慨」的重要關
鍵，則先前的「適苦」，如何能說成是到了「欲死」的極限呢？倘說
「悲慨」是在「適苦欲死」的極限上，再加上「招憩不來」而成，則
「招憩不來」一樣不免要削弱了先前「適苦」而「欲死」的極限程度。

曹冷泉即指出：

按全詩內容爲表現驚心喪亂而無可奈何之情，並無所謂招
憩之人乃終不肯之意。其次，自己是意苦欲死，無可如何。
此時此際還能招致別人，以安憩之乎？以情理之難通者。
竊以爲：招，求也。《漢書・刑法志》「延平將招權而爲亂
者矣。」孟康注云：「招，求也。」憩與息通，息，氣出入
也，即呼吸也。來，猶致也，有獲得之意。《呂覽不侵》篇

〔註6〕見（清）孫聯奎、楊廷芝著，孫昌熙、劉淦校點《司空圖詩品解說二
　　　　種》（濟南：齊魯書社，1980），頁115。
〔註7〕見（唐）司空圖著，郭紹虞集解《詩品集解・續詩品注》（北京：人
　　　　民文學出版社，2006），頁35。
〔註8〕「適苦欲死」《津逮》本作「意苦若死」。《談藝珠叢》本作「適苦若
　　　　死」。《唐人說薈》本作「意苦欲死」。《四品彙鈔》本作「意苦爲死」。
　　　　參見（唐）司空圖著，郭紹虞集解《詩品集解・續詩品注》（北京：
　　　　人民文學出版社，2006），頁46。

> 云：「不足以致士矣。」此句承上二句大意謂時世衰喪，令
> 人驚心動魄，心情痛苦欲死，欲求安寧喘息之機，而亦不
> 可得。〔註9〕

又詹幼馨亦云：

> 「招憩不來」，可以獨立成意，理解為「想休息一會兒也不
> 可能」，或「盼望著美好的前途，總是盼不來」。「憩」，本
> 是「休息」的意思。如果把「招憩不來」作為一個獨立的
> 句意來看，似以第二種解說較好；但如把它和上一句合起
> 來看，又以第一種解說為是。〔註10〕

職是，將「招憩不來」解釋成招憩之人終不肯來，確實有難通之處，
而理解為「欲求安寧喘息之機，而亦不可得」、「想休息一會兒也不可
能」等，則頗能強調出前文「適苦欲死」的痛苦程度。也因此，「招
憩不來」與其獨立成意來理解，倒不如與前文的「適苦欲死」合看，
則意象的表現將更完整、清楚。「適苦欲死，招憩不來」可承上二句
「大風捲水，林木為摧」來看，呈現出的是一場劫後餘生的心有餘悸。
但倘若「適苦欲死，招憩不來」與下二句「百歲如流，富貴冷灰」合
看的話，則更能凸顯出「適苦欲死，招憩不來」的原因所在。「百歲
如流，富貴冷灰」，趙福壇云：

> 這兩句寫人生無常，盛況難再，有如流水，一往不回；又
> 如滿堂富貴，忽若冷灰，感而繫之，不覺滿懷悲慨。〔註11〕

職是，「百歲如流」是時間如水流一般流逝的意象。流水一去不回，
光陰亦復如是，而人生有限的生命也將隨著時間一點一滴的流逝而殆
盡。「富貴冷灰」是財富、名位如灰燼般的意象。「富貴」與「冷灰」
意象並置，則意謂再多的財富、再顯耀的名份，都不是永恆不變的，
甚至有全化為烏有的一天。如此，人們終日忙忙碌碌於追求財富，汲

〔註9〕見曹冷泉注釋《詩品通釋》（西安：三秦出版社，1989），頁68。
〔註10〕見詹幼馨著《司空圖詩品衍繹》（臺北：王記書坊，1985），頁30。
〔註11〕見趙福壇箋釋，黃能升參證《詩品新釋》（廣州：花城出版社，1986），
    頁173。

汲營營於爭取名位，最後的結果不是落得空歡喜一場，就是白忙一場。除此之外，還有光陰歲月不停的流逝，似乎也在一旁不斷的催促著個人有限的生命，趕快投入於財富、名位的競逐中，逼迫得人幾乎快喘不過氣來。因此，「適苦欲死，招憩不來」的意象下接「百歲如流，富貴冷灰」的意象，便暗示出人之所以陷溺在「苦」中的原因。尤有甚者的是，在富貴的競逐中，在時間的逼迫裡，人是若「死」一般的失去了生命自主的活力與色彩，而把自己關進在一個永無止境的輪迴牢籠裡。職此，「適苦欲死，招憩不來。百歲如流，富貴冷灰」的意象，表現出的是現實人生中，永遠難以擺脫「財富」、「名位」、「時間」等桎梏的痛苦美感。

復次，「大道日喪，若爲雄才。壯士拂劍，浩然彌哀」，孫聯奎《詩品臆說》云：

> 若，誰也。是自負語。即《孟子》「當今之世，舍我其誰？」之意。〔註12〕

又郭紹虞的注解亦云：

> 以上云云，還只是爲一己之私引起的感慨。至於「大道日喪，若爲雄才」，則是悲天憫人之懷，爲天下之公所引起的感慨。若，猶怎也，誰也。究竟若爲雄傑之才，可以擔荷斯道呢？雄才而不得志於時，則壯士拂劍，慷慨不平，亦徒增其悲哀而已。「浩然彌哀」，不容已矣。〔註13〕

「大道日喪」是當今社會，世風日下的形象，是天下公道，日漸敗壞的形象，因此，「若」字解成「誰」義，便有「究竟若爲雄傑之才，可以擔荷斯道」的慨嘆。究竟誰可以擔荷斯道呢？詹幼馨有很好的見解，他說：

> 能夠在「大道日喪」的嚴重情況下，發出憂心忡忡，「若爲

〔註12〕見（清）孫聯奎、楊廷芝著，孫昌膝、劉淦校點《司空圖詩品解說二種》（濟南：齊魯書社，1980），頁39。

〔註13〕見（唐）司空圖著，郭紹虞集解《詩品集解・續詩品注》（北京：人民文學出版社，2006），頁35。

雄才」的呼喊的，絕不是一般庸庸碌碌苟且偷生的人，很有可能他本人就是「雄才」，只可惜不是「懷才不遇」，就是「勢孤力單」。〔註14〕

職是，「若爲雄才」下接「壯士拂劍」的鏡頭，便直接的點出拂劍的「壯士」便是發聲「若爲雄才」的主角。「壯士」又「拂劍」的形象，極力凸顯出的是「壯士」即是欲荷擔「大道日喪」的「雄才」。然而，或因「懷才不遇」或因「勢孤力單」，總之「浩然彌哀」既是「壯士」滿腔悲憤的聲音，也揭示了「壯士」的寶劍終無再出鞘的機會，而日漸沉淪的大道，也將無從被擔荷起來。〔註15〕另外，「壯士拂劍，浩然彌哀」，杜黎均的注釋曾云：

壯士拔劍慨嘆，抒發正氣悲懷。浩然：富有正氣的樣子。
此二句寫悲憤、心懷報國之志。〔註16〕

一位有志力挽狂瀾於既倒的人，最後只落得徒呼負負的下場，則「大道日喪」的嚴重程度不言可喻。又「浩然」既指「壯士」心中所內蘊的「正氣」，如此「壯士」的「正氣」有多麼的「至大」、「至剛」，則「大道日喪」所令人心生的「悲慨」就有多麼的「至大」、「至深」。

從上所論，可知「若」字或可依孫聯奎《詩品臆說》作「誰」義解，但卻不能作「自負語」看。「若」字不可作「自負語」的原因，又誠如喬力所云：

細按語意，此說不妥，與上下文皆不協調。因爲若是自負意，則應雄豪之氣多，不似此處以悲涼感慨爲主。〔註17〕

除「若」字不宜作「自負語」外，曹冷泉對「若爲雄才」的「若」字

〔註14〕見詹幼馨著《司空圖詩品衍繹》（臺北：王記書坊，1985），頁32。

〔註15〕楊廷芝《二十四詩品淺解》即云：「大道之喪，日甚一日，悲惘之念，何日可忘；是亦若爲雄才而不得志於時，亦束手而無策。則壯士於此，拂劍而慷慨不平，浩然彌哀而不容已矣。」見（清）孫聯奎、楊廷芝著，孫昌熙、劉淦校點《司空圖詩品解說二種》（濟南：齊魯書社，1980），頁115。

〔註16〕見杜黎均著《二十四詩品譯注評析》（北京：北京出版社，1988），頁157。

〔註17〕見喬力著《二十四詩品探微》（濟南：齊魯書社，1983），頁106。

解爲「誰」義，更持反對意見，而認爲「若爲」二字不宜分解，因爲
「若爲」一詞有無可奈何之意。曹冷泉云：

> 「若爲雄才」與〈沉著〉品所云「若爲平生」語式相同，
> 謂縱有雄才之士，當此大道日喪之際，亦無可奈何。〔註18〕

職是，「大道日喪」下接「若爲雄才」乃在點出日漸沉淪的大道形象，
令人直覺有無可奈何的美感。繼之，鏡頭轉帶出一「壯士拂劍」的畫
面，則暗示先前直覺「大道日喪」形象的「雄才」者，便是拂劍的「壯
士」。「拂劍」是伸展志向、抱負的象徵，但下接「浩然彌哀」則立刻
沖淡了「壯士」原有的一切豪情壯志。與前文「若爲雄才」相呼應，
「浩然彌哀」非壯士滿腔的慨嘆聲，而是在「壯士拂劍」的形象直覺
中所表現的美感，令人感到有無邊無盡的深沉慨嘆正彌漫在整個空氣
中。是故，「大道日喪，若爲雄才。壯士拂劍，浩然彌哀」所呈現出
的「悲慨」審美形象是，一壯士拂著劍並且面對著「大道日喪」的場
景。整個形象畫面沒有任何的聲音，甚至一絲的慨嘆聲，然而在天地
間、在空氣中，卻到處無不是彌漫著令人痛心慨嘆又無力救濟的氛
圍。與前述「若爲雄才」、「浩然彌哀」作爲壯士滿腔的慨嘆聲相較起
來，此時的無聲就更令人感到有無窮無盡的深隱、沉重。職是，「大
道日喪，若爲雄才。壯士拂劍，浩然彌哀」的審美形象表現，令人感
到的是無盡又無言的哀調美感。〔註19〕

最後，「蕭蕭落葉，漏雨蒼苔」，孫聯奎《詩品臆說》云：

> 蕭蕭落葉，何如之時？漏雨蒼苔，何如之地？當有滿目蕭
> 然感極而悲者矣。〔註20〕

又楊廷芝《二十四詩品淺解》亦云：

〔註18〕見曹冷泉注釋《詩品通釋》（西安：三秦出版社，1989），頁68～69。
〔註19〕「浩然彌哀」的「哀」字，杜黎均曾云：「這種『哀』含蘊著時代的
哀愁，國事的哀傷，世風的哀嘆。」見杜黎均著《二十四詩品譯注
評析》（北京：北京出版社，1988），頁 158～159。是故，由此錯綜
複雜的關係看來，便得以推知無盡又無言的哀調原因所在。
〔註20〕見（清）孫聯奎、楊廷芝著，孫昌熙、劉淦校點《司空圖詩品解說
二種》（濟南：齊魯書社，1980），頁39。

　　蕭蕭落葉，感秋而悲。漏雨蒼苔，對此生慨。〔註21〕

職是，「蕭蕭落葉」的形象直覺，之所以令人有滿目蕭然，感極而悲
的美感，乃因寄託著「秋士易感」的悲秋傳統。因此，紛紛飄零的落
葉，便是有志難伸、懷才不遇的生命象徵。至於，「漏雨蒼苔」的審
美形象，何以令人有「生慨」的美感呢？杜黎均的注釋云：

　　「漏雨」：從孔縫滴下的雨，意指殘雨。〔註22〕

又曹冷泉云：

　　蕭蕭落葉下，漏雨蒼苔生。闃無人跡，蒼涼滿目，淒然欲
　　絕矣。〔註23〕

職是，「漏雨蒼苔」的形象是大雨過後，雨滴自孔縫中霑潤蒼苔的形
象。然而，「蒼苔」的所在，即闃無人跡、無用之地的所在，所以「漏
雨蒼苔」的意象，便再次呼應了前述「壯士」無用武之地的困境與悲
慨。

　　職是，「悲慨」的文體風格可以用「大風捲水，林木爲摧」、「適
苦欲死，招憩不來。百歲如流，富貴冷灰」、「大道日喪，若爲雄才。
壯士拂劍，浩然彌哀」「蕭蕭落葉」、「漏雨蒼苔」等審美形象作爲象
徵。「悲慨」的文體風格表現出的是人生「不可把握」與「無力把握」
的哀調美感。人生中之所以會有「不可把握」與「無力把握」的情況
發生，實又是繫於「不可把握」與「無力把握」乃人生本質面最眞實
的反映。所以，不論就個人生命、個人與自然環境、個人與家國社會
等，其中因「不可把握」或「無力把握」所引起的「悲慨」，便令人
感到既沉重又深隱，既大哀又無言。一切的悲痛與感慨不在言語之
中，而瀰漫在整個空氣中，透過情境的氣氛感知，便得以窺見一斑。

　　詹幼馨曾將「悲慨」一品分爲「悲痛、感慨」與「悲歌、慷慨」

〔註21〕見（清）孫聯奎、楊廷芝著，孫昌熙、劉淦校點《司空圖詩品解說
　　　　二種》（濟南：齊魯書社，1980），頁115。
〔註22〕參見杜黎均著《二十四詩品譯注評析》（北京：北京出版社，1988），
　　　　頁157。
〔註23〕見曹冷泉注釋《詩品通釋》（西安：三秦出版社，1989），頁69。

兩類。其中，「適苦欲死，招憩不來」、「百歲如流，富貴冷灰」詹幼馨認爲：

> 像這一類的「悲慨」，在古代詩文中還多得很，它們有一個共同的特點：著眼於「小我」。我苦、我樂、我生、我死，念茲在茲，而又無法解脫，於是悲痛、感慨。〔註24〕

至於「大道日喪，若爲雄才。壯士拂劍，浩然彌哀」，則云：

> 這一類作品也有一個共同的特點：著眼於「大我」。作者「念茲在茲」的不再是個人的生死、得失，而是國家、事業。〔註25〕

於此，詹幼馨承續郭紹虞「爲私」與「爲公」的說法，而有「小我」與「大我」的區分。然而，也因此造成了有頭尾兩句不協調的看法。詹幼馨云：

> 司空圖對兩類不同的「悲慨」風格是有所選擇的，且傾向肯定「悲歌、慷慨」的「悲慨」類型。但一開頭，「大風卷水，林木爲摧」，聲勢相當浩大。照理說應該緊接著寫「大道日喪」四句才貼切，可是他用「適苦欲死」四句接上去，顯然沖淡了氣勢。那是司空圖被「浩然彌哀」的情緒壓倒了，所以很自然地寫出結尾兩句：「蕭蕭落葉，漏雨蒼苔」，這兩句和頭兩句是多麼地不協調！〔註26〕

倘若《二十四詩品》的真正作者是司空圖，並且也被「浩然彌哀」的情緒壓倒。由此，理所當然可以理解結尾兩句「蕭蕭落葉，漏雨蒼苔」何以會被自然寫出。但是司空圖被「浩然彌哀」情緒壓倒的情況，爲什麼在第三句「適苦欲死」時，便已呈現出來？又在中間第七句「大道日喪」時，得以再次展現其所肯定的「悲慨」類型呢？職是，詹幼馨以司空圖被「浩然彌哀」的情緒壓倒，作爲頭尾兩句「大風捲水，林木爲摧」與「蕭蕭落葉，漏雨蒼苔」不協調的理由，恐有牽強之處。

〔註24〕見詹幼馨著《司空圖詩品衍繹》（臺北：王記書坊，1985），頁31。
〔註25〕見詹幼馨著《司空圖詩品衍繹》（臺北：王記書坊，1985），頁32。
〔註26〕見詹幼馨著《司空圖詩品衍繹》（臺北：王記書坊，1985），頁34。

事實上,「大道日喪,若爲雄才。壯士拂劍,浩然彌哀」的意象,固然是爲「公」領域的「大我」而悲慨,但「適苦若死,招憩不來。百歲如流,富貴冷灰」又何嘗只是爲「私」領域的「小我」而悲慨,而不是對普世的人生價值表達最深沉的悲慨呢?因此,從人生「不可把握」與「無力把握」的「悲慨」美感來說,《二十四詩品》所表現的「悲慨」題材內容,宜分爲人存在的基本價值面與人我關係的一面。

司空圖被「浩然彌哀」的情緒所壓倒的理由,詹幼馨更進一步訴諸於是時代的制約。他說:

> 頭兩句悲壯,後兩句淒涼,看來很不協調,可是冷靜地回顧歷史,就會發現這正是過去悲慨的感情發展過程的一般規律。這正是時代的悲劇。司空圖之所以這樣處理,豈不也正是反映了他的思想所受的時代的制約嗎![註27]

「悲慨」的歷史規律爲何?詹幼馨云:

> 「悲慨」的開頭常常是慷慨激昂,終於又往往不過是「慨乎言之」罷了。一旦轉入悲哀、落漠,也就談不上什麼「悲慨」了,這正是致命所在。[註28]

結尾「蕭蕭落葉」與「漏雨蒼苔」若當成獨立的意象表現,便很容易被視爲「慨乎言之」。然而,「蕭蕭落葉」與「漏雨蒼苔」的意象表現果眞談不上「悲慨」嗎?郭紹虞的注解云:

> 從可引起悲慨之境說起,最後仍以可引起悲慨之境作結。但起處「大風捲水,林木爲摧」,猶是一種悲壯景象。慨當以慷,不妨長歌當哭。至如「蕭蕭落葉,漏雨蒼苔」,則蕭瑟寂寥,此情此景,又不免令人感極而悲矣。[註29]

職是,「蕭蕭落葉,漏雨蒼苔」與「大風捲水,林木爲摧」一般,同是「悲慨」的審美形象表現。因此,即使「蕭蕭落葉,漏雨蒼苔」不

[註27] 見詹幼馨著《司空圖詩品衍繹》(臺北:王記書坊,1985),頁35。
[註28] 見詹幼馨著《司空圖詩品衍繹》(臺北:王記書坊,1985),頁35。
[註29] 見(唐)司空圖著,郭紹虞集解《詩品集解·續詩品注》(北京:人民文學出版社,2006),頁35。

是一種悲壯景象，而是蕭瑟寂寥，但仍不減其令人感極而悲的「悲慨」美感效果。「蕭蕭落葉，漏雨蒼苔」令人感極而悲的原因何在？祖保泉曾云：

> 這一品，從作者對悲涼慷慨的意境刻劃來看，倒有些值得人們注意的地方。我們看，開頭四句，爲了表現「意苦若死」，便烘雲托月地寫道：「大風卷水，林木爲摧」，這就烘托出「意苦」的氣氛。結尾四句，爲了表現壯士的「浩然彌哀」，便說：「蕭蕭落葉，漏雨蒼苔」，這就使情寓於景，給人以無窮的想像。〔註30〕

換言之，當「蕭蕭落葉，漏雨蒼苔」的意象與「大道日喪，若爲雄才。壯士拂劍，浩然彌哀」的意象並置時，可以發現即便是蕭瑟寂寥之景的「蕭蕭落葉」或「漏雨蒼苔」，都足以成爲「壯士」悲慨之情的象徵。

「悲慨」的文體風格自《詩經》、《楚辭》以來，到「古詩十九首」、「建安風骨」等，無不存在許多著名的詩篇。然而，以開頭常常是慷慨激昂，結尾往往是「慨乎言之」來作爲「悲慨」文體風格的歷史規律，則仍有待商榷。目前可以確知的是，中唐・皎然是第一位將「悲」標示爲文體風格者。皎然《詩式》云：「甚傷曰悲。」〔註31〕「詩」怎樣的表現情況，才稱得上「甚傷」呢？皎然未多作說明，但很顯然的，《二十四詩品》的「悲慨」在「無言」的形式上，表現出人生「不可把握」與「無力把握」的深沉大哀，便可說是對「甚傷曰悲」的文體風格，作出了一大步的詮釋與開創。

第二節　不即不離，同塵妙合——形容的審美韻致

《二十四詩品・形容》云：

> 絕佇靈素，少迴清眞。如覓水影，如寫陽春。風雲變態，

〔註30〕見祖保泉著《司空圖詩品解說》（修訂本）（合肥：安徽人民出版社，1982），頁 81。

〔註31〕見傅璇琮主編，張伯偉編撰《全唐五代詩格校考》（西安：陝西人民教育出版社，1996），頁 220。

> 花草精神。海之波瀾，山之嶙峋。俱似大道，妙契同塵。
> 離形得似，庶幾斯人。〔註32〕

就章法來說，祖保泉認爲開頭四句是說明詩人要集中精神，用想像把所選擇的材料凝結成一個生動的藝術形象，哪怕如水中倒影那麼幽微，如陽春烟景那麼燦爛，只要集中精神去體會，就可以清晰地呈現在腦際。中六句說事物各有形態，各具精神，詩人必須寫出它們的形態、神情。末兩句則是對如何把握事物特徵的回答。〔註33〕職是，祖保泉幾乎將本品文字視爲說明「形容」風格概念的邏輯語言，即使中六句純爲形象語言，也被用來作概念說明，而不作審美形象的考量。然而，祖保泉的今譯卻云：

> 風雲變幻無窮，花草各具神情，海有壯闊的波瀾，山有危崖高嶙。詩人啊，你要描繪它們的活生生的神態，描繪得如天然生成的那麼逼真。〔註34〕

職是，祖保泉既舉「風雲變態」、「花草精神」、「海之波瀾」、「山之嶙峋」等例子來說明事物各有形態，各具精神，但所謂具有「變幻無窮的風雲」、「各具神情的花草」、「壯闊波瀾的海」、「危崖高嶙的山」等形象，不也正是「活生生」、「天然生成」、「逼真」的神態描繪？換言之，「風雲變態」、「花草精神」、「海之波瀾」、「山之嶙峋」等即是「形容」風格的審美形象。同理，「如覓水影，如寫陽春」所描繪出的水中倒影、陽春美景等，一樣可以作爲「形容」的審美形象。杜黎均曾指出：

> 本篇有兩個文學理論判斷值得注意：一是「絕佇靈素」，一是「離形得似」。前者指作家在創造「形容」風格時必須具備的主觀條件，後者指作品的「形容」應當取得的客觀效

〔註32〕見（唐）司空圖著，郭紹虞集解《詩品集解・續詩品注》（北京：人民文學出版社，2006），頁36。

〔註33〕參見祖保泉著《司空圖詩品解說》（修訂本）（合肥：安徽人民出版社，1982），頁84～85。

〔註34〕見祖保泉著《司空圖詩品解說》（修訂本）（合肥：安徽人民出版社，1982），頁84。

果。〔註35〕

職是，除「絕佇靈素，少迴清眞」、「離形得似，庶幾斯人」等，明顯為判斷的邏輯語言外，其餘文字則不妨視為審美的形象語言，以一窺「形容」文體風格的美感究竟。是故，「形容」一品的篇章結構可以分析為：「如覓水影，如寫陽春。風雲變態，花草精神。海之波瀾，山之嶙峋。俱似大道，妙契同塵」，為形容的審美形象；「絕佇靈素，少迴清眞」、「離形得似，庶幾斯人」等，為形容的概念敘述。

　　就「形容」的審美形象言，「如覓水影，如寫陽春。風雲變態，花草精神。海之波瀾，山之嶙峋。俱似大道，妙契同塵」，詹幼馨曾云：

> 由此可見：「俱似大道」，緊承「如覓水影」以下六句，指明像這樣一些形容的功力都像大自然之道一樣，既要有所法則，又要涵濡磨礪，不要草率從事，不能一蹴而就。〔註36〕

「如覓水影」以下六句的「形容」功力表現，都令人有像大自然之道一樣的美感。職是，「俱似大道，妙契同塵」乃分別可以作為「如覓水影」、「如寫陽春」、「風雲變態」、「花草精神」、「海之波瀾」、「山之嶙峋」等審美形象的美感內容。所謂「俱似大道，妙契同塵」，楊廷芝《二十四詩品淺解》云：

> 塵，塵埃，揚土也。同塵，本《道德經》。言人與物無忤，猶塵與塵合，渾然無跡也。形容之妙，殆有與之相契焉。
> 〔註37〕

又郭紹虞的注解亦云：

> 上所云云，言形容不可以形跡求，亦不可以強力致，必不即不離，妙合同塵之旨，才稱合拍，故云「俱似大道」。《老子》：「和其光，同其塵，湛兮似或存。」言以塵之至離而無不同，則於萬物無所異矣。聖人之道如是而後全，則湛

〔註35〕見杜黎均著《二十四詩品譯注評析》（北京：北京出版社，1988），頁164。

〔註36〕見詹幼馨著《司空圖詩品衍繹》（臺北：王記書坊，1985），頁115。

〔註37〕見（清）孫聯奎、楊廷芝著，孫昌熙、劉淦校點《司空圖詩品解說二種》（濟南：齊魯書社，1980），頁117。

然常存矣。〔註38〕

由此可知，「俱似大道，妙契同塵」的觀念乃深受《老子》思想的影響。《老子》以「道」為「和其光，同其塵」，因此「如覓水影」、「如寫陽春」、「風雲變態」、「花草精神」、「海之波瀾」、「山之嶙峋」等形象，所直覺的美感表現，便如《老子》的「道」一般，是與「水影」、「陽春」、「風」、「雲」、「花」、「草」、「海」、「山」等自然萬物「同塵」，但又非無別於自然萬物。職此，可以發現「形容」風格的美感表現不能以形跡求得，其與自然萬物有著不即不離的關係，並且能表現出與自然萬物同塵妙合的意趣。

更進一步來說，「如覓水影」、「如寫陽春」、「風雲變態」、「花草精神」、「海之波瀾」、「山之嶙峋」等審美形象，如何能表現出「俱似大道，妙契同塵」的美感呢？楊廷芝《二十四詩品淺解》云：

> 覓，求也。水影，不著跡象，形容只在有意無意間，不即不離，可以無心得，而不可以有意求。故曰「如覓水影」。陽春，萬物發育之初，春意盎然，必有造化從心手段，乃以形容得出。故曰「如寫陽春」。嶙，離珍切。峋，須倫切。山崖重深貌。一云山有起伏也。風雲、花草、山、海，體也。變態、精神、波瀾、嶙峋，用也。風雲之變態蒼茫，花草之精神煥發，海之波瀾無定，山之嶙峋不齊，此其千狀萬態之難以擬議者，非善於形容，烏能形容之盡致！〔註39〕

又喬力亦云：

> 影，本身便已難以把握，況且是覓水中之影？又當於何處描摹其跡象呢？豔陽生輝，春光絢爛，萬物勃發興旺於此時，若能傳寫出其生機流溢的神態，則可稱深得「形容」之意了。這兩句還只是虛擬。中間的四句直接承第三、四兩句而來，語意連貫而下。風雲之狀態，倏忽萬變，無形不具；花草紛

〔註38〕見（唐）司空圖著，郭紹虞集解《詩品集解・續詩品注》（北京：人民文學出版社，2006），頁37。

〔註39〕見（清）孫聯奎、楊廷芝著，孫昌熙、劉淦校點《司空圖詩品解說二種》（濟南：齊魯書社，1980），頁116～117。

披多采，爭勝鬥豔，一派欣欣向榮的精神。這第五、六兩句
是實寫。山之嶙峋，重崖突兀，險峻入雲，這是靜狀；海之
波瀾，翻卷澎湃，浪沫蕩激，這是動態。〔註40〕

首先，「水影」非「不著跡象」，亦非「水中之影」，而是指水中所倒
映的形象，乃與岸上的景象相對。岸上的景象固然是現實生活中實體
的景象，但因與人的接觸過於頻繁，所以實體景象的美往往被忽略。
水中的倒影則不同，由於人與水之間存在著距離，於是就構成了人進
行審美活動時所必要的「美感距離」。〔註41〕質言之，水中所倒映的
形象，往往容易成為心靈最直接的真情慧見。與現實生活中的實體景
象相較起來，水中的倒影雖然虛幻、不實，但其形象的直覺卻更令人
有「真實」的存在感。因此，「如覓水影」所以能有「俱似大道，妙
契同塵」的美感表現，便在於水中倒影的審美形象不僅與岸邊的景致
「同塵」，還更能表現出岸邊景致的「美」之所在。

其次，「陽春」是春天時節，陽光普照大地的形象。陽光是供應
萬物滋長的重要能源，而春天更是充滿生機的季節。因此「陽春」的
形象直覺，便令人有一片春暖花開、欣欣向榮的美感。如此，「如寫
陽春」的「形容」美感表現，便指的是在「同塵」的現實春景中，能
令人有「萬物勃發興旺於此時」或「生機流溢」等的春色表現。

復次，「風雲變態」是「風」、「雲」不斷翻湧騰出的形象。其中，
「雲」的形狀，依「風」的動向而定；而「風」的存在，又藉「雲」
的流動來呈現。因此「風雲變態」的形象，便令人直覺有蜂擁而出、
詭譎多變的美感。職是，「風雲變態」的「妙契同塵」，便在於能凸顯

〔註40〕見喬力著《二十四詩品探微》（濟南：齊魯書社，1983），頁111。
〔註41〕關於「美感距離」，朱光潛在〈當局者迷‧旁觀者清──藝術和實際
人生的距離〉一文中曾云：「倒影是隔著一個世界的，是幻境的，是
與實際人生無直接關聯的。我們一看到它，就立刻注意到它的輪廓、
線紋和顏色，好比看一幅圖畫一樣。這是形象的直覺，所以是美感
的經驗。總而言之，正身和實際人生沒有距離，倒影和實際人生有
距離，美的差別即起於此。」見朱光潛著《談美》（臺南：漢風出版
社，1993），頁12。

出「風」、「雲」瞬息萬變與蒼茫不定的美感。

再復,「花草精神」是百花盛開,綠草如茵的形象。因此,「花草精神」的形象,令人直覺有爭奇鬥豔、綠意盎然的美感。是故,「花草精神」的「俱似大道」,也在於令人有「花」、「草」的精神意志展現,從而使人更加的感受到眼前綻放花朵的美麗與一片綠草的清新。

至於,「海之波瀾」是浪濤洶湧澎湃的形象。職是,「海之波瀾」的意象,便令人有怒氣沖天、撼動天地的美感。因此,「海之波瀾」的「形容」風格表現,便在於藉由狂瀾的翻卷、激盪,以呈現出「海」之所以為「海」的壯闊場面。

最後,「山之嶙峋」是重山疊嶂的形象,也是崇山峻嶺的形象。前者,令人直覺有連綿起伏、綿延深邃的美感;後者,則令人有高聳入雲、雄偉靜定的美感。是故,「山之嶙峋」的「妙契」美感,便在於能表現出山脈的起伏與突兀,而令人感受到「山」之所以為「山」的雄偉面貌。

綜上所述,可以發現「如覓水影」、「如寫陽春」、「風雲變態」、「花草精神」、「海之波瀾」、「山之嶙峋」等「形容」的文體風格,皆令人有「逼真」的美感表現。因此,倘從創作論的立場來看,便會引出這樣的問題:「形容」的文體風格,何以能有「逼真」的形象描繪?就「形容」文體風格的創作歷程來說,詹幼馨曾云:

> 這兒說「妙契同塵」,可以理解為於「同塵」之中得其「妙契」。所謂「妙契」,意為美好的、巧妙的、微妙的「默契」。這個「默契」,就是自然的結合。就「形容」而言,作者置身於萬事萬物之中,一旦物我相合,物之形容得於我心,既美好,又微妙;我之心思得其形似而不止於形似,識其形而不宥於形,運用我的「智慧靈巧」,超越於形似之上,而涵濡磨礪求其神似,終於達到了「形容」的高級階段,完成了感人的作品。〔註42〕

〔註42〕見詹幼馨著《司空圖詩品衍繹》(臺北:王記書坊,1985),頁 115～116。

職是，「形容」文體風格所以能有「逼真」的形象描繪，乃來自作者於「同塵」的萬事萬物中，能有得其「妙契」表現。而這樣「妙契」的創作即是「得其形似而不止於形似」的創作。其中，前一個「形似」指萬事萬物「逼真」的神態，而後一個「形似」則指萬事萬物「實際」的樣態。所以，「形容」的文體風格表現，最終的目的在表現「逼真」的神態美感，而不在拘泥、遷就於「實際」的樣態如何。〔註43〕如此，一方面既做到了「心與物會」的「形象直覺」，另一方面也「心與物無違」的完成了「物」的神態美感呈現。〔註44〕

　　就「形容」的概念敘述而論，「絕佇靈素，少迴清真」，孫聯奎《詩品臆說》云：

> 絕者，極力也。佇，留也。靈素，心神也。絕佇靈素，謂
> 極力留心清真。物之清真，即物之神理也。極力留心物之
> 神理，方得少迴清真。少迴者，不敢侈言盡迴，謂少得彷
> 彿也。絕佇靈素，方少迴清真，為詩、為文，又安可率爾
> 操觚乎？〔註45〕

職是，「形容」的文體風格意謂要「極力留心物之神理，方得少迴清真」。然而，如何留心物之神理？又如何說能少得物之彷彿呢？詹幼馨云：

> 如果我們把「絕佇」兩字拆開來理解為「絕而佇之」，意
> 思是把精力集中在這一點上，盼望著、探索著、捕捉著所

〔註43〕孫聯奎《詩品臆說》即云：「妙契同塵，則化工，非畫工矣。」見（清）孫聯奎、楊廷芝著，孫昌熙、劉淦校點《司空圖詩品解說二種》（濟南：齊魯書社，1980），頁40。

〔註44〕從創作論的立場解讀「妙契同塵」，曹冷泉有很精要的見解，他說：「妙契者，謂心與物會也；同塵者，心與物無違也。」然而，曹冷泉以「風雲變態，花草精神。海之波瀾，山之嶙峋」等四句，未言及現實中世態人情的變化，而以為是《二十四詩品》文學思想的缺陷，則有失偏頗。參見曹冷泉注釋《詩品通釋》（西安：三秦出版社，1989），頁71。

〔註45〕見（清）孫聯奎、楊廷芝著，孫昌熙、劉淦校點《司空圖詩品解說二種》（濟南：齊魯書社，1980），頁40。

> 要狀的形之容，恐怕更恰當一些。「少回」，相當於「稍回」，
> 有慢慢地、漸漸地出現的意思。要形似，就得觀察事物的
> 外形；要神似，還得體察事物的精神。觀察和體察的過程，
> 往往是由無到有，由粗到細，由模糊到清晰，由支離到完
> 整，由不知如何下筆到一氣呵成。「清眞」就是清晰的形
> 象。〔註46〕

因此，所謂「極力留心物之神理」便是要精力集中的去捕捉所要狀的
形之容，而說能「少得物之彷彿」，便意謂能慢慢地、漸漸地獲得所
要狀的形之容的清晰形象。換言之，「形容」的文體風格，乃貴在所
描繪的形象能有「物之神理」的美感表現，而這也正是「絕佇靈素」
所要捕捉的「形之容」。

郭紹虞的注解曾云：

> 水影，水波之影，不著跡象，不可以有意求覓。陽春，載
> 陽之春，亦極神妙，不可以泥跡摹寫。此即「絕佇靈素，
> 少迴清眞」之說明。〔註47〕

「絕佇靈素，少迴清眞」下接「如覓水影，如寫陽春」，因此「如覓
水影，如寫陽春」當然可以作爲「絕佇靈素，少迴清眞」的說明。然
而，「如覓水影，如寫陽春」對「絕佇靈素，少迴清眞」的說明，其
意義並不在說明「絕佇靈素，少迴清眞」的「不著跡象」、「不可以有
意求覓」、「不可以泥跡摹寫」等。因爲，「絕佇靈素，少迴清眞」既
只作爲「凝神壹志，專注於是」的審美活動，則「不著跡象」、「不可
以有意求覓」、「不可以泥跡摹寫」等，就不會是「絕佇靈素，少迴清
眞」所會有的問題。〔註48〕因此，「如覓水影，如寫陽春」對「絕佇
靈素，少迴清眞」更大的說明意義，便在於「如覓水影」、「如寫陽春」

〔註46〕見詹幼馨著《司空圖詩品衍繹》（臺北：王記書坊，1985），頁113。
〔註47〕見（唐）司空圖著，郭紹虞集解《詩品集解・續詩品注》（北京：人
民文學出版社，2006），頁36～37。
〔註48〕郭紹虞的注解曾云：「絕佇靈素，謂凝神壹志，專注於是也。」見（唐）
司空圖著，郭紹虞集解《詩品集解・續詩品注》（北京：人民文學出
版社，2006），頁36。

即是「絕佇靈素，少迴清眞」的形象例證。也因此，不僅「如覓水影」、「如寫陽春」，就連「風雲變態」、「花草精神」、「海之波瀾」、「山之嶙峋」等，也都可以說是「絕佇靈素，少迴清眞」所捕捉到的審美形象的例證說明。

其次，「離形得似，庶幾斯人」，孫聯奎《詩品臆說》云：

> 形容處斷不可使類土木形骸。《衛風》之詠碩人也，曰：「手如柔荑」云云，猶是以物比物，未見其神。至曰：「巧笑倩兮，美目盼兮」，則傳神寫照，正在阿堵，直把箇絕世美人，活活的請出來在書本上混漾。千載而下，猶如親其笑貌。此可謂離形得似者矣。似，神似，非形似也。庶幾斯人，言形容非斯人莫與歸也。〔註49〕

《詩經·衛風》中詠碩人「手如柔荑」、「膚如凝脂」、「領如蝤蠐」、「齒如瓠犀」、「螓首蛾眉」等，皆是以物比物的譬喻描寫，稱不上是「形容」的文體風格。由此可知「形容」文體風格的表現，以美女的形象為例，並不在對其全身上下作鉅細靡遺的精雕細琢。碩人的「美」其實只從局部的「巧笑倩兮」與「美目盼兮」便得以窺見一斑。「巧笑倩兮，美目盼兮」之所以能烘托出碩人的整體美感，便在於「巧笑倩兮，美目盼兮」的形象描繪是「傳神」的寫照。易言之，「巧笑倩兮，美目盼兮」成功的勾勒出碩人「笑容可掬」與「眼神流動」的形象，於是直覺的便令人感受到彷彿有位心情愉悅、神采奕奕的美女活現在人的面前。是故，碩人的「美」不由整體形象的刻劃來呈現，而是畫龍點睛的從局部的傳神寫照來烘托，這便是所謂「離形得似」。其中，「形」指的是描繪實體的實際樣態，因此「似」當然不指實際樣態的「形似」而言，而是指「神似」，即「逼眞」的「神態」。

杜黎均曾主張：

> 對「離形得似」要全面理解，不可將「離形」絕對化。此處並非提倡「離開」形貌而達到「神似」。「離形」指的是

〔註49〕見（清）孫聯奎、楊廷芝著，孫昌熙、劉淦校點《司空圖詩品解說二種》（濟南：齊魯書社，1980），頁40。

> 超越形貌，在描繪事物形貌的基地上刻劃神態。如果認爲
> 這一文學理論結論就是崇尚不要形似而專講神似，那就曲
> 解了司空圖的原意。對全篇要領的掌握，尚需從基本內涵
> 著眼。「形容」這個風格術語的基本內涵，就是細緻刻劃事
> 物面貌。〔註50〕

於此，值得思辨的一個問題是：超越形貌的「神似」或「神態」能否
與講求細緻刻劃事物面貌的「形似」並存？又倘若兩者不得兼顧時，
孰輕孰重呢？先就後者問題而言，《詩經·衛風》中詠碩人形象的例
證，昭示了「形容」文體風格中一個重要的原則：「形容」文體風格
貴在有「逼眞」的「傳神」寫照，而非「細緻刻劃事物面貌」、「以物
比物」的「形似」表現。因此，顯然的當「神似」與「形似」不得兼
顧時，「神似」重於「形似」。甚至可以說，形象有「神似」的美感表
現，便不失爲「形容」文體風格的表現。另外，再就前者的問題來看，
「神似」是就超越形貌來說，而「形似」是要細緻刻劃事物面貌，如
此說「在描繪事物形貌的基地上刻劃神態」，則如何能有超越形貌的
可能？易言之，超越形貌與忠實形貌明顯衝突、矛盾。倘要在「描繪
事物形貌的基地上刻劃神態」，則「超越形貌」的「逼眞」美感將無
從表現出來，而所刻劃出來的「神態」，其實也只是實體樣貌的平版
複製，談不上是「傳神」的寫照。〔註51〕有關「離形得似」中「形似」
與「神似」的問題，仍宜從「俱似大道，妙契同塵」的觀念來理解。
「離形得似」的「似」既指「神似」，是「逼眞」的「神態」美感表
現，因此所謂「得似」也如同《老子》的「道」一般，是萬事萬物「同
塵」中，不即不離的「妙契」表現。職是，與萬事萬物的「同塵」，
便是與實際樣態「形似」的所在；而不即不離的「妙契」，即是「神

〔註50〕見杜黎均著《二十四詩品譯注評析》（北京：北京出版社，1988），
頁164～165。

〔註51〕郭紹虞的注解亦云：「離形，不求貌同；得似，正由神合。」見（唐）
司空圖著，郭紹虞集解《詩品集解·續詩品注》（北京：人民文學出
版社，2006），頁37。

似」美感的表現。

　　至於「庶幾斯人」，楊廷芝《二十四詩品淺解》云：

　　　庶幾斯人，言其離形得似，則庶爲形容高手也。〔註52〕

「離形得似」下接「庶幾斯人」，因此「斯人」便可以直接指的是善於「離形得似」的寫照之人，亦即是「形容」文體風格的表現高手。進一步說，「斯人」所以是「離形得似」的「傳神」寫照高手，則來自「斯人」善於「絕佇靈素，少迴清眞」。易言之，結尾的「離形得似，庶幾斯人」正與開頭的「絕佇靈素，少迴清眞」相呼應。善於「離形得似」的「庶幾斯人」即是嫻熟於「絕佇靈素，少迴清眞」者。

　　職是，「形容」的文體風格可以用「如覓水影」、「如寫陽春」、「風雲變態」、「花草精神」、「海之波瀾」、「山之嶙峋」等審美形象作爲象徵。「形容」的文體風格，主要在於能有「傳神」、「逼眞」的美感表現。這樣的美感表現來自心靈對形象的直覺，既與形象的實際樣態有「同塵」的「形似」之處，另外也能表現出實際樣態的「美」之所在。趙福壇曾云：

　　　「離形得似」是司空圖「象外之象」，「韻外之致」的美學
　　　思想在《詩品》中的反映。〔註53〕

又詹幼馨也引《六一詩話》中梅堯臣對歐陽脩所說的話，而認爲「必能狀難寫之景，如在目前，含不盡之意，見於言外」有助理解「形容」的精神。〔註54〕《二十四詩品》作者是否爲晚唐・司空圖，因文獻不足以全面證實，故暫且懸置不論。但值得探討的問題是：「離形得似」與司空圖所主張「象外之象」、「韻外之致」的內容是否一致？它們與宋代梅堯臣、歐陽脩的詩論觀點，是否一脈相承？司空圖〈與極浦書〉曾云：

〔註52〕見（清）孫聯奎、楊廷芝著，孫昌熙、劉淦校點《司空圖詩品解說
　　　　二種》（濟南：齊魯書社，1980），頁117。
〔註53〕見趙福壇箋釋，黃能升參證《詩品新釋》（廣州：花城出版社，1986），
　　　　頁183。
〔註54〕參見詹幼馨著《司空圖詩品衍繹》（臺北：王記書坊，1985），頁114。

> 戴容州云:「詩家之景,如藍田日暖,良玉生煙,可望而不
> 可置于眉睫之前也。」象外之象,景外之景,豈容易可譚
> 哉?〔註55〕

於此,司空圖雖引戴容州的話,提出所謂「象外之象」、「景外之景」,
但何謂「象外之象」、「景外之景」?司空圖並沒有繼續作直接的解釋。
然而,在〈與李生論詩書〉中,司空圖曾明確的論述了他的詩學主張,
他說:

> 文之難,而詩之尤難,古今之喻多矣。而愚以爲辨於味而
> 後可以言詩也。江嶺之南,凡足資於適口者,若醯非不酸
> 也,止於酸而已。若鹺非不鹹也,止於鹹而已。華之人以
> 充飢而遽輟者,知其鹹酸之外,醇美者有所乏耳,彼江嶺
> 之人習之而不辨也,宜哉。詩貫六義,則諷諭、抑揚、渟
> 蓄、溫雅,皆在其間矣。然直致所得,以格自奇。前輩編
> 集,亦不專工於此,矧其下者耶!王右丞、韋蘇州,澄澹
> 精致,格在其中,豈妨於道舉哉?賈浪仙誠有警句,視其
> 全篇,意思殊餒,大抵附於寒澀,方可致才,亦爲體之不
> 備也。矧其下者哉!噫,近而不浮,遠而不盡,然後可以
> 言韻外之致耳。〔註56〕

易言之,食物在鹹、酸之味外,又令人感到有醇美者,即所謂「味外
之旨」;文字在所表達的意義外,又令人有想像空間的觸發者,即所
謂「韻外之致」。由是,同樣是司空圖的論詩主張,所謂「韻外之致」
即「象外之象」、「景外之景」的主張。此外,如何有「韻外之致」的
美感表現?司空圖則認爲要做到「近而不浮,遠而不盡」的描寫。所
謂「近而不浮」便是要求詩不可晦澀難解,必須貼近人的生活經驗,
訴諸人的直接情感,但又不宜淺顯直露。詩帶給人的情意感受必須是
含蓄的流露,亦即是在文字的意象中,令讀者有悠悠不盡的美感想

〔註55〕見(唐)司空圖著,祖保泉、陶禮天箋校《司空表聖詩文集箋校》(合
肥:安徽大學出版社,2002),頁215。

〔註56〕見(唐)司空圖著,祖保泉、陶禮天箋校《司空表聖詩文集箋校》(合
肥:安徽大學出版社,2002),頁193〜194。

像，而這才是所謂「遠而不盡」。因此，詩的創作，至晚唐時已萌生擺脫實際樣態的「形似」描寫，而呼籲走上「傳神」寫照的道路。換言之，司空圖「象外之象」、「景外之景」、「味外之旨」、「韻外之致」，甚至「思與境偕」等詩論主張，都是在中國傳統「形神論」的創作基礎上發展起來。〔註 57〕因此，就「形神論」的創作觀點來說，《二十四詩品》的「形容」文體風格，確實與司空圖「象外之象」、「韻外之致」等詩論主張有相通之處。

　　然而，能否就此說「離形得似」與「象外之象」、「韻外之致」所主張的內容一致，是「象外之象」、「韻外之致」的反映呢？《二十四詩品》明顯區分了「形容」與「實境」兩種不同的文體風格，並且就司空圖〈與李生論詩書〉中所自負的創作來看，司空圖所謂「象外之象」、「景外之景」、「味外之旨」、「韻外之致」、「思與境偕」等詩論主張，其實比較偏向於「直截通透」、「當下即是」的「實境」文體風格，而非「形容」的文體風格。質言之，「形容」的文體風格是中國傳統「形神論」的創作表現，講究的是「傳神」、「逼真」的美感；「實境」的文體風格則是在「形神論」的創作基礎上，又深受佛教「境論」觀念的影響所形成。因此，嚴格來說「離形得似」與「象外之象」、「韻外之致」等主張的內容並不完全一致，也不完全是「象外之象」、「韻外之致」的反映。

　　此外，北宋・歐陽脩《六一詩話》云：

聖俞嘗語余曰：「詩家雖率意，而造語亦難。若意新語工，得前人所未道者，斯為善也。必能狀難寫之景，如在目前，含不盡之意，見於言外，然後為至矣。賈島云：『竹籠拾山果，瓦瓶擔石泉。』姚合云：『馬隨山鹿放，雞逐野禽栖。』等是山邑荒僻，官況蕭條，不如『縣古槐根出，官清馬骨高』為工也。」余曰：「語之工者固如是。狀難寫之景，含

〔註57〕司空圖〈與王駕評詩書〉曾云：「長於思與境偕，乃詩家之所尚者」見祖保泉、陶禮天箋校《司空表聖文集箋校》（合肥：安徽大學出版社，2002），頁 190。

> 不盡之意，何詩爲然？」聖俞曰：「作者得於心，覽者會以
> 意，殆難指陳以言也。雖然，亦可略道其髣髴：若嚴維『柳
> 塘春水漫，花塢夕陽遲』，則天容時態，融和駘蕩，豈不如
> 在目前乎？又若溫庭筠『雞聲茅店月，人跡板橋霜』，賈島
> 『怪禽啼曠野，落日恐行人』，則道路辛苦，羈愁旅思，豈
> 不見於言外乎？」〔註58〕

於此，可以發現梅堯臣就「如在目前」、「見於言外」所舉的詩例，與
司空圖〈與李生論詩書〉中「思與境偕」的創作極爲類似，皆是「直
截通透」、「當下即是」的「實境」文體風格創作。因此，北宋・梅堯
臣所謂「狀難寫之景，如在目前，含不盡之意，見於言外」與晚唐・
司空圖「近而不浮，遠而不盡」的詩論觀點，正遙相呼應。職是，與
其從「狀難寫之景，含不盡之意」的詩論觀點來理解「形容」的精神，
倒不如從中國傳統的「形神論」著眼，更能窮究「形容」文體風格的
創作本源。

　　「形容」的文體風格雖源於中國傳統「形神論」的創作表現，但
直至《二十四詩品》的問世，「形容」才被當成一獨立的文體風格。
由於《二十四詩品》的作者問題在近代受到強烈的質疑，於是《二十
四詩品》的產生年代，也失去了該有的歷史座標。然而，倘以《二十
四詩品》的文本爲基點，直接就「形容」文體風格的表現來作考察，
則對於「形容」文體風格的形成，或許仍可以大概推測出其盛行的時
代背景。北宋・王直方《王直方詩話》云：

> 文忠公〈盤車圖詩〉云：「古畫畫意不畫形，梅詩詠物無隱
> 情。忘形得意知者寡，不若見詩如見畫。」東坡作〈韓幹
> 畫馬圖詩〉云：「韓生畫馬眞是馬，蘇子作詩如見畫。世無
> 伯樂亦無韓，此詩此畫誰當看！」又云：「論畫以形似，見
> 與兒童鄰。賦詩必此詩，定非知詩人。詩畫本一律，天工
> 與清新。」又云：「少陵翰墨無形畫，韓幹丹青不語詩。此
> 畫此詩今已矣，人間駑驥謾爭馳。」余每誦數過，殆欲常

〔註58〕見（清）何文煥輯《歷代詩話》（北京：中華書局，2006），頁267。

以爲法也。〔註59〕

又呂本中《童蒙詩訓》云：

> 義山〈雨詩〉「摵摵度瓜園，依依傍水田」，此不待說雨，
> 自然知是雨也。後來魯直、無己諸人多用此體，作詠物詩
> 不待分明說盡，只髣髴形容，便見妙處。〔註60〕

所謂「畫意不畫形」、「忘形得意」、「論畫以形似，見與兒童鄰」、「賦詩必此詩，定非知詩人」、「只彷彿形容便見妙處」等觀念，明顯皆是輕「形似」重「傳神」的創作理路。因此，歐陽脩、蘇軾、黃庭堅、王直方、呂本中等人所讚賞的詩或畫，其實就是「形容」文體風格的表現。此外，歐陽脩、蘇軾、黃庭堅、王直方、呂本中等皆爲北宋人，又黃庭堅等後來諸人「多用此體作詠物詩」，其中王直方便直言「欲常以爲法也」。由此可見「形容」的文體風格在北宋時，已普遍爲當時的文人所接受和學習。質言之，北宋的詩壇風氣，對「形容」文體風格的形成與獨立，可說提供了一個良好的孕育環境。

第三節　超塵脫俗，境外有境──超詣的審美韻致

《二十四詩品・超詣》云：

> 匪神之靈，匪機之微。如將白雲，清風與歸。遠引若至，
> 臨之已非。少有道氣，終與俗違。亂山喬木，碧苔芳暉。
> 誦之思之，其聲愈稀。〔註61〕

就章法言，祖保泉認爲這一品用形象描繪的方法來表現所謂「超詣」的境界，並且就祖保泉的譯文來看，全篇首尾用第二人稱貫串，則似乎以爲全篇皆爲形象的描繪。〔註62〕然而，杜黎均則主張「匪神之靈，

〔註59〕見吳文治主編《宋詩話全編》（南京：江蘇古籍出版社，1998），頁
　　　1162。

〔註60〕見吳文治主編《宋詩話全編》（南京：江蘇古籍出版社，1998），頁
　　　2896。

〔註61〕見（唐）司空圖著，郭紹虞集解《詩品集解・續詩品注》（北京：人
　　　民文學出版社，2006），頁37～38。

〔註62〕參見祖保泉著《司空圖詩品解說》（修訂本）（合肥：安徽人民出版

匪機之微」說明「超詣」非從天資聰慧得來。「如將白雲，清風與歸」以白雲、清風之瀟灑喻「超詣」。中四句提出兩個深刻的文學理論判斷：「遠引若至，臨之已非」，極言「超詣」之境要寫得富有情趣；「少有道契，終與俗違」，表述作家需從小加強思想涵養，培育正直之氣，如此才能超脫世俗。「亂山喬木，碧苔芳暉」分別以雄渾、沖淡之景喻「超詣」。「誦之思之，其聲愈稀」則總論「超詣」要耐人尋味，吟詠之間，寓意深長。〔註63〕職是，「如將白雲，清風與歸」、「亂山喬木，碧苔芳暉」皆明顯為形象語言。至於「匪神之靈，匪機之微」、「遠引若至，臨之已非。少有道氣，終與俗違」、「誦之思之，其聲愈稀」等，則有待討論。首先就「遠引若至，臨之已非。少有道氣，終與俗違」來看，杜黎均以為提出了兩個深刻的文學理論判斷，但「如將白雲，清風與歸。遠引若至，臨之已非」杜黎均的今譯卻云：

> 詩人好像在伴從著白雲，隨清風一起遨遊同歸。向前遠行，
> 好像即將面臨妙境，到了那裡，卻又覺得並不如意。〔註64〕

換言之，在今譯的解釋上杜黎均乃將「遠引若至，臨之已非」與「如將白雲，清風與歸」合看；否則，所謂「向前遠行」就不知所指為何了。是故「遠引若至，臨之已非」不妨與「如將白雲，清風與歸」合看，以作為「超詣」美感表現的審美形象。另外，「道氣」杜黎均指人所需培育的「正直之氣」，如此就「正直之氣」給人的審美形象而言，「少有道氣，終與俗違」二句亦不妨視之為「超詣」的形象描繪。其次，「匪神之靈，匪機之微」杜黎均雖認為沒有提出明確的文學理論判斷，但卻不否認「匪神之靈，匪機之微」具有邏輯語言的說明作用。因為，以「匪神之靈，匪機之微」說明「超詣」非從天資聰慧得來，即是一種判斷性的邏輯語言表述。最後，「誦之思之，其聲愈稀」

社，1982），頁 87。

〔註63〕參見杜黎均著《二十四詩品譯注評析》（北京：北京出版社，1988），頁 167～169。

〔註64〕見杜黎均著《二十四詩品譯注評析》（北京：北京出版社，1988），頁 168。

杜黎均與祖保泉在譯文中皆一致將「誦之思之，其聲愈稀」與上文「亂山喬木，碧苔芳暉」合看。然而，「亂山喬木，碧苔芳暉」既可獨立作爲「超詣」的審美形象，則「誦之思之，其聲愈稀」便不妨視爲總論「超詣」概念的邏輯語言。職是，「超詣」一品的篇章結構可分析爲：「如將白雲，清風與歸。遠引若至，臨之已非」、「少有道氣，終與俗違」、「亂山喬木，碧苔芳暉」等，爲超詣的審美形象；「匪神之靈，匪機之微」、「誦之思之，其聲愈稀」等，爲超詣的概念敘述。

　　就「超詣」的審美形象言，「如將白雲，清風與歸。遠引若至，臨之已非」，詹幼馨云：

> 將白雲、與清風，目的是要「超」，是要遠引而去。可是去到哪兒？超詣何方？「遠引若至」，似乎超詣了，其實，還沒有。「臨之已非」，這「遠引若至」的地方，還不是理想中的超詣之境。這兩句要和上兩句連起來看。「如將白雲，清風與歸」，是超詣的起點，是往超詣的路上前進的步伐，但要真正達到超詣的境界，卻絕不是一將白雲，一與清風，就可以一蹴而就的。要想超塵脫俗，也絕不只是從形式上表示與之離異就可以達到目的的。何況超詣的境界和高古不同，它幾乎是沒有止境可言。〔註65〕

職是，「白雲」、「清風」皆作遠引而去的形象，便令人直覺有快速輕盈、高飛超脫的美感。又即便「白雲」、「清風」能遠引而去，但彷彿「若至」的地方，在即將到達的時候，卻變成了「已非」之境，如此瞬間幻化的形象，便再次令人有迅速置換、望塵莫及的美感。如此，哪裡才算是「超詣」的境界？則似乎眞的是沒有止境可言。然而，「超詣」作爲一種文體風格，其實並不在呈現哪裡才是「超詣」的境界，而是在表現出「超詣」的審美形象，以便令人有「超詣」的美感，進而對所謂「超詣」有眞實的認知。孫聯奎《詩品臆說》即云：

> 白雲、清風，皆超妙者。清風將白雲而與歸，更超妙矣。歸者，歸太空也。太空冥冥，不可得而名，豈不更超妙乎？

〔註65〕見詹幼馨著《司空圖詩品衍繹》（臺北：王記書坊，1985），頁46。

此喻，用心亦良苦矣。此喻較下諸喻，即爲超詣。其超妙
也，如海上三神山，可望不可即。〔註66〕

又郭紹虞的注解亦云：

白雲清風，皆高妙清淡之物，將白雲而與清風俱歸，則飄
然無跡之象，正是擬議超詣之境。所以超詣之境，可望而
不可即。遠遠招引，好似相近，但無由踐之途。即而近之，
才覺超詣，便非超詣。〔註67〕

換言之，「白雲」、「清風」爲高妙、清淡之物，所以「如將白雲，清
風與歸」的形象，便很容易被賦予輕快高飛、清新淡雅的聯想。「白
雲」、「清風」的輕快高飛，明顯爲「超詣」的審美形象；而與「白雲」、
「清風」俱歸的清新淡雅，相對於複雜的人情俗世，何嘗不也是一種
向上提升的「超詣」美感表現？又「白雲」、「清風」所俱歸之處是浩
瀚無垠的天空，因而對比當下認知有限的心靈，開闊、超拔的天空意
象，便成爲「超詣」的象徵。此外，「白雲」、「清風」所遠引之處，
相對於原先所在的地方，即是一種「超詣」的展現。又彷彿「若至」
之處，雖然最後「臨之已非」，但當下仍令人有無法超越、望洋興嘆
的感受，因此「遠引若至，臨之已非」仍不失爲「超詣」審美形象的
展現。倘將「如將白雲，清風與歸」與「遠引若至，臨之已非」作比
較，則顯然可以發現同屬「超詣」的審美形象，「遠引若至，臨之已
非」所表現出的無從「超詣」美感，比「如將白雲，清風與歸」所表
現出的「超詣」美感，來得更強大、更濃烈、更深刻。簡言之，「超
詣」文體風格的美感表現，不僅在於正面所理解的「超詣」部分，還
包括無從「超詣」的反面部分。是故，《二十四詩品》的「超詣」文
體風格，並沒有把「超詣」說得不清楚。超出什麼？詣至何處？其實
都不是「超詣」文體風格所必須詳加說明清楚的。楊廷芝《二十四詩

〔註66〕見（清）孫聯奎、楊廷芝著，孫昌熙、劉淦校點《司空圖詩品解說
二種》（濟南：齊魯書社，1980），頁41。
〔註67〕見（唐）司空圖著，郭紹虞集解《詩品集解・續詩品注》（北京：人
民文學出版社，2006），頁38。

品淺解》曾云：

> 有一境焉，初以爲是，及到，已覺其非。進一境，不又有
> 一境耶？〔註68〕

職是，永無止境的一境之外又另有一境的存在，才是「超詣」文體風格所要揭示的宗旨。

「遠引若至，臨之已非」，孫聯奎《詩品臆說》曾云：

> 一本作「遠引莫至」，「莫」字死，不如「若」字活。二句，
> 一推一攬，文法甚妙。遠引若至，猶言「似可摹仿」；臨之
> 已非，猶言「究竟不象」。「臨」，如「臨帖」之「臨」，雖
> 是依樣葫蘆，畢竟死畫壞模。後寫〈蘭亭〉，不如初寫之佳。
> 初寫〈蘭亭〉，蓋超詣也。後人臨摹，又何能及其萬一乎？
> 字如是，詩可知。束晳知此，〈南陔〉可以不補矣。〔註69〕

「臨」字，作「臨帖」解，曹冷泉以「妙」字稱讚之，但又以爲未必合於作者之意。因此，曹冷泉補充說：

> 僧皎然云：「天眞挺拔之句，與造物爭衡，可以意冥，難以
> 言狀。」亦「遠引若至，臨之已非」之意也。〔註70〕

事實上，曹冷泉與孫聯奎有一個共通點，便是皆就創作論的立場，而非從文體論的立場來談「遠引若至，臨之已非」。因此，即使曹冷泉以「可以意冥，難以言狀」爲「遠引若至，臨之已非」之意，但也意謂著將「遠引若至，臨之已非」的內容，指向創作上「言」與「意」不能相一致的問題。然而，這樣的詮釋不僅不能擴大解釋「超詣」一品的其它文字，甚至武斷的否定了以「言」表「意」的可能性。在文學創作上可意冥者，未必難以言狀。尤有甚者的是，將文字表達功能推展到極點的以「言」狀「意」，正是每位詩人都在努力的事。同樣的，孫聯奎以「臨帖」解釋「臨」字，所以勉強說「遠引若至」猶言

〔註68〕見（清）孫聯奎、楊廷芝著，孫昌熙、劉淦校點《司空圖詩品解說二種》（濟南：齊魯書社，1980），頁118。

〔註69〕見（清）孫聯奎、楊廷芝著，孫昌熙、劉淦校點《司空圖詩品解說二種》（濟南：齊魯書社，1980），頁41～42。

〔註70〕見曹冷泉注釋《詩品通釋》（西安：三秦出版社，1989），頁74。

「似可摹仿」。「遠引若至」猶言「似可摹仿」;「臨之已非」,猶言「究
竟不象」。職此,便是把「超詣」完全建立在模仿的關係上。易言之,
初寫〈蘭亭〉的「超詣」乃因令人感到「似可摹仿」又因臨摹後「究
竟不象」才凸顯出來,如此初寫〈蘭亭〉本身,有何「超詣」可言?
因此,以臨摹的經驗談「超詣」,恐致使「超詣」的美感內容流於狹
隘。至於「遠引若至」一作「遠引莫至」,則「莫」字確實不如「若」
字。因為,「若」字比起完全否定的「莫」字,更能點出上文「白雲」、
「清風」的與歸之境,實乃一場彷彿的「超詣」。

其次,「少有道氣,終與俗違」,杜黎均云:

> 「少有」句中的「道氣」,並非道家之氣、道學之氣,而是
> 指雅正的思想素養、卓有見地的正直之氣。司空圖在這裡
> 提煉出了一個規律性的審美判斷:合道必違俗,有正直之
> 氣必能超脫庸俗之風。〔註71〕

職是,所謂「超詣」指的是在「正直之氣」中,有超脫庸俗的創作。
然而,「正直之氣」的培養,屬道德修養範疇;「超詣」文體風格的表
現,則屬文學藝術問題。兩者之間,並不存在著絕對的必然關係。因
此,與其就創作論立場來說培育「正直之氣」,才能有「超詣」的創
作,倒不如從文體論的觀點來談「少有道氣,終與俗違」,更能直接
點出「超詣」文體風格的樣貌。易言之,「少有道氣,終與俗違」的
審美形象是一具有「正直之氣」的人物形象,因此令人直覺有正氣凜
然、參贊天地的美感,相對於人情俗世的私利與鄉愿,更有不願將就
妥協,而能卓然自立的美感表現。除此之外,具有超脫庸俗的美感人
物,也可以是道家類型的人物。「少有道氣」,無名氏《詩品注釋》即
作「少有道契」,並云:

> 言又如人之於道,少有契合於其妙者則超然塵埃,終與流
> 俗相暌違,如漆園吏之舉動何超超也:其視塵寰不值一哂

〔註71〕見杜黎均著《二十四詩品譯注評析》(北京:北京出版社,1988),
頁 170。

> 矣，豈非相違而不相合乎？〔註72〕

職是，如莊子般妙契於自然的人物意象，便令人感到有超然物外、世我相遺的美感。如此，能解倒懸之苦，擺脫世俗的桎梏，不也正是一種「終與俗違」的「超詣」表現。曹冷泉以《詩品注釋》所解爲是，並云：

> 按作者所謂道，非人生之道，乃老莊之玄學耳。又按「有」字或爲「與」字之誤。「與道契」，即所謂超詣之境界；「與俗違」謂有不同於尋常生活之境界。〔註73〕

不管「少有道氣」或「少有道契」，也不論「正直之氣」或「老莊玄學」，總之，從文體論的立場來說，在紛紛擾擾的紅塵俗世中，能有卓然自立的人格形象表現，便不失爲「超詣」審美形象的展現。「有道氣」和「與道契」其實都在勾畫一具有「超詣」形象的人物，因此用「有」字或「與」字差異並不大。「與俗違」，宜指不同於一般人的俗世生活；否則「與道契」謂超詣之境界，「與俗違」謂不同於尋常生活之境界，如此「與俗違」之境即指「與道契」之境，而「有道氣」或「與道契」者的「超詣」美感，便欠缺了一面立竿見影的有效烘托。

另外，詹幼馨對「少有道氣，終與俗違」也有不同的見解，他說：

> 所謂「道氣」，應該指不願意同流合污的品質，不甘心因襲陳言的文風。「少有」是強調這種品質和文風在早期具備的情況。「少有」，並不等於總是具備。難能可貴的是自始至終都具備，而能自始至終都具備的人，才能精益求精，大器晚成。所謂「終與俗違」，正是有力地作出了這一論證。要超詣，就得與俗違。「少有道氣」，只是具備了超詣的條件，有可能達到超詣的境界，但不一定能夠保證必然達到。把開始的可能，加上不斷地努力修養，那就有把握達到必然的結局。〔註74〕

〔註72〕見曹冷泉注釋《詩品通釋》（西安：三秦出版社，1989），頁 75。
〔註73〕見曹冷泉注釋《詩品通釋》（西安：三秦出版社，1989），頁 75。
〔註74〕見詹幼馨著《司空圖詩品衍繹》（臺北：王記書坊，1985），頁 44。

「道氣」倘指不願意同流合污的品質，不甘心因襲陳言的文風，則所謂「道氣」便明顯為特定才性作家才具有的特質。職是，「終與俗違」的「超詣」，將被限定在部分特定的才性作家身上，因而失去表現「超詣」文體風格的普遍性。〔註75〕此外，些許的「少有道氣」並非是構成「終與俗違」的「超詣」充足條件，因此必須再加上其它條件始能完備，而這外加的條件，詹幼馨即以為是「不斷地努力修養」。然而，在《二十四詩品》的「超詣」文字中，並沒有一段文字是指向要「不斷地努力修養」。即便詹幼馨以「匪神之靈，匪機之微」的涵義為：要達到「超詣」的境界，光靠神之靈，機之微還不行。〔註76〕於是，順理成章的將「不斷地努力修養」視為達到「超詣」的必然合理要求。然而，不能光靠神之靈、機之微，還需要文學家不斷地努力修養，是文學創作上的一般通則，並不能有效凸顯出「超詣」的獨特文體風格。

　　不將「道契」作人格形象來看待者，則有喬力的主張，他說：

> 在寫作過程中這種手不應心的艱難情況，詩人和文藝家們是有共同感受的。然則，如何是好呢？應須從少年時就努力學習，陶冶情操，積聚豐富的生活素材和藝術教養，得有「道契」，把握藝術創作規律。便終能邁越凡庸，摒絕滑俗之氣，進到超詣的境界。〔註77〕

職是，「道契」指藝術創作規律的把握。其目的在解決手不應心的艱難情況，而把握「道契」的方法便是「從少年時就努力學習，陶冶情

〔註75〕同樣的問題，一樣發生在趙福壇的見解上。趙福壇曾以「道氣」為「超塵絕俗的氣質」，並就「少有道氣，終與俗違」云：「這兩句說明超詣的形成。意思是說，超詣之境出於本性，自幼年便有，非人所能造就。既然出於本性，那就自然而然，始終保持純真，不為塵俗所近。」見趙福壇箋釋，黃能升參證《詩品新釋》（廣州：花城出版社，1986），頁 191。「超詣」之境出於「超塵絕俗的氣質」，出於「本性」，如此不僅將「超詣」文體風格命定限制在某些特定的作家身上，甚且將「超塵絕俗的氣質」才性誤視為一般人普遍的本性。

〔註76〕參見詹幼馨著《司空圖詩品衍繹》（臺北：王記書坊，1985），頁 44。

〔註77〕參見喬力著《二十四詩品探微》（濟南：齊魯書社，1983），頁 118。

操，積聚豐富的生活素材和藝術教養」。然而事實上，「努力學習」、「陶冶情操」、「積聚豐富的生活素材和藝術教養」等皆是一般文藝創作的基本素養，並不是構成「超詣」文體風格的特色所在。因此，當喬力把「少有道契，終與俗違」看成是創作上「手不應心」的「超詣」情況時，解決「手不應心」的問題，便成為「超詣」境界的達成。可是顯然的，克服「手不應心」的問題是任何文體創作都會遇到的問題，因此並不適合將「手不應心」的克服，視之為「超詣」的境界。

最後，「亂山喬木，碧苔芳暉」，曹冷泉云：

> 亂山，謂峰巒起伏的群山。芳暉，鮮麗的陽光。喬木，挺秀於一片亂山之上，勢若與青天爭高，顯出孤高絕塵之致。
> 苔碧生寒，嬌陽照耀於其上，異彩浮現，靜寧幽深。〔註78〕

職是，「亂山」是峰巒起伏的群山形象。群山橫亙大地的意象，便令人感到雄偉、挺拔。「喬木」是樹木粗壯、高聳的形象，則令人直覺有勢若與天爭高的美感。又當「亂山」、「喬木」兩意象並置時，便意謂觀看視野的鏡頭是由遠而近，如此「超詣」的美感內容不僅表現在高山之上有喬木矗立其上，以更顯崇高外，還表現在「亂山喬木」所座落位置的高遠，因而又令人有孤高絕塵的美感。「碧苔芳暉」是陽光照耀在碧苔上的形象，除異彩浮現外，靜寧幽深的「超詣」美感表現，更導因於碧苔的滋長是因人跡的罕至，而芳暉的所照之處卻又是人跡的可到之處。換言之，「碧苔芳暉」是一人跡可至卻又人跡罕至的境地，其超塵脫俗、靜寧幽深的美感，便由此烘托而出。〔註79〕此外，「碧苔芳暉」亦可與上文「亂山喬木」合看。喬力云：

> 亂山簇擁逶迤，喬木聳峙於其上，高插雲天，碧苔滋繁，

〔註78〕見曹冷泉注釋《詩品通釋》（西安：三秦出版社，1989），頁75。
〔註79〕「碧苔芳暉」楊廷芝《二十四詩品淺解》作「碧苔方暉」，並云：「門方，故云方暉。」見（清）孫聯奎、楊廷芝著，孫昌騰、劉淦校點《司空圖詩品解說二種》（濟南：齊魯書社，1980），頁118。如此，作「方暉」是因「門」為「方」形之故。但是「門」之所在，即是人時常會經過的地方，與前文人跡罕至的「碧苔」並不相應。是故，作「碧苔芳暉」更能表現出「超詣」美感。

芳暉瀉地，清碧之色與秀媚之姿交相映襯，最是天然勝
境。〔註80〕

職是，「亂山喬木」與「碧苔芳暉」意象並置時，視野鏡頭即由喬木
的高插雲天順勢下移到喬木的根底地面來。易言之，「碧苔芳暉」即
是高聳喬木下的景致。如此，「亂山喬木」點出「碧苔芳暉」的地處
高遠，而「碧苔芳暉」則暗示了「亂山喬木」的人煙罕至。又「喬木」、
「碧苔」等植物的原始特性，也說明了「亂山喬木，碧苔芳暉」是一
未經人為開墾、破壞的化外勝地。除此之外，「亂山喬木，碧苔芳暉」
詹幼馨曾云：

目的在於說明亂山而有喬木高聳，碧苔而承芳暉光澤，這
就把「俗物」轉為「異景」，所謂化腐朽為神奇。「超詣」
的境界自然就出來了。〔註81〕

職是，所謂「化腐朽為神奇」也成了「超詣」的美感內容。然而，如
果說亂山而有喬木高聳，碧苔而承芳暉光澤，便是把「俗物」轉為「異
景」，如此無異也是否定了雄偉、挺拔的群山形象與人跡罕至的「碧
苔」形象，皆可作為「超詣」的審美形象。因此，與其以「俗物」轉
為「異景」說「超詣」，倒不如說在一般的「俗物」中能有「異景」
的呈現為「超詣」，來得更恰當。而所謂「異景」即「超詣」的美感
內容，亦即是在一般常見的俗物境地上，又能賦予人有另一層超越原
本境地的想像。

就「超詣」的概念敘述而論，「匪神之靈，匪機之微」，喬力認為
以下兩說皆可，均為卓見，他說：

如何使所寫之詩能夠臻達「超詣」之境，並不是完全神妙
莫測的靈異之事；然而，也非關偶然機遇的巧合，便忽然
得其微妙。起首二句從議論起，示人以路徑，可見司空圖
之苦心。或說首句謂詩歌達「超詣」不是靠神明來指撥靈
妙，與第二句合觀，戒人初學便心存僥倖，不肯再下苦功

〔註80〕見喬力著《二十四詩品探微》（濟南：齊魯書社，1983），頁119。
〔註81〕見詹幼馨著《司空圖詩品衍繹》（臺北：王記書坊，1985），頁47。

夫。〔註82〕

以上兩種說法固然見解獨到，但能否有效闡明「超詣」文體風格的概念，則仍有待推敲。首先就第二種說法來看，「匪神之靈，匪機之微」說明「超詣」不是靠神明來指撥靈妙，因此言外之意便是在告戒初學者不應心存僥倖，而必須懂得下苦工夫。職是，如何能有「超詣」文體風格的表現，便是「從工夫深處」得來。〔註83〕然而，「下苦工夫」的說法在「超詣」的審美形象中，並不能找到相應的地方。因此，以「下苦工夫」作為「超詣」文體風格的概念，仍有待商榷。再就第一種說法來審視，「超詣」文體風格固然不是完全神妙莫測的靈異之事，也非關偶然機遇的巧合，但這要怎麼說「超詣」，卻是第一種說法未說盡的地方。「匪神之靈，匪機之微」，楊廷芝《二十四詩品淺解》云：

> 神者，陽之靈；神之精明者稱靈。機者，動之微。靈莫靈於神，微莫微於機，而超詣，則高遠精深，神不得以擅其靈，機不得以顯其微。〔註84〕

又趙福壇云：

> 超詣風格是怎樣的呢？作者先以「匪神之靈，匪機之微」，指出超詣具有「高遠精深，神不得以擅其靈，機不得以擅其微」的藝術特點。也就是說，超詣之境不為神機所擅，它是一種超乎尋常，空靈微茫，可望而不可即的藝術形象。〔註85〕

〔註82〕見喬力著《二十四詩品探微》（濟南：齊魯書社，1983），頁117。

〔註83〕喬力即認為「超詣」從工夫深處得來，因而「超詣」係指詩人的造詣和藝術水平，不作藝術風格看待。參見喬力著《二十四詩品探微》（濟南：齊魯書社，1983），頁118～120。另外，詹幼馨也認為「匪神之靈，匪機之微」是先用否定的形式作出斷語，目的在指出：「光靠神之靈，機之微還不行，還要作更高的要求，盡最大的努力」。見詹幼馨著《司空圖詩品衍繹》（臺北：王記書坊，1985），頁44。

〔註84〕見（清）孫聯奎、楊廷芝著，孫昌熙、劉淦校點《司空圖詩品解說二種》（濟南：齊魯書社，1980），頁117。

〔註85〕見趙福壇箋釋，黃能升參證《詩品新釋》（廣州：花城出版社，1986），頁192。

簡言之,「超詣」非靈異之事,非機遇之巧合,乃在於「超詣」本身是一種藝術形象的展現。因此相對的,一種超乎尋常、空靈微茫的藝術形象的展現,即是「超詣」文體風格的構成主因,而非所謂「下苦工夫」。「匪神之靈」的「神」字,除了就神明的靈異說外,更可就「人」的心神而言。無名氏《詩品注釋》即云:

> 神,心之神也。機,天機也。匪神匪機,言超詣之境並不關神之靈,機之微也。〔註86〕

又祖保泉的注釋云:

> 神:心神。靈:靈敏。機:天機;秉賦。微:微妙。這兩句的大意是:要達到超詣的境界,並不關涉到心神是否靈敏,天機是否微妙。〔註87〕

職是,「超詣」的文體風格不是靠個人的天機秉賦或勞神苦思就可窮究、獲得。換言之,「超詣」文體風格的概念是一種超出人力所及的美感表現,也同時代表著的是對於非人力所及的另一美好境地的想像。至此,「匪神之靈,匪機之微」的「超詣」概念才完全朗現出來。

最後,「誦之思之,其聲愈稀」,楊廷芝《二十四詩品淺解》云:

> 誦之,而推敲其超詣之音;思之,而尋繹其超詣之義。已稀而愈求其稀,其超詣尚有止境耶?〔註88〕

又無名氏《詩品注釋》亦云:

> 是境也,口爲誦之,心爲思之,宜乎其妙可即矣,而其聲實爲天籟之發,大音之作,愈覺其希微入化而不可求,此所謂超詣乎?「愈」字有泯然莫窺,愈求而愈不得意。
>
> 〔註89〕

〔註86〕見(唐)司空圖著,郭紹虞集解《詩品集解・續詩品注》(北京:人民文學出版社,2006),頁38。

〔註87〕見祖保泉著《司空圖詩品解說》(修訂本)(合肥:安徽人民出版社,1982),頁86。

〔註88〕見(清)孫聯奎、楊廷芝著,孫昌熙、劉淦校點《司空圖詩品解說二種》(濟南:齊魯書社,1980),頁118。

〔註89〕見(唐)司空圖著,郭紹虞集解《詩品集解・續詩品注》(北京:人民文學出版社,2006),頁38。

「誦之」、「思之」的對象，皆指向「超詣」的美感，而「其聲愈稀」即點出「超詣」美感的追尋，總令人泯然莫窺，愈求而愈不可得。是故，「超詣」的美感訴諸的是當下心領神會的直覺感受，而非殫精竭慮的推敲、尋繹所能獲致。因此，結尾的「誦之思之，其聲愈稀」正與開頭的「匪神之靈，匪機之微」相呼應，皆道出了「超詣」的文體風格概念是人力所不能及者，同時又是人力所衷心嚮往者。

　　職是，「超詣」的文體風格可以用「如將白雲，清風與歸。遠引若至，臨之已非」、「少有道契，終與俗違」、「亂山喬木，碧苔芳暉」等審美形象作爲象徵。「超詣」的文體風格往往能表現出超塵脫俗的美感，一方面既令人感到心嚮神往，但另一方面又使人望塵莫及。即便有彷彿身歷其境的經驗感受，但在現實的生活中也會有未能盡如人願的慨嘆。因此，「超詣」的文體風格帶給人的是「境」外有「境」的深刻感受，並且這樣的感受只能當下心領身受，卻不是天賦異秉的費神苦思所能探賾出來，且一一說清楚的。

　　「超詣」一詞，用在人物品評上《世說新語・文學》曾載：

　　諸葛宏年少不肯學問，始與王夷甫談，便已超詣。王歎曰：
　　「卿天才卓出，若復小加研尋，一無所愧。」〔註90〕

用於詩的批評上，則有杜甫〈夜聽許十一誦詩愛而有作〉云：

　　陶、謝不枝梧，風騷共推激，紫燕自超詣，翠駁誰剪剔？

　　　　　〔註91〕

由此可見，魏晉南北朝到盛唐期間，「超詣」指的是正面出類拔萃、超然卓越的美感風格。然而，這與《二十四詩品》「超塵脫俗」、「境外有境」的「超詣」美感內容，顯然有些不同。易言之，《二十四詩品》所論的「超詣」文體風格，除了正面所理解的「超詣」部分外，更包含無從「超詣」的反面部分。南宋時，葛立方《韻語陽秋》曾云：

〔註90〕見（南朝宋）劉義慶撰，（梁）劉孝標注，楊勇校箋《世說新語校箋》
　　　　第1冊（北京：中華書局，2007），頁180。
〔註91〕見楊倫編輯《杜詩鏡銓》（臺北：藝文印書館，1971），頁239。

> 東坡拈出陶淵明談理之詩，前後有三，一曰「采菊東籬下，
> 悠然見南山」。二曰「笑傲東軒下，聊復得此生」。三曰「客
> 養千金軀，臨化消其寶」。皆以爲知道之言。蓋搞章繪句，
> 嘲弄風月，雖工亦何補。若覩道者，出語自然超詣，非常
> 人能蹈其軌轍也。〔註92〕

又洪邁《容齋隨筆》亦云：

> 韋應物在滁州，以酒寄全椒山中道士，作詩曰：「今朝郡齋
> 冷，忽念山中客。澗底束荊薪，歸來煮白石。欲持一樽酒，
> 遠慰風雨夕。落葉滿空山，何處尋行跡？」其爲高妙超詣，
> 固不容夸說，而結尾兩句，非復語言思索可到。〔註93〕

所謂「若覩道者」、「高妙」等，皆是正面指出文體風格的「超詣」部
分，其中「若覩道者」更點出「超詣」文體風格的「超塵脫俗」；至
於所謂「非常人能蹈其軌轍」、「非復語言思索可到」等，則反面指出
無從「超詣」的部分，而「落葉滿空山，何處尋行跡」的審美形象，
便是「境外有境」的「超詣」美感表現。

　　職是，可以發現自盛唐到南宋，「超詣」文體風格的美感內容乃
不斷的在擴大、加深，並且在此衍變期間，《二十四詩品》極可能佔
有一重要的歷史地位。除此之外，《二十四詩品》的「超詣」雖未言
及「境」字，然而就其美感表現而言，卻帶有濃烈的「境」論色彩。
因此，與「實境」的文體風格一般，「超詣」的文體風格也極可能的
受有佛教「境」論的影響。尤爲明顯的是「臨之已非」一句，可說是
當下否定了自己彷彿已超越了的境地，與中唐大盛的禪宗心行萬相之
中，不爲所累的「於相而離相」教義，頗爲相應。〔註94〕

〔註92〕見（清）何文煥輯《歷代詩話》（北京：中華書局，2006），頁 507。
〔註93〕見（宋）洪邁著《容齋隨筆》（上海：上海古籍出版社，1978），頁
　　　　183。
〔註94〕《六祖壇經·定慧》云：「善知識，我此法門，從上以來，先立無念
　　　　爲宗，無相爲體，無住爲本。無相者，於相而離相；無念者，於念
　　　　而無念；無住者，人之本性。」見（唐）釋法海錄，丁福保箋註《六
　　　　組壇經箋註》（臺北：佛陀教育基金會，1991），頁 46。

第四節　翩然灑脫，疏闊自如——飄逸的審美韻致

《二十四詩品·飄逸》云：

> 落落欲往，矯矯不群。緱山之鶴，華頂之雲。高人惠中，
> 令色絪縕。御風蓬葉，汎彼無垠。如不可執，如將有聞。
> 識者期之，欲得愈分。〔註95〕

就章法言，祖保泉認爲前八句是通過形象的刻劃來表現「飄逸」的境界，並且首四句爲一節，中四句爲一節。末四句則說明「飄逸」的風貌神情，只可以領悟，不可以執著的去追求。〔註96〕另外，杜黎均也主張「落落欲往，矯矯不群」是用人物的風度來說明作品的「飄逸」。「緱山之鶴，華頂之雲」以景物烘托人物，並緊襯前二句。「高人惠中，令色絪縕。御風蓬葉，汎彼無垠」集中描繪高人自駕小舟、暢遊大海的飄逸形象。「如不可執，如將有聞。識者期之，欲得愈分」則提出重要的文學理論判斷。〔註97〕職是，本篇前八句爲形象語言，後四句爲邏輯語言。「飄逸」一品的篇章結構可以分析爲：「落落欲往，矯矯不群。緱山之鶴，華頂之雲」、「高人惠中，令色絪縕。御風蓬葉，汎彼無垠」等，爲飄逸的審美形象；「如不可執，如將有聞」、「識者期之，欲得愈分」等，爲飄逸的概念敘述。

就「飄逸」的審美形象言，「落落欲往，矯矯不群。緱山之鶴，華頂之雲」，祖保泉的譯文云：

> 他孤獨地想離開世塵，成爲一個與眾不同的超人。他好像
> 從緱山飛入仙境的鶴，又好像升騰在華山頂上的雲。這是
> 多麼飄逸的情境！〔註98〕

〔註95〕見（唐）司空圖著，郭紹虞集解《詩品集解·續詩品注》（北京：人民文學出版社，2006），頁39。

〔註96〕參見祖保泉著《司空圖詩品解說》（修訂本）（合肥：安徽人民出版社，1982），頁90～91。

〔註97〕參見杜黎均《二十四詩品譯注評析》（北京：北京出版社，1988），頁172～175。

〔註98〕見祖保泉著《司空圖詩品解說》（修訂本）（合肥：安徽人民出版社，1982），頁90。

又杜黎均的今譯云：

> 詩人孤傲瀟灑遠去，超然獨立不同凡群。像緱山上飛去的
> 仙鶴，如華山頂游動的白雲。〔註99〕

於此，祖保泉、杜黎均固然皆以首四句爲形象語言，但所謂「落落欲往，矯矯不群。緱山之鶴，華頂之雲」祖保泉乃以爲是「飄逸者」的形象描繪，而杜黎均則視之爲創作「飄逸」的「詩人」形象。杜黎均的見解顯然是創作論的觀點，而非文體論，所以「飄逸」的文體風格可以說僅隸「飄逸」詩人所獨有，因而缺乏創作上的普遍性。至於祖保泉以「落落欲往，矯矯不群」爲「飄逸者」的神態說明，雖可與下文的「高人」作呼應，並說所謂「飄逸者」即「高人」。然而，「高人惠中，令色絪緼。御風蓬葉，汎彼無垠」既作爲「飄逸」的審美形象描寫，則其中「高人」自有神態美感的表現，何需「緱山之鶴，華頂之雲」再來作間接的比喻呢？因此，「落落欲往，矯矯不群。緱山之鶴，華頂之雲」，不僅在文字上沒有明顯的喻詞，就作爲獨立的意象表現而言，也不適合看成是譬喻的句法。如此，「落落欲往，矯矯不群」不視爲人格形象的描寫，還能作什麼形象看呢？「落落欲往，矯矯不群。緱山之鶴，華頂之雲」郭紹虞的注解云：

> 落落，不相入貌，寡合之態。矯矯，高舉貌，特立之態。《列
> 先傳》「周王子喬好吹笙，作鳳鳴，後告其家曰，七月七日
> 待我於緱氏山頭。及期，果乘白鶴，謝時人而去。」此舉
> 緱山之鶴，華頂之雲，言鶴非凡鶴，雲非凡雲，正見矯矯
> 不群之意，不僅雲鶴均清高之物，足狀飄逸已也。〔註100〕

職是，「落落欲往，矯矯不群」不視爲人格形象的描寫，則可直接作下文「緱山之鶴」與「華頂之雲」的形象描寫。換言之，「緱山之鶴」是「落落欲往，矯矯不群」的高飛形象，而「華頂之雲」則是「落落

〔註99〕見杜黎均著《二十四詩品譯注評析》（北京：北京出版社，1988），
頁173。

〔註100〕見（唐）司空圖著，郭紹虞集解《詩品集解‧續詩品注》（北京：
人民文學出版社，2006），頁39～40。

欲往，矯矯不群」的飄移形象。此外，「緱山之鶴」非凡鶴，乃在於
「緱山之鶴」是登仙者的座騎；「華頂之雲」非凡雲，則在於「華頂
之雲」是羽化成仙之境。〔註101〕因此，「緱山之鶴」、「華頂之雲」即
分別為仙鶴、仙雲的形象，皆可視為得道成仙者的象徵。〔註102〕「落
落欲往，矯矯不群」的「緱山之鶴」與「落落欲往，矯矯不群」的「華
頂之雲」，能令人直覺有什麼樣的美感表現呢？曹冷泉云：

> 鶴與雲皆飄逸之物也。而緱山之鶴，華頂之雲，悠然飛馳
> 於萬里清虛之府，益見其飄逸之致。〔註103〕

首先，就「雲」、「鶴」本身輕飄與翱翔的形象來說，都令人直覺有輕
盈、雅致的美感。其次，「雲」、「鶴」悠然飛馳的背景是萬里的天空，
因此廣闊的天空與「落落欲往，矯矯不群」的「雲」、「鶴」便形成強
烈的大小對比，如此也就自然的烘托出「雲」、「鶴」無拘無束、縱情
自適的美感。〔註104〕此外，無名氏《詩品注釋》云：

> 落落然而欲有所往，矯矯然而不與眾群，此見其獨絕流俗，
> 孤行己意，誠飄洒之天姿也。〔註105〕

〔註101〕　喬力以「華頂」為「太華山頂」，並注釋云：「太華，西岳華山，在
今陝西省華陰縣南。李吉甫《元和郡縣志》云：『華州華陰縣，太
華山在縣南八里。』又《太平御覽・地部》引《華山志》云：『山
頂有池，生千葉蓮花，服之羽化，因曰華山。』又《山海經・西山
經》『太華之山削成而四方，其高五千仞，其廣十里。』」見喬力著
《二十四詩品探微》（濟南：齊魯書社，1983），頁 26。

〔註102〕　祖保泉亦指出：「按：古人往往用野鶴、孤雲來象徵超塵出世的人。
劉長卿〈送上人〉詩：『孤雲將野鶴，豈向人間往！莫買沃洲山，
時人已知處。』」見祖保泉著《司空圖詩品解說》（修訂本）（合肥：
安徽人民出版社，1982），頁 89。

〔註103〕　見曹冷泉注釋《詩品通釋》（西安：三秦出版社，1989），頁 77。

〔註104〕　孫聯奎《詩品臆說》即云：「然惟落落欲往，是以矯矯不群。落落，
就情興言。不為事縛，情乃落落。」又楊廷芝《二十四詩品淺解》
亦云：「緱山之鶴，憑虛而來，羽化登仙。華頂之雲，卷舒自若。」
分見（清）孫聯奎、楊廷芝著，孫昌膝、劉涂校點《司空圖詩品解
說二種》（濟南：齊魯書社，1980），頁 43 與 119。

〔註105〕　見（唐）司空圖著，郭紹虞集解《詩品集解・續詩品注》（北京：
人民文學出版社，2006），頁 39。

又曹冷泉亦云：

> 落落欲往者，澹然獨寄懷於高遠之境也。矯矯不群者，超
> 然高舉，脫棄凡塵之操也。〔註106〕

因此，「落落欲往，矯矯不群」的「雲」、「鶴」形象，彷彿對自己所「欲往」的目的地，懷有堅定不移的信念。更何況「雲」是「華頂」的仙雲，「鶴」是「緱山」的仙鶴，因而其與眾不同、脫去凡俗的信念色彩也就更濃烈了。是故，「落落欲往，矯矯不群」的「緱山之鶴」與「落落欲往，矯矯不群」的「華頂之雲」，又令人直覺有超凡脫俗、翩然灑脫的美感。

職此，曹冷泉進一步指出：

> 以上四句描述「飄逸」與〈超詣〉品一樣，具有孤高絕塵
> 之特徵，唯「飄逸」則更遠離現實，欲飄然凌雲而去矣。
> 此士大夫獨懷高遠之志不詣於俗之情懷也。同時亦描述飄
> 然之品，不受羈絆，不落凡俗之特徵。〔註107〕

「不受羈絆」、「不落凡俗」固然可作為「飄逸」的特徵。但值得注意的是，「飄逸」既是一種文體風格的美感表現，便不在以「遠離現實」為目的。因為「美」若帶有任何的「目的」性，便不再是「美」。換言之，「飄逸」作為一種文體風格的美感表現，也只是一種審美形象的純粹欣賞，它固然帶有「遠離現實」的美感內容，但卻不以「遠離現實」為目的。〔註108〕因此，曹冷泉將「飄逸」的「遠離現實」指向說「此士大夫獨懷高遠之志不詣於俗之情懷」，並不妥當。此外，「飄逸」雖然與「超詣」一般，皆具有「孤高絕塵」的特徵，然而其中的

〔註106〕見曹冷泉注釋《詩品通釋》（西安：三秦出版社，1989），頁77。

〔註107〕見曹冷泉注釋《詩品通釋》（西安：三秦出版社，1989），頁77。

〔註108〕朱光潛在〈慢慢走・欣賞啊！——人生的藝術化〉一文中即指出：「美之所以為美，則全在美的形象本身，不在它對於人群的效用（這並不是說它對於人群沒有效用）。」又『『覺得有趣味』就是欣賞。你是否知道生活，就看你對於許多事物能否欣賞。欣賞也就是『無所為而為的玩索』。」分別見朱光潛著《談美》（臺南：漢風出版社，1993），頁125與128。

分別並不在於「飄逸」是「更遠離現實，欲飄然凌雲而去矣」。因爲，一樣令人感到「孤高絕塵」，便指的是「遠離現實」，並沒有所謂「更遠離現實」的程度差別。至於「欲飄然凌雲而去」，目的也不在「更遠離現實」，而正是「飄逸」審美形象的表現。喬力曾云：

> 啓首四句便以瀟灑清麗的筆致寫出一派飄逸興象。氣度疏落不羈，常超塵絕俗，優雅閒淡。則欲往欲來，一任情性之所至，不汲汲牽絆於屑事細故，並有矯矯出群的意趣，好作悠然高世之遠想，故而疏闊寡合，不諧於流俗。或問其旨趣歸於何所？則一如乘緱山之野鶴，高飛遠舉，飄然仙去；又似太華極頂之閒雲，舒卷無心，清淡閒逸。〔註109〕

職是，在「緱山之鶴」高飛遠舉與「華頂之雲」舒卷無心的形象直覺中，所謂「氣度疏落不羈」、「優雅閒淡」、「一任情性之所至」、「不汲汲牽絆於屑事細故」等美感表現，皆可說是「飄逸」風格的特色所在，並且是「超塵脫俗，境外有境」的「超詣」風格所沒有的。

其次，「高人惠中，令色絪縕。御風蓬葉，汎彼無垠」，孫聯奎《詩品臆說》云：

> 惠，和也。和於中，自韻於外。蘊藉風流，粗莽者無是致也。此又以人之飄逸作印證。綸巾羽扇，緩帶輕裘，武鄉侯、羊叔子，其是矣。「御風而行，冷然善也」。況以蓬葉，輕妙之極。惟其輕妙，是以極遠。汎彼無垠，夫豈有邊際可限乎？〔註110〕

又楊廷芝《二十四詩品淺解》亦云：

> 高人，順其心之自然，無隔無閡，飄然意遠。色根於心，則渾然元氣之流露，非同作僞心勞也。汎彼無垠，任意逍遙，無入而不自得也。〔註111〕

〔註109〕見喬力著《二十四詩品探微》（濟南：齊魯書社，1983），頁122。
〔註110〕見（清）孫聯奎、楊廷芝著，孫昌熙、劉淦校點《司空圖詩品解說二種》（濟南：齊魯書社，1980），頁43。
〔註111〕見（清）孫聯奎、楊廷芝著，孫昌熙、劉淦校點《司空圖詩品解說二種》（濟南：齊魯書社，1980），頁119。

職是，「高人惠中，令色絪縕」是一神情和順、元氣充滿的人物形象，因此令人直覺有「蘊藉風流」的美感。倘將「高人惠中，令色絪縕」的意象與前文「緱山之鶴」、「華頂之雲」的意象並置，則進一步可以發現「高人」的形象即是得道成仙者的形象。所以，「高人」的「蘊藉風流」指的便是心胸開闊豁達，能翩然應世的美感。當然相對的也可以說，「高人」仙者因具有通達大道的睿智，所以能超脫塵俗的煩惱，而逍遙自在於天地之間，展現出一副神情和順、元氣充滿的容顏。〔註112〕「高人惠中，令色絪縕」下接「御風蓬葉，汎彼無垠」，則「御風蓬葉，汎彼無垠」即是「高人」仙者翩翩儀態的形象展現。「蓬葉」指乘坐舟船的「輕」與「小」，「御風」暗示小舟行駛速度的輕快，至於「汎彼無垠」則點出小舟航行的背景是一廣闊無際的大海。如此，輕盈的小舟與茫茫的大海一樣形成強烈的大小對比，與「落落欲往，矯矯不群。緱山之鶴，華頂之雲」的意象一般，令人直覺有天空任鳥飛、海闊從魚躍的逍遙自在美感。此外，無垠的大海既可象徵「高人」仙者的豁達心胸，也可作苦海俗塵的暗喻，如此輕盈「小舟」悠然自在的橫越大海，便是「高人」仙者超脫塵俗、翩然灑脫的美感形象表現。

「高人惠中，令色絪縕。御風蓬葉，汎彼無垠」，曹冷泉曾云：

以上四句進一步描繪飄逸之另一特徵，——和順欣暢，曠放自如。同時亦指出飄逸的詩境根於和順欣暢之內心，內無違於心，外無牽於物，故能曠放自如。〔註113〕

內心的「和順欣暢」的確是「飄逸」在「孤高絕塵」、「不受羈絆」、「不落凡俗」以外，另一重要的特徵。然而，必須指出的是，這樣的特徵並非「高人惠中，令色絪縕。御風蓬葉，汎彼無垠」的審美形象所獨有。因為同樣作為「飄逸」的審美形象，「落落欲往，矯矯不群」的

〔註112〕所以，楊廷芝《二十四詩品淺解》認為「色根於心」。而曹冷泉亦云：「令色絪縕，言和善之色，密切地表現著惠順之內心。」見曹冷泉注釋《詩品通釋》（西安：三秦出版社，1989），頁78。

〔註113〕見曹冷泉注釋《詩品通釋》（西安：三秦出版社，1989），頁78。

「緱山之鶴」與「落落欲往，矯矯不群」的「華頂之雲」，也彷彿令人有「氣度疏落」、「優雅閒淡」的神態美感。此外，「緱山之鶴」、「華頂之雲」所表現出的「孤高絕塵」、「不受羈絆」、「不落凡俗」等與根植於「和順欣暢」之內心的「曠放自如」其實並無二致，因為它們都是「飄逸」翩然灑脫的美感表現。質言之，「飄逸」的美感風格指的是在疏闊、灑脫的胸襟中，有翩然、自如的儀態表現。

「高人惠中」，無名氏《詩品注釋》作「高人畫中」，並云：

> 以清高之人寫入圖畫之中，雖歷年已久，而至今容顏色澤，猶若有一縷之元氣，絪縕摩蕩於其間，觀其態度凌雲，形神欲活，宛然在目，瀟洒出塵，不可想其飄逸乎？〔註114〕

於此，以古畫的歷久猶新、形象的猶然生動說「飄逸」，直不如以「惠中」形容「高人」的仙者形象，來得妥貼。況且，所謂「形神欲活」、「宛然在目」、「瀟洒出塵」等，皆是對畫中形象的生動描述，並未觸及「飄逸」美感的精要含義。

就「飄逸」的概念敘述而論，「如不可執，如將有聞」，孫聯奎《詩品臆說》云：

> 此「聞」字，是得聞性道之「聞」，非泛泛耳聞也。〔註115〕

又楊廷芝《二十四詩品淺解》亦云：

> 如不可執，言其勢凌空，若上若下，有若捉不得然。如將有聞，言其深造自得，如道之將有聞也；何從容自如耶！
> 〔註116〕

職是，「如不可執」直接點明了「飄逸」文體風格超脫自在、不可捉摸的特性。就「緱山之鶴」、「華頂之雲」、「高人惠中」等「飄逸」的審美形象來看，「飄逸」文體風格也確實如凌空之勢，若上若下，無

〔註114〕見（唐）司空圖著，郭紹虞集解《詩品集解・續詩品注》（北京：人民文學出版社，2006），頁40。

〔註115〕見（清）孫聯奎、楊廷芝著，孫昌熙、劉淦校點《司空圖詩品解說二種》（濟南：齊魯書社，1980），頁43。

〔註116〕見（清）孫聯奎、楊廷芝著，孫昌熙、劉淦校點《司空圖詩品解說二種》（濟南：齊魯書社，1980），頁119。

從把握其形跡。然而即便如此，人們對於「緱山之鶴」、「華頂之雲」、「高人惠中」等形象所表現出的「飄逸」美感，卻可以有深刻的體悟。易言之，「如將有聞」說明了人們對於「飄逸」形象所展現出的「欲往」形跡雖無從把握，但對於「欲往」形跡所表現出的超脫美感，卻可以有真切的領悟。

最後，「識者期之，欲得愈分」，孫聯奎《詩品臆說》云：

> 學者期於飄逸，更無他法，只是欲擒先縱，縱乃得飄逸之致矣。〔註117〕

又楊廷芝《二十四詩品淺解》亦云：

> 期，待也。「愈分」二字，從「欲得」看出。結言：飄逸近於化，識者期之，亦惟是優游漸漬，以俟其自化而已。如有心求之，欲得其法於飄逸之中，愈分其心於飄逸之外。
> 愈近而愈遠，化不可為也。〔註118〕

「識者期之」指對「飄逸」風格的領悟，與上文的「如將有聞」正相呼應。職是，對「飄逸」風格可以有什麼樣的領悟？「欲得愈分」正是最佳的回應。由此可知，不僅「飄逸」形象所展現出的「欲往」形跡無從把握，甚且對「欲往」形跡所表現出的美感領悟，也是「欲得愈分」的無從把握。因此，說「愈分」從「欲得」看出，便意謂對「飄逸」愈有領悟，就會愈覺得「飄逸」的美感是自由的分化，因而對「飄逸」美感風格的最後領悟所得是——「縱」乃得飄逸之致。

「識者期之，欲得愈分」一作「識者已領，期之愈分」，祖保泉云：

> 這兩句的大意是：能識飄逸之境者，可以領悟飄逸於無形之中；有心追求飄逸之境者，則愈不能領悟飄逸的神情。〔註119〕

〔註117〕見（清）孫聯奎、楊廷芝著，孫昌熙、劉淦校點《司空圖詩品解說二種》（濟南：齊魯書社，1980），頁43。

〔註118〕見（清）孫聯奎、楊廷芝著，孫昌熙、劉淦校點《司空圖詩品解說二種》（濟南：齊魯書社，1980），頁119～120。

〔註119〕見祖保泉著《司空圖詩品解說》（修訂本）（合肥：安徽人民出版社，1982），頁89。

「飄逸」美感的領悟，固然不能在形象的實際形跡上求得，而必須求諸形象直覺的意象表現。然而，說有心追求「飄逸」，就愈不能領悟「飄逸」，則先前說「能識飄逸」如何成為可能？於「無形」之中領悟「飄逸」或不執著的追求「飄逸」，其具體辦法倘不指向形象直覺的意象表現，還可以指什麼呢？因此，與其說有心追求「飄逸」，就愈不能領悟「飄逸」，倒不如像郭紹虞的注解所云：

> 言識其境者已為之心領，若有意求之，則又愈覺其相離而
> 不可即，總言飄逸之狀難以形跡求也。〔註120〕

職是，「飄逸」的美感不僅不能從形象的實際形跡求得，就心中已領悟的「飄逸」美感而言，愈想去限定、梳理它，就會愈覺得也是無從把握起，進而深刻的領悟到──從從容容的超脫、自在，才是「飄逸」美感風格的表現。

職是，「飄逸」的文體風格可以用「落落欲往，矯矯不群。緱山之鶴，華頂之雲」、「高人惠中，令色絪縕。御風蓬葉，汎彼無垠」等審美形象作為象徵。趙福壇曾指出「飄逸」一品多「神仙氣」。〔註121〕的確，不僅「高人惠中」可以作為仙人形象，「緱山之鶴」、「華頂之雲」更明顯是神仙典故。然而，這並非意謂「飄逸」的文體風格就是在表現道教的神仙內容。杜黎均即云：

> 如果把飄逸理解作「羽化登仙」，那就從根本上否定了司空
> 圖的原意。他只是要求「飄逸」反映超脫世俗、嚮往高潔
> 的思想感情，並未提倡寫求仙學道。〔註122〕

又趙福壇也指出「飄逸」的表現是多方面的，並不止於「神仙」一格，他說：

> 由此，可見不言神仙也成飄逸，甚至言美人、言豪華富貴

〔註120〕見（唐）司空圖著，郭紹虞集解《詩品集解‧續詩品注》（北京：人民文學出版社，2006），頁40。

〔註121〕參見趙福壇箋釋，黃能升參證《詩品新釋》（廣州：花城出版社，1986），頁201。

〔註122〕見杜黎均著《二十四詩品譯注評析》（北京：北京出版社，1988），頁175。

也成飄逸，問題在於所表現的情懷是否飄然灑脫。〔註123〕

「飄逸」的文體風格確實在於情懷的飄然灑脫，而不在於「羽化登仙」、「求仙學道」的理解。因爲「飄逸」的文體風格固然具有無拘無束、逍遙自在的美感，甚至令人感到超脫世俗、孤高絕塵，然而在這些美感的背後，另外還可以令人感受到的是基於豁達、疏闊的胸襟使然，而不是以「羽化登仙」、「求仙學道」作爲目的。因此，「飄逸」文體風格的翩然灑脫、疏闊自如，並不是驕橫的放縱、孤高的自賞，也不是要提倡求仙學道，而是要在從容應對的形象中展現出豁達的心胸。因此「飄逸」的文體風格既能令人感受到風采的翩翩美感，也同時能感受到胸懷的灑脫美感。

杜黎均曾主張：

> 司空圖把〈飄逸〉賦予了特定的內涵。本體詞飄逸，原指人的神態的瀟灑。〈飄逸〉篇卻把超脫世俗的孤高風貌，注入到飄逸風格之中。〔註124〕

倘「飄逸」原指「從人的神態的瀟灑」，那麼《二十四詩品》的「飄逸」便極可能是在「魏晉風度」的滋養上，逐漸形成。李澤厚云：

> （嵇康）他們畏懼早死，追求長生，服藥煉丹，飲酒任氣，高談老莊，雙修玄禮，既縱情享樂，又滿懷哲意，這就構成似乎是那麼瀟灑不群、那麼超然自得、無爲而無不爲的所謂魏晉風度；藥、酒、姿容，論道談玄，山水景色……，成了襯托這種風度的必要的衣袖和光環。〔註125〕

職是，在「畏懼早死」、「追求長生」、「服藥煉丹」、「飲酒任氣」、「高談老莊」、「雙修玄禮」、「山水景色」等生活各方面展現出「魏晉風度」，無非是魏晉名士們想藉由瀟灑不群、超然自得等行爲，來表達他們內心所滿懷的哲意。如此不僅將影響超脫世俗的孤高風貌，注入到「飄

〔註123〕見趙福壇箋釋，黃能升參證《詩品新釋》（廣州：花城出版社，1986），頁202。

〔註124〕見杜黎均著《二十四詩品譯注評析》（北京：北京出版社，1988），頁174。

〔註125〕見李澤厚著《美的歷程》（臺北：三民書局，1996），頁104～105。

逸」的風格之中，甚且「魏晉風度」的表達模式，也可說是《二十四詩品》「飄逸」美感表現方式的雛形。

　　然而，進入唐代後，「飄逸」一詞在詩學批評上的使用情況仍不多見。但值得探討的是，唐人對李白詩的評論，卻影響了後來宋人以「飄逸」一詞來評論李白詩。金・王若虛《滹南詩話》曾載：

　　　　荊公云：「李白歌詩豪放飄逸，人固莫及，然其格止於此而已，不知變也。」〔註126〕

又南宋・嚴羽《滄浪詩話》亦云：

　　　　子美不能爲太白之飄逸，太白不能爲子美之沉鬱。〔註127〕

職是，自北宋到南宋期間皆以「飄逸」風格來評論李白詩。然而，何謂「飄逸」？王安石、王若虛、嚴羽等皆未有進一步的明確說明。早在與李白同時的盛唐・杜甫，便曾對李白詩有過評論。杜甫〈春日憶李白〉云：

　　　　白也詩無敵，飄然思不群。清新庾開府，俊逸鮑參軍。〔註128〕

又晚唐・裴敬〈翰林學士李公墓碑〉亦云：

　　　　先生得天地秀氣耶？不然，何異於常之人耶？或曰，太白之精下降，故字太白，故賀監號爲謫仙，不其然乎？故爲詩格高旨遠，若在天上物外，神仙會集，雲行鶴駕，想見飄然之狀，視塵中屑屑米粒，蟲睫紛擾，菌蠢羈絆蹀躞之比。〔註129〕

職是，李白詩風在唐代普遍都認爲帶有「飄然」的特色。而所謂「飄然」，唐人即以「若在天上物外，神仙會集，雲行鶴駕」的概念釋之。如此，唐人的「飄然」觀念是否就是宋人的「飄逸」觀念呢？北宋・劉攽《中山詩話》曾云：

　　　　海陵人王綸女，輒爲神所憑，自稱仙人。字善數品，形製

〔註126〕見丁福保輯《歷代詩話續編》（北京：中華書局，2006），頁509。
〔註127〕見（清）何文煥輯《歷代詩話》（北京：中華書局，2006），頁697。
〔註128〕見楊倫編輯《杜詩鏡銓》（臺北：藝文印書館，1971），頁169。
〔註129〕見（清）王琦注《李太白全集》（臺北：華正書局，1979），頁1470。

不相犯。〈吟雪詩〉云：「何事月娥欺不在，亂飄瑞葉落人間。」他詩句詞意飄逸，類非世俗可較。〔註130〕

由此可以發現，北宋「飄逸」的風格概念與晚唐「飄然」的概念十分接近，皆是藉由神仙色彩的相關內容來作爲解說的主調。王綸女詩「飄逸」又自稱「仙人」與李白詩「飄然」又附會「謫仙」的形象，在詩風的解說上，如出一轍。職是，後來宋人稱李白詩爲「飄逸」，則可見宋代「飄逸」風格的概念乃直承唐代「飄然」的觀念而來。

除此之外，唐人以「神仙會集」、「雲行」、「鶴駕」等形象說「飄然」與《二十四詩品》以「高人惠中」、「華頂之雲」、「緱山之鶴」等論「飄逸」，亦頗有相似之處。職是，《二十四詩品》「飄逸」風格概念的形成，便可能介於晚唐「飄然」與北宋「飄逸」之間。再者，中唐·皎然始標「逸」爲獨立的文體風格。《詩式》云：「體格閒放曰逸。」〔註131〕但「飄」與「逸」的連用，在唐代的文學評論上則要到晚唐。晚唐·杜牧的〈答莊充書〉云：

凡爲文以意爲主，氣爲輔，以辭彩章句爲之兵衛，未有主強盛而輔不飄逸者，兵衛不華赫而莊整者。〔註132〕

於此，「飄逸」乃附屬「氣」底下的觀念，佔文章寫作的次要地位，並未將「飄逸」視爲一獨立的文體風格。南宋·姜夔《白石道人詩說》曾云：

大凡詩，自有氣象、體面、血脈、韻度。氣象欲其渾厚，其失也俗；體面欲其宏大，其失也狂；血脈欲其貫穿，其失也露；韻度欲其飄逸，其失也輕。〔註133〕

職是，姜夔以人的身體狀況喻詩，而「氣象」、「體面」、「血脈」、「韻度」等皆就文體風格來說。其中「韻度」指人的行儀風采，姜夔以「飄

〔註130〕見（清）何文煥輯《歷代詩話》（北京：中華書局，2006），頁289。

〔註131〕見傅璇琮主編，張伯偉編撰《全唐五代詩格校考》（西安：陝西人民教育出版社，1996），頁219。

〔註132〕見（唐）杜牧撰《樊川文集》（臺北：漢京文化事業有限公司，1983），頁194。

〔註133〕見（清）何文煥輯《歷代詩話》（北京：中華書局，2006），頁680。

逸」說之又說其失也「輕」，如此宋代的「飄逸」概念已與《二十四詩品》的「飄逸」頗為一致，皆共同講究風采形象輕盈而雅致的美感表現。職是，以唐人的「飄逸」與宋人的「飄逸」來作比較，《二十四詩品》的「飄逸」顯然更接近宋人。

第五節　超世不羈，無往不得——曠達的審美韻致

《二十四詩品‧曠達》云：

> 生者百歲，相去幾何。歡樂苦短，憂愁實多。何如尊酒，
> 日往烟蘿。花覆茆簷，疎雨相過。倒酒既盡，杖藜行歌。
> 孰不有古，南山峨峨。〔註134〕

就章法而言，祖保泉認為「曠達」篇談的不是風格問題，而是詩人思想修養的問題。因此，前四句說明詩人必須曠達自處的原因，後八句說明應該怎樣曠達自處。〔註135〕另外，杜黎均也認為「曠達」未論及風格，沒有提出文學理論判斷，只是精巧地表述了一種曠達的人生態度。〔註136〕職是，祖保泉、杜黎均皆將本品文字視為說明「曠達」概念的邏輯語言。然而，「日往烟蘿」、「花覆茆簷」、「疎雨相過」、「杖藜行歌」、「南山峨峨」等明顯為形象語言。甚且，就祖、杜二人的譯文來看，「曠達」的文字，又何嘗不是一種人生形象的描繪？祖保全的譯文云：

> 人生雖有百年，算來又有幾何！歡樂的日子少，愁苦的日子多。人生既然樂少苦多，何不以酒消愁，逃入深山曠野，除卻世情的束縛。讓野花覆蓋你的茅屋簷，任微雨時而飄過。瞧，你生活得多麼安閒，快樂！乾杯吧，你最好在酒

〔註134〕見（唐）司空圖著，郭紹虞集解《詩品集解‧續詩品注》（北京：人民文學出版社，2006），頁41。

〔註135〕參見祖保泉著《司空圖詩品解說》（修訂本）（合肥：安徽人民出版社，1982），頁93。

〔註136〕參見杜黎均著《二十四詩品譯注評析》（北京：北京出版社，1988），頁180。

後拖一條藜仗，邊走邊嘯歌。人生到頭誰無死，只有那終
南山才千年萬世高峨峨。〔註137〕

又杜黎均的今譯云：

人的一生不過百歲，從生到死相去幾何？歡樂的日子苦於
太短，憂愁的歲月實在很多。還不如每天攜帶美酒，漫遊
烟繞藤蘿的處所。鮮花覆蓋茅草屋檐，微微細雨飄忽而過。
待到飲酒已盡，持杖且行且歌。人生向來誰無死，唯有南
山永巍峨。〔註138〕

於此可以發現，「曠達」一品的文字環環相扣，一氣呵成，整篇內容
勾勒出的是一曠達人生的鮮明形象。職是，本品文字不妨全作形象語
言看，而「生者百歲，相去幾何。歡樂苦短，憂愁實多。何如尊酒，
日往煙蘿。花覆茆簷，疏雨相過。倒酒既盡，杖藜行歌。孰不有古，
南山峨峨」即為表現「曠達」美感的審美形象。由此觀之，「曠達」
一品並非不能作為一種文體風格，也非未論及風格。〔註139〕

　　喬力曾主張最後兩句「孰不有古，南山峨峨」具有總束「曠達」
的作用〔註140〕。「孰不有古，南山峨峨」固然可作為「曠達」的獨立
意象，但如果將「孰不有古，南山峨峨」看成是「曠達」文體風格的
總束，那麼相對的便是降低了前十句同樣作為「曠達」意象的表現作
用。因此，「孰不有古，南山峨峨」並不適合作為「曠達」風格的總
束。此外，最後兩句與前十句分開來看，也會造成前十句意象與後兩
句意象的中斷。如此，就「孰不有古，南山峨峨」的形象直覺來說，
欲成功的表現「曠達」美感，則直覺「南山峨峨」的人，不是先前自

〔註137〕見祖保泉著《司空圖詩品解說》（修訂本）（合肥：安徽人民出版社，
　　　　1982），頁92～93。

〔註138〕見杜黎均著《二十四詩品譯注評析》（北京：北京出版社，1988），
　　　　頁178。

〔註139〕趙福壇亦曾指出：「『何如尊酒』六句是對曠達人生的描寫，也是詩
　　　　的曠達之境。」見趙福壇箋釋，黃能升參證《詩品新釋》（廣州：
　　　　花城出版社，1986），頁210。

〔註140〕參見喬力著《二十四詩品探微》（濟南：齊魯書社，1983），頁129。

覺到「生者百歲，相去幾何。歡樂苦短，憂愁實多」的人，又更適合是誰呢？所以，「生者百歲，相去幾何。歡樂苦短，憂愁實多。何如尊酒，日往煙蘿。花覆茆簷，疏雨相過。倒酒既盡，杖藜行歌。孰不有古，南山峨峨」的整體意象表現，即為「曠達」文體風格的美感表現。

首先，「生者百歲，相去幾何。歡樂苦短，憂愁實多。何如尊酒，日往烟蘿」，無名氏《詩品注釋》云：

> 人之生也不過百年，就使生者百歲，而由少而壯而老，不過轉瞬間事耳，其視百年之相去曾幾何也。況此百歲中歡樂快意之時每苦其短少，而憂愁失意之日實覺其繁多。與其日絆於塵世之中，自投苦境，何如置一切於度外，手攜一尊之酒，日往於飛烟帶蘿之地以自適乎？ 〔註141〕

職是，「生者百歲，相去幾何」勾勒出的是一感嘆時光飛逝的人生形象。「百歲」就字面義，可解為一百歲。人的壽命不過百年之間，又由幼至老，也不過是一轉眼間的事。因此「相去幾何」即點出人生苦短的感嘆。此外，喬力的注釋云：

> 百歲，古時謂人生不過百歲，故作為死的諱稱。 〔註142〕

因此，「生者百歲，相去幾何」也可作為人對於死亡感到無奈與恐懼的形象。人自出生到死亡，往往不過數十寒暑，尤有甚者是，倘受到外力的壓迫、意外的摧殘等，那麼人的生命便會變得十分脆弱與不安，如此離死亡的大限也就更為接近。「生者百歲，相去幾何」下接「歡樂苦短，憂愁實多」，則「歡樂苦短，憂愁實多」可說是對現實苦難人生的自覺與反省。「歡樂」所以「苦短」，乃在於快樂的事情總是過得特別快；「憂愁」所以「實多」，則在於人生不如意的事十之八九。於是在此人生自覺的情況下，「何如尊酒，日往烟蘿」的審美形象，遂開啟「曠達」美感風格的表現。「何如尊酒，日往烟蘿」，孫聯

〔註141〕 見（唐）司空圖著，郭紹虞集解《詩品集解・續詩品注》（北京：人民文學出版社，2006），頁41～42。

〔註142〕 見喬力著《二十四詩品探微》（濟南：齊魯書社，1983），頁127。

奎《詩品臆說》云：

> 床頭一壺，可以自寬，亦足以自豪矣。〔註143〕

又喬力亦云：

> 於其自縛在這些煩惱焦慮中，何如日攜一尊酒，嘯傲徜
> 徉於松蘿地上，第見一片嫩綠，如輕烟彌漫，清趣盎然。
>
> 〔註144〕

職是，「何如尊酒」是直覺「酒」的形象，也是痛快喝「酒」的形象。

陶潛〈歸去來兮辭并序〉曾云：

> 乃瞻衡宇，載欣載奔。僮僕歡迎，稚子候門。三逕就荒，
> 松菊猶存。攜幼入室，有酒盈罇。〔註145〕

又〈飲酒二十首‧一〉云：

> 寒暑有代謝，人道每如茲。達人解其會，逝將不復疑。忽
> 與一觴酒，日夕歡相持。〔註146〕

「酒」具有麻痺自己，忘懷現實的作用。因此，在愁苦的情境中忽然
驚覺有「酒」的存在，便會令自己感到寬慰。除此之外，在什麼都沒
有的情況下，倘若還能發現有「酒」的存在，更會令自己感到自豪不
已。「日往烟蘿」是每天走向青綠松蘿的形象，因此對一片青綠松蘿
的形象直覺，也能令人感到生機的盎然與清趣的無限。倘將「何如尊
酒」與「日往烟蘿」兩意象並置，又可以是一怎樣的美感形象呢？陶
潛〈歸去來兮辭并序〉曾云：

> 引壺觴以自酌，眄庭柯以怡顏。倚南窗以寄傲，審容膝之
> 易安。園日涉以成趣，門雖設而常關。〔註147〕

〔註143〕見（清）孫聯奎、楊廷芝著，孫昌熙、劉淦校點《司空圖詩品解說
　　　　二種》（濟南：齊魯書社，1980），頁44。

〔註144〕見喬力著《二十四詩品探微》（濟南：齊魯書社，1983），頁128。

〔註145〕見（晉）陶潛著，龔斌校箋《陶淵明集校箋》（上海：上海古籍出
　　　　版社，2004），頁391。

〔註146〕見（晉）陶潛著，龔斌校箋《陶淵明集校箋》（上海：上海古籍出
　　　　版社，2004），頁211。

〔註147〕見（晉）陶潛著，龔斌校箋《陶淵明集校箋》（上海：上海古籍出
　　　　版社，2004），頁391。

職是，「何如尊酒，日往烟蘿」意謂每天攜帶著酒，往長滿青色松蘿的地方去，而這片松蘿的所在，便可以是自家的後園。一邊品嚐著自家所擁有的酒，一邊欣賞著自家後園的林木，如此庭園樹木挺拔俊秀的意象，正與自己當下喝酒得意的容顏相映成趣。另外，時而可以向窗外的天空遠望，於是高遠的天空便成為自己高尚情懷的象徵；又時而可以端詳自己自在的雙膝，而雙膝所安處的地方也正是自己心靈安居的象徵。

其次，「花覆茆簷，疎雨相過」，楊廷芝《二十四詩品淺解》云：

花覆茆簷，瞻物色之華，樂安居之況。疎雨相過，有化機之感，無塵緣之牽。則無一時不樂也。〔註148〕

又郭紹虞的注解云：

此二句即日往烟蘿之具體描寫。〔註149〕

「日往烟蘿」下接「花覆茆簷，疎雨相過」，則「花覆茆簷，疎雨相過」可作為通往「烟蘿」之地一路所見的景致。「花覆茆簷」是野花覆蓋茅草屋簷的形象。「茅草」屬粗野、廉價之物，因此「茆簷」點出居住空間的簡陋。然而，即使屋子簡陋，但屋簷上卻有嬌豔的花朵來妝點。是故，對「花覆茆簷」的形象直覺，遂有枯木逢春的美感表現。「疎雨相過」是微微細雨澆灑的意象，與上文「花覆茆簷」的「花」相應，因此能令人心生化育萬物、助長生機的喜悅。「花覆茆簷，疎雨相過」不作「日往烟蘿」的景致，也可以視為自家住宅的環境。陶潛〈讀山海經十三首·一〉曾云：

既耕亦已種，時還讀我書。窮巷隔深轍，頗迴故人車。歡然酌春酒，摘我園中蔬。微雨從東來，好風與之俱。〔註150〕

〔註148〕 見（清）孫聯奎、楊廷芝著，孫昌熙、劉淦校點《司空圖詩品解說二種》（濟南：齊魯書社，1980），頁121。

〔註149〕 見（唐）司空圖著，郭紹虞集解《詩品集解·續詩品注》（北京：人民文學出版社，2006），頁42。

〔註150〕 見（晉）陶潛著，龔斌校箋《陶淵明集校箋》（上海：上海古籍出版社，2004），頁334～335。

職是,「花覆茆簷,疎雨相過」展現出的是安居陋室,偶遇微微細雨的形象。如此的居家意象,令人感到眼前的細雨彷彿是遠道而來的友人,因此更凸顯出居家生活的閒適與愜意。孫聯奎《詩品臆說》便曾指出「疎雨」或即是「舊雨」,他說:

> 故交曰舊雨。「最難風雨故人來」,此時相過,有客有酒,
> 可與開拓萬古心胸矣。〔註151〕

然而,杜黎均卻認為「疎雨」作「舊雨」不妥,並云:

> 因「花覆」二句乃對「日往烟蘿」的鋪敍,不需插一來客。
> 〔註152〕

職是,杜黎均乃將「花覆茆簷,疎雨相過」視為前往「烟蘿」之地的景致描寫,所以認為此時有客來訪,於理不合。然而,「疎雨」固然不必非得要作「舊雨」,但在「疎雨相過」的意象中,「疎雨」卻可以被擬人化的視為一偶然遠道來訪的朋友。

另外,楊廷芝《二十四詩品淺解》也曾說:

> 花覆二句言曠,則看空了。猶言不知何為功名富貴也。〔註153〕

因此,「疎雨」倘不視為偶然遠道來訪的朋友,則「花覆茆簷」與「疎雨相過」也可以直接視為天氣陰晴的自然變化,並且在陰晴的交相更替與無常變化中,暗喻著人生的起起伏伏、興亡盛衰。所以,「花覆茆簷,疎雨相過」的形象直覺,遂令人有人生一切也不過都是過眼雲煙的深刻體悟。

復次,「倒酒既盡,杖藜行歌」,楊廷芝《二十四詩品淺解》云:

> 言酒盡而復行歌以為樂,則無一事不樂也。由是觀之,安
> 往而不曠,安往而不達。〔註154〕

〔註151〕見(清)孫聯奎、楊廷芝著,孫昌熙、劉淦校點《司空圖詩品解說二種》(濟南:齊魯書社,1980),頁45。

〔註152〕見杜黎均著《二十四詩品譯注評析》(北京:北京出版社,1988),頁177。

〔註153〕見(清)孫聯奎、楊廷芝著,孫昌熙、劉淦校點《司空圖詩品解說二種》(濟南:齊魯書社,1980),頁120。

〔註154〕見(清)孫聯奎、楊廷芝著,孫昌熙、劉淦校點《司空圖詩品解說

又郭紹虞的注解亦云：

> 此二句再接上「尊酒」說。尊中之酒倒之既盡，則賞雨
> 賞花之興闌矣。於是出遊芳郊，杖藜行歌，又一人生樂
> 事也。〔註155〕

「倒酒既盡」後，則不妨「杖藜行歌」，如此真令人感到有「安往而
不曠，安往而不達」。此外，這樣無往而不自得的美感，還可以來自
「何如尊酒，日往烟蘿。花覆茆簷，疎雨相過」。因爲，當下的「倒
酒既盡」乃因先前的「何如尊酒」所使然，因此在「尊中之酒倒之既
盡，則賞雨賞花之興闌矣」時，正是「杖藜行歌」的最佳時刻。「杖
藜行歌」是拄著藜杖出遊芳郊的形象，因此其且行且歌的心情寫照，
可說是對先前「疎雨」陰霾的擺脫。又「杖藜行歌」，孫聯奎《詩品
臆說》云：

> 「登東皋以舒嘯，臨清流而賦詩。」杖藜行歌，何樂如之。
>
> 〔註156〕

職是，「杖藜行歌」也可以是「登東皋以舒嘯，臨清流而賦詩」的美
感形象。陶潛〈歸去來兮辭并序〉云：

> 已矣乎！寓形宇內復幾時，曷不委心任去留？胡爲乎遑遑
> 欲何之？富貴非我願，帝鄉不可期。懷良辰以孤往，或植
> 杖而耘耔。登東皋以舒嘯，臨清流而賦詩。聊乘化以歸盡，
> 樂夫天命復奚疑！〔註157〕

是故，「杖藜行歌」除了是對先前「疎雨」陰霾的擺脫外，更可以直
指的是對現實苦難人生的擺脫。質言之，即是對先前「生者百歲，相
去幾何」的時光飛逝與死亡恐懼的超越。

二種》（濟南：齊魯書社，1980），頁 121。

〔註155〕見（唐）司空圖著，郭紹虞集解《詩品集解・續詩品注》（北京：
人民文學出版社，2006），頁 42。

〔註156〕見（清）孫聯奎、楊廷芝著，孫昌熙、劉淦校點《司空圖詩品解說
二種》（濟南：齊魯書社，1980），頁 45。

〔註157〕見（晉）陶潛著，龔斌校箋《陶淵明集校箋》（上海：上海古籍出
版社，2004），頁 391～392。

最後，「孰不有古，南山峨峨」，楊廷芝《二十四詩品淺解》云：

> 且人生孰不有死，百歲相去幾何，而惟南山得以長存，則
> 亦何必苦短？何必憂愁？歡樂者樂，不歡樂而亦樂，亦何
> 爲而不曠達哉？〔註158〕

然而，何以南山的長存，人生便可以不必苦短，不必憂愁，而能做到
「歡樂者樂，不歡樂而亦樂」的曠達？趙福壇曾云：

> 最後以「孰不有古，南山峨峨」作結，作者把巍峨千古的
> 南山，與生命短暫的人生作鮮明的對照，回應前頭「生者
> 百歲，相去幾何？」說明人生若夢，爲歡幾何！惟有南山
> 得以終古長存，故不必苦短，不必憂愁。這種看破紅塵，
> 視功名富貴如浮雲的人生態度豈不曠達？〔註159〕

最後的「孰不有古，南山峨峨」固然是在回應開頭的「生者百歲，相
去幾何」，進而點出「曠達」之旨。但倘若「曠達」之旨的點出，是
因感到人生命的短暫，因而不得不以「不必苦短，不必憂愁」的態度
來面對人生，便不得不令人懷疑這樣的「曠達」是否是眞正的「曠達」。
詹幼馨即指出：

> 「孰不有古，南山峨峨」，司空圖終於點明了曠達的一般根
> 源。再用陶淵明的詩來加以說明吧！〈歸園田居五首之
> 四〉：「人生似幻化，終當歸空無！」這就是「孰不有古」；
> 〈擬挽歌辭二首之二〉：「死去何所道，托體同山阿」，這就
> 是在「孰不有古」之後要加上「南山峨峨」四個字的原因。
> 這樣兩兩對應作出解釋是很容易理解的。可是要追問：爲
> 甚麼要如此曠達？是否眞的曠達？〔註160〕

「孰不有古」明白道出人生必然會死的宿命。又倘若「孰不有古，南

〔註158〕見（清）孫聯奎、楊廷芝著，孫昌熙、劉淦校點《司空圖詩品解說
二種》（濟南：齊魯書社，1980），頁 121。

〔註159〕見趙福壇箋釋，黃能升參證《詩品新釋》（廣州：花城出版社，1986），
頁 210。

〔註160〕見詹幼馨著《司空圖詩品衍繹》（臺北：王記書坊，1985），頁 51。
另外，詹幼馨以「死去何所道，託體同山阿」爲〈擬挽歌辭二首之
二〉實爲〈擬挽歌辭三首之三〉。

山峨峨」是「曠達」的一般根源，那麼可以進一步說「曠達」的美感
表現，即在於對「南山峨峨」的形象直覺。陶潛〈擬挽歌辭三首・三〉
曾云：

> 荒草何茫茫，白楊亦蕭蕭。嚴霜九月中，送我出遠郊。四
> 面無人居，高墳正崔嵬。馬爲仰天鳴，風爲自蕭條。幽室
> 一已閉，千年不復朝。千年不復朝，賢達無奈何。向來相
> 送人，各自還其家。親戚或餘悲，他人亦已歌。死去何所
> 道，託體同山阿。〔註161〕

職是，「南山峨峨」可以指的是自己未來的葬身之地，因此「南山峨
峨」的意象表現，便令人有長久、永恆之感。易言之，對「南山峨
峨」的形象直覺即如同陶淵明對「託體同山阿」的形象直覺一般，
皆點出百年之後，自己的精神也將同峨峨的高山一般，永遠長存。
此外，「南山峨峨」也是已往古人長眠的所在，因此「南山峨峨」的
形象不僅呼應了上文「孰不有古」的論斷，也令人直覺有「崇高」
的美感。質言之，「南山峨峨」的意象即是當下直覺心靈的象徵，於
是人能以坦然、開闊的態度來面對死亡，以宏觀、通達的視野來接
納人生的苦短。〔註162〕如果再將「孰不有古，南山峨峨」的意象與
上文「倒酒既盡，杖藜行歌」的意象並置，那麼還可以發現「倒酒

〔註161〕 見（晉）陶潛著，龔斌校箋《陶淵明集校箋》（上海：上海古籍出
版社，2004），頁360。

〔註162〕 孫聯奎《詩品臆說》對「曠達」的題解便曾云：「曠，昭曠。達，
達觀。胸中具有道理，眼底自無障礙，故云曠達，曠達原非頹放一
流。」見（清）孫聯奎、楊廷芝著，孫昌熙、劉淦校點《司空圖詩
品解說二種》（濟南：齊魯書社，1980），頁44。又德國美學家康德
（Kant）在「力學的崇高」中即指出：「但是設若我們自己的處境
是在安全無虞之時（我們閒靜地靜觀默賞之），它們的（那些驚心
動魄的）壯觀皆以其可畏懼性而更是有吸引力的；而我們也很容易
去名這些對象曰『崇高的對象』，因為它們把靈魂底力量升舉在庸
俗底高度以上；而且我們也很容易在我們心內去發見另一種完全不
同的抵抗力，這完全不同的另一種抵抗力給我們勇氣能夠冒著或面
對著『自然之好像無所不能』而衡量我們自己。」見牟宗三譯註《康
德判斷力之批判》上冊（台北：台灣學生書局，1992），頁256。

既盡」的意象，即是下文「有古」的暗喻，因此相對的「倒酒既盡」後，便不妨「杖藜行歌」，而「孰不有古」時，正是與「南山峨峨」永久並存的時候。

　　職是，「曠達」的文體風格可以用「生者百歲，相去幾何。歡樂苦短，憂愁實多。何如尊酒，日往煙蘿。花覆茆簷，疎雨相過。倒酒既盡，杖藜行歌。孰不有古，南山峨峨」的審美形象作爲象徵。「曠達」的文體風格在於表現出無往而不自得的美感，並且這樣的美感是直指現實苦難人生的超越。簡言之，「曠達」的文體風格即是「超世不羈，無往不得」的美感表現。「曠達」文體風格所表現出的美感，既是在對現實的人生侷限——「人生苦短」與「死亡宿命」，有所自覺後才產生的，則「曠達」文體風格的美感頗近於德國美學家康德（Kant）所謂的「崇高」。〔註163〕也因此，「曠達」文體風格所表現出的美感，嚴格說來是指對自己「心內的一種超感觸的能力之情感」感到「崇高」，而不是對感官的形象本身。〔註164〕所以「曠達」的文體風格，往往不被當成是一種風格美感來看待，而直接被視爲一種人

〔註163〕　（德）康德（Kant）即曾指出：「而另一方面，崇高之情是一種『間接發生』的快樂，它是經由『生命力之暫時抑制而即刻繼之以更有力的生命力之併發』之情而產生，因此，它是一種『似乎在想像之事中並無遊戲但只有全然的最眞摯』的一種激情。」見牟宗三譯註《康德判斷力之批判》上冊（台北：台灣學生書局，1992），頁228～229。嚴格來說，「孰不有古，南山峨峨」的意象表現，不論是就「有古」的驚心動魄或「南山」的雄偉高峻來看，其實都符合康德（Kant）所謂「力學的崇高」與「數量的崇高」。

〔註164〕　（德）康德（Kant）在「數量的崇高」中曾指出：「但是確然正因爲在我們的想像力中有一種努力朝著無限的進程而前進，而理性又要求絕對的整體以爲一眞實的理念，是故我們之評估感官世界中的事物底量度之能力不夠達到此眞實的理念，而正是這方面之無能才喚醒我們心內的這一種超感觸的能力之情感；而正是爲了此超感觸的能力之情感，判斷力對於特殊的對象所自然地作成的那種『使用』才是絕對地偉大的，而不是那感官之對象是絕對地偉大的。」見牟宗三譯註《康德判斷力之批判》上冊（台北：台灣學生書局，1992），頁237。

生的態度或修養。

另外，趙福壇曾云：

> 司空圖本品所標舉的曠達風格雖以陶詩爲模式，但似乎近
> 於〈古詩十九首〉和建安文學，多少帶點悲涼氣氛，這與
> 他所處的晚唐時代有關的。〔註165〕

《二十四詩品》「曠達」的文本在本論文的分析中，確實都可以找到
陶詩的影子。另外，北宋・蔡居厚《蔡寬夫詩話》亦曾云：

> 子厚之貶，其憂悲憔悴之歎，發於詩者，特爲酸楚。閔己
> 傷志，固君子所不免，然亦何至是，卒以憤死，未爲達理
> 也。樂天既退閒，放浪物外，若眞能脫屣軒冕者。然榮辱
> 得失之際，銖銖校量，而自衿其達，每詩未嘗不著此意，
> 是豈眞能忘之者哉！亦力勝之耳。惟淵明則不然。觀其〈貧
> 士〉〈責子〉與其他所作，當憂則憂，遇喜則喜，忽然憂樂
> 兩忘，則隨所遇而皆適，未嘗有擇於其間，所謂超世遺物
> 者，要當如是而後可也。〔註166〕

職是，東晉・陶淵明的詩所以更勝出，便在於能完全的表現出「憂樂
兩忘」、「隨遇皆適」、「超世遺物」等美感。易言之，陶淵明的詩能在
隨遇而安，無往不得的美感中，反映出現實苦難人生的超越。所以說
《二十四詩品》的「曠達」是以陶詩爲模式，便有極大的可能性。但
如果說「曠達」的文體風格多少帶點悲涼氣氛，因此實際上更近於〈古
詩十九首〉和「建安文學」，則未必盡然。因爲「曠達」文體風格的
最後旨歸若眞帶有點悲涼的氣氛，那麼便稱不上是眞正的「曠達」。

「曠達」一詞的使用可上溯至晉代。《晉書・裴頠傳》曾云：

> 是以立言藉於虛無，謂之玄妙；處官不親所司，謂之雅遠；
> 奉身散其廉操，謂之曠達。〔註167〕

〔註165〕見趙福壇箋釋，黃能升參證《詩品新釋》（廣州：花城出版社，1986），
　　　　　頁213。
〔註166〕見吳文治主編《宋詩話全編》（南京：江蘇古籍出版社，1998），頁
　　　　　618。
〔註167〕見楊家駱主編《晉書》（臺北：鼎文書局，1980），頁1045。

又〈張翰傳〉云：

> 翰任心自適，不求當世。或謂之曰：「卿乃可縱適一時，獨不爲身後名邪？」答曰：「使我有身後名，不如即時一杯酒。」時人貴其曠達。〔註168〕

由此可見，不爲世俗的生死名利所羈絆，即爲晉代「曠達」的概念內容。將這樣的「曠達」概念成功的表現爲文體風格者，則有陶淵明爲代表。南朝梁·蕭統〈陶淵明集序〉曾云：

> 有疑陶淵明之詩，篇篇有酒。吾觀其意不在酒，亦寄酒爲跡也。其文章不群，詞采精拔，跌蕩昭章，獨起眾類，抑揚爽朗，莫之與京。橫素波而傍流，干青雲而直上。語時事則指而可想，論懷抱則曠而且眞。加以貞志不休，安道苦節，不以躬耕爲恥，不以無財爲病，自非大賢篤志，與道汙隆，孰能如此者乎！〔註169〕

職是，東晉·陶淵明在人格與詩風兩方面都能展現出坦然面對自己的生活困境，並且在安於當下中，超越現實人生的苦難，眞正擺落世俗價值的桎梏。所以，蕭統論其文章懷抱時，以「曠而且眞」稱之。至中唐時，始有皎然《詩式》標舉「達」爲獨立的文體風格，並云：「心跡曠誕曰達。」〔註170〕然而，「曠達」一詞的連用，並作爲詩的批評用語，則要到北宋才出現。北宋·吳處厚《青箱雜記》云：

> 白居易賦性曠達，其詩曰：「無事日月長，不羈天地闊。」此曠達者之詞也。孟郊賦性褊隘，其詩曰：「出門即有礙，誰謂天地寬？」此褊隘者之詞也。〔註171〕

又晁迥《法藏碎金錄》亦云：

> 予常愛白樂天詞旨曠達，沃人胸中，有詩句云：「我無奈命

〔註168〕見楊家駱主編《晉書》（臺北：鼎文書局，1980），頁2384。

〔註169〕見（晉）陶潛著，龔斌校箋《陶淵明集校箋》（上海：上海古籍出版社，2004），頁470。

〔註170〕見傅璇琮主編，張伯偉編撰《全唐五代詩格校考》（西安：陝西人民教育出版社，1996），頁220。

〔註171〕見吳文治主編《宋詩話全編》（南京：江蘇古籍出版社，1998），頁605。

　　何，委順以待終。命無奈我何，方寸如虛空。」夫如是，
　　則造化陰騭，不足爲休戚，而況時情物時態，安能刺鯁其
　　心乎？〔註172〕

於此，吳、晁二人皆以中唐・白居易的詩爲「曠達」。其中，值得注
意的是，晁迥所謂「曠達」指的是「時情物時態，安能刺鯁其心」與
同爲北宋的蔡啓以「憂樂兩忘，則隨遇而皆適」來評價陶淵明的詩頗
爲近似。換言之，自東晉・陶淵明的「曠」到中唐・皎然的「達」，
乃至北宋詩話的「曠達」概念等，可說是一脈的相承發展。另外，也
可以說，自東晉・陶淵明以後，明顯都有詩人如中唐・白居易等，在
從事超越世俗束縛，表現無往而不自得的「曠達」文體風格創作，而
直至北宋的詩話始定名這樣的文體風格爲「曠達」。如此，一樣是以
「超世不羈，無往不得」爲美感表現內容，並且標舉「曠達」爲獨立
文體風格的《二十四詩品》，其形成的歷史背景，便極可能的是在中
唐之後，而更靠近北宋之間。

第六節　周而復始，生生不息──流動的審美韻致

　　《二十四詩品・流動》云：
　　　　若納水輨，如轉丸珠。夫豈可道，假體如愚。荒荒坤軸，
　　　　悠悠天樞。載要其端，載聞其符。超超神明，返返冥無。
　　　　來往千載，是之謂乎。〔註173〕

就章法而言，祖保泉認爲全篇每四句爲一節。首四句以「水輨」、「丸
珠」比喻創作上意脈貫通的相對完整機體。中四句談坤軸、天樞及天
地間的一切都在不停的轉動，並且符合「道」的運行規律。末四句說
玄妙的「道」在古往今來中，都是轉動不息且不著痕跡。〔註174〕另

〔註172〕見（宋）晁迥撰《法藏碎金錄》（臺北：新文豐出版股份有限公司，
　　　　　1993），頁8。
〔註173〕見（唐）司空圖著，郭紹虞集解《詩品集解・續詩品注》（北京：
　　　　　人民文學出版社，2006），頁42～43。
〔註174〕參見祖保泉著《司空圖詩品解說》（修訂本）（合肥：安徽人民出版

外，杜黎均則以爲「若納水輨，如轉丸珠」乃以水車運行、圓珠轉動爲例，說明作品「流動」需通暢自如。「荒荒坤軸，悠悠天樞」言天地萬物都在流動變化，因此是用坤軸、天樞的循環往復作比喻，說明作品「流動」也要作到文理自然，氣勢通暢。最後，「來往千載，是之謂乎」提出古往今來，意在強調文學創作要像宇宙那樣變化流動。〔註175〕職是，首四句與中四句，皆可因「水輨」、「丸珠」、「坤軸」、「天樞」等比喻，視爲形象的描寫語言。至於末四句，祖保泉雖以爲在談玄妙的「道」，但「荒荒坤軸，悠悠天樞。載要其端，載聞其符」既符合「道」的運行規律，則「荒荒坤軸，悠悠天樞。載要其端，載聞其符」便可以作爲「道」的象徵。另外，杜黎均既以「荒荒坤軸，悠悠天樞」言天地萬物都在流動變化，則「荒荒坤軸，悠悠天樞。載要其端，載聞其符」的變化流動，其實就是末四句「宇宙」變化流動的內容。因此，末四句不妨與中四句合看，一併作爲「流動」風格的審美形象。職是，「流動」一品皆爲形象語言，而「流動」的審美形象可分析爲：「若納水輨，如轉丸珠。夫豈可道，假體如愚」與「荒荒坤軸，悠悠天樞。載要其端，載聞其符。超超神明，返返冥無。來往千載，是之謂乎」。

首先，「若納水輨，如轉丸珠。夫豈可道，假體如愚」，孫聯奎《詩品臆說》云：

> 先取流動之象。品中，凡言「若」、言「猶」、言「如」者，皆作詩者之能事如之也。前注遺漏，借注於此。流動之機，夫豈粗言所可道者，苟非假體如愚，豈足以識其本根乎！〔註176〕

又詹幼馨云：

社，1982），頁 96～97。

〔註175〕參見杜黎均著《二十四詩品譯注評析》（北京：北京出版社，1988），頁 181～185。

〔註176〕見（清）孫聯奎、楊廷芝著，孫昌熙、劉淦校點《司空圖詩品解說二種》（濟南：齊魯書社，1980），頁 46。

> 「水輞」，相當於「水車」。「輞」，指車輪中心圓木的頂端。
> 這兒以局部代整體。「若納水輞」，可以理解為「納輞於
> 水」，也可以理解為「納水於輞」。因為水車離不開水。二
> 者相輔為用，然後能使具有流動之質的水車與水，通過流
> 動的實際狀態，起到車水的效用。「如轉丸珠」，可以理解
> 為「珠轉如丸」，也可以理解為「丸轉如珠」。丸與珠也都
> 具有流動之質，通過實際轉動，體現了它們圓轉自如的效
> 果。〔註177〕

職是，不論是「納輞於水」或「納水於輞」，總之「若納水輞」指的
就是水車運轉的形象。另外，也不管是「珠轉如丸」或「丸轉如珠」，
「如轉丸珠」指的便是圓珠轉動的形象。「夫豈可道，假體如愚」點
出「流動」不是一般言語所能明白說清楚的，因此必須藉「若納水輞」
與「如轉丸珠」兩形象來作直接的比喻說明。〔註178〕如此，「若納水
輞」與「如轉丸珠」的審美形象，能表現出什麼美感內容呢？喬力云：

> 水輪之翻卷揚轉片刻無停，才得有活水滔滔瀉出；彈丸也
> 旋轉運行，橫斜縱直，曲盡其圓美之致。〔註179〕

水車片刻不停的轉動形象，令人直覺有周而復始的美感。此外，「水
車」與「水」的關係是水車因河水的流動，所以能不停的轉動，而
水也因水車不停的運轉，所以能活化灌溉田地。職是，水車運轉的
意象也能令人有動力飽滿、活力不斷、生生不息等美感。至於，圓
珠子旋轉、滾動的意象，則令人有圓轉自如、圓滑曲致、流行自然
等美感。

另外，「夫豈可道，假體如愚」，楊廷芝《二十四詩品淺解》曾云：

〔註177〕 見詹幼馨著《司空圖詩品衍繹》（臺北：王記書坊，1985），頁136。
〔註178〕 「假體如愚」趙福壇作「假體遺愚」，並云：「假體遺愚一作『假體
　　　　 如愚』即使體如愚者一樣。亦通。」見趙福壇箋釋，黃能升參證《詩
　　　　 品新釋》（廣州：花城出版社，1986），頁218。然而，與其將「如
　　　　 愚」作「如愚者一樣」解，倒不如更進一步引伸為最直接的方法。
　　　　 因為「若納水輞」與「如轉丸珠」都是現實物體的形象，而人對物
　　　　 體形象的直覺即是知識概念建立的開始。
〔註179〕 見喬力著《二十四詩品探微》（濟南：齊魯書社，1983），頁133。

夫豈可道，甚言輄珠不足罄流動之義也。假體，輄珠之類
也。如誤以假體之流動爲流動，則非愚而如愚矣。〔註180〕

於此，可以發現「假體如愚」的「假」字，若當形容詞作「虛假的」
意思，而不當動詞作「借助」的意思解時，便會引發「假體」之外另
有「眞體」存在的問題。因此，「水輄」與「丸珠」雖可用來比喻「流
動」的風格美感，但畢竟是「假體」，非「流動」的「眞體」，因此「若
納水輄」與「如轉丸珠」的比喻，仍未能盡「流動」之義。然而，「水
輄」、「丸珠」何以是「假體」？詹幼馨曾云：

> 納水輄、轉丸珠，雖然都可以用來譬喻「流動」，但是，都
> 還只是停留在現象上，沒有能夠從本質上說明問題。……
> 水輄與丸珠具備流動之質，是僅僅從它們運轉的可能而
> 言，它們還有待於「納」與「轉」才能作功，它們是不能
> 自行流動的。因此，它們所具備的流動的質是不完備的，
> 距離眞正的流動的質的要求還遠，也可說還沒有具備眞正
> 的流動的質。它們只是流動的「假體」。〔註181〕

可見「若納水輄」的「納」字與「如轉丸珠」的「轉」字，若不當形
容詞作狀態的描述，而當動詞用時，便明顯的又可以有「自行流動」
與「被動流動」的區分。「水輄」、「丸珠」等都是有所待而流動者，
所以只是流動的「現象」、流動的「假體」；至於無所待而能自行流動
者，才是流動的「本質」、流動的「眞體」。如此，「流動」的「眞體」
爲何？詹幼馨云：

> 「荒荒坤軸，悠悠天樞」，就是司空圖所認爲的流動的眞
> 體。一切復歸於本然，這是古代各種學說的總歸宿。「本
> 然」就是天地，宇宙，自然。「軸」與「樞」都是主宰流
> 動的中心。「坤軸」就是地軸。地軸、天樞各司其運轉之
> 能事，天地合，運行不息，這是古人對宇宙的認識。司
> 空圖用它們來說明坤軸與天樞都是能夠自己運轉不息

〔註180〕 見（清）孫聯奎、楊廷芝著，孫昌膝、劉淦校點《司空圖詩品解說
二種》（濟南：齊魯書社，1980），頁 122。
〔註181〕 見詹幼馨著《司空圖詩品衍繹》（臺北：王記書坊，1985），頁 137。

的，都不象水輨與丸珠有待於外力的推移。這才是眞正
的「流動」。〔註182〕

職是，「天」與「地」是無待於外力而能自行運轉者，所以「荒荒坤
軸」與「悠悠天樞」即爲流動的「眞體」。然而，問題是：古人對宇
宙的認識是先從運轉不息的「現象」來把握，還是先就「本質」上來
把握？「載要其端，載聞其符」，孫聯奎《詩品臆說》云：

　　載，再也。要，求也。樞軸，動物。樞軸即流動之端。流
　　動即樞軸之符。此「聞」字是用力字，不就現成說。〔註183〕

又郭紹虞的註解亦云：

　　此符字義同《莊子・德充符》之符。〔註184〕

職是，「載要其端，載聞其符」的「符」字乃就外表的現象而言。換
言之，「載要其端，載聞其符」即指出欲探求「流動」的美感眞諦，
就必須先從「流動」的現象著手。「荒荒坤軸，悠悠天樞」既是經由
「現象」來把握流動之義，則一樣作爲流動「現象」的「若納水輨」
與「如轉丸珠」，何以不能有流動之義把握呢？將「流動」作「假體」
與「眞體」的劃分，往往容易造成以哲學統攝文學的情況發生，而致
使「流動」文體風格的闡發受到限制。〔註185〕

　　另外，一切復歸於「本然」，而「本然」指的就是「天地」、「宇
宙」、「自然」等，但這要說是古代各種學說的總歸宿，則頗值得商権。

〔註182〕見詹幼馨著《司空圖詩品衍繹》（臺北：王記書坊，1985），頁137
　　　　～138。

〔註183〕見（清）孫聯奎、楊廷芝著，孫昌熙、劉淦校點《司空圖詩品解說
　　　　二種》（濟南：齊魯書社，1980），頁46。

〔註184〕見（唐）司空圖著，郭紹虞集解《詩品集解・續詩品注》（北京：
　　　　人民文學出版社，2006），頁43。

〔註185〕祖保泉即認爲「流動」一品說得太神秘了。參見祖保泉著《司空圖
　　　　詩品解說》（修訂本）（合肥：安徽人民出版社，1982），頁98。詹
　　　　幼馨在談到如何將「流動」規律運用到寫作上時，也認爲「超超神
　　　　明，返返冥無」流於空泛。參見詹幼馨著《司空圖詩品衍繹》（臺
　　　　北：王記書坊，1985），頁138。另外，曹冷泉更斥之爲神秘主義、
　　　　虛無主義、愚昧主義。參見曹冷泉注釋《詩品通釋》（西安：三秦
　　　　出版社，1989），頁85。

〔註186〕詹幼馨曾云：

> 《老子》：「無，名天地之始。有，名萬物之母」；「天下萬
> 物生於有，有生於無」。王弼注說：「有之所始，以無爲本。
> 將欲全有，必反於無」。這些話都可以看作司空圖寫下「超
> 超神明，返返冥無」的思想基礎。〔註187〕

顯然的，詹幼馨所謂「一切復歸於本然」的說法，其實更接近道家的
觀點。然而，說一切復歸於「本然」，則運動方向便只能是單一方向
的「復歸」，將如何解釋「流動」具有循環不已、周而復始的可能？
楊振綱《詩品解》對「流動」的題解云：

> 其在《易》曰：變動不拘，周流六虛。天地之化，逝者如
> 斯。蓋必具此境界，乃爲神乎其技，而詩之能事畢矣。故
> 終之以流動。〔註188〕

職是，「流動」一品的「返返冥無」固然不能說沒有道家返於「無」的
思想色彩，但「返返冥無」與上文「超超神明」所形成的循環不已狀
態，其實更貼近《周易》「變動不居，周流六虛」的思想觀念。〔註189〕

其次，「荒荒坤軸，悠悠天樞。載要其端，載聞其符。超超神明，
返返冥無。來往千載，是之謂乎」，孫聯奎《詩品臆說》云：

> 維地有軸；曰荒荒，則莫名其處。維天有樞；曰悠悠，似
> 明指其區。載，再也。要，求也。樞軸，動物。樞軸即流

〔註186〕以儒家而言，勞思光即指出：「形軀，認知，情意既皆繫於『德性
我』之下，則以孔子爲『重德』之學，亦顯無問題。由此，就孔子
對自我問題之態度說，孔子之精神方向可稱爲『德性之學』。」又
「『自然理序』意義甚泛，自亦可引出某種形上學觀念，但至少就
孟子本人來說，則孟子並未以『天』爲『心』或『性』之形上根源
也。」分見勞思光著《中國哲學史》第1卷（香港：基督教文藝出
版社，1980），頁85、134。

〔註187〕見詹幼馨著《司空圖詩品衍繹》（臺北：王記書坊，1985），頁139。

〔註188〕見（唐）司空圖著，郭紹虞集解《詩品集解·續詩品注》（北京：
人民文學出版社，2006），頁42。

〔註189〕《周易·繫辭下》云：「變動不居，周流六虛，上下無常，剛柔相
易，不可爲典要，唯變所適。」見（清）阮元刊刻《十三經注疏·
周易》（臺北：藝文印書館，2003），頁173～174。

動之端。流動即樞軸之符。〔註190〕

又無名氏《詩品注釋》云：

> 坤之為道，亦如車軸之妙於轉也；天之為道，亦如樞機之
> 善於運也。荒荒然無涯涘者，其坤軸之輸運乎？悠悠然無
> 窮盡者，其天樞之旋轉乎？〔註191〕

「樞」與「軸」都是可以轉動的物體，因此「荒荒坤軸，悠悠天樞。
載要其端，載聞其符。超超神明，返返冥無。來往千載，是之謂乎」
描繪出的是天旋與地轉的形象。「超超神明，返返冥無」則指出「坤
軸」、「天樞」是周而復始、循環不已的運動狀態。「返返冥無」，無名
氏《詩品注釋》云：

> 返，還也，復也。返返，不止一返，言返之又返，以至於
> 聲臭之脣泯也。〔註192〕

「超超神明」與「返返冥無」皆就「坤軸」與「天樞」而言，因此「返
返」與「超超」便應是相對的呼應。如此，「返」是「還」也、「復」
也，「返返」不止一返，是返之又返；相對的「超」便是「往」也、「進」
也，「超超」不止一超，是超之又超。所以「超超神明，返返冥無」
正是「坤軸」、「天樞」旋轉狀態的描繪。「荒荒坤軸」、「悠悠天樞」
所展現出的天旋、地轉形象能有什麼內容呢？喬力曾云：

> 荒荒坤地，廣袤無邊，其下有樞軸移轉，無片刻停息時；
> 悠悠昊天，上有北斗晨隱夜現，指共造物之春華秋實，時
> 序代謝。其運行皆無始無終，歷亙古亦不息。若探求其端
> 始，則桑田滄海，日月逾邁，正與萬物推移變動的客觀規
> 律相符合。〔註193〕

〔註190〕見（清）孫聯奎、楊廷芝著，孫昌熙、劉淦校點《司空圖詩品解說
　　　　二種》（濟南：齊魯書社，1980），頁46。

〔註191〕見（唐）司空圖著，郭紹虞集解《詩品集解・續詩品注》（北京：
　　　　人民文學出版社，2006），頁43。

〔註192〕見（唐）司空圖著，郭紹虞集解《詩品集解・續詩品注》（北京：
　　　　人民文學出版社，2006），頁43。

〔註193〕見喬力著《二十四詩品探微》（濟南：齊魯書社，1983），頁134。

職是，就「荒荒坤軸」的地轉形象而言，便包括了滄海桑田、花開花謝、潮來潮去、人來人往等；就「悠悠天樞」的天轉形象來說，則可以是物換星移、冬去春回、陰晴更替、日落月昇等。總言之，「荒荒坤軸，悠悠天樞」展現出的是天地間一切事物都在變化的形象，並且這樣的變化是一種交替循環、新陳代謝，「來往千載，是之謂乎」更點出這樣的變化形式是亙古不息的。因此，「荒荒坤軸，悠悠天樞」所表現出的「流動」美感，便令人感到稍縱即逝、幻化不已、周而復始、生生不息等。

「是之謂乎」的「是」字，孫聯奎認爲「總承上文」，而楊廷芝也主張「指上文說」。〔註194〕職是，所謂「上文」最可能指的對象便是「荒荒坤軸」與「悠悠天樞」。其次，也可以指一樣具有「流動」美感的「若納水輨」與「如轉丸珠」，甚至可直指「流動」的文體風格。但除此之外，喬力還認爲「來往千載，是之謂乎」有收束《二十四詩品》全書的作用。因此，喬力云：

> 「是」字總繫全文，謂無論何種風格，經尋根究源，終須
> 以流動爲樞機，求其周行不滯，氣韻生動。〔註195〕。

職是，不僅「流動」一品，《二十四詩品》中的其它二十三品，也都可能帶有「流動」的風格特色。但顯然的，喬力是從創作的觀點來立論，也因此混淆了《二十四詩品》各有其獨立的風格特色。

職是，「流動」的文體風格可以用「若納水輨」、「如轉丸珠」、「荒荒坤軸」、「悠悠天樞」等審美形象作爲象徵。又「水輨」、「丸珠」、「坤軸」、「天樞」等皆爲圓形形象，因此「流動」的文體風格基本上就是在表現圓形轉動的美感。孫聯奎《詩品臆說》對「流動」的題解云：

> 天地之化，往者過，來者續，無一息之或停；無他，流動
> 故也。天地氣運，一息不流動，則陰陽之患生；人身氣血，

〔註194〕分別參見（清）孫聯奎、楊廷芝著，孫昌熙、劉淦校點《司空圖詩品解說二種》（濟南：齊魯書社，1980），頁47與122。

〔註195〕見喬力著《二十四詩品探微》（濟南：齊魯書社，1983），頁135。

一息不流動，則疾病之患生。蘇子由曰：「文者氣之所形。」
則知文章之有氣脈，一如天地之有氣運，人身之有氣血，
苟不流動，不將成為死物乎？〔註196〕

又《皋蘭課業本原解》亦曾云：

上天下地曰宇，往古來今曰宙，知者樂水，逝者如斯，魚躍
鳶飛，可以見道，皆動機也。文而不動，何以為文？〔註197〕

由此可見，「流動」文體風格的形成與古人對自然萬物「變動」、「循
環」、「生機」等方面的深入體察有密切的關係。因此，進一步可說「流
動」的文體風格就在於表現出「變動」、「循環」、「生機」等方面所共
構出的美感。首先，「流動」的文體風格給人最直接的印象便是「變
動」的形象。變動的形象即使會稍縱即逝，但卻有再現的時候，所以
「流動」的文體風格另外展現出的是一周流不息的「圓形運動」形象。
除此之外，在這樣圓轉自如的運動中，變動的形象並非原物的再現，
而是新陳代謝的再現，因此「流動」的文體風格又可以是一「推陳出
新」的形象。「變動」的形象，令人直覺有活化的美感；「圓形運動」
的形象，有和順自然、優美自如的美感；「推陳出新」的形象，則有
生生不息的美感。故總而言之，「周而復始，生生不息」的美感形象，
即是「流動」文體風格的表現。

　　「流動」的概念可說源自於《周易》、《老子》等先秦思想。然而，
將「流動」概念帶進文學批評領域，則可上溯至南朝齊代的謝朓。《南
史‧王筠傳》載：

筠又嘗為詩呈約，約即報書歎詠，以為後進擅美。筠又能
用強韻，每公宴並作，辭必妍靡。約嘗啟上，言晚來名家
無先筠者。又於御筵謂王志曰：「賢弟子文章之美，可謂後
來獨步。謝朓常見語云，『好詩圓美流轉如彈丸』。近見其

〔註196〕見（清）孫聯奎、楊廷芝著，孫昌熙、劉淦校點《司空圖詩品解說
二種》（濟南：齊魯書社，1980），頁45～46。
〔註197〕見（唐）司空圖著，郭紹虞集解《詩品集解‧續詩品注》（北京：
人民文學出版社，2006），頁44。

> 數首，方知此言爲實。」〔註198〕

謝朓雖未言及「流動」，但以「彈丸」爲喻，則頗與《二十四詩品》的「丸珠」相一致。此外，南朝梁・王筠作詩「能用強韻」，則所謂「圓美流轉如彈丸」的詩，還包括聲韻上的婉轉、和諧。以「圓美流轉」的「彈丸」作爲文學批評的比喻用詞，到了宋代更爲普遍。北宋・王直方《王直方詩話》便云：

> 謝朓嘗語沈約曰「好詩圓美流轉如彈丸」，故東坡《答王鞏》云「新詩如彈丸」，及〈送歐陽弼〉云「中有清圓句，銅丸飛柘彈」。蓋謂詩貴圓熟也。然圓熟多失之平易，老硬多失之乾枯。不失於二者之間，可與古之作者並驅矣。〔註199〕

又南宋・黃升《花庵詞選》評周邦彥〈花犯・梅花〉云：

> 此只詠梅花，而紆餘反覆，道盡三年間事，昔人謂好詩圓美流轉如彈丸，余於此詞亦云。〔註200〕

不僅「彈丸」的比喻與《二十四詩品》有關，甚至所謂「圓熟」、「紆餘反覆」、「圓美流轉」等，也都不離開「流動」文體風格「圓形轉動美感」的基本形式。至於「流動」一詞作爲詩學批評用語，則要到宋末元初。方回《瀛奎律髓》評呂本中〈柳州開元寺夏雨〉云：

> 居仁在「江西派」中，最爲流動而不滯者，故其詩多活。
> 〔註201〕

方回雖然是宋末元初人，但他認爲詩「最爲流動」者的呂本中，卻是南、北宋之交的人。倘繫聯北宋・蘇軾、周邦彥、王直方、王鞏等對「流動」文體風格的創作與品評來看，則不難發現呂本中所以能臻至

〔註198〕見楊家駱主編《新校本南史附索引》（臺北：鼎文書局，1985），頁609～610。

〔註199〕見吳文治主編《宋詩話全編》（南京：江蘇古籍出版社，1998），頁1148～1149。

〔註200〕見（宋）黃昇編集《花庵詞選》（臺中：曾文出版社，1975），頁114～115。

〔註201〕見（元）方回選評，李慶甲集評校點《瀛奎律髓彙評》（上海：上海古籍出版社，2008），頁702。

「最為流動」的外緣原因。此外，呂本中曾作〈江西詩社宗派圖〉，
為江西詩派代表人物，因此對「流動」文體風格的詩風也有一定的影
響。換言之，「流動」文體風格自北宋到南宋，定有一段崇尚、風行
的期間。而《二十四詩品》標舉「流動」為獨立的文體風格，便可能
與這股詩學風氣有關，如此《二十四詩品》的形成年代，最早或許可
推到北宋。

第八章 結 論

　　本論文乃試圖以完整的文學理論架構研究《二十四詩品》，因此分別從「創作論」、「鑑賞論」、「文體論」等三個面向來分析、論述。其中，「創作論」的部分又可再細論出「靈感論」、「表現論」、「形神論」、「主客合一論」。「鑑賞論」則可再分析爲「知音論」、「審美論」、「神韻論」。「文體論」的部分則遵照《二十四詩品》原文的標題、排序來探賾每一品的美感意蘊。除運用文學的理論外，本論文也兼採西方美學的觀念，包括康德（Kant）的「美的分析」、克羅齊（Croce）的「形象直覺」、新批評的「精品細讀」、接受美學的「讀者參與」等，來進行《二十四詩品》的文本分析。理論研究的過程中與成果上，不論是「創作論」、「鑑賞論」、「文體論」等，最終皆以中國詩學發展的歷史脈絡來作爲研究成果的檢驗，以期使本論文的研究更爲嚴謹、客觀。總結本論文的研究，可歸納出下列五點成果：

一、《二十四詩品》是以文體論爲主又兼具創作論、鑑賞論的詩論著作

　　從本論文的研究架構上可以清楚發現《二十四詩品》是一兼具創作論、鑑賞論、文體論的詩論著作。再就《二十四詩品》原文的書寫形式來說，每一品目下即緊接著形象語言與邏輯語言的描述，因此形

象與邏輯的描述語言即是對該品目的直接說明。如此也就架構出《二十四詩品》最基本的文體風格論述。然而除了文體風格的論述以外，在《二十四詩品》的文本中也可發現含有詩學上「創作論」與「鑑賞論」的概念。由於「文體論」的美感抽象、不易表述，加之有關「創作論」與「鑑賞論」的語言又分列於各品目之中，所以《二十四詩品》總令人有意旨不明、理不勝詞的印象，就研究者來說，也各家立說多有不同。因此，倘遵照《二十四詩品》原文的書寫形式來看，將《二十四詩品》視爲文體論的基本論述，應是最符合原典的解讀觀點。

　　但尤須指出的是，在中國詩學發展的過程中，《二十四詩品》存在的詩論價值不僅僅只是文體風格的論述而已，其中文本的內容也多少反映出「創作論」與「鑑賞論」的概念。這些「創作論」與「鑑賞論」的概念對中國詩學的發展具有承前啓後的作用，影響的重大、深遠並不亞於基本的「文體論」論述。在本論文的研究成果中，便可歸納出「創作論」的「靈感論」部分：「持之非強，來之無窮」、「欲返不盡，相期與來」描述出靈感飄忽不定、難以把持的特性。「絕佇靈素，少迴清眞」、「素處以默，妙機其微」說明靈感得以產生的形式。「如有佳語，大河前橫」、「脫有形似，握手已違」描繪靈感顯現時的現象。「表現論」的部分：「眞力彌滿，萬象在旁」指出意象得以表現之源。「是有眞宰，與之沈浮」、「意象欲出，造化已奇」說明意象將出時，形象與心靈間微妙的互動與變化。「淺深聚散，萬取一收」點出意象表現的方式。「形神論」的部分：「識者期之，欲得愈分」指出若愈想極盡形象的補捉，就愈不能直覺到形象的美感。「離形得似，庶幾斯人」謂詩人的創作應跳脫窮形寫貌的框架，才能表現出靈動、神似的審美意象。「語不涉己，若不堪憂」、「語不欲犯，思不欲癡」主張創作者應與創作對象保持適當的審美距離，避免個人強烈主觀意識或言語表達的介入，如此才能原味的呈現自己當初直覺美感形象時的感動。「主客合一論」的部分：「俱道適往，著手成春」、「俱似大道，妙契同塵」、「道不自器，與之圓方」、「妙造自然，伊誰與裁」、「天地

與立，神化攸同」等皆是講究「物我合一」即「情景交融」的詩論主
張。「取語甚直，計思匪深」、「超心鍊冶，絕愛緇磷」分別指出「主
客合一」的藝術表現中，兩種的典型創作方法：取語直實與精心錘鍊。
「書之歲華，其曰可讀」、「如將不盡，與古爲新」點出「主客合一」
的藝術表現所具有的社會功用與藝術價值。

　　至於「鑑賞論」的「知音論」部分：「是有眞跡，如不可知」點
出文本中的意象情感是讀者、作品、作者，相會通的關鍵。「情性所
致，妙不自尋」、「薄言情悟，悠悠天鈞」說明眞性情在詩學理論中的
重要性。「不著一字，盡得風流」、「誦之思之，其聲愈稀」指出詩所
傳達的情感必須使讀者有無窮無盡、綿密深刻的感受。「審美論」的
部分：「超以象外，得其環中」說明對事物欣賞，必須超越事物的表
象，如此才能直覺的表現出事物形象的意象世界。「乘之愈往，識之
愈眞」指出愈能直覺到形象所表現出的意象，就愈能發覺世界眞實的
面相。「虛佇神素，脫然畦封」點出心靈沉浸眞相美感時的精神狀態。
「神韻論」的部分：「神出古異，淡不可收」爲神韻詩論的主張。「濃
盡必枯，淡者屢深」、「眞與不奪，強得易貧」說明了對神韻詩的審美
鑑賞。「取之自足，良殫美襟」點出神韻詩所能予人的美好感受。

二、《二十四詩品》具有奠定中國詩學上「文體論」論述的歷史地位

　　文體風格的標舉雖始自南朝梁・劉勰《文心雕龍》的「八體」，
繼之又有中唐・皎然的〈辯體有一十九字〉，但能成功表現文體風格
美感，並造成深遠影響者，則非《二十四詩品》莫屬。《二十四詩品》
之所以能成功表現出文體風格的美感，無非在於能以審美的形象語言
替代過去多以邏輯語言的概念說明。〔註1〕在本論文的研究成果中，

〔註1〕清・孫聯奎《詩品臆說・自序》即直云《二十四詩品》「意主摹神取
　　　　象」見（清）孫聯奎、楊廷芝著，孫昌膝、劉淦校點《司空圖詩品解
　　　　說二種》（濟南：齊魯書社，1980），頁7。

也發現每一品目下皆有審美的形象語言，甚至「沉著」、「典雅」、「洗鍊」、「清奇」、「悲慨」、「曠達」、「流動」等品，全篇皆可視爲審美的形象語言。如此透過形象的直覺，以形象語言作爲表述形式的文體風格，便能深刻的切中個人的美感經驗。換言之，透過審美意象的閱讀，《二十四詩品》所要傳達的二十四種文體風格是人人都可以感通的，即清・許印芳所謂「比物取象，目擊道存」〔註2〕。如是，《二十四詩品》既以「文體論」作爲基本的詩學論述，又能將文體風格的美感成功表現出來，便具有奠定中國詩學上「文體論」論述的地位，是中國詩學史上對詩的作品有高度鑑賞的成熟論著。清代著作中，袁枚《續詩品》、郭麐《詞品》、江順貽《補詞品》、顧翰之《補詩品》、曾紀澤《演司空表聖詩品二十四首》、馬榮祖《文頌》、許奉恩《文品》、魏謙升《賦品》、楊伯夔《續詞品》等，皆是模仿《二十四詩品》的著作，也都具有獨立閱讀美感經驗的意義。

三、《二十四詩品》是中國思想與詩、書、畫等藝術發展的結晶

　　《二十四詩品》在歷來的研究中，多認爲屬道家思想的作品，但也有學者認爲其中還應包含有禪宗的思想。之所以多認爲屬道家思想的作品，除了《二十四詩品》頗多《莊子》書中的用語外，另一重要的原因便是把《二十四詩品》的作者視爲晚唐時代的司空圖。因此在傳記研究的方法上，便很容易與司空圖遭逢晚唐戰亂，甚至避世隱居的生命情調相連結。職是，更有學者因而認爲《二十四詩品》基本上是以超脫、隱逸、淡泊等風格爲主流。目前即使司空圖仍是《二十四詩品》作者的第一可能人選，但爲力求學術研究的嚴謹、客觀，已不適宜再將司空圖直接視爲《二十四詩品》的原作者。因此，暫且懸置作者的問題，再回歸中國思想的影響問題上來討論。

〔註2〕見祖保泉著《司空圖詩品解說》（修訂本）（合肥：安徽人民出版社，1982），頁73。

本論文的研究發現，《二十四詩品》中具有道家「自然」、「無爲」思想成分者有「雄渾」、「沖淡」、「勁健」、「自然」、「流動」等品。頗能反映禪宗「境」的思想者有「實境」、「超詣」二品。與儒家「行健」、「君子」思想相關者有「雄渾」、「典雅」、「勁健」、「縝密」等品。帶有道教「神仙」色彩者有「高古」、「飄逸」二品。由此可見，中國思想對《二十四詩品》內容的豐富滋養，而《二十四詩品》也不僅僅只屬於道家與禪宗兩家。在《二十四詩品》文本中實融有儒家、道家、佛教、道教等思想，甚且在「雄渾」、「勁健」兩品中，同時兼具儒、道兩家思想成分。

除中國思想以外，本論文的研究也發現中國詩、書、畫等藝術對中國詩學的發展也很重大，比起中國思想的影響也來得更直接。《二十四詩品》中受書法「沉著痛快」的藝術影響者有「沉著」一品，受繪畫「形神論」藝術影響者有「實境」、「形容」二品。其中，「實境」一品又可發現禪宗思想與繪畫藝術的融合影響。再進一步就文體風格的標舉來說，盛唐書法家竇臮的〈字格〉曾就書法風格標舉出九十種品目，不僅書寫形式直接影響了後來中唐·皎然的〈辯體有十九字〉，就連品目名稱亦多與〈辯體有十九字〉、《二十四詩品》相同。〔註3〕

另外，《二十四詩品》的形成背景也不能忽略歷來詩人們的努力，尤其是六朝詩人曹植、嵇康、阮籍、陸機、陶潛、謝靈運、謝朓等，唐代詩人陳子昂、王維、孟浩然、岑參、李白、杜甫、劉禹錫、元稹、白居易、韋應物、柳宗元、韓愈、孟郊、賈島、李商隱等，以及北宋詩人歐陽脩、梅堯臣、蘇軾、黃庭堅、周邦彥等。在《二十四詩品》所標舉的文體風格中，處處皆可發現與他們創作相呼應的地方。所以《二十四詩品》是中國思想與詩、書、畫等藝術發展的結晶，並不爲某家思想立說，也非隸屬於某家思想的作品。

〔註3〕唐·竇臮〈字格〉，參見上海書畫出版社編《歷代書法論文選》（上海：上海書畫出版社，2007），頁 265～268。

四、《二十四詩品》不易作爲品詩的完全評斷標準

　　《二十四詩品》雖是以「文體論」作爲基本論述的著作，但落到實際作品的品評上，卻有不易作爲論斷標準的困難。詹幼馨即指出：

　　　　對於任一作品的風格的體會，不能簡單從事，既要領略某
　　　　些句子的情調，還要把握整個作品的主題。〔註4〕

職是，一首詩整體的主題與部分內容的文句往往有所出入，便可能造成文體風格的不易把握、評斷。其次，一般說來詩人創作的文體風格普遍都是多元的，只有極少數作者才會針對單一文體風格從事刻意的創作。因此，在本論文的研究中也發現「曠達」一品的審美形象所表現出的美感韻致，幾乎可以在陶潛的作品中找到創作的實例。但本論文的研究另外也發現，陶潛的作品並非完全僅隸屬於「曠達」一品。因爲在「沖淡」、「自然」、「疏野」等品中，一樣可以看到陶潛的創作實例。由此，便可能衍生出同一作者的同一首詩，含有兩種以上文體風格的可能，而這也是造成文體風格不易把握、評斷的重要原因。復次，《二十四詩品》雖不能代表所有詩的文體風格，但所列的二十四種文體風格卻也因繁多而有類似之處。在前賢的研究上便有學者主張不外剛、柔二流，也有主張可分爲「雄渾」與「沖淡」兩條主線，甚至有再區分成三種系列以上者。〔註5〕如此，文體風格的相近也容易造成文體風格判斷上的困難。

　　再就文本內容來說，本論文的研究也發現「天行健」與「浩然之

〔註4〕見詹幼馨著《司空圖詩品衍繹》（臺北：王記書坊，1985），頁33。
〔註5〕蕭水順即云：「若欲總歸其塗，則又不外乎剛柔二流。」見蕭水順著《從鍾嶸詩品到司空詩品》（臺北：文史哲出版社，1993），頁211。吳忠華則指出：「詩人的美學理想繫於雄渾與沖淡兩條主線上」見吳忠華著《司空圖詩論研究》（臺北：文化大學碩士論文，碩士論文，1985），頁93。詹幼馨主張說：「就風格而言，『雄渾』和『沖淡』是兩個大類型，『纖穠』與『雄渾』和『沖淡』的關係無所隸屬，它不像『勁健』、『豪放』和『悲慨』可以隸屬於『雄渾』；『高古』、『超詣』、『曠達』、『疏野』、『清奇』和『飄逸』可以隸屬於『沖淡』。」它將與「綺麗」、「典雅」自成一類。」見詹幼馨著《司空圖詩品衍繹》（臺北：王記書坊，1985），頁74。

氣」的審美形象，皆同時可作爲「雄渾」與「勁健」二品的審美形象。如此雖無礙於「雄渾」與「勁健」作爲一獨立的文體風格，但落實到作品的品評上，卻容易造成主觀審美立場的不同。〔註6〕職是，欲將《二十四詩品》作爲文體風格完的論斷標準，確實有其困難。然而儘管如此，並無損於《二十四詩品》以「文體論」作爲基本論述的價值。因爲從題目的考察可以發現，《二十四詩品》原名《詩品》，後人因爲了與南朝梁・鍾嶸的《詩品》作區隔，故名《二十四詩品》，因此就「詩品」的題目而言，即有「品詩」之義。換言之，《二十四詩品》作爲「文體論」的基本論述價值，即在於能反映出閱讀詩篇後的美感經驗，而不在於作爲詩的品評標準，故定名爲「詩品」。

五、《二十四詩品》成書的時代背景最早或可推至北宋

　　在過去的研究中，皆將晚唐・司空圖視爲《二十四詩品》的原作者。直至一九九四年，陳尚君、汪湧豪合撰〈司空圖二十四詩品辨僞〉一文，始大膽提出司空圖著作《二十四詩品》的種種質疑。《二十四詩品》在失去原作者的直接證據後，確實對過去以司空圖生平傳記作爲研究基礎的成果，造成很大的衝擊。但倘若擱置司空圖的生平問題，而就其所主張的詩論來探討，於本論文的研究中也發現，司空圖「思與境偕」的論詩主張，其實僅與「實境」一品最爲接近。換言之，司空圖「思與境偕」的詩論主張，恐怕仍不足以促成《二十四詩品》中「實境」以外其它二十三品的形成。這樣的結果也反映出過去學界普遍認爲司空圖的詩作多未能與其詩論主張相符的原因。〔註7〕

〔註6〕類似的情況，便曾發生在詹幼馨的研究中，詹幼馨曾云：「試再讀『玉壺買春……人淡如菊』，如果把它們放在『高古』、『超詣』、『曠達』、『疏野』、『清奇』、『飄逸』這幾品中去，似乎也沒有什麼格格不入之處。」見詹幼馨著《司空圖詩品衍繹》（臺北：王記書坊，1985），頁86。

〔註7〕清・翁方綱《石洲詩話》即云：「司空表聖在晚唐中，卓然自命，且論詩亦入超詣。而其所自作，全無高韻，與其評詩之語，竟不相似。此誠不可解。」見郭紹虞編選，富壽蓀校點《清詩話續編》（臺北：

　　《二十四詩品》的原作者倘若不是晚唐・司空圖，那麼本論文的研究認爲北宋文藝的歷史背景，便極可能爲《二十四詩品》的成書提供有利的條件。其中一個理由是，在本論文的研究中僅「精神」、「實境」、「悲慨」等三品，猶未能在宋代詩學與書畫藝術批評上，找到與品目名稱有任何一字相關的批評用語。但儘管如此，仍無礙於北宋作爲《二十四詩品》成書時代的可能推測。因爲「實境」一品雖未能在宋代詩學與書畫藝術批評中找到「實」或「境」的評論用語，但蘇軾針對司空圖詩作與「思與境偕」的詩論闡述，便可看成是宋人對「實境」文體風格的直接論述。其次，「精神」與「悲慨」作爲詩學上的批評用語，離北宋年代也不遙遠，早在中唐・皎然的《詩式》中便已論及。職是，雖未能在宋代詩學與書畫藝術的批評用語上直接找到「精神」、「實境」、「悲慨」等資料，但這並不表示「精神」、「實境」、「悲慨」等三品的文體風格討論，在北宋時代是付諸闕如。

　　此外，另一個重要的理由是本論文的研究也發現，在中國詩學發展的脈絡上，有一個有趣的現象是中國的書畫藝術總扮演著推進詩學發展的角色。東晉畫家顧愷之的「傳神」主張即致使盛唐・王維的詩有「詩中有畫」的藝術表現。而另一波對中國詩學進展起推波助瀾者，正是王維自己「寫意」的繪畫主張。〔註8〕傅抱石指出：

　　　　自徽、欽被擄以後，南宋已成偏安的勢面，誰還去注意這
　　　　風流雅韻？但一般含有特殊作用的畫工，無非想借以苟延
　　　　個人的利祿，談不到繪畫的振新。並且當時人民思想，散

　　　木鐸出版社，1983），頁 1395。又杜黎均也指出：「我們從司空圖詩
　　歌創作實踐來檢驗他的文學理論，深深感到他的創作與某些理論要求
　　之間，還存在著頗大的距離。二十四詩品中的『雄渾』、『沉著』、『典
　　雅』、『清奇』、『委曲』、『流動』等品，司空圖詩歌都沒有達到。特別
　　是『雄渾』，我們在他的詩集中找不到一首描繪出『具備萬物，橫絕
　　太空。荒荒油雲，寥寥長風』的境界、堪稱『雄渾』的作品。」見杜
　　黎均著《二十四詩品譯注評析》（北京：北京出版社，1988），頁56。
〔註8〕王維〈山水論〉即云：「凡畫山水，意在筆先。」見俞劍華編著《中
　　國古代畫論類編》（北京：人民美術出版社，2007），頁 596。

> 亂得不可思議，精神上枯燥特甚！於是南宗的寫意山水，
> 幾成畫界的中心。難怪人材輩出，蔚爲大觀，造成空前的
> 「黃金時代」！不但人材眾多，而畫法畫學也因原有精備
> 的貢獻。如黃休復、李成、郭熙、蘇軾、郭若虛、韓拙、
> 釋仲仁、董道、陳郁、饒自然、李澄、郭思、黃庭堅、米
> 芾、米友仁、沈括、黃伯思、張懷、鄧椿、趙希鵠、劉學
> 基、趙孟頫……都有極地的見解。有幾篇我們不能不讀，
> 因爲這是造成南宗全盛的原料！〔註9〕

南宗「寫意」的畫風在南宋時代獲得畫界中心的地位，但能締造如此
成果，實要歸功於盛唐以來王維等南宗人才的努力。除此之外，不可
忽略的是北宋文人中黃休復、李成、郭熙、蘇軾、郭若虛、韓拙、釋
仲仁、董道、陳郁、饒自然、李澄、郭思、黃庭堅、米芾、米友仁、
沈括、黃伯思、張懷、鄧椿等，更是南宗畫風得以深耕發展的奠基者。
以盛唐・李思訓爲首的在朝繪畫，其講究金碧青綠、濃厚色彩、精工
瑰麗等畫風，到了北宋時代已漸爲文人畫家所棄，取而代之的則是以
王維爲代表的在野繪畫。〔註10〕北宋繪畫由濃轉淡、由繁變易、由完
全客觀到主觀重於客觀等藝術的表現與傳達，也直接影響了宋詩的創
作，其中蘇軾、黃庭堅即是北宋重要的南宗人才兼詩人大家。職是，
南宗重視主觀性靈的美感表現，對北宋文藝界的深遠影響可見一斑。

　　在本論文的研究中，不僅發現蘇軾、黃庭堅的詩作與詩論多有與
《二十四詩品》相呼應之處，另外也發現《二十四詩品》以審美的形

〔註9〕見傅抱石撰，承名世導讀《中國繪畫變遷史綱》（上海：上海古籍出
　　　　版社，2006），頁 52～53。

〔註10〕元・湯垕《畫鑒》即云：「李思訓畫著色山水用金碧輝映，爲一家法。」
　　　　見俞劍華編著《中國古代畫論類編》（北京：人民美術出版社，2007），
　　　　頁 690。又有關在朝繪畫與在野繪畫的不同，傅抱石曾作以下幾點重
　　　　要的歸納：「在朝的繪畫，即北宗。1.注重顏色骨法。2.完全客觀的。
　　　　3.製作繁難。4.缺少個性的顯示。5.貴族的。在野的繪畫，即南宗，
　　　　即文人畫。1.注重水墨渲染。2.主觀重於客觀。3.揮灑容易。4.有自
　　　　我的表現。5.平民的。」見傅抱石撰，承名世導讀《中國繪畫變遷史
　　　　綱》（上海：上海古籍出版社，2006），頁 43。

象語言為主，以說明概念的邏輯語言為輔，正意圖體現出個人性靈對二十四種文體風格的審美經驗。換言之，這二十四種文體風格的表現，即是主觀性靈的美感表現，分別為：

（一）「雄渾」——「氣勢磅礴，內蘊渾厚」。

（二）「沖淡」——「中和疏淡，意趣橫生」。

（三）「纖穠」——「纖柔委婉，情韻濃郁」。

（四）「沉著」——「靜謐深沉，思而未發」。

（五）「高古」——「抗懷千古，崇高難企」。

（六）「典雅」——「典麗雅正，靜穆品高」。

（七）「洗鍊」——「精益求精，精粹純一」。

（八）「勁健」——「弘大剛毅，強健不息」。

（九）「綺麗」——「富麗華豔，底蘊自足」。

（十）「自然」——「順理成章，自足自得」。

（十一）「含蓄」——「以少總多，深蘊無窮」。

（十二）「豪放」——「寄情壯闊，縱橫恣肆」。

（十三）「精神」——「生氣蓬勃，恍若有神」。

（十四）「縝密」——「細針密縷，引伸細行」。

（十五）「疏野」——「任性所適，真趣弗羈」。

（十六）「清奇」——「清新恬淡，奇緻異古」。

（十七）「委曲」——「圓方不定，紆餘縈迴」。

（十八）「實境」——「直截通透，當下即是」。

（十九）「悲慨」——「沉重深隱，大哀無言」。

（二十）「形容」——「不即不離，同塵妙合」。

（二十一）「超詣」——「超塵脫俗，境外有境」。

（二十二）「飄逸」——「翩然灑脫，疏闊自如」。

（二十三）「曠達」——「超世不羈，無往不得」。

（二十四）「流動」——「周而復始，生生不息」。

目前《二十四詩品》的原作者固然未能獲得直接的證實，但歷史

文化的條件背景卻仍可作爲《二十四詩品》成書年代的可能判斷。宋人作詩比唐人更講究詩法，並且南宗畫風的影響更是中國一股難以抵擋的文化力量，不僅在宋、元兩代達到全盛，更開啓了後來明代「文人畫」的興起。職是，將《二十四詩品》的成書時代背景上溯至北宋，或許可以是一極有可能的推測。至於宋代的公私書志不曾著錄或稱引《二十四詩品》的原因，則反映出《二十四詩品》的原作者可能不是一位名聲顯赫的文人。

徵引書目

一、專著

（一）《二十四詩品》相關著述

1. 《二十四詩品》（唐）司空圖撰，明末刊本，《五朝小說》。

2. 《二十四詩品》（唐）司空圖撰，明末刊本，線裝《續百川學海》。

3. 《二十四詩品》（唐）司空圖撰明末{216B22}本 1567 年。

4. 《詩品》（唐）司空圖撰明崇禎庚午（三年）虞山毛氏汲古閣刊本，線裝，1630 年，《津逮祕書》。

5. 《二十四詩品》（唐）司空圖撰，清順治丁亥（4 年）兩浙督學李際期刊本，1647 年。

6. 《二十四詩品》（唐）司空圖撰，清嘉慶十一年（序）刊本，線裝，1806 年《久保文庫》442《唐代叢書》第 3 集 15～18。

7. 《二十四詩品》（唐）司空圖撰，清同治甲子（三）年緯文堂刊本，線裝，1864 年《唐人說薈》50～59《唐代叢書》第 9 冊。

8. 《二十四詩品》（唐）司空圖撰，清光緒間文寶公司石印本，線裝，《烏石山房文庫》。

9. 《二十四詩品》（唐）司空圖撰，東京：青木嵩山堂，1909 年（明治 42 年），《螢雪軒叢書》。

10. 《二十四詩品》（唐）司空圖撰，石印本，線裝，上海：天寶書局，1911 年（清宣統辛亥 3 年）。

11. 《詩品二十四則》（唐）司空圖撰，上海博古齋影印本，線裝，1922

年《津逮秘書》。

12. 《二十四詩品》（唐）司空圖撰，清乾隆庚寅（三十五年）序刊本民國十六年上海學書局石印本，線裝，1927 年《久保文庫》287，《歷代詩話》1～3。

13. 《二十四詩品》（唐）司空圖撰，上海醫學書局石印本，線裝，上海：醫學書局，1927 年《歷代詩話二八種》。

14. 《鍾嶸司空詩品》聚珍倣宋版，上海：中華書局，1936 年《四部備要》。

15 《司空圖詩品解說二種》（清）孫聯奎、楊廷芝著，孫昌熙、劉淦校點，濟南：齊魯書社，1980 年。

16. 《司空圖詩品注釋及釋文》祖保泉著，臺北：新文豐出版公司，1980 年。

17. 《二十四品近體唐詩選》蔣勵材編著，臺北：國立編譯館中華叢書編審委員會，1981 年。

18. 《司空圖詩品詩課鈔》（唐）司空圖撰，鍾寶學課鈔，臺北：廣文書局有限公司，1982 年。

19. 《二十四詩品探微》喬力著，濟南：齊魯書社，1983 年。

20. 《司空圖詩品：今譯、簡析、附例》弘征編著，銀川：寧夏人民出版社，1984 年。

21. 《二十四詩品》（唐）司空圖撰，臺北：新文豐出版有限公司，1985 年《叢書集成續編》。

22. 《司空表聖研究》江國貞著，臺北：文津出版社，1985 年。

23. 《二十四詩品》陳國球導讀，臺北：金楓出版社，1987 年。

24. 《二十四詩品譯注評析》杜黎均著，北京：北京出版社，1988 年。

25. 《詩創作心理學：司空圖詩品臆解》暢廣元著，西安：陝西師範大學出版社，1988 年。

26. 《司空圖新論》（新加坡）王潤華著，臺北：東大圖書股份有限公司，1989 年。

27. 《司空圖選集注》王濟亨、高仲章選注，太原：山西人民出版社，1989 年。

28. 《詩的哲學哲學的詩：司空圖詩論簡介及二十四詩品淺釋》陸元熾著，北京：北京出版社，1989 年。

29. 《司空圖的詩歌理論》祖保泉著，臺北：萬卷樓圖書有限公司，1993 年。

30. 《從鍾嶸詩品到司空圖詩品》蕭水順著，臺北：文史哲出版社，1993年。

31. 《司空圖詩品義證及其它》劉禹昌著，武昌：武漢大學出版社，1993年。

32. 《二十四詩品》（唐）司空圖撰，海口：海南國際新聞出版中，1996年《傳世藏書，・集庫・文藝論評》第 1 冊。

33. 《司空圖詩文研究》祖保泉著，合肥：安徽教育出版社，1999年。

34. 《二十四詩品》（唐）司空圖撰，北京：北京圖書館出版社，2003年《歷代詩話》。

35. 《司空圖及其詩論研究》張少康著，北京：學苑出版社，2005年。

36. 《詩品集解・續詩品注》（唐）司空圖著，郭紹虞集解，北京：人民文學出版社 2006 年。

37. 《二十四詩品》（唐）司空圖撰，北京：首都師範大學出版社，2007年《國學備覽》。

38. 《二十四詩品詩歌美學》張國慶著，北京：中央編譯出版社，2008年。

（二）文學理論相關著述

1. 《六朝文論》廖蔚卿著，臺北：聯經出版社，1978年。

2. 《隋唐五代文學批評資料彙編》羅聯添編選，臺北：成文出版社，1978年。

3. 《明代文學批評資料彙編》葉慶炳、劭紅編輯，臺北：成文出版社，1979年。

4. 《清代文學批評資料彙編》吳宏一、葉慶炳編輯，臺北：成文出版社，1979年。

5. 《王漁洋詩論之研究》黃景進著，臺北：文史哲出版社，1980年。

6. 《古代文論今探》吳調公著，西安：陝西人民出版社，1982年。

7. 《詩論》朱光潛著，臺北：漢京文化事業有限公司，1982年。

8. 《唐音癸籤》（明）胡震亨著，臺北：木鐸出版社，1982年。

9. 《帶經堂詩話》（清）王士禎著，張宗柟纂集，戴鴻森校點，北京：人民出版社 1982 年。

10. 《唐詩品彙》（明）高棅編選，臺北：學海出版社，1983年。

11. 《中國文學論集》朱東潤著，北京：中華書局，1983年。

12. 《清詩話續編》郭紹虞編選，富壽蓀校點，臺北：木鐸出版社，1983

年。

13. 《中國文學批評家與文學批評》朱東潤等著，臺北：臺灣學生書局，1984 年。

14. 《陸機文賦校釋》楊牧著，臺北：洪範書店有限公司，1985 年。

15. 《文心雕龍校注》（南朝梁）劉勰著，王利器校注，臺北：明文書局，1985 年。

16. 《藝概》（清）劉熙載撰，臺北：漢京文化事業有限公司，1985 年。

17. 《容齋隨筆》（宋）洪邁著，上海：上海古籍出版社，1987 年。

18. 《中國文學理論》蔡鐘翔、黃保真、成復旺著，北京：北京出版社，1987 年。

19. 《談藝錄》（補訂本）錢鍾書著，臺北：藍燈文化事業股份有限公司，1987 年。

20. 《皎然詩式研究》許清雲著，臺北：文史哲出版社，1988 年。

21. 《中國文學理論》劉若愚著，杜國清譯，臺北：聯經出版事業公司，1989 年。

22. 《現象詮釋學與中西雄渾觀》王建元著，臺北：東大圖書股份有限公司，1992 年。

23. 《抒情傳統的省思與探索》張淑香著，臺北：大安出版社，1992 年。

24. 《詩學箋註》（古希臘）亞理斯多德（Aristotle）著，姚一葦譯註，臺北：臺灣中華書局股份有限公司，1993 年。

25. 《法藏碎金錄》（宋）晁迥撰，臺北：新文豐出版股份有限公司，1993 年。

26. 《中國文學批評史》郭紹虞著，臺北：五南圖書出版公司，1994 年。

27. 《詩品注》（南朝梁）鍾嶸撰，陳延傑注釋，臺北：臺灣開明書店，1995 年。

28. 《全唐五代詩格校考》傅璇琮主編，張伯偉編撰，西安：陝西人民教育出版社，1996 年。

29. 《漢魏六朝文學論集》廖蔚卿著，臺北：大安出版社，1997 年。

30. 《禪思與詩情》孫昌武著，北京：中華書局，1997 年。

31. 《文藝對話集》（古希臘）柏拉圖（Plato）著，朱光潛譯，北京：人民出版社，1997 年。

32. 《宋詩話全編》吳文治主編，南京：江蘇古籍出版社，1998 年。

33. 《中國文學發展史》（校訂本）劉大杰著，臺北：華正書局，1998 年。

34. 《從浪漫主義到後現代主義》蔡源煌著，臺北：典雅出版社，1998年。

35. 《中國詞學的現代觀》葉嘉瑩著，臺北：大安出版社，1999年。

36. 《記號詩學》古添洪著，臺北：東大圖書股份有限公司，1999年。

37. 《詩話論風格》林淑貞著，臺北：文津出版社有限公司，1999年。

38. 《詩心與詩學》簡政珍著，臺北：書林出版有限公司，1999年。

39. 《文學論》（美）韋勒克（Wellek）、華倫（Warren）著，王夢鷗、許國衡譯，臺北：志文出版社，2000年。

40. 《中國古典詩論中「語言」與「意義」的論題：「意在言外」的用言方式與「含蓄」的美典》蔡英俊著，臺北：臺灣學生書局，2001年。

41. 《禪宗與宋代詩學理論》林湘華著，臺北：文津出版社，2002年。

42. 《現代視野中的文藝美學基本問題研究》譚好哲、程相占主編，濟南：齊魯書社，2003年。

43. 《文雕龍讀本》（梁）劉勰著，王更生注譯，臺北：文史哲出版社，2004年。

44. 《現象學與文學批評》鄭樹森著，臺北：東大圖書股份有限公司，2004年。

45. 《全明詩話》周維德集校，濟南：齊魯書社，2005年。

46. 《現代中國文學批評述論》柯慶明著，臺北：大安出版社，2005年。

47. 《歷代詩話》（清）何文煥輯，北京：中華書局，2006年。

48. 《歷代詩話續編》丁福保輯，北京：中華書局，2006年。

49. 《中國古代文論管窺》（增補本）王運熙著，上海：上海古籍出版社，2006年。

50. 《比較詩學》葉維廉著，臺北：東大圖書股份有限公司，2007年。

51. 《苦悶的象徵》（日）廚川白村著，魯迅譯，北京：人民出版社，2007年。

52. 《禪學與唐宋詩學》杜松柏著，臺北：新文豐出版股份有限公司，2008年。

53. 《美典：中國文學研究論集》高友工著，北京：生活·讀書·新知三聯書店，2008年。

54. 《管錐編》錢鍾書著，北京：三聯書店，2008年。

55. 《瀛奎律髓彙評》（元）方回選評，李慶甲集評校點，上海：上海古籍出版社，2008年。

56. 《文學理論：從柏拉圖到德里達》楊冬著，北京：北京大學出版社，2009 年。

（三）美學相關著述

1. 《美學原理》（義）克羅齊（Croce）著，正中書局編審委員會重譯，臺北：正中書局，1975 年。

2. 《中國美學史資料選編》王進祥編輯，臺北：漢京文化事業有限公司，1983 年。

3. 《美學》（德）黑格爾（Hegel）著，朱孟實譯，臺北：里仁書局，1983 年。

4. 《中國古典美學初編》阮沅著，武漢：長江文藝出版社，1986 年。

5. 《美從何處尋》宗白華著，臺北：蒲公英出版社，1986 年。

6. 《文學美綜論》柯慶明著，臺北：長安出版社，1986 年。

7. 《美學辭典》王世德主編，臺北：木鐸出版社，1987 年。

8. 《中國古代文藝美學範疇》曾祖蔭著，臺北：文津出版社，1987 年。

9. 《山水與美學》伍蠡甫著，臺北：丹青圖書有限公司，1987 年。

10. 《談美》朱光潛著，臺南：漢風出版社，1993 年。

11. 《美的範疇論》姚一葦著，臺北：臺灣開明書店，1992 年。

12. 《審美三論》姚一葦著，臺北：臺灣開明書店，1993 年。

13. 《藝術的奧秘》姚一葦著，臺北：臺灣開明書店，1993 年。

14. 《文藝心理學》朱光潛著，臺北：臺灣開明書店，1993 年。

15. 《藝術心理學》高楠著，臺南：復漢出版社有限公司，1993 年。

16. 《兩宋題畫詩論》李栖著，臺北：台灣學生書局，1994 年。

17. 《從現象到表現：葉維廉早期文集》葉維廉著，臺北：東大圖書股份有限公司，1994 年。

18. 《美的歷程》李澤厚著，臺北：三民書局，1996 年。

19. 《六朝情境美學》鄭毓瑜著，臺北：里仁書局，1997 年。

20. 《中國傳統美學的當代闡釋》樊美筠著，北京：中國社會科學出版社，1997 年。

21. 《唐代詩論與畫論之關係研究：僅以詩、畫論之專著為研究對象》曹愉生著，臺北：文史哲出版社，1997 年。

22. 《審美經驗與文學解釋學》（德）耀斯（Jauss）著，顧建光、顧靜宇、張樂天譯，上海：上海譯文出版社，1997 年。

23. 《中國藝術精神》徐復觀著，臺北：臺灣學生書局，1998年。

24. 《文藝美學原理》杜書瀛著，北京：社會科學文獻出版社，1998年。

25. 《中國繪畫三千年》楊新、班宗華等著，臺北：聯經出版事業公司，1999年。

26. 《藝境》宗白華著，北京：北京大學出版社，1999年。

27. 《華夏美學》李澤厚著，臺北：三民書局，1999年。

28. 《文藝美學》胡經之著，北京：北京大學出版社，1999年。

29. 《歌德談話錄》（德）愛克曼（Eckermann）輯錄，朱光潛譯，北京：人民文學出版社，2000年。

30. 《中國文學的美感》柯慶明著，臺北：麥田出版股份有限公司，2000年。

31. 《盛唐邊塞詩的審美特質》蘇珊玉著，臺北：文津出版社有限公司，2000年。

32. 《唐詩的美學詮釋》李浩著，臺北：文津出版社有限公司，2000年。

33. 《中國美學史大綱》葉朗著，上海：上海人民出版社，2001年。

34. 《中國文學美學》吳功正著，南京：江蘇教育出版社，2001年。

35. 《美學散步》宗白華著，上海：上海人民出版社，2001年。

36. 《中國人審美心理研究》，梁一儒、盧曉輝、宮承波著，濟南：山東人民出版社，2002年。

37. 《中西美術比較》孔新苗、張萍著，濟南：山東畫報出版社，2002年。

38. 《歷代名畫記譯注》（唐）張彥遠著，（日）岡村繁譯注，俞慰剛譯，上海：上海古籍出版社，2002年。

39. 《歷史、傳釋與美學》葉維廉著，臺北：東大圖書股份有限公司，2002年。

40. 《文藝美學方法論問題》趙憲章著，廣州：暨南大學出版社，2003年。

41. 《中國藝術形象發展史綱》陳偉著，上海：學林出版社，2004年。

42. 《中國美學史教程》王振復著，上海：復旦大學出版社，2004年。

43. 《學科定位與理論建構：文藝美學論文選》曾繁仁主編，濟南：齊魯書社，2004年。

44. 《從古典到現代：中國文藝美學的民族性問題》譚好哲著，濟南：齊魯書社，2004年。

45.《文學與圖像的文化美學》鄭文惠著,臺北:里仁書局,2005 年。

46.《美學原理》王旭曉著,上海:上海人民出版社,2005 年。

47.《真理與方法:哲學詮釋學的基本特徵》(德)加達默爾(Gadamer)著,洪漢鼎譯,上海:上海譯文出版社,2005 年。

48.《中國繪畫變遷史綱》傅抱石撰,承名世導讀,上海:上海古籍出版社,2006 年。

49.《中西美學之間》朱志榮著,上海:上海三聯書店,2006 年。

50.《美的沈思——中國藝術思想芻論》蔣勳著,臺北:雄獅圖書股份有限公司,2006 年。

51.《中國古代畫論類編》俞劍華編著,北京:人民美術出版社,2007 年。

52.《歷代書法論文選》上海書畫出版社編,上海:上海書畫出版社,2007 年。

53.《美學十五講》凌繼堯著,北京:北京大學出版社,2008 年。

(四)其他

1. 經部

1.《周易略例》(晉)王弼著,(唐)刑璹注,臺北:新文豐出版公司,1984 年《叢書集成新編》。

2.《新校正切宋本廣韻》(宋)陳彭年等重修,林尹校訂,臺北:黎明文化事業股份有限公司,1984 年。

3.《左傳》(清)阮元刊刻,臺北:藝文印書館,1997 年《十三經注疏》。

4.《論語》(清)阮元刊刻,臺北:藝文印書館,1997 年《十三經注疏》。

5.《說文解字注》(漢)許慎撰,(清)段玉裁注,臺北:黎明文化事業股份有限公司,1998 年。

6.《禮記》(清)阮元刊刻,臺北:藝文印書館,2003 年《十三經注疏》。

7.《孟子》(清)阮元刊刻,臺北:藝文印書館,2003 年《十三經注疏》。

8.《周易》(清)阮元刊刻,臺北:藝文印書館,2003 年《十三經注疏》。

9.《詩經》(清)阮元刊刻,臺北:藝文印書館,2003 年《十三經注

疏》。

2. 史部

1. 《新唐書》（宋）歐陽脩、宋祁撰，北京：中華書局，1955 年。
2. 《太平御覽》（宋）李昉等編，臺北：臺灣商務印書館股份有限公司，1968 年。
3. 《新校本宋書附索引》楊家駱主編，臺北：鼎文書局，1975 年。
4. 《新校本魏書附西魏書》（北齊）魏收撰，楊家駱主編，臺北：鼎文書局，1975 年。
5. 《新校本新唐書附索引》（宋）歐陽脩、宋祁撰，楊家駱主編，臺北：鼎文書局 1976 年。
6. 《晉書》楊家駱主編，臺北：鼎文書局，1980 年。
7. 《四庫全書總目提要》（武英殿本）（清）永瑢、紀昀等撰，臺北：臺灣商務印書館股份有限公司，1983 年。
8. 《新校本南史附索引》楊家駱主編，臺北：鼎文書局，1985 年。
9. 《新校本史記三家注并附編二種》楊家駱主編，臺北：鼎文書局，1997 年。

3. 子部

1. 《論衡集解》（漢）王充撰，劉盼遂集解，楊家駱主編，臺北：世界書局，1967 年。
2. 《苕溪漁隱叢話》（宋）胡仔纂集，臺北：長安出版社，1978 年。
3. 《列子集釋》楊伯峻撰，臺北：華正書局有限公司，1987 年。
4. 《直齋書錄解題》（宋）陳振孫撰，徐小蠻、顧美華點校，上海：上海古籍出版社，1987 年。
5. 《論衡校釋》黃暉撰，北京：中華書局，1990 年。
6. 《莊子集釋》（清）郭慶藩集釋，臺北：貫雅文化事業有限公司，1991 年。
7. 《六祖壇經箋註》（唐）釋法海錄，丁福保箋註，臺北：佛陀教育基金會，1991 年。
8. 《肇論》（後秦）釋僧肇著，臺北：新文豐出版公司，1993 年。
9. 《劉子校釋》（北齊）劉晝著，傅亞庶校釋，北京：中華書局，1998 年。
10. 《淮南子集釋》何寧撰，北京：中華書局，1998 年。
11. 《太平廣記》（宋）李昉等編，北京：中華書局，2003 年。

12. 《宋元學案》（清）黃宗羲原著，北京：中華書局，2007年。

13. 《世說新語》（南朝宋）劉義慶撰，（梁）劉孝標注，楊勇校箋，北京：中華書局2007年。

4. 集部

1. 《沈下賢文集》（明刻本）（唐）沈亞之著，上海商務印書館。

2. 《皮子文藪》（唐）皮日休著，蕭滌非整理，北京：中華書局，1959年。

3. 《新校陳子昂集》楊家駱主編，臺北：世界書局，1964年。

4. 《杜詩鏡銓》楊倫編輯，臺北：藝文印書館，1971年。

5. 《唐人選唐詩》（明）毛晉編，臺北：大通書局，1973年。

6. 《花庵詞選》（宋）黃昇編集，臺中：曾文出版社，1975年。

7. 《嵇康集校注》載明揚著，臺北：河洛圖書出版社，1978年。

8. 《李太白全集》（清）汪琦注，臺北：華正書局，1979年。

9. 《玉谿生詩集箋注》（唐）李商隱著，（清）馮浩箋注，臺北：里仁書局，1981年。

10. 《樊川文集》（唐）杜牧撰，臺北：漢京文化事業有限公司，1983年。

11. 《文選》（梁）蕭統編，（唐）李善注，臺北：華正書局有限公司，1984年。

12. 《李衛公會昌一品集》（唐）李德裕著，北京：中華書局，1985年。

13. 《白居易集箋校》（唐）白居易著，朱金城箋校，上海：上海古籍出版社，1988年。

14. 《詳註周美成片玉集》（清）阮元輯，上海：江蘇古籍出版社，1988年《宛委別藏》。

15. 《劉禹錫集箋證》（唐）劉禹錫著，瞿蛻園箋證，上海：上海古籍出版社，1989年。

16. 《王廷相集》（明）王廷相著，王孝魚點校，北京：中華書局，1989年。

17. 《蘇轍集》陳宏天、高秀芳校點，北京：中華書局，1990年。

18. 《歐陽脩全集》（宋）歐陽脩著，北京：中國書店，1991年。

19. 《陽春集校著》黃畬著，天津：天津古籍出版社，1993年。

20. 《皇甫持正文集》（唐）皇甫湜著，上海：上海古籍出版社，1994年。

21. 《淮海集箋注》（宋）秦觀撰，徐培均箋注，上海：上海古籍出版社，1994 年。

22. 《三曹集》（明）張溥輯評，宋效永校點，長沙：岳麓書社，1995 年。

23. 《復初齋文集》（清）翁方綱著，臺北：文海出版社，1996 年。

24. 《楊萬里詩文選注》于北山選著，臺北：建宏出版社，1996 年。

25. 《全唐詩》（清）曹寅刻，上海：上海古籍出版社，1996 年。

26. 《張之洞全集》苑書義等主編，石家莊：河北人民出版社，1997 年。

27. 《新譯嵇中散集》崔富章注譯，莊耀郎校閱，臺北：三民書局，1998 年。

28. 《蘇軾全集》（宋）蘇軾著，傅成穆儔標點，上海：上海古籍出版社，2000 年。

29. 《黃庭堅全集》劉琳、李勇先、王蓉貴校點，成都：四川大學出版社，2001 年。

30. 《韋莊詩詞箋注》齊濤箋注，濟南：山東教育出版社，2002 年。

31. 《賈島詩集校注》李建崑校注，臺北：里仁書局，2002 年。

32. 《司空表聖詩文集箋校》（唐）司空圖著，祖保泉、陶禮天箋校，合肥：安徽大學出版社，2002 年。

33. 《陶淵明集校箋》（晉）陶潛著，龔斌校箋，上海：上海古籍出版社，2004 年。

34. 《白居易詩集校注》謝思煒撰，臺北：中華書局，2006 年。

二、學位論文

1. 《司空圖詩品研究》，蕭水順，臺灣師範大學國文研究所碩士論文，1971 年。

2. 《司空圖詩味論》，彭錦堂，東海大學中文研究所碩士論文，1976 年。

3. 《司空圖詩論研究》，吳忠華，文化大學中文研究所碩士論文，1985 年。

4. 《司空圖詩品運用莊子思想之研究》，閔丙三，臺灣師範大學國文研究所博士論文，1990 年。

三、期刊論文

1. 李豐楙：〈司空圖詩品試評〉，《夏聲雜誌》，臺北：夏聲雜誌社，1976

年，第 139 期。

2. 吳彩娥：〈論象徵批評與司空圖詩品的批評方法〉，《幼獅學誌》，臺北：幼獅文化事業公司，1982 年。

3. 張健：〈詩家一指的產生時代與作者——兼論二十四品詩作者問題〉，《北京大學學報》（哲學社會科學版），北京：北京大學，1955 年，第 5 期。

4. 陳尚君、汪湧豪：〈司空圖二十四詩品辨偽〉，《中國古籍研究》上海：上海古籍出版社，1996 年，第 1 卷。

5. 祖保全、陶禮天：〈詩家一指與二十四詩品作者問題〉，《安徽師大學報》，蕪湖：安徽師範大學，1996 年，第 1 期。

6. 程國賦：〈世紀回眸：司空圖及二十四詩品研究〉，《學術研究》，廣州：廣東省社會科學界聯合會，1996 年。

7. 祖保泉：〈再論二十四詩品作者問題〉，《江淮論壇》，合肥：安徽省社會科學院 1997 年，第 1 期。

8. 張松輝：〈道家道教與司空圖〉，《中國文學研究》，長沙：湖南師範大學文學院，1997 年，第 3 期。

9. 蕭馳：〈司空圖的詩歌宇宙——論二十四詩品的可理解性〉，《中國社會科學》，北京：中國社會科學雜誌社，2003 年，第 6 期。

10. 蕭馳：〈玄、禪觀念之交接與二十四詩品〉，《中國文哲研究集刊》，臺北：中國文哲研究集刊，2004 年，第 24 期。

11. 呂正惠：〈從詩家一指的原貌論二十四詩品非司空圖撰〉，《淡江中文學報》臺北：淡江大學中文系，2007 年，第 16 期。

12. 陳尚君：〈二十四詩品真偽之爭與唐代文獻考據方法〉，《漢唐文學與文獻論考》，上海：上海古籍出版社，2008 年。

13. 李建福：〈二十四詩品真偽評述〉，《唐宋詩詞研究論集》彰化：明道大學中文系，2008 年。

附　錄

《二十四詩品》

雄渾

大用外腓，眞體內充。返虛入渾，積健爲雄。具備萬物，橫絕太空。
荒荒油雲，寥寥長風。超以象外，得其環中。持之非強，來之無窮。

沖淡

素處以默，妙機其微。飲之太和，獨鶴與飛。猶之惠風，荏苒在衣。
閱音修篁，美曰載歸。遇之匪深，即之愈稀。脫有形似，握手已違。

纖穠

采采流水，蓬蓬遠春。窈窕深谷，時見美人。碧桃滿樹，風日水濱。
柳陰路曲，流鶯比鄰。乘之愈往，識之愈眞。如將不盡，與古爲新。

沉著

綠林野屋，落日氣清。脫巾獨步，時聞鳥聲。鴻雁不來，之子遠行。
所思不遠，若爲平生。海風碧雲，夜渚月明。如有佳語，大河前橫。

高古

畸人乘眞，手把芙蓉。汎彼浩劫，窅然空蹤。月出東斗，好風相從。
太華夜碧，人聞清鐘。虛佇神素，脫然畦封。黃唐在獨，落落玄宗。

典雅

玉壺買春，賞雨茆屋。坐中佳士，左右修竹。白雲初晴，幽鳥相逐。
眠琴綠陰，上有飛瀑。落花無言，人淡如菊。書之歲華，其曰可讀。

洗鍊

如鑛出金，如鉛出銀。超心鍊冶，絕愛緇磷。空潭瀉春，古鏡照神。
體素儲潔，乘月返眞。載瞻星氣，載歌幽人。流水今日，明月前身。

勁健

行神如空，行氣如虹。巫峽千尋，走雲連風。飲眞茹強，蓄素守中。
喻彼行健，是謂存雄。天地與立，神化攸同。期之以實，御之以終。

綺麗

神存富貴，始輕黃金。濃盡必枯，淡者屢深。霧餘水畔，紅杏在林。
月明華屋，畫橋碧陰。金樽酒滿，伴客彈琴。取之自足，良殫美襟。

自然

俯拾即是，不取諸鄰。俱道適往，著手成春。如逢花開，如瞻歲新。
眞與不奪，強得易貧。幽人空山，過雨采蘋。薄言情悟，悠悠天鈞。

含蓄

不著一字，盡得風流。語不涉己，若不堪憂。是有眞宰，與之沉浮。
如淥滿酒，花時返秋。悠悠空塵，忽忽海漚。淺深聚散，萬取一收。

豪放

觀花匪禁，吞吐大荒。由道返氣，處得以狂。天風浪浪，海山蒼蒼。

真力彌滿，萬象在旁。前招三辰，後引鳳凰。曉策六鼇，濯足扶桑。

精神

欲返不盡，相期與來。明漪絕底，奇花初胎。青春鸚鵡，楊柳樓臺。
碧山人來，清酒深杯。生氣遠出，不著死灰。妙造自然，伊誰與裁。

縝密

是有眞跡，如不可知。意象欲出，造化已奇。水流花開，清露未晞。
要路愈遠，幽行爲遲。語不欲犯，思不欲癡。猶春於綠，明月雪時。

疏野

惟性所宅，眞取弗羈。控物自富，與率爲期。築室松下，脫帽看詩。
但知旦暮，不辨何時。倘然適意，豈必有爲。若其天放，如是得之。

清奇

娟娟群松，下有漪流。晴雪滿汀，隔溪漁舟。可人如玉，步屧尋幽。
載瞻載止，空碧悠悠。神出古異，澹不可收。如月之曙，如氣之秋。

委曲

登彼太行，翠繞羊腸。杳靄流玉，悠悠花香。力之於時，聲之於羌。
似往已迴，如幽匪藏。水理漩洑，鵬風翺翔。道不自器，與之圓方。

實境

取語甚直，計思匪深。忽逢幽人，如見道心。清澗之曲，碧松之陰。
一客荷樵，一客聽琴。情性所至，妙不自尋。遇之自天，泠然希音。

悲慨

大風捲水，林木爲摧。適苦欲死，招憩不來。百歲如流，富貴冷灰。
大道日喪，若爲雄才。壯士拂劍，浩然彌哀。蕭蕭落葉，漏雨蒼苔。

形容

絕佇靈素，少迴清眞。如覓水影，如寫陽春。風雲變態，花草精神。
海之波瀾，山之嶙峋。俱似大道，妙契同塵。離形得似，庶幾斯人。

超詣

匪神之靈，匪機之微。如將白雲，清風與歸。遠引若至，臨之已非。
少有道氣，終與俗違。亂山喬木，碧苔芳暉。誦之思之，其聲愈稀。

飄逸

落落欲往，矯矯不群。緱山之鶴，華頂之雲。高人惠中，令色絪縕。
御風蓬葉，汎彼無垠。如不可執，如將有聞。識者期之，欲得愈分。

曠達

生者百歲，相去幾何。歡樂苦短，憂愁實多。何如尊酒，日往煙蘿。
花覆茆簷，疎雨相過。倒酒既盡，杖藜行歌。孰不有古，南山峨峨。

流動

若納水輨，如轉丸珠。夫豈可道，假體如愚。荒荒坤軸，悠悠天樞。
載要其端，載聞其符。超超神明，返返冥無。來往千載，是之謂乎。